庫

酒《さけ》肴《さかな》酒《さけ》

吉田健一

光 文 社

酒肴酒

目次

I 舌鼓ところどころ　9

I

舌鼓ところどころ

食べものあれこれ

1　日本

ああでもない、こうでもないと文句をつけるのが食通だということについては前から疑問をもっているが、もしそれが確かに食通ならば、そういうものになりたいかどうかについては前から考えがきまっているので、そんなものになるよりは何も食べない方がいい、とは言えないから困る。あるいはそこに食通とそうでない人間の違いがあるのかも知れない。食通は気に入らないものしかなければ伯夷《はくい》叔斉《しゅくせい》にでもなった積りで飢え死にするのではないかと思うが、我々にはそんな真似《まね》は出来ない。

戦争中に何より楽しみだったのは食べることだった。今その頃の思い出について少し書いてみると、当時はこっちも人並に会社のような所に勤めていて、昼休みになると昼の食事をさせてくれる店を探して廻った。ひどいもので、前からあった店の大部分は店を締めているか、あるいは木で作った玩具だとか、洗濯挟みだとか、食べものとはおよそ関係がないものしか売らなくなっていたから、どんなものでも食べさせてくれる店を探すのが一苦労だったのである。客に売るものさえあれば、ずいぶん思いがけない場所でそういう親切な店を見つけることがあった。それだけに、売った方が得になるから親切の問題ではないと考えるものが今ならばいるかも知れないが、何でもかでも公定価格で抑えられていて、それに加えて統制上の手続きがただもう面倒だった当時は地道に商売をするよりも材料を纏《まと》めて闇で流した方がずっと得で楽だったのだから、店を開けていた所は奇特な慈善家だったのだと見なければならない。戦前から戦後にかけて日本で行われた統制経済のことを思うと、それが余りに出鱈目《でたらめ》だったので、かえって我々日本人が本質的にはいかに楽天的な自由の愛好者であるかが解って有難《ありがた》くなるようなものでも、それをやられている間は全く訳もなしに窮屈で、どこかの店に入って何かにありつくということが既《すで》に一つの幸運だった。蜜柑を一人に一つずつ売っている店があっても、食糧の不足でふらふらする足を踏み締めて探し廻った甲斐があった感じがした。

そういう店の一つで、上役の一人が見つけて来て教えてくれたのに、毎日、その日の分が売り切れるまで相当の人数に対して定食を出す所があった。当時としてはほとんど信じられないことだったが、教えられた通りに有楽町の日劇の地下室に行ってみると、本当に行列が入り口の所から階下に向って出来ていて、三十分もするとそれが動き出し、階段をぐるぐる廻って降りて下まで辿《たど》り着いてから一度止り、今度動き出した時には食堂にあてられた地下室の一部の入り口まで行けて、そこでその頃の金で一円だか、二円だかを出して大きな皿に盛った定食を渡された。これは今考えても不思議なことで、いわゆる、業務米なるものが我々一般人向けの定食などに使われるはずは先ずなかったのであるが、とにかく、その皿の大部分は御飯で、そしてこれは値段が示す通り、闇ではなかった。またその上に、おかずに何か得体が知れない肉の煮たのまでついていた。

配給で手に入れたものではない米というものが、それだけで珍品だった時代に、この肉は魅力だった。何の肉なのかとうとう解らなくて、海豚《いるか》とか、鯨《くじら》とか、そういう海産物だったのかも知れないが、とにかく、肉には違いないのが余り有難かったので今でもその味をはっきり思い出すことが出来る。そしてそれを今持って来られたら食べないだろうということも疑問であって、少くとも、当時と同じ慢性の空腹に悩まされているのだったらば必ずうまいと思って食べるに違いない。その頃はどんな種類の肉でもほとんど絶対に家庭には入らなくて、それで肉というものがどんなものかも忘れかけていた。しかし食べてみれば、同じ動物の蛋白質でも魚の肉には真似ようがない、紛《まぎ》れもない肉の繊維の抵抗があって、今自分は肉を食べているのだと思っただけで何か非常に満足した感じになった。廻りの人達が当り前な顔つきをして食べているのが不思議だった位《くらい》で、これはもっとも、戦争で誰もが無表情になっていたせいかも知れない。

この食堂にはずいぶん、御厄介になった。しかしここも、街をうろついているものでも家から弁当を持って来ているはずだという当局のお達しでもあったのか、それとも遂《つい》に材料がなくなったのか、やがて店を締めて、それからというものはもうこれだけの所は見つからなかった。しまいには、家でいい具合に大豆が沢山《たくさん》混じっている配給米に当るのが心温る思いで、そうなると、時々勤め先で当直の番が廻って来るのが楽しみになった。大きなビルに集っている各会社その他から毎晩一人ずつ人を出してその辺が空襲になった場合に備えるので、どうかして本当に空襲があって自分の家がある方面が赤く燃えているのが見えたりすれば心細かったが、その代りにビルで当直するものには大きな握り飯が一つずつ配られた。高梁《コウリヤン》か何かを混ぜた米で作ったのは、見たところは茶飯のお握りのようで、そうでなくても、配給以外にそれだけの米にありつくというのは当時としては得難《えがた》いことだったのである。

したがって、そういう四苦八苦の民間人の世界から海軍に移った時は、暫《しば》くは自分の眼、またそれにも増して舌や消化器官の反応を信じることが出来なかった。海軍では大食器といって、普通の大きな皿に一寸位の高さの縁を付けたものに飯を盛り、それよりももう少し小さな中食器に、例えば鰯《いわし》や鰊《にしん》がまるごと野菜と一緒に煮てあって汁とおかずを兼ねたものを入れ、これに沢庵《たくあん》がついて、小食器が湯呑みの代りをする。それを全部、二、三分で平げる規則になっているのはそう楽ではなかったが、それでもその頃はまだ歯が丈夫で、二、三分でも何でも、平げなければならないというのは全く有難かった。そういえば、飯には麦が混ぜてあって、海軍に入りたての兵隊は、大概《たいがい》はその麦飯を半分残すものだがと、下士官や上の兵隊達が不思議がっていたが、これは多くは戦争が始って以来、海軍にいた人達で、その後に民間の事情がどんなことになっていたか知らなかったのである。

それについて滑稽な思い出がある。戦争も終りに近づいた頃、誰だったか、かなり上の方の士官が我々を集めて演説をして、お前達の飯にじゃが芋が混ぜてあるようになったのは誠に気の毒なことであるといった。庄内米の炊きたてでも毎日食べていればどうか知らないが、何も食べるものがなければ、あるいは、何も食べるものがないというのがどういうことか解っていればじゃが芋はうまいもので、それと米と麦を混ぜたものが常食で文句が出る訳がない。しかしじゃが芋が混ぜてなくても、飯の食べ方は上に行く程少くなって、これに加えて外出するのが多かったりすると食事ごとに飯が余った。しかしこれを烹炊所《ほうすいじょ》、つまり、海軍の台所に返せば、その次からそれだけ割り当てが減らされて、これは各班の体面にかかわることになっていたから、それを取っておいて深夜に食べて片づけるのが我々下の兵隊の任務でもあった。入隊して間もなく夜中に叩き起されて、飯を食わないかといわれた時程、驚いたことはない。それまでは海軍を一種の地獄のような所と想像していたのである。

しかし戦争が終って、海軍にもいられなくなり、次には東京の闇市を食べて廻ることを覚えた。今、闇市といっても、すぐにその記憶が浮んで来ない位になっているが、考えてみればその頃は新宿にも、渋谷にも、新橋にも、有楽町にも闇市があって、甘イ甘イ甘イと宣伝している茹《ゆ》で小豆《あずき》や一皿十円で薩摩芋をふかしたの三切れからおでんに至るまでの食べものがこういう闇市で客を集めていた。それで思い出すのが馬鹿貝を煮たので、新橋の闇市では十円出すと、大きな馬鹿貝を殻ごと煮たのを一つくれて、これに七色唐辛子をかけるとその味は魚よりも肉に近い上に熱くて確かに醤油らしいものが使ってあるのが頼もしかった。馬鹿貝だの、せいぜいおでんだので、まだビフテキや豚カツは登場していなかったのが当時の闇市の性格をもの語るものかも知れない。あるいは、これはこっちの懐《ふところ》具合のせいだったのではないかとも考えられるが、どうも焼き鳥とか、豚カツとか、茹で小豆ではない汁粉とかが出て来たのはもっとあとだったような気がする。そしてそういうものも珍しくなくなった頃に、一つ解ったことがあった。

何もなければ、じゃが芋をただ茹でて食べてもうまいに違いないが、それは味覚を失ったことにはならない。じゃが芋はもともとうまいものだということは別としても、じゃが芋が欲しくなくなった味覚というものはどこか不完全なのだと考えなければならず、それならば何も食べるものがないというのは一種の味覚の訓練である。ただそういう時代には、次にはバタとか、サラダ油とかを望むことは出来ないから、我々は味覚はそのままの状態でおいてもっとじゃが芋を、あるいは茹でたじゃが芋程度のほかのものを求めるほかない。しかしそれは味覚がなくなったのではなくて、むしろ非常に健全であることなのだから、ものが出始めればさっそく、味覚の方も以前にも増して活潑に働き出して、ただ肉とか、砂糖だとかいうことだけでは我慢しなくなる。その回復の仕方が早いのはおそろしい位で、戦後に辺り一面に出来た食べ物屋が一応は繁昌したあとに軒並《のきなみ》に潰れて行ったのは客のこうした味覚に追いつけなかったからだということもある。

それと似たことで、こんなことがあった。戦争が終ってから何年かの間、ネクタイなど着ける機会がなくて、人がネクタイをしているのを見ると、あれはどうやって結ぶものなのだろうかと思ったものだった。そしてそのうちに誰かが背広を一着くれて、また別な誰かがネクタイを一本くれたので結びにかかったところが、すぐに出来て、その上に昔、ネクタイというものをしていた頃にネクタイを結ぶのについてあれこれと気を配っていたことの記憶が全部戻って来た。また見方によってはもっと悪いことに、初めは一本しかなかったから構わなかったが、何本かあるようになると、今度は好みまで昔通りになって、占領後のアメリカ風のネクタイしか売っていないので困った。しかしネクタイはしていなくても別にどうということはなくても、食べものの方はそうは行かない。だから、味覚も服装上の趣味などということよりも遥かに確かなものなので、食べるものがないからといって働きが止りもしないし、また何でもあるようになれば、何でもあった昔の味覚にすぐに戻る。ただ戦争が始ったりすると、ある種の覚悟が味覚にも強《し》いられて、贅沢はしないと味覚の方できめることは事実らしい。真珠湾の晩にある先輩が、味覚は四十八時間で消滅するといったのはそのことを指すものに違いない。そして早ければ、四十八時間で生き返る。

とにかく、そんな訳で、闇市の魅力は長続きしなかった。それには、まやかしものの方が本ものよりも作り易《やす》いし、またその材料も手に入れ易いということもあって、普通の御飯や、普通の鮪《まぐろ》のとろや、あるいは大根を煮たのや、油揚げにぜんまいの煮付けや、あるいは澄《すま》しのスープも、チーズを入れたオムレツでも、何でも構わないが、そういうものは闇市風の手を抜いた場所では出来ないのである。それを作る方もわいわいいっている気分でいてはならないので、あの馬鹿貝を醤油だけで煮たのは最も素朴な料理だったように思われても、早く仕上げて売るのが目的でなければもっとうまい、そして別にもっと金がかかる訳ではない馬鹿貝の食べ方があるのにきまっている。したがって、家で普通の御飯が炊ける時代になれば、そこから客を引き出すのが商売の食べもの屋はまやかしものではなくてうまい食べものを工夫するほかない。しかし今日でもまだ闇市風の投げやりな料理の扱い方が殊《こと》に東京の食べもの屋に多く残っているのは、これは何故《なぜ》なのだろうか。

食べもの屋だけではなくて、我々の家庭に入って来る食料品までが闇市と闇商売の時代のままなのが少くない。例えば、我々の味覚はもとに戻っているのに、東京のパンは戦争でほとんど全滅したといえる。今配達されるのは砂糖を使って色ばかりやたらに白くて甘い、つまりはあの甘イ甘イ茹で小豆の名残り、であるよりも、パンがまだお情の配給だった時代に我々が闇で買って珍重したアメリカ軍のパンを、今でもその通りの形と味で作っているのである。そしてそれならばこれも当節風にアメリカの罪悪の一つに数えればすむことであるが、問題は、パンがアメリカ式だということよりも、いい加減に砂糖を使って色を白くするということなので、この頃の沢庵《たくあん》も沢庵と呼べるものではないのを、これもアメリカの罪悪とはいいかねる。それにアメリカ軍が我々に最も恩恵を施してくれたのは闇市と闇の飲食店の時代で、まずいものを高く売ることをアメリカ人から教わったというのなら、それで平気でいる人間の方がどうかしている。

そんなことよりも、少くとも東京に関する限り、我々はまだいわゆる、戦後の時代に住んでいるのだと考えた方が当っているような気がする。確かに建物や道路、というのは、入れものの方はある意味で見違えるように立派になったが、我々が食べさせられているものは、やはりあの闇市に出ていた馬鹿貝や汁粉《しるこ》に、ただ見かけだけの手数を加えたものに過ぎないのである。

それも多くは、これも入れものに金をかけたのに止《とど》まっていて、味の上では見当がつかなくなった人間が、しまいには、高ければうまいのだろうと思うほかなくなっている。少くとも闇市の時代には、確かに一般にはなくて皆が欲しがっているもの程《ほど》高くて、今の味がその頃と大して違っていないならば、闇市の時代の方がすべてが開けっ放しだっただけでもよかった。昔の闇市に鉄筋コンクリートと化粧煉瓦の皮を被せたのが今の時代なのだと思えば、それで納得出来ることがいろいろある。

復興の徴候も確かに見えて来ている。入れものの次は中身だと考えれば、それも当り前であるが、ここに一つ困ったことがあるのは、戦後十年間に余りまずいものばかり食べさせられたせいか、うまいものを食べることがうまいものを食べることではなくて、一種の趣味になりかけていることである。例えば、漉《こ》し餡《あん》と潰《つぶ》し餡とどっちがいいかは、人にも、またものにも、そして時と場合にもよることで、問題はそれを食べてうまいかどうかということであり、うまいものを食べたいのは我々の本能であるはずなのに、どっちがうまいかが仰山《ぎょうさん》な論議の対象になったりする。そしてそれも、うまいものをうまいというのがいつの間にか何か高尚なことになったからなので、うまいと思うことが食欲の問題につながり、すべてがそういう本能的なことは恥じるべきことという見方からすれば、食べものの話を余りするのも恥しいことでなければならない。しかしそれを、何が恥しいことがあるものかというので食べものの話をすると、さっそく、趣味人に扱われるのでは引っ込みがつかないのである。

こういう時、我々は戦争中と終戦直後の食欲と味覚を思い出すといい。海豚《いるか》の肉でも、肉は肉で、その歯触りを楽しんだ味覚からすれば、肉のうまいのとまずいのを食べ分ける位《くらい》、何でもないはずであり（と書くのも滑稽であるが、今はそんなことを書くことにもなる時代なのである）、それよりも大事なのは、当時は海豚の肉を食べて確かに楽しんだということである。我々はものを食べて生きているのだから、食べられるものならどんなものでもうまくなければ、その方がおかしくて、その上でのうまい、まずいはかなり危っかしい、確実なことは解らない比較論に過ぎない。しかし一定の条件の下でならば、確実にうまいというものはある。そしてそれをうまいと思うことは、海豚の肉がうまかったのと全く同じなので、片方を否定して片方だけが成立する訳《わけ》がない。自分の舌に自信が持てなくなったら、どこでも売っている鯨の大和煮の缶詰を買って食べてみるといい。これも食べものであるから、確かにその味がしてうまければ、もう自分の舌を疑うことはない。

もっとも、自然の恵み、あるいは人工の極致によって味が味を生み、連想はまた連想を誘って止る所を知らないようにうまいものもある。そうなれば、これは食べものに限ったことではなくなって、そこから起る錯覚のために、我々はある種の音楽を聞いてこの音楽は食べられると感じたりする。つまり、逆にものを食べていて、音楽を聞いている気持になることもある訳であるが、これはいわゆる、うまいものを食べている時ときまってもいないようであって、子供の頃、三色アイスクリームというものを始めて食べた際にも、確かにこの境地に誘われた。それでは我々の舌は年をとるに従って荒れて来るのだろうか。それよりもむしろ、我々は先ず三色アイスクリーム、あるいは親子丼に眼を開かれて、次第に複雑な味を覚えて行き、そこにも同じ境地を味わうことになるのに違いない。そこにも、であって、そこにだけではないのである。文学の世界に深入りして、子供の時に読んだアンデルセンのお伽噺《とぎばなし》に興味を失ったものは文学について語る資格がない。

それ故に、初めにいったことをもう一度繰り返せば、食通などというものになりたくないものである。例の、何は何という所のに限るという奴で、それに比べれば、秋刀魚《さんま》は目黒に限ると考えた殿様の味覚の方がどれだけ健全か解らない。落語によれば、殿様がその屋敷に戻ってから出された秋刀魚はおよそ食べものとはいえないもので、目黒で秋刀魚を本当に秋刀魚らしく焼いたのを、それも鷹《たか》狩りで一日を過ごしたあとで食べて、これこそ秋刀魚というものだと断定した殿様は、その味覚が確かであることのみならず、それ故に心底からの食いしんぼうだったことを示している。食欲が旺盛であって始めて味覚が生じるのであり、舌を妙な方面にばかり発達させた胃弱の人間が何をいおうと、我々には用がないことである。蕗《ふき》の薹《とう》が何よりもうまいと感じる境地に立ち至ったら、自分はもう年をとってしまったのだと思えばよくて、人にそんな話をすることはない。

しかしこんなことばかり書いていては記事にならない。東京にもうまいものを食べさせる所があるようになった。そして世界的な大都会はそうなのが当り前であるが、そういう店の中には外国の料理をそれぞれ専門にしているのが多い。フランス料理は勿論、イタリー料理も、ハンガリー料理も、この頃は支那料理もあって、値段に構いさえしなければ、食べるのに東京で困ることはない。ということは、たまには誰にでもそういう御馳走が食べられるということであって、前に書いた妙な観念に取り憑《つ》かれていない限り、そういう店から店へと食べて廻るのも楽しいことだろうと思う。しかしそれにしても、まだ少し値段が高過ぎはしないだろうか。外国の料理を出す所でも、外国人相手という終戦以来の考えを捨てて、もっと我々日本人向きに値段の方を工夫すべきである。またそうすれば、外国人の客も前にも増して来るようになるに違いない。

しかしそれよりも我々にとって欲しいのは、昔並にうまいものを安く食べさせてくれる飲み屋風の、あるいはせいぜい小料理屋風の店である。東京以外の場所ならば、それが既にどこにでもある。そして東京ももう一度そうなったら、その時こそ我々は戦後の闇市の時代が東京でも終ったと考えていい。

2　支　那

およそ支那料理というものを最初に食べたのがその本場の支那だったということは、あるいは支那料理について語る場合に少しばかりは自慢になるかも知れない。つまり、その点ではこっちは支那人並なのである。勿論《もちろん》、そうすると今度はそれがどんな料理だったかということが問題になるが、とにかく、日本でワンタン、シューマイ、あるいはチャシューメンを知る前に、その原型に支那で親しんだことが今でも記憶に残っている。あるいは少くとも、今日こそ支那料理が食べられるという日に出た料理の一つに、確かにワンタンもあった。第一次世界大戦が終った頃で、その青島《チンタオ》という町には戦争中にドイツ軍が立て籠《こも》っていた要塞の廃墟がまだ残っていた。青島は海が青くて陸地が一面に緑の美しい町で、ドイツ人が苦心して経営した租借地だったから、それはこっちが最初に知った西洋でもあった。そしてそこの、洋館ばかり建っている中の一軒だった当時の家に、この日、支那料理屋の小僧が今の東京で支那料理屋の出前持ちが持って歩くのと余り変らない恰好の箱に何種類かの料理を入れて運んで来て、その中にそのワンタンがあった。

それだけしか覚えていないのだから、余程うまかったのだろうと思う。これでワンタンの味を知って、その後、日本で食べるワンタンに今日に至るまでどうも心からは打ち込めないのも、最初にこれを食べた場所が場所だったからに違いない。日本で作られているワンタンの多くは、要するに、うどん粉を薄く伸ばしたものを支那料理風の味になった汁に入れて煮たものに過ぎなくて、これでは日本のスイトンに少し毛が生《は》えたものといわれても仕方がない。支那のワンタンでは、うどん粉は皮で、その中に豚肉が一杯詰り、はち切れそうなのを皮の上からまた指で押し返した跡が幾つもついていて、おそろしくでっぷりした莢豌豆《さやえんどう》のような形をしたのが、支那でしかない匂いが立ち昇る汁の中に互いにぶつかり合って浮んでいる。そしてその一つを口の中に入れた瞬間が大事なので、皮が破れると同時に何ともいえない、ただ食べることを誘うばかりの匂いがする汁が豚肉と一緒に流れ出て、あとはその通り、ただもう食べるだけである。

この匂いはワンタンに限らず、本ものの支那料理ならばどんなものにでも大概《たいがい》はつき纏《まと》うもので、それで日本で食べても本ものと、そうでない日本式のを区別することも出来る。専門家に聞けば、それがどういう原料を使ってのことか解るのだろうが、とにかく、およそ食欲を唆《そそ》り、支那というものを思わせ、支那の平原や大河を眼の辺りに浮び上らせてくれるものであって、この匂いさえすれば小卓子、大卓子、点心の区別なしに、饅頭から鴨《かも》の皮を煎餅《せんべい》風の皮に包んだ料理に至るまで、支那の食べものは何でもうまい。どこか少し焦げたような匂いで、考えてみれば、これはあるいは別に特定の匂いなのではなくて、日本料理の匂いを総括したものと一体に支那料理というものの匂い方の相違を示すものに過ぎないかと思われる。一切の原料からして違ってて、味噌や醤油までが支那と日本では同じものでないならば、それを使った結果もそれぞれはっきりした特徴があることになるのはむしろ当然である。

しかしそれならば、日本の下手な支那料理は支那らしい匂いがしない支那料理なので、ワンタンも、その実が豚肉ではち切れそうになっているかいないかということとは別に、この支那らしい特徴を欠いて日本のワンタンは日本のワンタンでしかなくなる。もっとも、それでも豚肉を一杯うどん粉の皮で包んだのが実になっていることはワンタンの魅力の一つであって、これは今でもあるはずの西銀座の維新號、あるいは、この方は今まだあるかどうか解らないが、飯田橋のガードの下を九段下の方に通り抜けて、すぐ右の坂を登って左側の、名前は忘れた小さな店で一時はずいぶん楽しんだ。しかしこの上にまだ注文をつければ、支那のワンタンは匂いと中身の問題のほかに、その中身の姿がいい。前にもいった通り、普通の倍位《くらい》の莢豌豆《さやえんどう》が今にもはち切れそうになっているようで、それがどんなにうまいものでそうなっているかと思い、艶々した皮に指で押したか、あるいは摘んだかした跡が残っているのが、その一杯に何か詰っている印象をいっそう強くしているのを見れば、そしてそれに加えて例の匂いがすれば、食べる前からそれは日本のいわゆるワンタンとは違った境地へ人を連れて行く。

これは、皮の問題でもあるに違いない。先日、神戸で支那人が作っている本式の肉饅頭を食べた時も、それが日本式の支那饅頭とは皮からして別なものだと思ったが、食べれば先ず皮の味がするのだから、そこには当然ただうどん粉で作るというだけのものではない工夫がしてなければならない訳である。どんなことをするのかは、こっちには解らない。しかしその肉饅頭も、支那ではその皮が饅頭の真中の盛り上った所でひねってあるのが周囲に深い皺《しわ》を作って、それが、これは確かに支那の肉饅頭だと思わせて、もうそのことから味がどんなかを想像することが出来る。そして肉饅頭のついでに餡《あん》が入った饅頭のこともいえば、これも日本で売っている餡入りの支那饅頭というものとは違うようである。餡の成分がもっと複雑なものらしくて、それに日本の菓子で小豆の匂いがする餡などというものはなかなかないが、支那の餡は匂いの方も工夫がしてあって確かに匂いがする。

実話で行くならば、昔のある日のこと、やはり支那で、大きな家の使わない部屋に何かの機会に入って行った時、そこにボール箱が一つ置いてあって、赤地に金で字を書いた紙が貼ってあったかどうか、とにかく、開けてみると中に支那饅頭が一杯入っていた。支那の旧正月に沢《たく》山《さん》来たうちの一箱をそこに置いたまま忘れたものらしくて、そういう祝儀用なので皮に赤と緑に染めた寒天風のものを細長く切ったのがあしらってあり、餡は例の支那の餡だった。棗《なつめ》が入っているようでもあり、胡桃《くるみ》も確かに使ってあって、その何だか解らないごちゃ混ぜの味と匂いに、更《さら》に日本の食べものでいえば、高野豆腐や湯葉《ゆば》が黴臭《かび》いものであるのと同じ意味での黴臭さが加わり、どうも結構な出来栄えで、一つの次にまた一つと食べているうちに、しまいに十幾つか二十は入っていた箱が空になった。そしてそれだけ食べていたのに、別に胸が悪くもならず、舌も変らず、かえって皮と餡の後味がいつまでも舌に残っているのがいかにも爽《さわや》かだった。

そこが日本の甘味の菓子と支那のが違うところのようである。日本のは茶道とともに発達したためにそうなったのだろうが、薄茶と一緒に食べるのにはちょうどよくても、それだけ食べるのでは後味が食欲を起させる働きをしない。ところが支那の方は、その点ではむしろ西洋、あるいは少くとも英国の菓子に似ていて、菓子という形で独立していなくてもっと食べものになっている。そこのところを説明するのには、例えばビスケットというものを持って来ればいいのであって、ビスケットは甘くも作れるが、英国で名が知れた店が出しているのは甘味などは問題にならず、小麦の味を生かすことに重点が置かれていて、焼き加減ということもあり、フランスの本当のフランスパンと同じ訳でバタをつけなくても食べられる一種の軽くて芳《こう》ばしい食糧なのである。支那饅頭は、その意味では食糧ではないかも知れない。しかしあとでまた何かを食べる邪魔にならないことにかけては英国のビスケットと違わなくて、一体に、西洋の菓子というものが葡萄酒に合うことも参考になる。

饅頭《まんじゆう》に続いて饅頭《マントウ》という、これは菓子ではなくて本ものの支那の食べものについても書いておかなければならない。日本の饅頭の語源がそこにあることは先ず間違いなさそうであるが、これはいわば、饅頭の皮だけのもので、そしてそんなつまらないものではない。こういうものがあることを知ったのは、青島から少し奥へ入った済南という町ではなかったかと思う。マントウはいろいろな恰好のがあるようであるが、その最初に食べたのはかなり大き目のコップの形をしていて、食べても食べてもよく焼けた、きめ細かな饅頭の皮で、その上に何か、小麦粉の自然の甘味かとも考えられる味がするのが魅力だった。マントウというのは、そういうものである。それ故にこれは主食であって、パンとか、御飯とかと同じ具合に食卓に載るものと思われるが、普通の支那料理に出て来たかどうかはもう覚えていない。それにこれは、支那料理を食べることにきめなくても街で売っていて、その頃は幾らでも買えた。

支那の食べものについては、この街で売り歩いている、あるいは、最近までは売り歩いていた種類のもののことを抜かすことが出来ない。どういうのか、こういうものになると店を拡げて売るのではなしに売り歩くのが多くて、苦力《クーリー》のなりをした男が汚い籠に入れたのを、ただ黙って街の中を持って廻っている。今でも時々思い出して食べたくなるものもあって、その一つに何だか解らない各種の、ちょうど、一口になる位《くらい》の大きさの果物を飴《あめ》でくるんだのを幾《いく》つか串に刺したのがあった。果物の肉にまで飴の味が染み込んでいるのだから、これは相当に濃厚な砂糖水に果物を漬けて、中も外も飴になるのを待って出来上るものなのかも知れない。しかし一串が確か銅貨一枚で、そう手間をかけたものとも思われず、とにかく、この果物の砂糖漬けは酸っぱくてやり切れなくはない程度にどろっと甘くてうまかった。勿論、方々持って廻って埃《ほこり》を被ったのを買うのだから清潔である訳がなくて、したがって親の目を盗んで買うという興味もあり、廻りの飴を通して中の果物がわずかに赤かったり、青かったりするのが解るのまで、まだ覚えている。

それから、やはり籠に入れて持って廻られている食べものの中に、要するに、うどん粉を棒の形に捏《こ》ねて揚げたものがあった。これも中まで揚っていて、天麩羅の衣が棒になっているようなものだったが、それが一尺位の長さでしなう程《ほど》の柔らかさで、手を油だらけにして食べるのが何となく楽しみだった。当時の苦力《クーリー》、あるいはそれに相当する階級の支那人はこれをマントウと大蒜《にんにく》というふうな取り合せで食事をしていたものらしい。そうすると、果物の砂糖漬けの方はお八つだったのだろうか。支那では階級の違いで食べものの方もだいぶ違うようであるから、その辺のことはよく解らないが、そういえば、しまいまで食べる機会がなかったものに厚さが一寸位あって、直径が一尺か一尺五寸位の円形にうどん粉を焼いたのがあった。これは昼頃、何か工事をしている現場に運ばれて来るのしか見たことがなくて、粉をぎっしり型に嵌《は》めて押しつけて焼いたらしい重量感がいかにも頼もしかった。苦力達はそれを割った一部と大蒜で昼の食事をしていたようだったが、一度でいいからあれが食べたかった。

そういう、見ただけで食べずに終ったためにかえって記憶に残っているものの中には、雞《とり》の丸焼きもある。少くとも、何か雞のような家禽だったことは確かで、その表面に油を塗っててらてらしたのが小さな町の店には何十羽と吊してあった。あれをいきなり齧《かじ》るという訳には行かないだろうし、支那料理ではナイフを使わないから、あるいはこれは買って家に持って帰って毟《むし》って、もう一度料理して食べるものなのかも知れない。しかしナイフがあれば、あとは手でどうにかなりそうで、これが店先に出ていれば目を惹《ひ》いた。しかし一般の支那人は平気な顔をしてその前を歩いていて、別に欲しそうでもなかった。銀座の店の窓におよそいろいろな種類のソーセージが並べてあって、それでも誰も見向きもしないで通り過ぎるようなものだろうか。それならば、この雞《とり》だか何だかの丸焼きもうまいのにきまっている。そして恐らくはあの支那料理臭い匂いがして、日本でもこの頃はクリスマスが近づくとやるようになった雞《とり》の丸焼きの両脚にリボンを結んだのとも違った味なのである。

勿論、これまでに挙げて来たものはいわゆる、支那料理ではない。その支那料理は誰でもが説く通り、鱶《ふか》の鰭《ひれ》であり、燕《つばめ》の巣であり、腐った卵に鯉《こい》の丸焼きで、その一つ一つに、パイツォーカン、チンソーツァイというふうな名前がついている。そして一流の料理人が作ったのならば、それがうまいのはいうまでもないことで、そういう本式の支那料理を食べていると、世界でこれ以上にうまいものはないのではないかという気がして来る。しかしうまいものがある程度を越えると皆そうなので、一流の料理人が作ったフランス料理のグリン・ピースを食べていてもそういう気がするのだから、これは何も支那料理の特徴ではない。それよりも、支那料理というのはとにかく、おそろしく手が込んだものなので、それについて実感がある書き方をするのには、例えば邱永漢氏のようなある程度の専門的な知識もある食いしんぼうでなければならないのである。

また、こういうこともあって、清朝の末期に一人の名君、あるいは名君になったはずの皇帝が現れて、それまで天子の食事に出る料理は三百二十四種ときめられていたのを二十七種とかに減らしたということをどこかで読んだことがある。この皇帝は確か西太后に潰されたのであるが、二十七種でも日本料理ならば二の膳、三の膳がつくことになるのは、ここでは問題ではない。それ以前のことについて考えてみると、一日三食で毎回出す三百二十四種の料理は、どうにかやり繰りして大体、同じふうな献立で一日を通すとしても、太陰暦の確か一年三百六十日では、それが十一万六千六百四十種になり、その半分をとっても五万八千三百二十種で、恐らく支那料理にはその位の料理の数はあるのだろうと思う。ということは、無限にあるというのも同じことであって、そんなものについて書くのは青島や済南の街頭、あるいはせいぜい小料理の出前で得た知識で出来ることではない。この点、支那料理は卵の料理の仕方だけでも百何十種類だか、何百何十種類だかあるフランス料理に匹敵していて、材料を集めてその材料が解らない、得体が知れないものに仕立て上げる様式で行く世界の料理の中では、この二つが王座を占めている。

だから勿論《もちろん》、それ故にまずいということはない。ただいわゆる、大きな卓子の御馳走で料理があとからあとからと運ばれて来て、前の料理でまだ充分に突っつき廻されてないのはそのまま残され、卓子一杯に眼もあやな皿に盛られた料理の海が出来れば、長崎の卓袱《シッポク》料理もこれには及ばなくて、食べているうちに夢心地になり、途中で頃合いを見計って出される甘いもので目を覚し、また陶然と食べ続ける。そしてしまいにはいやになって、これを終りまで多々益々弁じて楽しむのには、支那人の体格が必要なのか、それとも何かほかにこつがあるのかは、とうとう最後まで解らなかった。ローマ式に、吐く設備があるということも聞いたが、食事の途中でこんな場所に案内されたことはないし（ああお口洗いですか。何卒《なにとぞ》こちらへ、……）、本当にそこまで行き届いているのかどうかは確かでない。酒量から察しても、支那人ならばあれが全部食べられるのではないか、ということも考えられる。

しかしもう一つ、小さな卓子という方のを一度、北京で御馳走になったことがあって、これは非常に洒落《しゃれ》たものである。店も、客が食べる鯉《こい》が放してある小さな池が入り口の所に出来ている華車《きゃしゃ》なもので、その鯉を客が選ぶのに任せていた。濃い藍色をした太った鯉が気持よさそうに泳いでいて、あんなに頓馬《とんま》な顔をした鯉が日本にもいるのなら、飼ってみたいと思う。料理は四、五種類で、これは客が店に行ってから選ぶ。そしてそうなると、日本の支那料理にはつきものになっている鯉の丸揚げを丸煮にした料理も生きて来て、その晩の献立もこれが中心だったが、先刻の頓馬な顔をした鯉を思い浮べてみてもうまかった。その頃は酒を飲まなかったのが今になって残念でならない。こういう店ならば必ずおそろしく上等な紹興酒《しょうこうしゅ》か何かがあったはずで、それでこの鯉料理の、フライとシチューがごた混ぜになった上にコンソメとポタージュの中間を行くソースがかかった柔らかな味がもっと引き立ったことだろうと思う。そのあとで、これもすこぶる上等な支那茶が出たというのは、あるいはこっちがあとになってつけ足した想像かも知れない。

実をいうと、支那本土でうまいと思って食べた記憶がはっきり残っているのは今まで書いて来たこと位《くらい》なものである。西洋に行けば、大概《たいがい》誰でも西洋料理を食べるが、それ以外の場所では外国に行ってそこの料理を常食にするとは限らないので、支那でも日本人、あるいは西洋人は少くとも昔は日本食、あるいは洋食だったから、それで昔は支那に行っても支那料理に馴《な》染《じ》むことになるときまってはいなかったのである。邱永漢氏、あるいは奥野信太郎氏がもっと支那料理について書く必要がある訳で、いずれはそれが歴史的にも価値があるものになる時代が来るということが考えられる。支那の大部分は今は中共と称していて、明だの、清だの、中華民国だのとあったあとで、今度の中共もいずれはどんなことになるか解らないが、中共が行なっている政治の下に料理がめきめきうまくなったとか、あるいは少くとも、昔の水準を保っているとかいうことは余り聞かない。そして数千年の伝統も、百年もあれば断ち切れる。

しかしどんなものだろうか。論語に、亜飯誰とかはどこに行き、と孔子が周室の式微を嘆いている一節があって、これは天子の亜飯の際に楽を奏した名手のことをいっているのであり、料理人のことではない訳であるが、音楽の名手が逃げてしまって一流の料理人が残ったとは思えない。いずれはこれもどこかに亡命したのに違いなくて、そして支那料理は周の時代に滅びたのではなかった。今の中共が繁栄すれば支那料理もしたがってまた起るので、すでに庖丁が毛さん、あるいは周さんの屋敷に抱えられていることも充分に想像される。庖丁以来、支那でその伝統を保って来たのは常に大官の家に雇われている料理人だった。もっとも、その作風が再び一般の支那料理にも影響してそれが日本にも伝わり、昔の晩翠軒のような料理が東京でも食べられることになるまでにはまだ時間がかかる。それに、こう材料が入手困難では、今そんなものを普通の人間が食べることはおぼつかないのである。

それで、現在のところはもっぱら近所の支那料理屋さんを愛用している。さいわいなことに、その材料不足のために料理があの支那料理に特有の匂いを欠いてはいても、ここのはチャシューメンでも、天津メンでも、あるいはまたチャーハンでも、和製の材料が許す限り支那式に作ってあって、支那蕎麦《そば》には支那蕎麦らしく油がたっぷり練り込んであり、物価高でチャシューメンの豚肉が二切ればかり減ったが、それでも四切れは入っている。寒夜、これを頼んで出前持ちが玄関のベルを押すのを聞くと、細かな油の玉が一面に浮いている汁にその支那蕎麦と豚肉がぶち込んであるのが眼の前に浮んで、思わずにやにやする。明だか、清だかの聖代の恵みがなお今日の我々にまで及んでいるというのだろうか。東海の微臣、などという気はいっこうにしないが、とにかく、ここのチャシューメンはうまい。

3　西　洋

洋食の味を最初に知ったのは、船の中である。しかし昔の郵船会社が毎日どんな御馳走を三度三度出して船客の無聊《ぶりよう》を慰めたかについては既によそで書いたから、ここでは西洋に着いた時のことから話を始める。今から三、四十年前までは洋食というのは日本では御馳走だったので、今でも田舎の旅館などで三の膳付きの料理に豚カツやビフテキが出て来るのはその名残りではないかと思われる。しかし西洋に行ってみると洋食が普通の食事で、肉が出て来ても別にどうということもなくなったのには失望した。英国人になって英語がぺらぺら喋れたらさぞいいだろうと考えるのと同じことである。料理が郵船会社のコックさん達が腕に撚《よ》りをかけたのではなくて、ただの家庭料理だったということも勿論《もちろん》あり、そうなると日本と同じで、どこかに食べに出かけるのが楽しみだった。西洋に行って最初に住んだのがパリだったのである。といって、別にトゥール・ダルジャンだの、ア・ラ・レーヌ・マルゴだのという場所に食べに連れて行かれた訳ではない。しかしフランスでは例えばグリン・ピースを煮たのだとか、ただのロースト・チキンだとかでも、あるいは羊の肉を焼いただけのものでもうまい。もっとも、このグリン・ピースを煮たのはフランス料理でも料理人の腕の見せどころになっているものの一つなのかも知れず、プルーストの「失われた時を求めて」になり上りものの女房が家令《かれい》か何かを呼びつけて、今日のグリン・ピースの煮たのは口の中での溶け方が足りなかったと料理人に伝えろといって怒っているところが出て来る。つまり、それ程《ほど》これは口に入れればそのまま溶けてしまいそうな柔かさなので、そうなるまで煮るのに使ったバタの匂いもするし、それでいて豆が煮崩れている訳でもなくて、とにかく、パリで食べたグリン・ピースは全く何ともいえないものだった。

そしてロースト・チキンと書いたのは、この豆がよくロースト・チキンと一緒に出て来たからであって、例えばただのこういう雞《とり》でも、触るだけで肉が骨から離れ、雞のうまい所がすべて魚の肉に変った歯触りだった。あるいは、もう今のパリではこういうものも高級な料理のうちに入っていて誰もが楽しめるものなのではないのかも知れない。行ってみなければ解らないが、まだ二、三十年前まではそれが普通の料理屋で出す料理だった。そしてそれで思い出すのであるが、うまいフランス料理というものには必ず何か、ちょうど、刺身にとっての山葵《わさび》のような添えものの匂いや味がついていることで、これはフランス料理に限ったことではなくても、西洋料理の中ではフランス料理にそれが一番はっきり感じられる。それで材料をごまかすということも考えられて、フランス料理が飢饉の時に少しでも食べられるものを見つけて来てこれに加工することから発達したものであることを忘れてはならない。しかしそれが技術になれば、うまいものをもっとうまくすることも出来る訳であり、そうなれば、少くとも西洋では、もうフランス料理の独壇場である。

それで、何かの理由で勘定のことなど心配することはない時に、どこか信用出来る料理屋に行って、caviar frais, consommé aux pommes d'amour, suprême de foie gras au champagne, timbale de ris de veau toulousaine……というふうな献立で食事をすれば、食べているうちに自分がどこにいるのかはっきりしなくなる。もっとも、この料理の組み合せはある英国のユーモア作家の小説から借用したものであるが、それを見ても解る通り、こういうフランス料理ならば英国人でも知っている。何となく夢の境地に引き入れられて行くようで、それが覚めそうになればまた一口食べればいいのであり、後味だけでも夢見心地に誘われる。そして勿論、この間に料理に合った各種の葡萄酒を飲んでいる訳である。その種類がまた何百とあって、酒の表の中に自分が好きなのがあれば嬉しくなり、まだ飲んだことがない酒について大概《たいがい》そういう場所ならば酒通のボーイと相談するのも楽しみなものである。葡萄酒とフランス料理と、この二つはどんなことがあっても切り離すことは出来ないので、料理がうまければうまい程《ほど》これに匹敵する葡萄酒が欲しくなり、上等の葡萄酒を食事している時以外に飲むのはもったいない。西洋の話ばかりしていても仕方がないから、一応話を日本に戻すと、日本で本式に西洋料理を食べる気が起らないのは一つにはこの葡萄酒がそう簡単には手に入らないからである。本式の西洋料理といえば大概の場合はいわゆる、一流の店に行かなければならなくて、料理が高い上に一本の葡萄酒がその高い料理を一通り食べたのと同じ位の値段について来る。店の方で勉強したくても肝心の葡萄酒に運賃のほかに関税がかかっているのだから仕方がない。そして仕方がなくても、一本が二千五百円も三千円もする葡萄酒を飲むのはもったいなくて、それをビールでごまかすよりは初めからそういう高級な西洋料理は食べないに限るということになる。

このことは、現在の状態ではどうにもならないようであって、日本がまた昔の隆盛に戻るのを待つほかない。しかしそれならば、我々が再びキャビアとバタール・モンラシェとか、シャトー何とかいう飲みもので無理をしないで食事をすることが出来る状態に達するのが、つまり、日本が隆盛に戻った時なので、これは見方によっては楽しみなことではないだろうか。西洋料理についてもっと書くのはそれからの方がよさそうである。

舌鼓ところどころ

山海の味・酒田

この食べもの行脚《あんぎや》は今までのやり方では、目指す場所に着いたら先ずどこかに宿をとり、そこを根城《ねじろ》にして、誰か土地の篤志家に案内して戴いてあすこここと、うまいものがある店を食べ歩く形をとって来た。これは新潟、大阪その他、一地方の中心になっている都市でうまいものを探せば、こうするのが便利であり、またそうせざるを得ない場合が多いからであるが、例えば、ビフテキはアストリア、あるいは小川軒、お買いものは美松というふうにではなくて、一地方全体にうまいものが行きわたり、それがそこの常食、あるいは家庭でも楽しめる御馳走になっていれば、店から店へと廻ってそれを食べるというのは余り意味をなさない。現に広島県のうまいものといえば、眼張《めばる》でも、牡蠣《かき》でも、あるいは鯛《たい》、鰯《いわし》でも、別に広島市のどこの何屋に行かなければならないということはないので、したがってまたその辺に位置する任意の一点に信用出来る店さえあれば、そこに一日中いて朝から晩まで食べていることでこの地方のうまいものが食べ尽せる訳である。そしてそこでうまいものなら、他の信用出来る店、あるいは友達の家で食べてもうまい。

今度はもっと北へ行って、山形県の酒田でこの理想を実現した。山形県も、庄内米から始まって、うまいものがどこに行ってもある地方の一つである。もっとも、酒田市今町の相馬屋は料理屋で、宿屋を兼業してはいないから、そこから一歩も離れずにという訳には行かなかったが、二日間、朝から晩までここにいてこの地方で今が季節のものを食べ続けたことは事実である。これを書いている現在思い出してみても、その二日間が初めも終りもない、そして客というて別に自分のほかに誰もいない宴会だったような感じがする。ローマ人は日に一度しか食事をしなくて、それは朝始まって夜終ったそうであるが、こっちも二日間はローマ人の生活をしていたことになる。そしてその実地の経験から、ローマ人もそうしてのべつ幕なしに食べていたのである以上、例えば猪《いのしし》の丸焼きなどという重量があるものよりももっと日本料理に近い、孔雀《くじゃく》の舌を葡萄酒に漬けたのだとか、八つ目鰻の酢の物だとかで瀟洒《しょうしゃ》にやっていたのではないかと思ったりした。

十月十四日の四時頃に相馬屋に着いて、それから食べ出した。先ず車海老の刺身で、それならば東京にもあると考えたら間違いである。この辺の海が海老類にいいのかどうか、東京ではしゃきしゃきしていれば満足しなければならないのが、ここのには何かおそろしく優しいとでも形容するほかない、はっきりした味があって、それが山葵《わさび》も醤油も受けつけず、塩で食べるのが一番うまいのに違いないという感じがする。確かにこの地方の海は海老の甘味を増すようであって、その次に出た南蛮海老の刺身は、これは前に新潟に行った時もそうだったが、それが名産になっているのにもかかわらず少し甘過ぎて、二切れ以上食べる気になれなかった。火を使った料理法で味を殺《そ》いだ方がよくて、これは三日目に出たから、その二日先のところで書く。それから、今この辺ではよし蟹の季節で、これは見たところは東京のいわゆる、蟹の恰好をしているが、もっときめが細かくて、それでも蟹の匂いは確かにするのがいかにも蟹を食べているのを感じさせる。その日のは、茹《ゆ》でたのだった。

それから最上川の鮭《さけ》。これは十月から十一月一杯までのものだそうで、素焼きにしたのを生薑《しょうが》と大根卸しで食べたが、鮭の味はすべて皮と皮の下の所に集まっているのを改めて認めさせられるような取れたての鮭で、鮭といえば塩鮭かと思う感覚では、西洋人がこの魚に夢中になる理由が解らないことに漸《ようや》く気づいた。しかし鮭の料理はまだいろいろ出て来て、その話もあとに譲る。次に酒田市の一部に編入されている飛島の鮑《あわび》の水貝が出た。鮑は生きがいい程《ほど》、水貝にすると固くなるものらしくて、総入れ歯の身にはトラック用のタイヤ位に感じられたが、それでも噛《か》んでいると、昔は水貝が何でもなく食べられたのを、その味で思い出した。これは恐らく世界の料理の中で最も固いもので、しかし御馳走には違いない。その匂いにも、味にも海が染み込んでいる。

次は鯛の潮《うしお》と栄螺《さざえ》の壺焼きだった。これも東京と江ノ島にあると思ってはならないので、先ず鯛の潮の方は、汁の味が引き締まっているのまでが鯛の新しさを伝えていて、これは勿論、鮑と同様に鯛が目の前の海で取れるからであるが、一体に酒田の料理が淡味で殊に鮮魚を食べるのに適していると思われるのは、一つにはここが昔からの港町で料理法も関西から来ているために違いない。そして栄螺の壺焼きは一つの栄螺の中身だけを壺焼きにしたもので、それもまるごと入ったままなのを巻き出して食べる。その点では、金沢のばい貝のようなもので、先の方についている腸の所が一番うまいのもばい貝に似ているが、この方が味は遥かに強烈で、ばい貝の殻が華車《きゃしゃ》なのと栄螺がごつごつしているのと位の違いがある。つまり、こうなれば血が通った大人の食べもので、お雛様の時に作る子供騙《だま》しの料理ではなくなる。

その頃は夜ももう大分遅くなっていて、最後に運ばれて来たのが鰰《はたはた》の湯上げという料理だった。これは湯豆腐の代りに鰰を使ったものと思えばよくて、それ故に勿論、昆布だしである。鰰の季節は産卵期の十一月が絶頂ということだったが、この料理について先ず感じるのはそれがひどく魚臭い、というのは、生臭いという意味ではなくて、いかにも魚だという匂いがすることである。それだけで半分はもう食べる気にさせられるので、確かにその肉も上等の鱈《たら》を思わせてうまい。しかしどんなことがあっても逃してはならないのは、身と一緒に土鍋の中で煮えている鰰の白子で、これは世界の御馳走の一つに数えても構わないものの中に入る。またそれだけ、その味を説明するのは困難であるが、強《し》いていえば、酒田に出かける前に邱永漢氏のお宅に招かれて、食事の最後に出た扁桃《アーモンド》の実を摺《す》って作ったスープの滑らかな舌触りがこの鰰の白子に一番よく似ていた。勿論、この方にはある程度の甘味があって、それに動物と植物の違いがあるが、つまり、比較するものを探しあぐねて支那料理の終りに運ばれて来る手が込んだ菓子を思い浮べる位、鰰の白子はこうして食べると見事なのである。

ここで、こういう料理を肴《さかな》に飲んでいた酒のことも書いておかなければならない。酒田の地酒で、この辺で酒は十数種類造っているそうであるが、今度行っている間飲んでいたのはその中の初孫というのだった。ここで聞いた話では、この酒は甘口だということである。人に甘口か辛口かを教えられるのも、この頃の酒に見られる特徴の一つに違いないが、それでもまだ初孫が甘口だとは思えない。要するに、全然舌に逆わない酒で、これが甘口ならば、菊正も甘口だということになる。もっとも、こういう違いは確かにあって、菊正は西ノ宮の硬水で作るが、酒田の水は朝嗽《うが》いしただけでも解る通り、いかにも口当りが軟かな水で、それを口に入れている間に酒に変った所を想像すれば、大体は初孫の味というものが得られる。そしてこれがあって、どれだけ助かったか解らない。これからまだ何十種類かの料理が出て来るのであるが、その傍にはいつも盃と、初孫のお銚子があったことをここで断っておく。

翌十五日の朝は初孫に、先ず甘鯛の味噌漬けと無花果《いちじく》の砂糖煮が出た。それでさっそく書いておかなければならないのは、この辺で作る味噌が非常に良質のものだということで、それで味噌漬けか、味噌汁の実にしたものならば、大概何でも安心して、また場合によっては相当な期待を持って食べられる。この甘鯛の味噌漬けもそうだった。その肉はよく締っていて、甘鯛の甘味はほとんどなくなり、どうやって漬けたのか、味噌はその匂いが微かにするばかりで、初め自分が食べているのが何なのか解らない位だった。そして無花果も今頃になると酒田では幾らでもあるのだそうで、こういう甘い果物を砂糖で煮ればどんなになるだろうと思うかも知れないが、その煮詰って苦いのに近い味が酒をいっそううまくして、この甘鯛の味噌漬けと無花果の砂糖煮で初孫を飲むのが何とも豪奢《ごうしゃ》な取り合せになった。相馬屋に来るのが遅くなって、縁側には日が一杯に当っていた。これも勿論、どこにでもあるもので、だから、これは酒田に行ったら試みるのに価する。あるいは雪でも降っていて炬燵《こたつ》が入っていたら、その時はその時でまた何かうまいものがあるに違いない。

その朝の味噌汁には飛島で取れるいげしという海藻が入っていた。見たところはとろろ昆布に似ているが、とろろ昆布を吸いものなどに入れて出されると、こんな何の味もしなくてまずいものがあるだろうかと思うのに対して、このいげしは味もあり、一種の芳《こう》ばしささえあって、味噌汁の実には申し分ないものだった。それに庄内米の御飯と人参の味噌漬けで、ついでにその あとの煎茶もうまかったが、これは酒田では出来なくて、静岡辺りのものを使っているそうである。それから庄内柿が出た。これは最中《もなか》を少し厚くした程度の小さな平たい柿で、渋味が全くない代りにその甘さも、甘いというのよりは水の甘さに近くて、こういうのを甘露《かんろ》というのかも知れない。そしてこの柿には種がない。

つまり、前菜、水菓子つきの凝った朝食を出して貰《もら》ったことになった。しかしそれで一休みしては、ここにまだ幾日もいられる訳ではないし、残りの二十何時間かで酒田で今食べられるものを全部食べ切れるかどうか心配だったから、そのまま次の料理に移った。それにちょうど、昼飯にしてもいい頃になっていたのである。

そしてまた初めからやり直す形になって、よし蟹の脚と卵の黄身が味噌漬けになったのを、パンにバタをつけたのに載せても合うだろうと思いながら食べていると、そこへ鰰の水炊きが運ばれて来た。大概の水炊きというものがそうなのだろうが、これもその汁が何よりもうまくて、余りうまいので一緒に入っている白菜もうまそうなので食べてみると、その通りだった。この鱩《はたはた》という魚は確かにこういう水っぽい料理の仕方に適しているようで、つまり、それだけだしが出るのに違いない。白菜のほかに、白子も入っていた。

その次に、辛子《からし》豆腐というものが出た。胡麻《ごま》豆腐の胡麻の代りに辛子を使った料理で、この辺で根のりといっている野生の植物とかたくりと辛子粉で作るのだそうであるが、これを酢醤油に味醂《みりん》を混ぜたもので食べるのは支那料理の最も人工的な味に匹敵すると思った。辛子は調味料で、肉など食べている時にそれにつけた辛子が舌に触ると、その辛子だけ欲しくなることがあるもので、この望みを適《かな》えてくれるのが辛子豆腐である。辛子だけでは無理なことが解っているから、そのために肉や肉の汁やその他肉を使った一皿の料理をなしているもののすべての代りを酢醤油、味醂、それから根のりやかたくりが勤めている。何か肉の脂に似たものさえ感じられて、これも辛子の味から生じる幻想の魔術かも知れない。その根のりという植物がなければ出来ない訳であるが、もし誰か東京で酒田料理を始めるものがあったら、先ずこの辛子豆腐を註文したい。

そのあとに来たのが木茸《きのこ》の土瓶蒸しで、この木茸も酒田の特産物だということだったが、これは意外な発見だった。きだ・みのる氏は「あまカラ」の最近号で、フランスでは御馳走になっているセップという蕈《きのこ》が八王子の奥の山に生えていることを報じている。料理の方法が違えば、材料も違って来るから、そこの村ではこのセップが少しも珍重されていないというのはありそうなことであるが、酒田で出された木茸はどうもフランス料理でいうトリュッフのようだった。松茸《まつたけ》を大きくして五分位の長さに縮めた恰好をしていて、フランスではこれをソースや詰めものに使い、高価なものらしくて、一時は日本にも缶詰になって来ていたはずである。そしてこれは土の中に生えているのを特別に訓練した豚に掘り出させるのであるが、酒田でもこれをその道の専門家が土の中から掘って来るのだそうで、料理法は違っても、食べてみればトリュッフとしか思えなかった。海老と三葉《みつば》と一緒に土瓶蒸しになっていて、松茸よりももっとあっさりとしているのに、汁の味そのものは鰤の水炊きに劣らないのが不思議だった。

この辺から少し料理のことを書くのを節約しなければならない。それで、樽烏賊《たるいか》というこの辺で取れる小振りの烏賊はつけ焼きにすると香りが高くなり、鬼焼きというのだと味がよくなることや、やはりこの辺の名物になっている木の葉鰈《かれい》の塩焼きはどこかよし蟹に似た味がしてうまいことや、前にもどこかで書いたことがある剝き蕎麦《むきそば》のことは、ただそうして触れるだけにしておいて、次にめぼしいものに、飛島の鯛の刺身に庄内納豆《なつとう》をまぶしたものを挙げたい。これは全く何ともいえないもので、鯛と納豆がこれ程《ほど》合うものであることは食べてみなければ解らない。ほとんど西洋料理の趣《おもむき》があって、納豆が卵と辛子と塩で和《あ》えてあるうちの、卵と納豆の中の蛋白質が辛子や鯛の刺身の舌触りと一緒になって、卵を使った上等の肉の料理を思わせるのかも知れず、それが食べているうちに白い魚にターター・ソースをかけたのに変ったり、雞《とり》のカレー煮になったりした。そしてとにかく、納豆は芳しくて辛子が利《き》いていて、これを紛《まぎ》れもなく鯛の刺身であるものが受け留め、どうせ何か食べて生きていくのならば、こういうものをという感じを新たにした。

もっとも、ただ鯛の刺身に納豆をまぶせば、それですむ訳のものではないことも確かである。鯛はこの辺の、納豆に負けないだけの腰が強い鯛でなければならないだろうし、また納豆がこういう味がするのは、この地方の味噌や青豆がうまいのと同じ理由からで、要するにいい大豆が取れるからである。だから、この納豆をまぶした鯛も酒田の料理に加えなければならなくて、そして覚えていて損をしないものの一つだということになる。またこのいわば一種の荒っぽさ、あるいは親しさは、恐らくいわゆる、宴会料理ではない。

その頃、酒田の菓子も食べておかなければならないので、何か適当なのを頼んでおいたのが届いた。その中で相馬屋と同じ今町の小松屋の焼諸粉子《もろこし》という菓子は、黍《とうきび》の代りに小豆《あずき》を使った落雁《らくがん》でおそろしく固いが、甘さがほとんど口に残らない。それから同じ店に甘氷《かんごおり》という赤と白の松葉のような恰好をした菓子があって、これはその中に入れる香料に何か秘伝があるらしくてうまい。焼諸粉子が一つ七円*、甘氷が百匁三十円*。それからこれは菓子ではないが、酒田で買って帰っていいものにもう一つ、庄内麩《ふ》がある。これはその晩出た味噌椀に入っていたのを、初め見た時は油揚げと間違えたもので、別にどうということはないが、確かに何かを食べている感じにさせてくれて頼りになり、これを肉類などと一緒に煮ると、その味が麩に移って断然うまくなる。酒田千台町の大丸屋製麩所で作っていて、長方形に切って乾したのの大きさによって値段が違うが、十枚一包みで四十円位*のならばそう嵩張《かさ》らない。

しかし料理の話に戻らなければならない。その晩も引き続きいろんなものが出た中で、圧巻は鮭の土手鍋だった。これは鮭、鮭の子、揚げ、白菜、椎茸、木茸、葱などを味噌と味醂の下地で煮るので、これに入れる鮭はその頭と、眼と、鰭《ひれ》の所に限られている。つまり、鮭の一番上等な部分だけであって、これが煮えて来ると、ただ滋味の一言に尽きる。鮭の眼は、それが実際にそうなのか、それとも具や下地の配合がいいのか、鯛の眼よりもうまいようで、鮭の子はフランス料理で出すグリン・ピースの柔かさになる。そして鮭の頭の所は、近江の鮒鮨《ふなずし》だとか、鶫《つぐみ》の焼いたのだとか、伊勢海老の茹《ゆ》でたのだとか、頭の味で持っているものを次々に挙げてみても、これ程《ほど》とは思えない。恐らく、我々の頭が要求するものが動物の頭にもあるので、それが一つの味になって鮭の頭に染み込んでいる感じがする。

まだ食べ残したものが幾らもあるということなので、翌日は早朝から相馬屋の小座敷に陣取った。そして車海老の鬼殻《おにがら》焼きに添えて出された生薑《しようが》の味噌焼きで先ずいい気持になった。これは新鮮な味がするものである。それから味噌汁には麩、大根、および豆腐のほかに皮付きの鯔《ぼら》が入っていて、こうすると鯔の脂っこい所がだしになって味噌汁に溶け込み、鯔はただの魚肉に変って、皮の所にだけ鯔の味が残る。そういえば、前の日には鯔の照り焼きも出たが、鯔の味を楽しむのは刺身でなければ、こうして味噌汁にするのが一番いいようである。

それから木の葉鰈《かれい》の西京焼きで、これも味噌のせいなのか、それともこれがそういう魚なのか、真名鰹《まながつお》の西京焼きに少しも劣る所はないと思った。ついでながら、木の葉鰈をこうするのには五、六寸から七、八寸位なのがいいのだそうである。

それからまた幾つか料理を飛ばして、この朝、南蛮海老の塩焼きが出た。塩焼きだと、この海老の甘味が少くなって、殊《こと》に頭の所がちょうど食べ加減になり、これならば刺身と違って気持よく平げられる。もっとも、これは筆者の個人的な意見なので、やはり文学の作品と同様に、食べものもそれが好きな人間が書いた方が適当のようである。例えば、こっちは鮭について語る資格の方があるので、その次に出た鮭の茶碗蒸しの味には、確かに鮭の甘味が行きわたっていた。

しかしそのあとで運ばれて来た鮑《あわび》のわただけの吸いものは、これを相馬屋の板前さんがそれまで取って置いたのが解るようなものだった。その味は濃厚とも、淡泊ともつかないもので、名手が作ったスープであり、湯《タン》であって、こっちの舌をそこまで訓練するのにここの板前さんはこの二日間、ずいぶんと苦労したに違いない。あるいは、もしこれが技術の結果ではなくて、ただ飛島の鮑のせいならば、そういう鮑はどうかしている。しかしそんなことはないと思う。最後に止めを刺す積りなのか、板前さんは汽車の時間が間近に迫ってから、よし蟹の味噌椀を出した。よし蟹の身だけでだしを取ったようなもので、立ったまま飲んでから、もう一度坐りたくなった。しかし汽車が出るまでにあと八分しか残っていなかった。味噌椀を載せて来たお膳を見ると、御飯に筋子の味噌漬けと茄子《なす》の辛子漬けが添えてある。大急ぎで筋子の一切れを口に入れて玄関に行って、どうにか間に合った。

新鮮強烈な味の国・新潟

新潟には汽車で行くのだから、うまいもののことを書く手始めに、高崎駅の蕎麦《そば》を挙げておきたい。かけしかないが、停車している間の退屈しのぎに食べるとはっきり蕎麦の匂いがするのが円タクが右往左往する中を自転車で運ばれて来たのを食べつけているものには新鮮である。三十円*のほかに更に十五円*払うと生卵を入れてくれて、それでも蕎麦の匂いがしている。そのうちに新潟に着く。

新潟の一月、二月は、たらば蟹の季節である。この辺は何かと蟹類が多い所のようで、たらば蟹をもっとずっと小さくした恰好で卵を食べるのが目的のめ蟹、三月になると菱蟹、その他に川蟹などがあるが、今度食べてみて、たらば蟹の一番うまい所もそのわただと思った。一匹ごとに鶏卵大のわたが胸の辺りに固まってついているのが、要するに、矢も楯もたまらなくうまい。牛の肝と胡桃《くるみ》と西洋松露《しょうろ》と鶫《つぐみ》の脳味噌に火を通して練り合せたのをオリーヴ油で溶いたのに似ていて、だから鶫の脳味噌をもう少し淡味にしたものと思えば間違いない。そしてたらば蟹は勿論ただ茹でるだけで、したがって季節になれば、新潟県から山形県にかけてたらば蟹が取れる所ならばどこでも、誰でもこの珍味が楽しめる訳である。これだけの味がすれば、パンにバタをつけたのに載せてレモンの汁をかけて食べてもうまいだろうと思う。そしてただ食べるのが一番うまいことはいうまでもない。この蟹の肉もまずくはなくて、殊に鋏《はさみ》の中の肉と胸の所の肉には月に照らされた湖の水面の涼しさがあり、だから決して捨てたものではない。

それから今は南蛮海老の季節である。これは見たところは三寸ばかりの、何の奇もない海老で、殻を取って生のままで食べると実に不思議な味がある。相当に濃厚なもので、それがいや味になるという程《ほど》でもないし、今考えてみても、何と形容したらいいのかまだ解らない。うまいものというのは洋の東西にかかわらずうまいのであって、バタ臭いというふうな言葉が出来るのはバタが悪いからであるが、もしそこに強《し》いて区別をつけるならば、南蛮海老というのは日本でも有数の西洋式の味がする食べものなのではないだろうか。確かに美味ではあっても、これを氷に載せて、上等の辛口の白葡萄酒を冷やしたので食べたらもっといいのではないかという気さえする。いっそのこと、この粕漬けを作ったらどうだろうか。そういうことをいったら、これを食べさせてくれた新潟の待合、玉屋のおかみさんが怒るかも知れないが、その埋め合せはたらば蟹のわたでした積りである。

正月を過ぎると信濃川の寒鱒《ます》も取れ始める。富山の神通川の鱒もうまいが、今度、新潟で驚いたのは食べ終るまで淡味の照り焼きだと思っていて、あとでそれが白焼きだと教えられたことである。つまり、塩もつけずに全くそのまま焼いて照り焼きの味が出るので、こういうのを滋味というのに違いない。新潟は菓子にもいいのがあって、ずいぶん食べさせられたが、妙なもので、焼きものの料理が極上にうまいと何か菓子のように思われ、菓子がうまいと必ず何か菓子ではないものを連想する。この寒鱒の白焼きも上等の黄身餡《きみあん》の生菓子を食べているのに似ていて、それで確かにうまいことが解って安心した。何故、鱒がお刺身にならないのだろうかと思って聞いたら寄生虫がいて危いのだということだった。それで逆の方に頭が働いて、河豚《ふぐ》を白焼きにしたらこんな味になるのではないかと考えた。これはそういう豊かな食べものである。

話を変えて、その晩出た摘《つま》みものの中に、数の子の麴漬《こうじ》けがあった。その黒っぽい色からでもあるが、味も今はなくなった濃い味の江戸前の煮ものに似たものがあってビールの肴などにいいのではないかと思う。砂糖と醬油と鰹節《かつおぶし》を使って出した味が数の子の麴漬けになるならば江戸前料理も相当に高級なものだった訳である。そしてそれを本当に楽しむためには昔の五臓六腑に浸み渡ってむせ返るような強烈な辛口の酒がなければならなくて、そういう酒も今はないことに気がついた。なければ、例えばこの麴漬けなどは日本酒よりもかえってビールに合っていて、これは上方と松前の間を往復する船の船頭達が考え出したものに違いない。そういえば、その色は日本海とその上にのしかかる曇った空を思い出させるものである。そんなことを考えながら翌朝はこれでビールを飲んだ。

ついでに、新潟で見つけたほかの摘みものを挙げると、まずうまいのはぜんまいの粕漬けである。春取ってすぐに粕漬けにするのでまだ薄い緑色をしていて、ぜんまいの味と酒粕の取り合せは、例えば山葵《わさび》漬けなどとは全く別種の淡泊な趣があって、これは今日の酒の肴にも絶好と思われた。それから玉屋で出された氷頭鱠《ひずなます》というのは、鮭の頭の軟骨（氷頭）と鮭の子を茹でたのを使った鱠で、これも北国の雪を食べているような味がする。この辺では、取れたばかりの鮭の子をこうして茹でて、一つ一つが円く膨《ふくら》んだのをとどまめと呼び、雑炊に入れたり、鮨の種にまで使ったりする。我々が筋子やいくらから想像するのとは違った、むしろ鯛の眼を食べているのに近い滋味があって、それで鯛の眼と違って欲しいだけ手に入るのだからこの地方の人達は恵まれている。お雑煮にも入れるのは会津地方と同じである。それから菊の花と紫蘇《しそ》の実の味噌漬けがあって、これはその通りの味がするからうまいと断るまでもない。

紫蘇は漬けものその他によく使われるらしくて、中でも知っておいていいのは、甘露梅《かんろばい》と称する、青梅を紫蘇の葉で巻いて砂糖で味をつけたものである。梅の実を材料に使った食べものには例えば梅びしほのようにやたらに甘いものもあるが、甘露梅の甘さは青梅の酸味を感じさせない程度で、それに肉は青梅の固さのままで歯ざわりがいいし、紫蘇の匂いがこれに加わって、何となく思い出しては摘んでみたくなる。もっとも、これは食事用であるよりは、茶うけに適している。やはり紫蘇を使ったものに、真桑瓜《まくわうり》をくり抜いて中に紫蘇の実や唐辛子や大根を刻んだものを詰めたのを味噌漬けにしたのがあって、その味が瓜の皮にまで浸み通ってなかなかの珍品である。そしてこれもこの辺から東北地方にかけて農家で普通に漬けるものであり、それが新潟では町でも売っていて、誰でもちょっと出かけて行って買って来ることが出来る。大体、この辺の味噌漬けは大根でも、人参でも、筋子でもうまい。そして今は筋子の粕漬けの季節で、これも琥珀《こはく》色をした上ものである。店では、東堀の加島屋のを実にうまいと思った。

新潟で聞いた話によれば、ここのサラリーマンは昼の食事をしに町に出ることは滅多になくて大概《たいがい》は会社に弁当を持って来てすませるのだそうである。しかし米がこの辺の米で、それにそういう野菜の味噌漬けや筋子の粕漬けや数の子の麴漬けがあり、御飯の上にととまめでもかけてあれば、わざわざ町の中華料理のワンタンやラーメンで鼻の穴を濡らすこともなさそうに思える。何故なら、味噌漬けやととまめの味は、いかにも北国で雪に降り込められた農家の人々が、朝から晩まで茶うけに齧《かじ》るのに適していて、幾ら食べても飽きることがないからである。栄養の点でも、大概のビタミン剤やホルモン剤に入っているものはそのどれかに含まれているに違いない。

しかし新潟でもサラリーマンが行く店の一軒として、古町通りの田舎屋というのに案内され、これもこの辺の料理であるのっぺい汁と三平汁を出された。田舎屋は民芸風の、今の日本で少し大きな都会ならばどこにでもありそうな作りの店であるが、この二種類の料理はその味からして本ものの郷土料理と思われた。のっぺい汁というのは里芋、こんにゃく、雞《とり》、人参、椎茸、帆立貝の貝柱、銀杏《ぎんなん》などを入れた汁で、東京で薩摩汁と呼んでいるものから豚を取ったものといえば大体の想像がつくかも知れない。しかしもう少しどこかに粘りがあると同時にもっと淡味で、淡味にしてあるから何杯でも食べられるのだという説明だった。

これはそうあるべきことで、酒の肴には少し食べただけでうまくて栄養も充分なものの方が重宝であるが、普通の食事には、幾ら食べてもうまいものの方が食べて楽しむのに適《かな》っている。英国のロースト・ビーフがその別な一例であって、今日では一切れか二切れ薄く切ってくれるだけなのはロースト・ビーフに出来る程《ほど》の肉が容易に英国人の口に入らないからに過ぎず、昔は樊噲《はんかい》のように楯で受けて剣で食ったものなのである。

三平汁というのは酒の本粕を使って塩鮭の頭と大根と人参を入れた粕汁で、調味料を一切加えず、塩鮭から出る塩だけで味がつけてあるのは、のっぺい汁と同じ趣旨からである。本当のところをいうと、この方がうまかった。食べものとしては、各種の汁の中で粕汁が一番心を温めるものをもっているのは酒粕が結局米であって、米の複雑な成分とその味が皆そこに出て来るからではないかと思う。いわば、米の中で一番うまい部分が固形物の限りでは酒粕になり、それに更《さら》に粕汁に入れたものの味や養分が加わるのであるから、これが我々の体を喜ばせるのは当り前である。わた付きのたらば蟹にこの三平汁があって、あとは口直しにぜんまいの粕漬けでもあったら新潟ならばもう何もいうことはないという気がする。そしてそれはこの地方が海産物に恵まれているほかに、米が、したがってまた酒粕や味噌も我々東京人の想像を絶して優秀なのだということにもなる。

しかし田舎屋ではもう一つ珍しい料理が出て、これもこの地方に限られたものらしいから書いておく。信濃川の上流で取れた八つ目鰻を頭からまるごと焼いたもので（田舎屋ではこれを八つ目鰻の筒焼きといっていた）、それを紅葉《もみじ》おろしと生《き》醬油で食べるのである。気味が悪いと思うかも知れないが、食べてみればそんなことは少しもなくて、八つ目鰻というのは体中食べられるものであり、その各部分を混ぜた味が一番うまいことが解るだけである。焼き方に何か特殊な工夫があるのかも知れない。そういえば、ドイツだかどこだったかに八つ目鰻をやはりまるごと燻製《くんせい》にしたのがあったが、この筒焼きの方が体全体に火を通しただけだからもとの味が生きていて、手が込んだ作り方の上等なソーセージを食べているような気がする。

古町通りというのが新潟の繁華街で、田舎屋の先にせかいという鮨屋があったのでここにも入ってみた。新潟に鮨があるとは知らなくて、押し鮨ではないし、握り鮨とも呼べない独特のものだから紹介する。種の問題で、その時のは数の子に平目の昆布締め、生雲丹《なまうに》にととまめだったが、そういうものだから、これを御飯の上に載せて握る訳に行かない。握ったあとで生雲丹や数の子や、それから平目の昆布締めも昆布ごと載せて出すので、ととまめは御飯を海苔《のり》で囲み、上の方に出来た空間の中心に入れる。うまいとも、まずいともつかない不思議な味がするもので、御飯の炊き方が軟《やわら》か過ぎると思ったが、新潟の人達はその方を喜ぶということだった。

ついでに、古町通りから入った堀の縁にあるイタリヤ軒にも寄った。西洋料理で有名で、その歴史も古いことは解っていても、三平汁だの、八つ目鰻の筒焼きだの、その上にととまめ鮨まで食べたあとでは前菜から始る定食などとても駄目なのを感じてグリルに行って卵のサンドイッチを頼んだ。そしてそれを立派なものだと思ったのだから、イタリヤ軒の料理は確かに立派なものなのである。それにもし場所の空気の問題ものを食べる時の条件に入るのならば、イタリヤ軒は一度焼けて新築したということなのにもかかわらず、古風で落ち着いている所が銀座の資生堂に似ていた。まだ楽手が三人で二階で演奏していた頃の資生堂の感じさえあって、カレーライスなど註文するのはもったいない場所である。そしてそれが、何か客を気取らせるものがあるからではなくて、もっとうまいものがあるだろうと思うからなのである。

ここを出て、古町通りから反対側の横丁を入った所にある本陣という店に行った。ここで出たのは河豚《ふぐ》鍋で、この辺でも河豚が取れるらしい。しかし刺身はなくて、刺身用の河豚は下関から持って来るのだということだった。それよりも、ここで摘《つま》みものに出た鷹《たか》の爪《つめ》という一種の葱《ねぎ》は強烈な味がするもので蕎麦の薬味にも、味噌汁の実にも好適と思われる。勾玉《まがたま》の先をもっと尖らせた恰好をしていて、雪の下で栽培する由。一袋貰って帰って来て東京で味噌汁の実にして食べてみたから、その方は保証する。そしてそれに使った味噌は野菜の味噌漬けの野菜を食べてしまったあとに残ったので、この地方の味噌は確かに関東になどないものである。

その晩、玉屋では真鱈《まだら》のちりに雑炊が出た。雑炊はととまめと菠薐草《ほうれんそう》と卵を入れて米から炊いたもので、雑炊も、ちりも淡泊な味に作ってあったのは、その日一日、ものを食べて暮したことに対するおかみさんの心遣いからかと思われる。いわば宴会料理のあとの茶漬け風に出来ていて、それならばこれも一種の宴会料理であり、真鱈のちりの汁が一番うまかったのを覚えている。やはりこれは、各家庭で作る手料理のちりの方が本当のようで、いつだったか、山形県酒田のある家で食べたのが忘れられない。そこのおばあさんが御自慢の料理ということで、身もうまかったが、そのわたは新潟のたらば蟹のわたとも違って、これに匹敵した。それから肝で、ただしわたの方は鱈の雄《おす》に限る。とにかく、このことによって真鱈のちりが大したものであることを保証することが出来るのであって、取れ立てでなければ駄目だそうであるから、東京で河豚《ふぐ》を食べるような訳には行かないのは残念である。

もう一つ、菓子ではなくてこの辺でうまいものに餅《もち》がある。米がいいのだから当り前かも知れないが、糯米《もちごめ》を粉に砕いてそれだけで搗《つ》いたように腰がある餅で、その中に青豆を入れたり、胡麻を入れたりする。焼いたのの上にバタを塗って、それに筋子を載せて食べてもうまい。雑煮もうまいだろうし、これで作ったかき餅についてはあとで述べる。

新潟の名物に菓子があることを忘れてはならない。有名な菓子屋の多くは古町通りにあって、一々店先で食べて見る訳にも行かなかったから、届けて貰ってまとめて試食することにきめた。

香月堂のありの実はその名が示す通り、梨の味がする菓子で、飴状のものを梨を輪切りにした形に伸ばして米の粉をかけたものを口に入れると、確かに梨の匂いがする。本当に梨の汁が使ってあることが解る強さの匂いで、ただこれはなるべく早く食べた方がいいらしい。うまいので、あとに残して置いた分を何日かして食べてみたら、気が少し抜けていた。

同じ店で作っている雪国というのは、一つ一つの包み紙が何というのか知らないが、藁《わら》で作った雪除《よ》けの帽子に紺飛白《がすり》のもんぺを穿《は》いた子供の恰好に見えるように出来ていて、菓子そのものは胡麻餡を求肥《ぎゅうひ》でくるんでそれに黄粉《きなこ》が振ってあり、食べると乾し柿の味がする。それがいいし、また紙で包んである時の恰好がいかにも可愛い。

それからはり絲という店があって、ここの半生《はんなま》は本格的なものだった。その中に、梅鉢の形をして桃色の求肥で包んであるのは味があるのかないのか解らない、菓子に限らず、すべてうまいものの極致に達していたと思われ、この梅の恰好をしたのを特に覚えている。それで気がついたのだが、菓子というのは砂糖とか、米の粉とか、材料はそう幾種類もなくて、その組合せ方も、扱い方も結局は一定しているから勝負は上等か、下等かできまり、地方色が豊かな郷土菓子というふうなものはあり得ないのではないだろうか。つまり、うまい菓子といえば新潟の菓子でも、金沢のでも、大阪のでも、要するにうまい菓子であって、食べているうちにそれが出来た場所を思い出すということはないのではないかという気がする。うまい菓子を食べて何よりも思い出すのは子供の頃であって、それはそういうものが今日では一般に昔程《ほど》は簡単に手に入らなくなったということに過ぎない。その点、酒と非常に違っているといえる。

しかし一つだけ、新潟にしかないものがあって、それは前に挙げたかき餅が入っている新潟市南浜通り一、越の家山貝の越路あられである。これはどういういきさつがあったか忘れたが、前は玉屋が個人的に作らせていてよそでは手に入らなかったが、作っている人が今は店を出して右の番地に註文すれば送ってくれる。

これはかき餅と昆布と青豆を混ぜたもので、一摘み口に入れれば全部の味がするから思い悩む必要もない。御飯茶碗に盛って掻《か》っ込んでもいい位の御馳走で、このあられについてはかつてこの地に遊んだ河上徹太郎氏も書いておられるから左にその一節を紹介する。

「たまやという待合で、ビールのおつまみに素晴らしいかきもちが出た。例の寒晒しの米らしいサバサバした小粒のかきもちに、青豆と昆布が混じっているのだが、共に大きさといい硬さといいかきもちと同じなので、一緒に食べて歯ざわりが少しも気にならない。しかもその味は一粒でも豆であり昆布であることが分るように新鮮強烈なのである。こういうものを作る心やりが文化というものである。」

その通りであって、またもしこの定義にしたがってこのあられを作っている人のようなのを文化人と呼ぶのが常識になれば、我々はもう少し文化や文化人という言葉に鼻持ちがならない思いをしないですむことになる。文化というものが有難くさえなるかも知れない。今度、新潟に行って強く感じたことは、ここでは、何を食べるには何という店に行かなければならないということがない。そういうものもあるのかも知れないが、その一軒にも案内されなかった。つまり、うまいものといえば、真鱈であり、川鱒であり、たらば蟹のわたであり、筋子の粕漬けであって、これはどこでも手に入り、我々の常食とするところであって、それが掛け値なしに、文字通りうまいのである。その調理法も、皆、生活感情の形で身につけているに違いない。そしてそれが文化というものなのである。

食い倒れの都・大阪

大阪に「つばめ」で行く途中、どうせこれから食べて廻るのだからと思って、ことのついでに食堂車に行った。今度新たに製造された型で、今まで片側の卓子《テーブル》が二人掛けだったのが両側とも四人掛けになり、壁の大部分が窓ガラスで、汽車に乗っているのではなしに、景色の方が刻々移動する自然の法則を無視した場所に腰を降している感じである。またそうだから、ひどく明るい。今日の言葉でいえば、合理的で快適で、日比谷の日活ホテルの中とか、携帯用のラジオとかと少しも変るところはない。こういう汽車に乗って、日活ホテルから日活ホテルへ泊り歩くのを旅と称することについて考えていたら、食堂車の料理も合理的で快適であることに気がついた。

しかし大阪に着けば、もうそんな心配はない。道頓堀の、湊町駅から行けば、だいぶ歩いてから左側、高津神社の方からならば少し歩いてすぐ右側に、たこ梅というおでん屋がある。間口がそう広くなくて、夜になって寒いと主人がすぐ板で店の前を囲んでしまうから見つけてももう店を締めたのかと思うが、脇に入り口が開けてある。入れば中は広くて、天井の下にコの字型の台が主人以下、四、五人のものが働いている四角い土間を仕切っているのを夕方の込んでいる時間には客が二重に取り巻いて、そのまた外に更《さら》に何人か、席が空くのを待っている。ただもう飲んで食べたい気持が店一杯に漲《みなぎ》っていて、騒々しいものさえ感じられない。どこか寂しくて賑かなのが夜のおでん屋であるとはっきり思わせる（この店は四時前には開かない）。

酒は、一升は楽に入る錫製《すず》の壜が、七輪《しちりん》に掛けた金盥《かなだらい》に湯が煮立っているのに浸っているのから円筒形の錫の塊を四勺で一杯になるように刳《く》り抜いたものに注がれ、一杯で五十円、*それと一緒に「酒」と焼き印が押してある木の札が一枚、台の上に置かれる。おでんはあとに残った串で勘定して、どれでも十円*だから簡単である。この店の酒はそれまでは昔の東京のおでん屋でしか飲んだことがないものだった。白鹿ということだったが、それならばこれは白鹿の特々級酒で、口当りがいいので四勺を二口位で飲み乾《ほ》すその味がかつて東京でも、辛口と呼んでいた酒にそっくりだった。喉を通る頃から、自分は酒を飲んでいるのだぞという気分がどんどんと背中をどやしてくれる。白鹿でも、たこ梅の白鹿で、それもこの店で錫の入れものから錫の湯呑みに注いで貰うのでなければこの味は出ないだろうと思う。そしてこれは少しも不思議ではないので、昔の東京でも菊正ははち巻岡田に行って飲んだものだし、江戸時代に旗本達が飲んだ剣菱も、どこか殊にうまい店があったに違いない。

そしてこれはたこ梅の白鹿が、おでんとか、江戸前料理とか、かなり味が強いものに合っているということでもあって、この酒で河豚《ふぐ》の刺身を食べたらどういうことになるか、やってみなければ解らないが、この店でこれを飲めば、店の名物の「囀《さえず》り」が食べたくなり、「囀り」を食べればもっとこの酒が飲みたくなる。その「囀り」というのは鯨の舌を四角に切って串に刺しておでんの鍋で煮たものである。味も柔さも極上の豚肉に似ていて、脂の所が多いのに豚の脂味のしつっこさが全くない。大阪では鯨をいろいろなふうに使うとは聞いていたが、舌をこうして煮るのはたこ梅だけではないかと思う。実際は味が相当に濃いもののようで、また一つには肉を柔くするために、だし代りに「囀り」の串は鍋の底に入れてあり、ちょうどいい頃になるまではこれを頼んでも主人が鍋から出してくれない。

おでんはこのほかに茹《ゆ》で蛸《だこ》、茹で卵、こんにゃく、里芋、棒天などがある。こんにゃくはこんにゃく玉から作ったあの黒くてしゃきしゃきしたので、棒天という竹輪《ちくわ》を揚げたようなものは、特別に注文して作らせているのだということだった。しかし中でも珍しいのは茹で蛸で、ここの茹で蛸は柔い。そして味は確かに蛸を茹でたので、これには何か秘伝があるに違いない。東京で蛸の足の茹でたのといえば、歯が悪いものは避けて通る酢の物なのが普通なのに、ここの烏賊《いか》の刺身よりも柔いのだから、そうとでも考えるほかないのである。もう一つ、ここの辛子のことも書いておかなければならない。皿に取ると変に薄くて頼りがないが、口に入れると凄く利《き》く。そしてこういうふうに薄い方が勿論おでんにつけるのには都合がいい訳で、それで味を薄めないでおくのには、その溶き方にも秘伝があるのではないかと思う。

ここは、英国のパブ（一種の公衆酒場）なのである。パブも、無駄なものがないのが身上で、個性はその店で出すものにあり、主人と客の無愛想な付き合いがそこの空気を作っている。今度、「たこ梅」について聞かされたことで美しいと思ったのは、この弘化元年創業の店に来る客も親子代々のが多くて、父親が子供を連れておでんを食べに来ているうちに、その子供が大きくなって、今度は自分の子供を連れてくるようになるというのである。それはもう定連《じようれん》などというものではない。したがって東京ならば、定連に相当するものがここにはなくて、だから誰でも自由に入って行ける。そしてこのことも英国に似ている。

翌朝は靄《もや》が一面に降りていて、大阪が英国、またロンドンであるのは、必ずしもたこ梅に限ったことではないのを知った。街を歩いている時の感じがそうで、東京と同様にほとんど全部が焼けてしまったはずの大阪が一向にそのように見えないのが不思議だったが、ここにいる間に聞いたところでは、焼け跡には初め新式の、幾ら金をかけてもバラックとしか思えない建物が建ったのが、時がたって改築を重ねているうちに、段々焼ける前のもとの姿に近いものに戻って、それで焼けた所と焼け残った所の区別がつけ難いのだということだった。勿論《もちろん》どこにでもある近代風の化けもの建築は大阪にも幾らでもある。しかしさいわいに食べもの屋が多い場所は主に低い家並の昔通りの街で、難波本通りのアストリアもそういう一軒の一階にあるキッチン風の西洋料理屋だった。

ここのビフテキはうまい。第一に、牛肉の匂いがする牛肉で、柔い肉だとか、霜降りだとかはそれ程《ほど》珍しくはないが、見ないでも匂いで牛肉であることが解る肉は、この頃は市場から姿を消したのではないかと思っていた。確かに松阪の牛というのは東京でも広告している。しかし誰だったかどこかで書いていた通り、ビールを飲ませたり、マッサージしてやったりした牛の肉というのはある程度の需要にしか応じられないものなので、それよりも、豚でも、水牛でもなくて、間違いなく牛肉の匂いや味がする牛肉の方が欲しいのが当り前である。アストリアのはそういう肉だった。ここの主人の話では、これは但馬《たじま》牛で、やはりこれはと思うような肉は月に一度位しか入らないということだった。松阪の反対に、この頃は牛肉の恰好がつきさえすれば、なるべく多く取れるのがいいという方に一般業者が転向したのだそうである。

しかしそういうことはこっちから聞いたので話してくれたので、大阪でうまいビフテキが食べたいものはここへ来て三百円*払うだけで食べられる。鍵なりのカウンターに向って客が十人やっと腰掛けられる位であるが、ただうまいものを食べるのが目的で来た客が相手なのだから、そう待たされることはない。給仕をボーイがやっているのも感じがよかった。やはりここの主人に面白い話を聞かせて貰《もら》ったが、大阪人はどこそこのビフテキがうまいと解れば、そこでビフテキを食べ、そこから例えばショートケーキがうまい店に行き、更《さら》にコーヒーで知られている店でコーヒーを飲んで、同じ一つの店で全部がうまいとは限らない定食など食べず、店が増築して値上げしたり、味を落としたりすれば、もうその店には寄りつかないのだそうである。これは通人《つうじん》ではなくて、生活者の態度である。

カレーライスでも、豚カツでも、焼き鳥でも、東京で考えられるものならば大概《たいがい》何でもあるこの町で、かやく飯や粕汁などの、ここに昔からあったものがそのままの形で残っているのは（おでんもこの中に入る）、大阪人のそういう生活態度から来ているのかも知れない。うまいかやく飯と粕汁を食べさせる店に、千日前のだるま屋がある。これも腰掛けの、大衆食堂風の店で、真中のガラス箱に鉢《はち》に盛った煮ものなどが沢山《たくさん》並べてある。かやく飯というのは油揚げ、人参、牛蒡《ごぼう》、椎茸、蓮、豆などを飯ではなしに、初めから米と混ぜて炊き上げたもので、先ず飯粒に油が乗って薄く色がついているのがいかにもうまそうに見える。食べて、いろいろなものの味がするのに、少しも刺戟的でないのは、関西の景色のようなものだろうか。炒飯ならば一皿で飽きるところを、これなら幾杯でも食べられる。食事の時間でもないのにここに寄って、丼に盛ってあるのを平げそうになり、あとのことを思って慌《あわ》てて止《や》めた。

粕汁は型の如く鰤《ぶり》と人参と大根を入れたもので、東京で作るのと別に違ってはいないが、それが町で食べられるというのが何としても魅力である。こんなにうまいものはない、ということは前にも書いたような気がする。そしてこんなに安くてうまいものを売る店が東京にないのは、一つにはそれが安いから、また一つには、酒粕が東京ではそれ程《ほど》簡単に手に入らないからかとも考えられる。かやく飯と一緒に取るのには絶好であって、それからここでは「精進《しょうじん》」と呼んでいる、蒲鉾《かまぼこ》と筍と椎茸と玉子焼の煮付けがあり、これも我々が関西に行くごとに羨《うらやま》しく思う淡味で、この三品で食事をすれば、王者かどうかは解らないが、王者の民の気持になることはむずかしくない。またそれ故に、王者の膳に載っても構わないものである。

大阪のうどんも有名で、御霊神社の裏の美々卯は既にだいぶ書かれて東京でも知られているが、ここには蕎麦もあって、うずら蕎麦というのが名物になっている。要するに、鶉《うずら》の卵を二つ汁に加えるもり蕎麦で、太い機械打ちのよりも、細い手打ちの方が段違いにうまい。雞《とり》程は味が強烈でなくて、割って落した所が見た眼にも綺麗な鶉の卵を使うことを考えた訳であり、確かに蕎麦の味によく合っている。うどんは、今度は方向を変えて、毎日会館の傍の路地を入った所にある卯月のを食べた。大阪のうどんは、かけでも狐《きつね》でも、美々卯のうどん鋤《すき》でも、何でもうまいが、卯月ではうん六という変った名前のを頼んで、名前の由来は卯月のおかみさんも知っていなかった。これはうどんのもりで、蕎麦と同様に薬味を加えた汁をうどんにつけて食べると、うどんというものがバタの代りに醤油を使うマカロニなのだということを改めて感じさせられる。常食するのなら、あるいはただ沢山《たくさん》食べるのにも、このやり方が種ものよりも気《き》が利いているのではないかと思う。そしてかけよりも味に飽きが来ない。

鰻《うなぎ》の焼き方が関西と関東で違うことは、大概の食べものの雑誌に書いてある。どっちがいいともいえないし、これはむしろ地方的な条件できまることなので、新橋の鰻屋の生野に頼むと、鰻の白焼きを使ったいそべという茶漬け飯を出してくれる。熱い御飯に鰻の白焼きと海苔と山葵《わさび》を載せて、お茶をかけて持って来るのを食べるのだが、これはやたらにうまい。蒲焼きの茶漬けよりもずっと軽くて、鰻の味だけを楽しんでいるようであり、そして何といっても、茶漬け飯である。お馴染みの味に鰻の味が加わって、二日酔いの朝食べたら絶好だろうと思う。どうせ家ではこれだけに出来ないのだから、これで三百円*は決して高くない。アストリアのビフテキと同じ値段で、大阪は、あるいはむしろ日本は、確かに恵まれた国である。

新橋から北船場の筋違橋まで、円タクで行ったので道順は解らないが、そこに鮨萬の本店がある。天保年間に大塩平八郎の乱で打ち壊されたあとに出来た仮普請《ふしん》だそうで、それから百二十年もたっている大変な仮普請であり、恐らく船場の建築の典型的なもので、目立たないから、気をつけていないと通り過ぎてしまう。鮨萬の雀《すずめ》鮨と鯖鮨は説明するまでもない。鯛が不漁だということで、いつもの桶《おけ》に入った円い形の雀鮨は買えなかったが、その代りに磯巻があった。これはサンドイッチ式に、飯と飯の間に鯖《さば》を挟んで海苔を巻いた、鯖鮨や普通の雀鮨と同じ長方形の鮨で、鯖の脂っこさが感じられず、東京の鉄火巻きとも違ったおよそ軽い味のものである。ただこれは保存が利《き》かないので、直接に店に行かなければ手に入らない。夏は、鯖の代りに焼き鯛をほぐしたものも使うそうである。

それから曽根崎新地にいなば播七という餅屋があって、ここに極上のお萩《はぎ》がある（もっとも、値段は二つで四十円*しかしなくて、大阪ではお萩のことをぼた餅といっている）。つまり、昔、東京にあった通りの、餡《あん》のきめが細かくて、それだけいえばお萩を思わせるものである。このあとで小倉屋のをぐら昆布でも齧《かじ》ったら、うまいものを食べたと思って安心してまた酒が飲める。菓子ならば、大阪には今橋鶴屋八幡もある。せっかく、本店まで行くのなら、ここの干《ひ》菓子を買うといい。何とも綺麗で、食べてもうまい。見ただけで、昔のお雛様を思い出す。その三月の節句が近づいたというので、店にはいろいろな貝の恰好をした干菓子が、あの極彩色の有平糖《アルヘイ》を伸ばして巻いた菓子と一緒に一皿に盛ってあった。どうしても買って帰りたいと思っ

とだった。これはただ見本に作っただけで、実際には註文もなくて見本だけで終るだろうというこ
とだった。クリスマスにデコレーション・ケーキを食べるような日本的な西洋になった今日だから、これも止《や》むを得ないことかも知れない。生菓子は、同店の今中富之助氏が大阪にいることを確かめた上で、西王母というのを頼むといい。これは色も、形も、味も強烈に美しい菓子である。

ここでもう一度、料理の話に戻る。東京のどこの料理屋でも出す関西料理に懲《こ》りずに、もっと本格的な関西料理が食べたいと思うものは内北浜のにし井に行けば、値段の点であとで（あるいは、その場でも）困らないですむ。下が腰掛けで、二階が座敷であるが、勿論、下の方が気楽である。ここに行った晩の突き出しは、鰧《おこぜ》の肝と油女《あぶらめ》のもつを茹でたのちにちり酢（レモン汁、醬油、大根卸し、葱）、若狭ぐじの辛（例の酒盗と呼ばれているもの）、烏賊の糸づくり、それから飯蛸《いいだこ》に似たひしご烏賊の胡麻酢と木の芽和え、琵琶湖の氷魚《ひうお》（これは小さい鮎《あゆ》らしい）の紫蘇煮き、生雲丹生薑《しょうが》などだった。この中で、氷魚の紫蘇煮《だ》きは紫蘇で身が締ってうまいし、生雲丹を生薑で食べるのは意外に新鮮な味がするものである。酒は白雪で一本百二十円、＊ここのは関西並のいい酒である。

それでそのもっと本格的な料理の方であるが、この店で縁高《ふちだか》を頼めば、味覚はそれで満足するし、腹の方も先ず大丈夫と思える。もっと詳しくいえば、これは松花堂縁高という、蓋がない大きな弁当箱に似た四角い木の箱の中を四つに仕切って、その一区切りごとに料理を入れたものである。入れものが感じがよくて、料理までうまそうに見える。その晩の中身は、一区切

りが油女《あぶらめ》の刺身に生薑、隣が油女の山椒《さんしょう》焼きに玉子焼に菜種《なたね》、その下が蝦芋《えびいも》と生湯葉と辛《から》子菜《しな》の煮付け、最後の区切りが銀杏《ぎんなん》飯だった。関西風に淡味にした煮ものが好きなものには、蝦芋や生湯葉を煮たのがどんな味がするか、説明するまでもない。そしてその蝦芋も、生湯葉も、辛子菜も、関西が本場なのだから、これは汽車賃を払って行くだけのことがある。油女というのは奇麗な魚なので子供の頃はよく釣ったものだったが、どうして食べるのかは知らなかった（もっとも、それは支那の油女だった）。その名の通り、どうにも脂の乗り方がいい魚で、刺身も舌に親切な味だし、山椒焼きになると、誰がこういう料理を考え出したのだろうかと思う。肉類に辛子をつけるのを数等もっと高級にした味である。飲んでいなければ、銀杏飯もついでに食べればいい。

この縁高が五百円*、そして白雪を三本飲んだとすると三百六十円*で、合せて八百六十円*、一本で六百二十円*、懐石料理のように手が込んだものの中では、恐らく世界一に安い部類に属している。それで、まだ余裕があれば、ここの二百五十円*の煮ものを頼むと、これもうまい。普通に我々が椀と考えているものを懐石では煮ものと呼ぶのだそうで、その晩のは鴨《かも》と椎茸と生麩と菜の花が入っていた。一番うまいのがその汁であることはいうまでもないが、これは冬が明けて春がきた感じがする。千円*の予算ならば、酒を六本にこの煮ものだけでもいい。突き出しの値段のことは聞かなかった。主人が、突き出しというのは幾つでも出来るものだという例に、ここに書いただけ出してくれたのであるが、その要領は、鰧《おこぜ》の肝だの、油女《あぶらめ》の肝だのと、捨ててしまうものを生かすことにあるのだといわれて、勉強した。塩辛などというものも、初めはそういうことから考案されたのに違いない。

大阪は天麩羅《てんぷら》の発祥地でもあって、徳川家康に鯛の天麩羅を食べさせて殺してしまった茶屋四郎次郎も大阪辺りの人間だったらしいし、のちに江戸に天麩羅が本格的に入って来たのも大阪からであり、維新以後、今日の澄んだ色の天麩羅の揚げ方を発明したのも大阪の人である。だから、大阪に行けばさぞ天麩羅がうまいだろうと思うが、その通り、間違いなくうまくても、これが本場の天麩羅なのだという実感は湧いて来ない。それ程《ほど》、日本中の天麩羅が大阪風のものになってしまっている。その、今ではどこのものでもないうまい天麩羅が食べたければ、曽根崎新地に菊屋という店がある。

ここはまた、陶板焼きというものをやっていて、これは電熱器の上に陶器の板を嵌《は》めた特殊な装置にオリーヴ油を塗り、鴨、魚、野菜、牡蠣《かき》などを焼くのである。野菜と牡蠣をこれでやると、特に味がよくなるようだった。この装置は一台二万円*とかいうことで、テレビを買う位なら、これで家で食べものの味を楽しんだ方が意味がある。

瀬戸内海に味覚あり

広島の名産が牡蠣《かき》であることは誰でも知っているが、やはり広島まで行って食べれば、来てよかったと思う。牡蠣というのは大体が複雑な味のもので、他の貝類などとてもおよばないところへもってきて広島のはその点がまた殊《こと》のほか、小刻みにこってりと出来ているようである。

この辺の小魚がうまいのと同じ理由で、海の加減がちょうどいいのかも知れないが、とにかく、ほかの地方にはない御馳走である。また、土地の人もそう思っているらしい証拠に、少し町外れの所には到る所に、牡蠣殻の小山が出来ている。これは牡蠣を殻ごと食べる習慣がない事を示すものであるが、こういう味のものならば何にぶち込んでもいいだろうから、殻など初めからない方が便利なのかも知れない。しかし同時にまた、この辺は牡蠣がこれ程《ほど》豊富なので、誰でもが食べられるものであるためにいわゆる、御馳走にならず、料理屋などで余り出したがらないことも事実のようである。

牡蠣舟の数も減って、広島全市に今は二艘《そう》しか残っていないというその一艘の、本川に繋《つな》いであるかき豊というのに行った。それで、広島の川のことも書いておかなければならない。これは太田川が七本の支流に分れて広島市でデルタを作っているので、花崗岩《かこうがん》が多いその水源地から流れて来る水は都会の中を流れている川の水とは思われず、晴れた日には青空を映して透き通っている。そしてそういう川が七本もあるのだから、広島にいて川から遠く離れていることは出来なくて、原爆でやられる前は、これは日本でも有数の美しい都会だったに違いない。それに、川は残っていて、東京の堀割と違っていかに欲張りなボス達でもこれを埋めることは出来ないだろうから、まだ広島は昔の姿を取り返す望みが残っているし、既に取り返しかけているのが感じられる。

本川は、その七本の川が広島市を流れている中の一つで、これにかかった本川橋の川下にかき豊が岸から板橋を渡して浮んでいる。ここの銘酒千福は保証出来る。それと一緒に出された牡蠣酢は白味噌と酢を混ぜたものと和《あ》えてあって、白味噌が混ぜてあるのが珍しかった。もっとも、広島の牡蠣ならばソースをぶっかけても、味は負けないと思われるから、味付けにいろいろと工夫のしがいがある訳である。その次に、貝蒸しというのが運ばれて来た。これは土器の大きな平たい鍋のようなものの中に小石を敷き、その上に牡蠣を殻ごと載せて酒蒸しにしたもので、その蒸した汁に山葵《わさび》を入れたのをつけて熱いうちに食べる。だしは酒と牡蠣自体のうま味で足りる訳で、極めて上等な吸いものと食べものを一緒にしたような料理である。牡蠣だから、それが出来るということはいうまでもない。

その次に、殻焼きが出た。これは牡蠣がある所ならばどこでもやっていて、ただ牡蠣を殻ごと七輪《しちりん》の火で焙《あぶ》ったものである。もし衛生のことが気になるならば、これは恐らく牡蠣をそのままの味で食べるのに最も適した料理法で、この店でも牡蠣に漸《ようや》く火が通った程度で出した。それでも殻の底に汁が残って、これがうまい。ここでは一緒にぽん酢を出したが、こうして焼いた牡蠣に何もつけることはない。ただ食べればいいので、牡蠣を一々焼くのに時間がかかるのだけが残念である。

それから、どて焼きだった。何故これをどて焼きというのか、これは鍋に白味噌と、この店では牡蠣の出し汁に生薑《しょうが》の絞り汁を加えたのを入れて、それで牡蠣と貝を煮るのであるが、この話では、どて焼きは土手という人の名前から来ているとするのが本当らしいということだった。もっとも、鍋の縁に沿って味噌を土手の恰好に盛り上げて、その中に汁を注いで牡蠣を煮る所もあり、それでどて焼きというのだとも考えられる。しかしこれでは牡蠣の味噌煮を作ることになり、この店でやっているように、ただ汁の中に木の葉の形に捏《こ》ねた白味噌を一切れ落すだけの方が、牡蠣の味に対する被害は少ない。

勿論、それが広島の牡蠣である以上、こうして一種の味噌煮にしても、まずくなることはなくて、具は芹《せり》にこんにゃく、豆腐、それから葱《ねぎ》だった。これを鋤焼《すきや》きと同様に、生卵で食べる。実際、この牡蠣、あるいはこの辺の牡蠣というのは妙なもので、こうすればまたこれで味が出て楽しめる。フライにするなどというひどい目にあわせても、まだ結構食べられるのだから、どて焼き位は牡蠣の方では平気なのかも知れない。牡蠣のほかに豚を入れることもあるということで、そうすれば豚もうまくなることだろうと思う。牡蠣と豚は確かによく合うようで、豚を入れたどて焼きは食べたことがないが、ベーコンを五分位に切ったので牡蠣を巻いて焼いたのはうまい。つまり、これだけの味があるものだから、逆に牡蠣の方をだしに使った料理が考えられるのである。西洋料理では、牛肉の味付けにも牡蠣を用いることがあるらしい。

かき豊で最後に出た牡蠣飯は、牡蠣の出し汁で米を牡蠣、卵、椎茸、紅生薑、それから生薑などと一緒に炊き上げたもので、大阪のかやく飯の要領であるが、牡蠣が入れば味も自然、違って来る。幾らでも食べられる気がするのは同じで、ただそれが牡蠣の味のためなのである。そしてそれについて前から考えていることが一つあって、それは、本当にうまいと思って他人を押し除《の》けても手に入れたくなる種類の食べものには、何なのか解らないが、その味とは別に何かそこに幾らでも食べられる気にさせる共通の味に似たものがあるということで、西洋でその極致は恐らく鱘魚《ちょうざめ》の卵で作ったキャビアと鵞鳥《がちょう》の肝臓を肥《ふと》らせたのを練ったフォア・グラであり、それと同じものが確かに牡蠣にもあることを広島に今度行って感じた。一種の消化剤に似た作用をする要素かも知れなくて、そういえば、戦前に牡蠣が原料の胃の薬があって、これはよく利《き》いたのを覚えている。

これだけ書けば解る通り、本当は牡蠣を食べるのなら生のままが一番いいのであって、それを中途半端に牡蠣酢などにせずに、殻ごとのを自分で割ってレモンか橙《だいだい》の汁をかければ、牡蠣に関する限り、もう何もいうことはない。牡蠣はそうして食べられるように天然に出来ているので、それであの厚い殻を被《かぶ》ってほかの動物から身を防いでいるのである。それを割って食べれば、まだ海の匂いもするし、海水に洗われた牡蠣の込み入った、ただもう味とでも呼ぶほかない味が直接に舌に乗り、先ず二十か三十ならば瞬《またた》く間に平げられる。勿論、それが良質の牡蠣で新鮮であることが必要であるが、広島ならばその良質で新鮮な牡蠣が季節中には(十月—三月)、無尽蔵に手に入るので、その上に千福、酔心、賀茂鶴などの銘酒があり、牡蠣が牡蠣であるから無尽蔵に飲み、また食べられる。早く広島の人達が広島の牡蠣は当るなどという、東京辺りで捏造《ねつぞう》されたに違いない迷信から醒めて、旅行者が広島に行った時は殻ごとの生牡蠣を大皿に盛って出すようになってくれることが望ましい。広島の牡蠣が一流品であることは、以上の料理を食べてみても解る。それならば、なおさらのことである。

もっとも、これが広島の名産だというので御馳走に出すのには、確かに代金の問題がある。安過ぎて、今日の観念からすれば儲《もう》けにならないということになり、かき豊でもこれだけ食べて、一人当り四百五十円*しかしなかったのには驚いた。しかし幾ら安くても、うまいものはうまいし、親切な料理であって、どうしても金が使いたければ、食いしんぼうの友達ばかりを、五、六十人、広島まで一緒に連れて来て食べればすむことである。一国、あるいは一都市の文化の程度は、そこでどれだけうまいものがどれだけ安く食べられるかということできまるのであって、その点から見て広島も一流の都市である。殻付きの生牡蠣では加工賃もとれないというのなら、そのために殊に上等の牡蠣を選《よ》り分けて、特選の生牡蠣と銘打って相当の代金をとるということも考えられる。結局は、殻付きの生牡蠣がどの位うまいものか、日本全体に余りまだ知られていないから、値段も安くなるのだろうと思う。それならば、これ程《ほど》のものをほとんど材料だけの値段で食べられるのは今のうちである。料理屋のおかみさんが止めるのも聞かずに、広島の牡蠣を生のままで食べた友達の中で、死んだのはまだ一人もいない。

牡蠣は確かに広島付近で取れるのが一番いいようで、したがって広島市まで行って食べることになるが、これから書く食べものの多くは広島に限らず、この辺一帯、というのは、大体、広島県から山口県にかけての名物であることを断っておきたい。それがまた、相当あって、それも今度食べたこの春先のものばかりであり、四季を通してこの辺にいたらあとどんなものが出て来るか解らない。日本料理は世界一で、日本のようにうまいものがある国はほかにないと思っている人間がいるのも無理はないのである。本当にそうだと、こっちは少しも考えないが、日本のどこへ行っても、いろいろと食べさせられたあとで、もう少し先ならば何があるとか、何を出すのには遅過ぎて残念だとか必ずいわれるのは、いかにも豊かな感じがするものである。そしてそれでまた腹が減って来る。ということは、鳥類はそう大量に取れるものではないから、魚、殊に小魚が多いということなのかも知れない。

今この辺でうまいものに、皮剝《かわはぎ》がある。牡蠣の養殖をやっている棚が方々に浮んでいる湾を右に見て一時間か一時間半ばかり行くと、呉に来て、その目抜き通りから少し入った所にあるかなめという割烹《かっぽう》旅館に着いた晩に、この皮剝を煮たのを食べた。前にもいったように、この辺では今頃までならばどこでも食べられるもので、これがうまい季節は河豚《ふぐ》と同じ十一月から二月までだそうであるが、まだ食べられるし、そしてやはり最初に食べた場所は書いておきたい。

この辺ではこの魚のことをはげといっていて、淡泊なのに脂気があって不思議な味がする。確かに、煮るのが一番よく合う魚で、その昔、東京付近の一膳飯屋に煮ざかなというのが必ずあったのを久しぶりに思い出した。味のつけ方は違っても、それは魚が違うからで、煮魚の味というのは懐かしいものである。今の東京でこれはうまいと思うのは、疣鯛《えぼだい》の煮たの位なものだろうか。そして広島地方の皮剝《かわはぎ》はもっとさっぱりした味の中に膨らみがあって、夜食べても朝の感じがする。この魚の肝がまた、肝よりもわたに近い垢《あか》抜けがしたもので、この二、三ヶ月間、魚の肝はずいぶん食べて来たような気がするが、こんなのは初めてだった。要するに、捨て難《がた》い魚で、冬から春にかけて広島地方に行ったならば、皮剝の煮たのは先ず頼むべきものの一つである。

それから、目張《めばる》がある。これは大体、年中ある魚だそうであるが、春先が殊にいいらしい。本当をいうと、これは今度食べたものの中では、牡蠣は別として一番うまかったもので、呉から岩国に廻って岩国でも御馳走になったが、今、この辺ではどこでもこの目張の煮たのは絶品である。醬油と酒だけで煮て、木の芽を添えて出す。皮剝よりもしつこいことはないが、身にもっと腰があって、何よりもこれを食べていると、これが魚というものだと思う。

そのことを土台に、これよりももっとうまい魚は河豚《ふぐ》とか、鮪《まぐろ》とか、幾らでも考えられて、念入りに加工したところではソール・ボン・ファムでも、鱶《ふか》の鰭《ひれ》のスープでも、いろいろと頭に浮んで来ても、それが魚の料理で、魚の料理がうまいということを辿《たど》って行けば、しまいにはこの地方で取れる目張の煮たのに戻って来る。岩国の河上徹太郎氏のお宅では、これを十四ばかり大きな皿に盛ったのが出て、あるいはそれがこの魚を食べるのに最も適した方法かも知れない。二、三匹はすぐに食べてしまう。そしてこの魚の肝もうまい。

同じ煮魚なので皮剝から目張に飛んだが、皮剝を河豚づくりにしたのも呉のかなめで食べた。河豚の刺身と全く同じにして出すので、そうするとやはり、肝が光る。皮剝は余り大きな魚ではないのに、肝は相当量があって、目張《めばる》は肝だけが欲しいとは思わないが、こういう皮剝《かわはぎ》の生ちりになれば、先ず肝に行く。それから今はこの地方で白魚《しらうお》の季節で、岩国の河上邸では、この生きたままのに甘露醬油をつけて食べるのが出た。

考えてみれば、牡蠣も岩についているのを剝《は》がしてその場で食べるのが一番うまいので、白《しら》魚《うお》が多少動き廻ったところでどうということはないはずである。むしろ醬油が着物に跳ね返る方が厄介であるが、本能的に気味が悪ければ、これを空揚げにしたのはいかにも軽くて甘い味がする。勿論《もちろん》、吸いものになっても出る。舌触りが涼しくて、これは一つには、東京の白魚と比べて半分か三分の一の大きさだからでもあるが、それが種類が違うためなのか、あるいはちょうどいい季節だったからなのかは解らない。

ほかに生で食べたものをついでに挙げると、呉で水松貝《みる》と車海老が出た。水松貝は今がしゅんで、大阪のたこ梅の茹で蛸にもう少し甘味が出た味がする。車海老の刺身を紅葉《もみじ》おろしと晒《さら》し葱《ねぎ》で食べるのも珍しくて、そのほかに鳥貝の柱と、横葉《よこわ》という変った魚の刺身があった。この横葉というのは見たところも、食べた味も、余りよくない鮪《まぐろ》の赤い所に似ていて、東京で鮪がない時、これが鮪に化けて出ることもあるのではないかと思う。確かに前に食べたことがあるような気がした。

それから、これは干ものであるが、この辺はでべらという小さな鰈《かれい》が名物である。焙《あぶ》って食べるので、香ばしい匂いがする軽いビスケットに似ているのが、やがてその匂いが鰈のなのに気がつく。本当はもっと寒い頃の方がいいらしくて、それを過ぎると脂《あぶら》が出てまずくなるということだった。そういういい訳をする必要もないものに、これまで挙げた料理のほかに螣《おこぜ》の赤だしがある。中身は螣と芽葱だったが、これは何とも優しい味がするもので、螣の形と正反対のものと思えばいい。そしてこの魚に特有の香りがあって、勿論、これは二日酔いの朝食べて感動したのであるが、何もそういう場合に限ったことではない。宴会料理に出しても立派なもので、それが朝、鰯の骨を抜いた刺身とでも出るのがこの辺の朝飯というものらしい。毎朝、鰯の取れ立てを売りに来るのをそうして食べるのだそうで、非常にうまいものだという話だったが、生憎《あいにく》、今度は不漁でこれにはありつけなかった。

その二日酔いの朝で思い出したことがある。呉のかなめ旅館での二日目の朝に、今度この地方をすっかり案内して下さった松本建設の野々上慶一氏と、呉の山の手が見渡せる二階の部屋で目を覚して、ビールを頼んだ所が、そのビールが素晴しかった。初めは二日酔いだからだと思っていたが、どうもいつものそういう時とは様子が違うので、三本目を頼んで手帳を構えて女中さんに聞いたらば、それが広島のキリンビールの工場で出来るキリンビールだということが解った。札幌のサッポロビールと並ぶものだそうで、これは確かにこの辺まで来たら飲まなければならない。小川の流れが日光を浴びてきらきらしているようなビールである。これも千福その他の銘酒と同様に、水質がいいのが手伝ってのことに相違ないが、とにかく、こういうビールが手近にあるというのは羨《うらやま》しいことである。捨てては置けないので、その午後、野々上さんと再び広島まで出かけて堀川町のキリン・ビヤホールに行った。東京にはないような、宏壮なのに落ち着いた建物で、生ビールが壜詰よりも更《さら》にうまかったことはいうまでもない。

広島にも飲み屋、小料理屋は沢山《たくさん》あって、現に土地の有志の方々に中ノ棚の酔心と松鶴の二軒に案内して戴き、こういう店でもこの地方の料理が食べられるが、それはそれとして、また以上書いたものは旅館でも、知人の家でも出して貰《もら》えることを思い、広島に来たら先ずこのビヤホールに行くべきである。その時の突き出しにも印象に残ったものがあって、それはパイの皮で筋子を包んだものだった。勿論、パイの皮も筋子も広島地方の特産である訳がない。しかしビールの摘みものには絶好であって、他の土地のビヤホールでこんなに何気なく凝ったものに出会ったためしがないから、やはりここの特産として書いておく。

広島には菓子もある。この頃、国鉄コンクールで一等を取ったりして有名になっているのは大石餅という菓子で、かなり甘い餡を求肥《ぎゆうひ》で包んだものである。求肥を上等の大福餅の皮に似た舌触りにする趣向が凝《こ》らしてあって、餡もよく練ってあるから、甘党には喜ばれるのだろうと思う。幾種類かあって、高井一夫氏が店主の忠臣大石餅というのがその代表的なものになっているらしい。この地方はまた、柿の産地でもあり、名産の西条柿、祇園坊などを原料に使った柿羊羹も広島の名物である。確かに柿の匂いも、味もして、季節外れに柿が欲しくなったら、この柿羊羹でもある程度は代用出来る。それから金座街の亀屋で安芸路という菓子を作っている。糯米《もちごめ》の円い皮二枚の間に、白餡に西条柿を混ぜたものが挟んであって、これはほとんど甘いという感じがしないし、そのためにかえって柿の匂いが強烈で、これは広島で自慢してもいいものではないかと思った。

呉には、五味煎餅《せんべい》というのがある。その名の通り、味噌、生薑、鶏卵、牛乳、および豆の五種類の味で、五枚の煎餅が一組になり、ただそれだけのものであるが、一枚ごとに、牝雞《めんどり》や、味噌樽の絵が押してあって、子供にはいいお土産《みやげ》である。しかしお土産ならばそれよりも、呉には千福漬けというものがあることを特筆しておきたい。もっともこれは、鉄道弘済会を通して冬の間しか売りに出されず、その残りを探して来て貰《もら》ったのであるが、これは千福の酒粕に鯨の軟骨を唐辛子と一緒に漬けたもので、酒の肴にも、熱い飯にも、得難《えがた》い珍味である。ということは結局、酒粕が極上のものだということになっても、極上の千福の酒粕などというものが特別な方法でもない限り、手に入らない以上、次善の策に冬、この地方の駅で千福漬けを買うという方法が残されている。

広島から更《さら》に野々上さんと岩国に廻って、岩国の河上邸で御馳走になったことは、既に書いた通りである。岩国で食べものについてまだ書かなかったことに、レタースを酢味噌で食べる方法があるのを今度ここに来て知った。長州の食べ方なのだそうで、サラダ・オイルと同じくレタースの味を出すから、これは覚えておくと重宝《ちようほう》である。しかしそれや、目張《めばる》や白魚よりも、岩国では木菟《みみずく》の手水鉢《ちょうずばち》というものを見た。一羽の木菟が浮き彫りされている高さが四尺はある大きな手水鉢で、岩国の初代藩主だった吉川広家の墓所にある。岩国も入れて、この地方でうまいのは目張から鮎《あゆ》に至る小魚であることを思い、この豪放な石の木菟を見ると、何か胸を打つものがある。豪放でも、この木菟は小魚の味とよく調和していて、そしてこれはこの木菟が小味だということなのではない。狡《わるがしこ》そうな顔付きで、目張の骨も毟《むし》れそうなのが、笑いを漂わせ、それが豪放な笑いにまで拡って行く。魚食の民族が雄大だったゆえんがそこにあることを思えば、少くともその子孫である我々は、まだ目張の味位は楽しんでいいのである。

カステラの町・長崎

長崎の卓袱《シッポク》というのは大変な料理である。急行「雲仙」で着いた晩に上西山町の富貴楼で食べたのを例にとると、先ず酒が出るのは普通の料理と違わないが、それと一緒に御鰭というものが運ばれて来る。これは一種の吸いもので、ただお椀が大きくて中身も餅、海老、椎茸、それから海老で作った蒲鉾を海老で巻いたものなど、いろいろとあって、吸いものよりも食べものの感じがするのは、茶懐石の煮ものに似ている。御鰭と呼ばれるのは、客一人について鯛《たい》を一尾使った証拠に、椀ごとに鯛《たい》の鰭《ひれ》を二つずつつけるからだそうで、客が先ずこの鰭を取り除けて宴会が始る。そしてこの御鰭で食欲を唆《そそ》っておいて、それを酒の方に向けさせるのが狙いらしい。とにかく、前半は飲むのが主なのだそうで、その積りでこの次に出て来る小鉢と称する各種の盛り合せ料理を見ると、なる程と頷《うなず》ける。

日本では、酒飲みはほとんど何も食べないことになっていて、事実、いい気持で飲んでいれば食べる方を忘れ勝ちであるが、これは一つには、あとからあとからと料理が運ばれるのがめまぐるしくて、それに付き合っていては飲む暇がないからでもある。そこを、卓袱《シッポク》料理のようにある間隔をおいて小鉢を出し、それが鮪と鯛と鱵《さより》の刺身だったり、鰶《このしろ》と卵の黄身を鮨の形に作ったものと独活《うど》を牛肉で巻いたものと胡瓜《きゅうり》だったり、牡丹鱧《ぼたんはも》と菠薐草《ほうれんそう》とトマトの酢のものだったり、青海苔が入った羊羹《ようかん》と雞《とり》の甘煮と薑《はじかみ》の甘酢だったりすれば、食べながら飲むという、食いしんぼうで飲み助であるすべての健全な人間の理想をいやでも実現することになるし、食べる程《ほど》に、それだけまた飲む気になる。そして青海苔が入った羊羹だの、鰶と卵の黄身の鮨だのと、卓袱料理では甘いものが割に出ることについて改めて感心したのは、菓子のあとで食べると実質以上に酸っぱくなるのと同じ訳で、甘い料理で酒を飲むと、甘口の酒も辛くなり、辛口のは今日のでも昔の辛口の味がすることである。この甘い方の料理は婦人用だという説明だったが、そんなことはないと思う。卓袱料理を考えた人間は、やはり酒飲みだったのに違いない。

勿論、品数が少ければ、甘いものなどなくても構わないが、卓袱料理はまだこれから続く。中鉢、大鉢などと出るので、その晩の大鉢は伊勢海老の擂《す》り身をピーマンに詰めて揚げたものと、穴子《あなご》の擂《す》り身を南瓜《かぼちゃ》に詰めて蒸したものと、小茄子《なす》の煮たのだった。それで、やはりその晩いわれたことを思い出したが、卓袱料理はもともとが一種の家庭料理で、今日でも長崎で客に家で御馳走する時はこの方式に従うことが多いそうであり、この海老とピーマンや穴子と南瓜を使った料理は、実際に味がよく合うのみならず、いかにも一家の主婦が手間をかけて客をもてなすのに考えそうな料理だった。そこがまた、卓袱料理のいいところなので、辺り一面に御馳走が並ぶのに、どういうのか、四角張った気持にならない。銘々が小皿に料理を取り分けるのに、箸は返さないことになっていて、小皿が一人について二つしかないのは、小皿に取ったものは全部食べてしまえということになる。だから、酒を浴びるように飲んでも、二日酔いはしない訳である。

中鉢は豚の角煮だった。長崎に行く前から聞かされていた料理だったが、他のものはどうでもいいから、この角煮について書きたい。例えば、同じ豚で作ったベーコンというのはうまいもので、あれを脂の所がついたまま軟くしたのが齧《かじ》れたらどんなだろうと思う。そして角煮というのは、ちょうどそのベーコンを軟くした味がするのである。片方は燻製で、これは豚を酒か何かで煮たのだから、どうしてそうなるのかは解らないが、確かに角煮はこのベーコンの夢を実現したものだった。脂っこいのに、それが滋味に感じられるだけで、一つ食べることがもう一つ食べる気持を誘う。どちらかといえば甘い煮方なのが、この場合も酒を辛くするのにちょうどいい程度で、本当をいえば、これを皿に盛ったのと酒があれば、それだけで充分な御馳走である。これを十一食べた先輩がいるという話も聞いたが、無理もないことだと思う。消化はいいのにきまっているし、要するに、幾らでも食べられて、翌日、また食べられるのがこの豚の角煮である。

卓袱料理では最後に、梅椀と称するお汁粉が出る。読者もそこまで来れば満腹されたと推定させて戴いて、この料理のことはこの位にしておく。しかし値段のことを書いておかなければならない。卓袱料理は大体が六、七人で食べるのが普通のようで、これに使う朱に網の模様を黒い漆《うるし》で塗った直径三尺ばかりの丸い卓子も、その位の人数で囲むように出来ている。しかし富貴楼のおかみさんの話では、三人の客から料理の用意が出来るということだった。そして卓袱料理の値段はここだけでなしに長崎のどこでも、酒は別として一人当り千円*から千二百円*位までと思えばいい。もっとも、頼めば三千円*までは出来る。東京を出て、よその町で料理の値段や宿屋の料金を聞くごとに、余り安いので驚くが、これが本当に安いのか、それとも東京では何でも値段がべら棒に高いのかはその東京の値段に馴《な》れてしまった頭ではよく解らない。しかしこれを外国の場合に比較して、例えばロンドンで酒は別として千円*、つまり、一ポンド払えば相当な御馳走が食べられる。もっとも、パリは高いということだから、東京の値段はパリ並ということになるのだろうか。

翌日は丸山町の花月で昼の食事をした。ここも卓袱料理が名物であるが、この日はそれ以外に長崎で食べられるうまいものをいろいろと出して貰った。その中では、あら（鯍と書く）という魚を先ず挙げなければならない。身を湯引きしたもののほかに、腸《はらわた》、鰓《えら》、それから皮をやはり湯引きしたのが出た。ちり酢で食べるので、この魚は初めはただやたらにうまいものだということしか解らない。それ程《ほど》、ほかのどんな魚とも違っていて、河豚《ふぐ》に似ているが、河豚よりも軽いし、身がおそろしく引き締まっているのが、何かの軟骨を食べている感じで、その軟骨に味があるのだから、少しは興奮するに足りる。そういえば、腸も、鰓も、それから殊《こと》にうまい皮もこの軟骨の歯触りで、それがすべて身とともにある何か微妙な味で統一されているから、一度食べれば忘れることが出来ない。吸いものにも、味噌汁にもなり、ちり酢の代りに酢味噌でも食べられる。その日聞いたところでは、これは長崎では年中ある魚で、一般の家庭でも御馳走によく出すそうである。大きいのが重さ五、六貫、畳一畳位はあって、ひどく出来損いの顔付きをしているということであるから、海の中では会いたくないが、食べる気持からいえば、二匹は欲しい。その味に敬意を表して、陸揚げしたところを見に行きたいと思い、花月から電話をかけて貰ったが、その日の魚市場にはもうあらはないという返事だった。

それから鯨があった。とろの所を薄く刺身に切って生薑《しょうが》醤油で食べるのは、鮪のとろよりもうまいようで、山葵《わさび》の代りに生薑を使うのは鯨が哺乳類であることを尊重してなのだろうが、そういえば、どこかロースト・ビーフの焼き過ぎないのに似ていて、ブルゴーニュの赤葡萄酒と食べても合うかも知れない。鮮かな霜降りで、今でもその幾切れかを重ねたのが眼の前にちらついてくる。聞くところによれば、これは冷凍の鯨だということで、それならば東京でも食べられそうなものであるが、やはりこれも値段が安過ぎるのだろうか。鮪よりもうまいようだと書いたが、もっとあっさりしていながら、肉の重みがあるところは鮪の比ではない。

鯨の脂《あぶら》を茹でたのは東京でも見たことがある。しかし長崎のは全く雪の白さで、その雪に少しばかり脂気があるところが何とも豊かである。酢味噌で食べるのであるが、脂だけを茹でたもののほかに、黒い皮がついているのがあり、これが殊によくて、この二種類と鯨の刺身だけでも充分に酒の肴になる。赤い所の肉もこうして刺身にするそうで、長崎では鯨を食べるのが普及し、鯨屋といって、鯨のそういう身や脂だけを売っている店が方々にあるということだった。栄養にもなることだろうし、安いにきまっているし、これはほかに余り類例を聞かない食料品店である。しかし長崎で容易に手に入るうまいものはあらや鯨だけでなくて、花月で出た鰯《いわし》が丸干しを焼いたものだと聞かされた時は驚いた。脂があって柔かで、頭ごと食べられ、当然、生の鰯を焼いたのだと思っていた。この辺の鰯は存分に食べて暮して、命を失って乾《ほ》されてからもその養分がなかなか消えないらしい。そしてその鰯を食べた鯨がここで取れるのなら、鯨もうまい訳である。

しかし花月で食べた生雲丹《なまうに》も、唐墨《からすみ》も、するめもうまかった。生雲丹とするめは、いずれも初めのうちは味がほとんどなくて、それがやがて生雲丹であり、するめであることが解って来る様子は、この頃作られる極上の日本酒のようである。そしてその上に唐墨には、我々が東京で食べる唐墨とは縁が遠い、乾《ほ》し柿の肉のねっとりしたところがあって、あるいはこの唐墨は長崎で今度食べた最も高級なものだったかも知れない。それから花月では、一寸位の鰈《かれい》の子を味醂《みりん》干しにしたのが出て、これもただ焼いただけなのが、味醂が利いて付け焼きの味がしてうまいものである。このほかに長崎には焼き河豚《ふぐ》、河豚の味醂すだれ焼き、河豚の味醂干しなどがある。この中では焼き河豚がひどく辛《から》いが、それだけ酒の肴や茶漬けによくて、味醂すだれ焼きというのはやはりふかふかした河豚の干もので甘いから、菓子の代りに食べられる。唐墨とするめは鍛冶屋町の稲垣屋、河豚は戸町の魚住で上等なのを売っている。長崎の若布《わかめ》もうまい。花月では酢のものにして出したが、我々が知っている若布よりはずっと薄くて、したがって柔さにも格段の相違がある。味噌汁に入れてもうまいに違いない。

やはりその日、花月で出たものに、煮ものがある。これは卓袱料理で最後に出す吸いもので、花月のは雞《とり》、筍、木耳《きくらげ》のほかに、大きな団子が入って、全体の味がワンタンに似ているのは不思議だった。卓袱料理は勿論、もとは支那から来たものなのだろうが、このワンタンの味がする煮ものは花月の主人自身の趣向だったかも知れない。ワンタンの味がするのが少しもおかしくない日本料理なのだから、それだけでも長崎に行ったら花月に寄ってみる価値がある。これは丸山遊廓の真中にある非常に古い料理屋で、柱に坂本龍馬が切りつけた刀痕があったり、頼山陽が来て泊ったり、何とかいう人が春雨という端歌《はうた》を作った部屋が残っていたりして、立派な庭があり、落ち着いていていい店である。ここら辺で酒のことに触れるならば、長崎にいて地酒を探し廻ることはないのであって、広島や灘の銘酒が海と陸から始終運ばれて来るのだから、何でも自分が好きなのを註文すればいい。この辺で出来る酒の中では、黎明というのが甘口ではあるが、充分に飲める酒に思われた。

それから吉宗《よっそう》という全然違った種類の食べもの屋に行った。これも日本風の大きな店であるが、萬屋町の繁華街にあって（丸山遊廓というのはひどく静かな所である）、茶碗蒸しと一種の五目鮨が一組になったものしか出さない。これが一人前百五十円で、それがまだ五十銭だった時代からある由、そこへ案内してくれた人も、子供の頃にここにおばあさんに連れて行って貰《もら》うのが楽しみだったそうである。そして今日の大人でも楽しめる。古びた二階家で、二階に幾つかある広間には一部屋に机が十幾つかと座蒲団が並べられ、坐ると間もなく茶碗蒸しと五目鮨を運んでくる。茶碗蒸しは淡味で穴子《あなご》、海老、蒲鉾《かまぼこ》などが入っていて、五目鮨には鱧《はも》と鯛のでんぶと玉子焼きの三色がかかり、何ということはなしにうまい食事が出来る。そしてこれについている香のものが一種のはりはり風の、大根を昆布と唐辛子と一緒に甘酸っぱく漬けたもので、これがまた、五目鮨に実によく合っている。要するにこの組み合せは、大阪のかやく飯と粕汁と比較するに足りて、それが大きな部屋の畳の上で坐って食べられるのが、何か忘れていたものを思い出させてくれる。昔の活動写真小屋の気分だろうか。そしてこの店は現に大繁昌で、上る時に、下足番が大きな木の札を渡してくれるのを、帰る時に女中さんに代金を払うと、小さい木の札と換えてくれて、それが代金を払った証拠になる。勿論《もちろん》、客が多勢なので混雑を防ぐためである。この店でも飲みたければ飲めて、宴会も時々開かれるらしい。

この辺で、長崎の菓子についても一通り書いておく。その日廻った順にいうと、磨《と》屋町の岩永商店で作っている寒菊という菓子は餅に砂糖と水飴を混ぜたのを搗《つ》いて固く焼き、上から白砂糖をかけたもので、昔あったラスクという菓子の味に煮ているのが懐しかった。同じ店で、もしほ草というのも作っているが、これはとろろ昆布を干して砕いたのに砂糖を混ぜて薄く長方形に切り、粉砂糖をまぶしたもので、これは昆布の匂いがして確かにうまい。薄茶で食べればいっそういいだろうと思う。それから浜名町の榎純正堂の一口香《いっこっこう》は有名である。見たところは小型の饅頭であるが、固く焼いた皮の中は空洞になっていて、皮の内部に蜂蜜がついている。それで結局は、麦粉と蜂蜜の味で、これならばビールの肴にもなるのではないかと、妙なことを考えた。

長崎は支那料理が最初に日本に入って来た所だから、支那菓子もうまい。広馬場に一品香という支那料理屋があって、ここで晶蘇と双喜という二種類の、見たところは月餅《げっぺい》風の菓子を買った。しかしいずれも月餅ではなくて、晶蘇は何の粉か解らないが、非常に芳しい粉を円形に焼いて二つ重ねたものであり、これだけの風味があるビスケットは、ビスケットの本場である英国にもないだろうと思われた。双喜は薄い茶色の餡をやはりビスケット風の皮で包んだもので、その餡が支那風のものであるのみならず、我々が月餅で馴《な》れている餡とも違った、黒砂糖の味が勝ったものである。支那まで行けば、まだいろいろとこういう珍しい菓子があることを思うと、日本にも、その製造を一手に引き受ける支那菓子専門の店があってもいいのではないかという気がする。これは、中共の当事者も文化交流の一環として取り上げるべき問題である。とにかく、この晶蘇というビスケットなどは、魯迅《ろじん》のどんな作品よりもうまかった。それから長崎には勿論、カステラがある。カステラの味についてここで書く必要はないと思うが、船大工町の福砂屋に寄ったついでに、工場を見せて貰ったのはさいわいだった。カステラは規格に合って市場に出されるものよりも、何かの拍子に焼き損《そこな》って撥《は》ねられたものの方が、保存が利《き》かないだけで、ずっと芳しくねっちりしていることが、店で出されて解り、それで帰ろうと思っていると工場に案内されて、カステラを焼いたあとで型にくっついている粕を削り取って食べると、この方が焼き損いよりも更《さら》に上等だった。あれが一缶手に入ったら儲けものであるが、店から外へは出さない。カステラが好きな人は、ついでに平戸《ひらど》のカスドースも食べてみるといい。カステラを更に精製したようなもので、食べているうちにカステラの味がして来るところが妙である。長崎駅前に、平戸の湖月堂の直売所がある。

晩は広馬場の四海楼という支那料理屋に行った。ここが長崎のちゃんぽん、皿うどんの元祖だそうで、そのほかに支那料理もやっている。勿論、今は戦後のことであり、一人前何千円、何万円と出す訳には行かないから、その晩の支那料理も普通のものだった。念のために、それが一卓七、八人分で四千円*の料理だったことを書いておく。しかしその献立の中で栗子全雞という支那風の雞《とり》の丸煮がスープに浮んでいる感じのものが実はそのスープだけを楽しむものなのだと聞いた時には、支那を思い出した。その名が示す通り、雞には栗が詰めてあり、本式のロースト・チキンで、それを丸ごとまた煮てスープを取り、その証拠に、雞も持って来るのである。そして当り前なことかも知れないが、このスープはうまかった。それから東坡肉《トンポーロー》というのが豚の角煮の先祖であることも、この時知った。これを饅頭の皮で巻いて食べるので、そうすると角煮がまた違った味がする。

そのあとで皿うどんとちゃんぽんが出た。皿うどん、あるいは八宝皿うどんは、あくが入っているうどんを豚の脂でいためて、雞、豚、海老、貝、筍、葱などを混ぜたのに葛《くず》を加えたもので、もし栄養価満点の感じがする風味というようなものがあるならば、この皿うどんはその味がする。親子丼も、特大型の豚カツも、これにはおよばない。そしてそれは、滋養の方は満点でも、やはりこの皿うどんはうまいからで、ラムのエッセイに書いてある方式にしたがって豚を丸焼きにしたのを、耳の方から食べているようなものである。二、三本のビールとこの皿うどんがあれば、人間は堪能《たんのう》する。あるいは、皿うどんの代りにちゃんぽんであってもいいので、これはやはりあく入りうどんを豚の脂は使わずに、海老、椎茸、蒲鉾、キャベツ、もやし、竹輪、豚、葱などと一緒に煮たものである。皿うどんよりもあっさりしているが、どっしりと重みがあることは同じで、全部食べれば一食になる。皿うどんが三人前で四百円*、ちゃんぽんが一人前百五十円*だった。四海楼でこのちゃんぽんを始めてから、それが長崎中に拡って、市中には五十円*のちゃんぽんを売っている所もあるそうである。

長崎で食べるものはまだあるが、せっかく行って来たのだから、長崎とは島原半島の反対側にある島原のことも書いておきたい。ここの南風楼で名物の鯛のかぶと蒸しや、河豚《ふぐ》のがね炊きを食べた。鯛のかぶと蒸しはこの辺で取れる大鯛の頭だけを酒で蒸したもので、入れものも大きいのでこれを膝の上に載せて食べる。鯛の頰の肉というが、鯛もこれだけ大きくなれば頰の肉もほとんど掌に一杯になる位あって、うまい上に沢山《たくさん》食べられる。眼と眼の廻りの所も、普通に潮になって出て来るのとは量が違う。鯛が大きくて新しくなければ出来ない料理の訳で、それでこの辺の名物になったのだろうと思う。平戸は有明海に面している。河豚のがね炊きは、河豚を大蒜《にんにく》と煮たもので、これも鯛のもつとともに、何か爽快な感じがした。鯛のかぶと蒸しもそうで、島原の料理はどうも島原で食べなければならないように思う。それも南風楼かどこか、海に近い場所がいい。そこの部屋のすぐ下が海になっていて、波が絶えず寄せて来て砕けているのが、料理の味の一部になっている感じだった。長崎から雲仙を通って島原に来る積りならば、雲仙では湯煎餅という、甘さがほとんどなくておよそ軽い煎餅を売っている。それと椎茸《しいたけ》が雲仙の名物で、島原では、漁師の女が一々手で揉《も》んで作る若布《わかめ》が、あるいは日本で一番うまい若布かも知れない。しかしとにかく、島原に行ったならば、有明海の波の音を聞きながら、鯛のかぶと蒸しを食べることである。

味のある城下町・金沢

金沢の食べものや酒について書くのには、先ず金沢という町を説明しなければならない。この町は三つの高台とその間を流れる犀川と浅野川という二本の川で出来ていて、その形から高台は燕台という名でも呼ばれている。つまり、三つの高台を燕の胴と両翼、二本の川を燕の二筋に分れた尾と見る訳なのだろうと思うが、そういう地形のために金沢では大概の場所が高台から川を見降して対岸の高台と向い合っている恰好になり、全く戦災を受けていないから家並は大木の蔭に隠れ、川にはまだ町の真中で鮎《あゆ》や鮴《ごり》が取れる位綺麗な水が流れている。そしてここが加賀、能登、越中にわたる加賀藩百万石の城下だったことはいうまでもないが、この加越能三国がまたやたらに地味が肥えていて海産物が豊かな所なのである。

そういうものが集って、この金沢という町を作っている。ここは九師団が置かれていた所で、戦争中は上空を敵機が頻繁に通ったにもかかわらず、実際には一度も爆撃を受けなかったという話を聞いた時、それはアメリカ情報将校か何かの中に戦前に金沢に来たことがあるのがいて、その話を吹聴したものだから、皆あとで金沢に遊びに来たくなって爆撃しなかったのではないかと、こっちは真面目になって考えた位である。そしてそれでいて今日の金沢でも、英語で書いた看板一つ見つけることが出来ない。

金沢に着いた五月十五日はちょうどお祭りの時分で、その晩は福正宗の醸造元の福光屋で金沢の家庭で出すお祭り料理の御馳走になった。お祭り料理といっても、要するに、金沢ならばどこの家庭でも出す御馳走を集めたもので、それでこの町の人々がどんなものを食べてこういう町に住んでいるか、その一端を窺《うかが》い得たような気がした。しかしその話に移る前に、もう一つだけ食べもの以外のことについて書かなければならない。福光屋で通された座敷は壁が朱か紅殻《びんがら》か、何かそういうもので塗ってあって、金沢では少し上等な家の座敷は皆そうするのだそうであるが、その赤は部屋を赤くするよりも、例えば泥沼を背景に紫色の菖蒲《しょうぶ》が咲いているのを思わせるくすんだ色合いのもので、古びていて派手なのがやはりこの町というものの感じだった。そして以後、この一種の基調に似たものが金沢で眺めた庭にも、口にした食べものや酒にも、何にでも付き纏《まと》って、それでいいのだとしまいには安心するようになった。

先ず薄茶と一緒に生菓子が出た。主客とも三人だったから、お菓子も三つで、一つは何なのか、緑色をしたものを混ぜた餡を薄紫の練り切りの皮で三方から包んだもの、一つは黄色い餡を葛で円く包んだもの、もう一つは白隠元《いんげん》の餡らしいものを薄い緑色の練り切りの皮で包んだ上に渦巻きの模様を押したもので、これは水を現《うつ》したものらしかった。いずれも大振りな見事な菓子で、あと同じ三種類を菓子屋から取って貰《もら》って東京まで持って来たから、それで三つとも中身まで知っているのである。その晩、自分の前に置かれたのはその水の模様があるので、あとからまだいろいろと出て来ることを知っていなかったならば、その菓子を全部食べるところだった。餡もこの程度になると、何餡と書いたところで仕方がないので、聞きもしなかった。とにかく、朱塗りの部屋でこういう菓子を食べるのである。金沢が銭屋五兵衛の町でもあることを忘れてはならない。この町で裕福だったのは、加賀様の家中《かちゅう》だけではなかったことが解る。

この晩の酒は福正宗で、これもただ上等だけではすまない酒である。甘口だと聞かされていたが、例えば酒田の初孫という銘酒は甘口だと聞かされて、今でもそれを信じかねているのと同じ種類のこれは甘口である。つまり、口に突き当るものがないということなので、その点ではこれは菊正や千福に匹敵し、そのほかに何と形容したらいいのか、ちょうど、ここまで来る途中で汽車が新潟県から富山県に入り、石川県に近づくにしたがって沿線に雑木林が多くなり、それが夕映えしているのが何とも鮮明に落ち着いた眺めだったのを、この酒を飲んで思い出した。恐らく最高の文明は田園に都会人が生活することを許すものなので、この酒にはそれがある。しかし興はまだこの酒で尽きなかった。

酒と一緒に運ばれて来たものの中にこのこがあって、これは勿論《もちろん》、海鼠《なまこ》の卵巣を幾つも集めて乾《ほ》したものであるが、ここでは干口子《きくちこ》と呼ばれて、東京では大変な高級品なのに、ここの名産の一つで幾らでもあるらしい。したがって、東京では知らず、金沢に来て始めて食べた訳で、そのぼくぼくした味が何かの木の実に似ているので考えているうちに、胡桃《くるみ》だと思い当った。その胡桃の煮たのもあった。胡桃もここの名物で、鮴《ごり》のほかに胡桃の佃煮も売っている。それから、百合根《ゆりね》もあった。それでついでだから聞いてみると、金沢は筍も慈姑《くわい》もよくて、筍は掘り立てのをそのまま薄く切り、これを刺身と呼んで白味噌で食べるのだそうである。それからここのぜんまいもうまい。蕨《わらび》は長さ一尺、太さが五分近くになるということで、こうして胡桃、百合根、筍、慈姑《くわい》、ぜんまい、蕨と並べるだけで、この辺の土質がどんなものかが想像される。米のことは酒の味でも解り、そして季節になると、金沢で一番安い魚は鯛と鰯だということも聞いた。

その鯛もその晩出た。金沢の鯛は昆布で巻いた方がうまいということで、鯛を巻いてその味が染《し》み込んだ昆布を微塵《みじん》にしたのを山葵《わさび》醤油に混ぜたので鯛を食べる。瀬戸内海の鯛とは違ってもっと淡泊でありながら、鯛のあの妙な腰の強さを失わない不思議な味で、そのまま干口子《きくちこ》の味につながるものがあるのは、やはりこの鯛も金沢の食べものであることに気づかせる。しかしこの辺の昆布自体は厚過ぎて食用にならないということで、主に昆布巻などに使われる。

それから鯛の押し鮨も出た。これも家庭料理で、箱の底に先ず昆布をしき、その上に鯛を並べ、鯛の上に米、その上に木の芽、生薑《しょうが》、それから紺海苔《こんのり》という、水色をしていて水雲《もずく》に似た海藻を置き、また昆布、鯛、米と重ねて行ったものを押して、これを切って食べる。海と山と里のものが集っている訳で、一口に言えば、これも金沢の味というものだろうか。

しかしその晩はなかったが、金沢で是非とも食べなければならないのは鰯《いわし》の押し鮨である。これは金沢で泊ったつば甚旅館で作って貰ったので、鰯が一切れずつ乗っている米の裏に紺海苔と金柑《きんかん》を輪切《わぎり》にしたものがついている。鰯の脂を金柑の酢で溶いたような味で、船に弱いものが二日酔いの頭を抱えて船に乗った途端に海が大荒れに荒れ出しても、この鰯の押し鮨ならば食べられるだろうと思う。あっさりしているとか、すっきりしているとかいうものではなくて、ただもううまいのである。鰯が取れる時なら金沢のどこでも作っている訳であるから、金沢に行ってこれを食べずに帰って来るという法はない。食べれば、お代りをする段取りになるが、少くとも長さが七、八寸、幅が五寸、深さも五寸はある箱で押して作るので、一人ならば、足りなくなることはまずない。そしてこれは勿論、酒の肴にもなる。

福光屋では、鰯はその摺《す》り身を団子にしたのが葱《ねぎ》と松露《しょうろ》と一緒に吸いものの実になって出た。東京で考える鰯の団子とは全く別な種類に属する格調がある吸いもので、鶉《うずら》の叩きに似たものさえあり、そういうことはあり得ないのならば、例えばそういう鳥類の吸いものに負けない落ち着きがあった。その辺で、この晩の料理がこの吸いものでも、鯛の押し鮨でも、干口《きくち》子《こ》でも、それから干口子と一緒に運ばれて来た河豚の糠《ぬか》漬けでも、そしてそれと飲む福正も、何かある共通のもので統一されていて、それが紅殻《びんがら》で塗った部屋や、鮴《ごり》が遊ぶ川の流れにもつながっていることに気がついた。上品という言葉が頻《しき》りに浮んだのであるが、これはいわゆる、お上品とは違ったものなので、普通は上品が一般の生活に対して壁を距てているのが、この味、あるいは一つの調子は鰯の脂のように何にでも染み込んで、そして透き通っている。光っているといえるかも知れなくて、それで景色も、住居も、食べものも酒も統一されているとなると、類似のことを求めるのには支那まで行かなければならないかと思われる。

河豚の糠漬けは河豚の半身をまるごと漬けたのを、糠を落してなるべく薄く切って出すので、それがどういうのか、上等の牛肉を焼いたのを薄く切った時の味がする。金沢では河豚の刺身は食べないらしいが、その刺身が幾らでも食べられるのと同じで、この糠漬けで飲み出したら、適当な辛さもあって、切りがない。しかし金沢では鰯も鯡《にしん》も糠漬けにして、この三つのうちでは鰯の糠漬けをそのまま食べるのが一番うまい。これも糠の脂のせいかどうか知らないが、それが脂っこい代りにこの糠漬けの味は変った感じで、やはり何か木の実を食べている時の満足した気持にさせてくれる。鯡の糠漬けは酢で食べて、その粕漬けや、河豚の粕漬けもあり、これは誰にも高級な印象を与える酒の肴である。こういう糠漬けや粕漬けはいずれも食料品店で売っていて、大体が一本二十円*とみればいいから、金沢の土産には先ず第一にこれを挙げなければならない。

それからその晩の料理にばい貝が出た。これは法螺《ほら》貝を二寸位の大きさにしたもので、壺焼きにしたり、甘く煮たりする。蓋がある所から箸を入れて、熟練した手つきでやれば、肉の一番先の所まで引き出せるが、その先の黒い部分が内臓なのにもかかわらず、どこか優しい苦味があるのがここの貝の特徴である。肉にも一種のぬめりがあって舌に媚《こ》びる。栄螺《さざえ》の壺焼きがごつごつしているのと対照をなすもので、このばい貝も海の貝である。それから、もう一つ、金沢は豆腐がうまい所で、それが玉子豆腐かと思う位きめが細かい。夏は茶碗豆腐と称して、茶碗一杯に豆腐を固まらせたものを冷やして豆腐屋で売っているそうで、これは想像してみるだけでも楽しくなる。その隣では、酒屋でビールを冷やしているに違いない。

豆腐がいいので、鯛のおから蒸しということをやり、福光屋でも御馳走になった。鯛の腹におから、人参、木耳《きくらげ》、牛蒡《ごぼう》、銀杏《ぎんなん》などを詰めて蒸すので、食べているうちに、昔は確かにこの料理が東京にもあったことを思い出して懐しかった。鯛の味がおからに通ってうまいのである。金沢でもこれは別にお祭りの時に出すとは限らないらしいが、お祭り料理のことを書いているのだからついでにいうと、お祭りに必ずなくてはならないものが三つあって、それはべろべろというものと、紅白の蒲鉾とぜんまいである。べろべろは寒天に玉子を溶かし込んで縞《しま》模様にしたもので、この三つというのは、何か由来があるだろうと思う。それからもう一つ、福光屋について書いておきたいのは、ここは造り酒屋なので店先で酒を一合五十円*でコップで売るのを今でも続けているということで、それをお燗《かん》したり、肴をつけて出したりすると違法になる。それでコップ酒を飲みに来るものは泥鰌《どじよう》屋で三本十円*の串に刺した泥鰌の蒲焼きを買って、それを新聞紙に包んで持参したりするのだそうである。

その泥鰌の蒲焼きは翌日、松原町の大友楼という料理屋で昼の食事に食べた。絶品であって、下手な鰻《うなぎ》の蒲焼きなど遠く及ばず、苦味があるところはむしろ鳥のもつ焼きに似ていて、もっと軽い。それからここでは、鰯の塩焼きが出た。どうも鰯のことになると取り乱し気味になっていけないが、こういうものがあってこそ人間は歯と舌と胃を持って生れて来たのだと思いたくなるのが金沢の鰯で、それを塩焼きにした真子の所は味も、舌触りも極上の豆腐だった。鰯と鯛が一番安い魚なのは前にも書いた通りで、大友楼で飲んだ鯛のこつ酒も泥鰌や鰯とともに印象に残った。鯛の塩焼きをそのまま大きな皿に入れて酒をかけ、これに一度火をつけてから、またその上に酒を注いで飲むのである。鯛でとった酒のスープが出来る訳で、それが酒なのだから、ただうまいだけではすまされない。河豚《ふぐ》の鰭《ひれ》酒よりももっと広々とした感じのもので、はっきり海を思わせる。その日の酒が、これも金沢の日栄《にちえい》という銘酒だったこともここで書いておく必要がある。これは鯛のこつ酒に使うのに適したどっしりした酒で、しかし金沢の酒だから勿論、重いということはない。

食事の前に、「生菓子」というものが出た。これは要するに赤い大福に白い大福、それから白い皮に黄色く染めた道明寺が振ってあるもの、草色で菱形をしたもの、それから四角に切った羊羹の五つが一組になったもので、赤いのは太陽、白が月、道明寺が振ってあるのは岩を表して山、菱形が波の恰好で海、四角い羊羹が田の形で里を示して、この五つをいつもお祝いの時に使うのだそうである。いい気なものだともいえるが、そういう素朴な感じの菓子で、鯛をまるごと酒浸しにするのに呼応している。固くなったのは焼いて食べてもいい。

その晩は片山津温泉の矢田旅館で加賀の茶料理を食べた。加賀全体がお茶が盛んな所なので茶料理になったのであるが、食べる方からいえば、やはりこれは普通の、何料理でもない料理である。その中で殊にうまかったのは鷭《ばん》の吸いものだった。実は鷭を食べたのはそれが始めてだったが、四月、五月が一番いいのだそうで、何かの肝かと思われる苦味を持ったおそろしく気品がある食べものである。それから河豚の真子の糠漬けがあって、これは近江の鮒鮨《ふなずし》の卵に似てもっとあっさりした、得難《えがた》い味がする。これも金沢で売っている。熱い御飯にかけてもいいし、酒の肴《さかな》にもなり、レモンをかけるといっそううまくなる。それからその翌日だったか、打ち豆の味噌汁が出て、これは東北地方などでも始終やるものであるが、打ち豆の味までが金沢風になっていて、どぎついところがないのがほとんどフランスの隠元《いんげん》に近かった。それで、金沢ではいい豆腐が出来る訳である。矢田屋で飲んだ酒は福正。

ここに泊った翌日、金沢に戻って、常盤町で川魚料理をやっているごりやで昼の食事をした。ここの部屋も壁が赤く塗ってあって柱が朱塗りで、そこから障子を開け放して新緑の庭を眺めた時にも金沢を感じた。鮴《ごり》というのは、そういう所の川に泳いでいるのが似合った魚である。長さは一寸か一寸五分位なのが普通で、頭でっかちで鰭《ひれ》を左右に張り、尾が細くて、いかにも可愛らしい恰好をしている。何匹か生きたのを笊《ざる》に入れて見せて貰ったが、元気がいいのは体が黒くて、疲れて来るとそれが段々縞《しま》になって来るということだった。佃煮か、飴煮《だ》きにするのが一般に知られた鮴の食べ方で、これもまずくはない。こうしてその形も楽しめる訳《わけ》であるが、ごりやではその空揚げがあって、これが一番うまいのではないかと思う。鮴の身が漸《よう》や《や》く衣を支えているようで、脆《もろ》いことこの上ない。鮴というのが大体、そういう魚なのである。

それから岩魚《いわな》の卵を大根卸《おろ》しで食べた。これは半透明の玉の真中に金色をした部分がある実に綺麗なもので、朱塗りの部屋にもよく合う。そして外から午後の日が畳の上に差し込んで来て、卵がいっそう光った。鯎《うぐい》はこの辺では桜鯉ともいうそうで、その刺身は白い中に薄紫の所があり、これを口に入れると微かに芳しい。四、五月の子を持っている時が盛りということでごりやの池にも何十匹と泳いでいた。鯎の田楽も出たが、これは確かに刺身以外の形で食べるのに惜しい魚である。岩魚は塩焼きにして、これを酢醤油で食べる。そしてこの日は岩魚のこつ酒があった。鯛を使ったのよりもずっと優しい味で、鯛を別とすれば、川魚は一体に海の魚よりも女の感じがする。この日の酒は日栄で、それで味を引き締めるというのはいい趣向だった。金沢、および金沢周辺の片山津その他でも、大概《たいがい》の料理は一人前千円*程度、酒は一本百二十円*前後である。つば甚のような行き届いた旅館でも、宿賃が一泊千円*だった。

この辺で金沢の菓子のことをもう少し書いておく。初めに福光屋のところで触れた生菓子は尾張町の森八のものであるが、生菓子はもたないし、森八の菓子を買うのならばむしろ干菓子風の、例えば確か玉兎とかいうのなどがいい。これは小さな玉を赤か白の最中の皮か何かで三方から包んだもので、その玉が口の中で砕け、甘味はほとんどなくて、山椒《さんしょう》とも、生薑《しょうが》ともつかない匂いがあとに残る。生菓子以外のものの中では、これは恐らく最高級品に属するものではないかと思う。長生殿についてはすでにいろいろな人が書いていて、ここで改めて述べることはない。金沢の五色の生菓子も市内で組にして売っていて、これはそれ程《ほど》生なものではないから、貰って珍しがる人がいるかもしれない。前には気がつかなかったが、太陽と月と山と海と田を食べたらどんな心地がするか、やって見たら面白いのではないだろうか。

このほかに金沢といえば、じぶとか、鶫《つぐみ》とか、鴨《かも》とか、鰤《ぶり》とか、鮭《さけ》とか、まだいろいろある訳であるが、それは季節ではないので食べられなかった。調べてみると、ここはすっぽんも、鮎も、鰻もあり、名物を全部食べるのには一年中ここに来ていなければならない。蓮根《れんこん》、長芋、甘海老など、食べて書き落したものもあるが、いまさら書き足してみたところでその味が生きる訳ではない。あとは読者に想像して戴くことにする。

ごりやで食事をした日に、車で一時間ばかりかかるが金沢市内になっている湯涌温泉の白雲楼ホテルに行った。おそろしく設備が整っている所で、金沢で食べ過ぎた時に来て休養するのにいい。しかしここの料理もうまくて、殊に西洋料理は東京でも珍しい位《くらい》筋が通ったものを出す。久し振りに食べた仔牛の脳味噌にタータ－・ソース風のものをかけたのが余りうまかったので、翌朝は是非とも英国式のポーチド・エッグスを頼もうと思っていたのだが、朝になって鯛の糠漬けや河豚《ふぐ》の卵が運ばれて来たのをみると、やはりその方がよくなって、ポーチド・エッグスはいずれ英国に行きでもした時に譲ることにした。しかし金沢で西洋料理が食べたくなったら、ここのは推薦出来る。

金沢に戻って「白山」に乗ると、大友楼の心尽しのお弁当が届けてあった。といっても、大友楼は金沢駅に弁当を入れていて、箱の中の刷りもので駅で売っているものの献立が解ったから、それを挙げると、果物、肴、甘海老、紅白蒲鉾、長芋、蓮根、鮴《ごり》の佃煮、野菜煮込み、それに幕の内で、「白山」に届けられて来たのは、果物が砂糖なしで食べられる苺、肴が鯛の昆布巻、甘海老の代りに蟹の鋏と脚、その他に河豚の卵の糠漬けがあった。一緒に入っていた秋の献立を見るともっと凄くて、能登牛のカツレツ、紅白蒲鉾、鶇《つぐみ》の照り焼き、さる海老、長芋甘煮、玉子巻、松茸、ばい貝、河豚の塩漬、鮴《ごり》の佃煮、紋平柿、それに幕の内、香のもので、これで百五十円。*恐らく日本中で最も豪華な駅弁である。

世界の味を持つ神戸

今度は詩人の竹中郁《いく》氏に案内して戴いた。ここの貿易商の家に生れて、学校はその辺の小学校から神戸一中というのだから、生粋《きっすい》の神戸人である。そういえば、竹中氏や稲垣足穂《たるほ》氏、あるいは花森安治氏が書くものには何か共通したものがある。一種の開けっぱなしな性格で、神戸の町にも確かにそれがあり、これは港町だからとか、海に面していて光線が強いからとかいうような理由だけでは説明出来ない。いつか花森氏に聞いた話では、それは町の歴史が浅くて頭の上からのしかかるものが何もないためだということだったが、窮屈なものがどこにもないのは食べもの屋の店の構えや、そこで出すものの味にも感じられる。

竹中氏の唯一の欠点は酒を飲まないことで、しかしそういうことにも神戸人のこだわらない性格が現れるのか、着いた晩に最初に連れて行かれたのはバーだった。布引《ぬのびき》町二丁目にあるアカデミーというバーで、スタンドのほかには二人掛けの卓子が二つか三つ置いてあるだけであるが、スタンドの向うには葡萄酒を除いて、普通の人間の頭で考えられる限りの洋酒が並んでいる。それにしても葡萄酒があれば、これはスタンドに壜を立てる代りに酒倉にしまってあるはずだから、要するにスタンドには何でもあることになり、ここで飲んだギルベーのフィノは恐らく日本で、バーに行って金を払えば飲めるドライ・シェリーの中で一番上等なものに違いない。ドライ・シェリーというのはいいものであればある程《ほど》、ほとんど味というものがなくて、味も匂いもどこか喉の奥の方でたんまになって、あとから出て来る仕掛けになっているものであるが、ここのは先ずそれに近かった。そしてそれが一杯二百五十円*で、これだけのシェリーにしてはむしろべら棒に安い方である。

それには、この店をここの主人夫婦が二人だけでやっているということもあるには違いないが、一つにはやはり場所が神戸なので、こういう酒がこんな値段で飲めるのだろうと思う。つまり、ギルベーのフィノだの、ボルスのアドヴォカートだのと、聞いたこともないか、あるいは僅《わず》かに聞いたことしかない洋酒を箱に詰めて幾箱も積んで来た船が何十艘も港に並んでいれば、その箱が荷揚げされて税関を通って、誰だか解らないこういうものの大手筋の買主が全部を買い上げてしまう前に、箱の中身の少しは神戸の町にばら撒かれる訳で、それでそれがバーで安く飲めるのみならず、当り前な顔をして、というのは、いっこうに取り澄まさずに飲むことが出来る。神戸にゴルフ・コースがあったならば、廻ってみたくなるのではないかと思う。そしてそんなことよりも、その晩も時々、港の方から船の汽笛の音が聞えて来た。神戸は、その音が利《き》くような港町である。

しかし飲んでばかりいる訳にはいかない。シェリーのことをちょうどいいと思って書いたのは、これが主に食前に飲む酒だからであるが、その晩それから行ったのは握り鮨屋で、これはあとでほかの握り鮨屋と一緒にして扱った方が便利だから、ここから話を翌日の朝に移す。竹中氏が誘いに来て先ず行ったのが、元町三丁目の青辰という穴子《あなご》の鮨屋だった。ここに穴子丼というのがある。見たところ、ただの丼に飯が少な目に盛ってあるだけで穴子の切れ端もないが、これは飯の中に並べてあって、食べるとその味と飯の味が一緒になって適当に腹が減っていれば、鰻飯などこれに遠くおよばないのではないかという気がする。鰻飯よりも幾らか軽いのがかえって舌には珍しいのかも知れなくて、その上に何故か、全体が酒に漬けたような味がするのがどうにも新鮮なのである。だから、別に腹が減っていなくてもこれは食べられる。この店で出すものの中での逸品であって、青辰に行ったらば先ずこれをためしてみることである。

　もっとも、これは始終ある訳ではないので、この穴子丼を注文する積りならば、店を開けたばかりの午前十一時頃に行って頼まなければならない。穴子も焼き立てで飯も炊き立てでなければならないからで、あとは穴子を使った普通の大阪鮨になる。そのほかに、穴子、木耳《きくらげ》、および椎茸《しいたけ》を使った巻き鮨があり、穴子丼には遅れても、大阪鮨の巻き鮨で結構楽しめる。これも神戸という町の空気のせいなのかも知れないが、青辰の穴子や玉子焼きの味は、不思議に子供の頃、ちょうど、昼飯の時刻になって、東京の通りや横丁の日向《ひなた》がひっそりしていたのを思い出させる。淡味であることからの連想なのだろうか。それからここのちらしも軽くてうまい。値段は、穴子丼が一人前百八十円、*ちらしも百八十円、*大阪鮨一皿百七十円、*巻き鮨が一本百七十円、*である。もう一つ、ここで酒の突き出しに貝屋の焼き通し蒲鉾というのが出たが、これは堅く焼いてあって何か魚の照り焼きに似たいい匂いがする。酒の肴には絶好のものである。神戸市の兵庫区戸場町十五番地に貝屋の店があるそうで、値段は聞くのを忘れた。

それから中山手通りのフロインドリーブというパン屋に行った。何しろここのパンはうまくて、ドイツ風のパンだということになっているが、妙な香料が混ぜてある訳ではないし、パンもここまで行けば、フランス風もドイツ風もあったものではない。パンの匂いがして砂糖気など思い出しさえもせず、皮と白い所の違いが色と堅さだけのことで味は同じなのだから、こういうものにはバタをつける必要もない。それでつければ、バタまでいい匂いがしていっそううまくなり、しかしそれ以上にハムを挟んだり、筋子を載せたりするのにはもったいないパンである。ハムはハムで厚めに切っておいて、それをおかずにこのパンを齧《かじ》ったら、大概の御馳走には引けをとらない昼の食事になる。そして形も、断面が楕円形の棒状だから齧るのに都合がいい。しかし早く行かないと港に来ている外国船の乗組員がその日出来たパンの大部分を買ってしまって、我々が寄ったのは午後の二時頃だったと思うが、その日も大型のはもうなかった。

もっとも、小型といっても長さが一尺近くあって、一人で一本齧るのにはこの方が適しているかも知れない。それでその値段であるが、いつまた神戸に来られるか解らないと思ってこの小型のを五本買って、これにチーズ・クラッカーを一袋と、ココナッツ・マカロンという菓子を一袋足して貰って全部で五百二十五円*だった。ところで、ココナッツ・マカロンもチーズ・クラッカーも一袋二百円*ずつであるから、残りの百二十五円を五で割れば、小型のパン一本が二十五円*ということになる。註文すれば、郵送もしてくれるそうで、フロインドリーブの番地は神戸市生田区中山手通一ノ十である。パンと一緒に買った菓子のうち、チーズ・クラッカーは菓子よりもむしろビールに持って来いの肴で、要するに、パイの皮を一寸位の長さに細長く切ったものに過ぎないのに、食べると、口の中がチーズの匂いで一杯になる。そしてパイの皮で、さっぱりしているから、ただ食べてもうまい。またココナッツなるものが好きな人間には、マカロンの方も推薦出来る。ただココナッツを食べさせるために作ったような菓子である。

そのあとでは当然、例のユーハイムに行くことになった。昔はどこにあったか忘れたが、そこは焼けて、今は生田神社の西隣に移っている。バウムクーヘンにクリームをかけたのが一人前百円*、まるごと買うのには、二、三百円*から七千円*もする大きなのまであるということだった。この菓子は勿論《もちろん》、東京にもあって、昔はジャーマン・ベーカリーのがうまかった。しかし気のせいかも知れないが、カステラが口の中で溶けて消えてなくなる味は、どうもユーハイムのに限るようである。焼き加減の問題ではないかと思う。暫《しばら》く酒飲みの身分を忘れて、お茶の会の献立でも考えるならば、このバウムクーヘンにフロインドリーブのココナッツ・マカロン、それから例のパンを切らずに手でちぎってバタをつけただけで出したら、まだ舌が余り荒れてない女の子なら喜ぶに違いない。それに添えるのに、ユーハイムでは直径三寸位の円いミート・パイを作っていて、これは一度温めて食べるとうまい。一つ五十円*。バウムクーヘンを註文する場合は、ユーハイムの番地は神戸市生田区下山手通二ノ五。もっとも近いうちに銀座裏のよし田の蕎麦屋近くに支店と東京工場を作るそうである。

書いているうちに、何だか口の中が気持悪く甘くなって来た。ユーハイムから少し行った所に、詳しくは生田筋西入口にハイウェイという西洋料理屋があって、次にはここでウィーナー・シュニッツェルを食べた。これは何のカツレツなのか、仔牛なのではないかと思うが、衣と一緒に肉も舌の上で崩れる出来栄えで、軽くてほとんど肉の感じがせず、それだけにレモンとトマト・ソースをかけたのが利《き》いて、先ずこれ以上の牛のカツは日本にはないと見てよさそうである。日本で洋食を食べることの欠点の一つは、料理が上等であればある程《ほど》、それに適した飲みものが欲しくなり、つい葡萄酒などを註文すればそのために代金が三倍位に跳ね上ることであるが、ウィーナー・シュニッツェルならばウィーンでも、ビールで手軽にすませるのだろうから、ハイウェイに行けばそれに倣《なら》って、かなり洒落た食事をすることが出来る。

これだけのカツを出すのだから、ほかの料理にもうまいものがあるに違いなくて、献立表を貰って来なかったのを今になって後悔している。ウィーナー・シュニッツェルは一人前二百五十円。*そこから今度は三宮センターの街の武蔵という豚カツ屋に行った。ここは豚カツと海老カツで、いずれも二百二十円、*このほかに豚汁などがついて一コース二百七十円*というのがある。先ず気がついたのは、肉を四角に固めて揚げた豚カツの断面がある種のソセージの切り口に似ていかにもうまそうなことで、それを口に入れるとここのカツも衣と一緒に肉が溶ける。あるいは、溶けると思う程《ほど》柔くて、やはりソースやトマト・ソースのきつい味がよく利《き》く。この主人の話では、豚カツが本当に好きな人間は生キャベツにソースをぶっかけて食べるのを楽しむのだそうで、確かにそういう素朴なものがカツ類の生命なのかも知れない。油で揚げるのは肉の脂っこさを殺すためではないかとさえ思われて、外見とは反対に、味がさっぱりしていてソースや辛子の味を引き立てるようでなければ、うまいカツとはいえないものらしい。この豚カツと比べて、海老カツの方がかえってしつこく感じられた位だった。それから、カツ類には日本酒よりもビールの方が合うようで、ここではキリンビールを一本百五十円*で売っている。

次に元町駅下の牡丹園別館という支那料理屋に行った。神戸でここを見逃すことが出来ないのは、殊にここで炒鮮奶《チャオシエンナイ》という料理を出すからで、神戸の町に一時間しかいられなくてどうするかという場合、ここに来てこの料理を食べることにしても決して損ではない。例えば、一流の菓子屋の窓に豪奢《ごうしゃ》な西洋菓子が飾ってあって、そのクリームやチョコレートの部分や、細いビスケットが白砂糖の皮の上で模様を作っているのが、もしあんなに甘いものではなくてすべて料理だったならば、と思うことがあるが、炒鮮奶はちょうどそういう料理なのである。運ばれて来たところを見ると、やはり西洋菓子でよく使う、栗を砕いて紐状に押し出したものに似て、色だけが褐色をしているものが皿に盛ってある上に、クリームと薄いチョコレート色のクリームがかかっているのであるが、その褐色をした素麵《そうめん》のようなのが米粉《ビーフン》を揚げたもので、クリームの材料は卵の白身、もう一種類のクリームは牛乳、胡桃、雞《とり》、および海老で、これをマロン・シャンティーなどと同じ具合にごちゃ混ぜにして食べる。

つまり、念入りにこしらえた西洋菓子の口当りの柔かさがこの料理の柔かさでもあって、それが甘くはなくて雞や胡桃や米粉を揚げたものの味なのであるから、目が覚める思いをする。大体、もとの材料の味をなるべくそのままでおくのが日本料理で、これを自由に変えてしまいにはもう何で出来ているのか解らないうまいものを作るのが西洋料理や支那料理ならば、この炒鮮奶などはその支那料理の枠ではないかと考えたくなる。勿論、もっと名が知られていて典型的な支那料理がほかに幾らもあるに違いないが、例えばルーベンスやフランツ・ハルスの大作がごろごろしている中で、幅五寸位のワットーの人物画が少しも引けをとらずに光っているのと変らず、このほとんど点心風の料理も支那料理の珍味のうちに数えて構わない気がする。その流儀からいって支那のどの辺のものか聞かなかったが、この店の主人は王熾炳氏である。別に前から頼んでおかなければ出来ない料理ではないらしく、値段は一人前二百五十円である。*

店を出て、ここら辺で一休みしようということになり、勿論、竹中氏の案内でボン・コアンというバーと喫茶店をかねた店に行った。どこなのかはっきり解らなかったが、建物の一列向うが海で、どうも昔、レーン・クロフォードという洋品店があった近所に思われた。東京にも方々にある、ただ感じが明るいだけの店で、ハイボールやコーヒーなどという飲みものと同じく特色がないのが、東京では、だから現代文明はいやだということになるのに、神戸ではかえってそこにも町の性格が現れているようで、喫茶店というこのおよそ味気ない施設で青年時代以来、始めて落ち着くことが出来た。いわゆる、文化的な生活が神戸では単に生活であり得るので、それで文化人がやりそうなことを我々がやっても、少しもそれが負担にならないというのは、確かにこの町の恵まれた条件の一つである。

それだけに、例えば天麩羅《てんぷら》屋などに行くと、もう少し何か地方色に似たものがあったら天麩羅ももっとうまくなるのではないだろうかと思ったりする。豚カツはウィーナー・シュニッツエルの変形と考えればすむが、天麩羅はやはり町の真中に川が流れていて、岸の石垣が所々崩れているというふうな眺めに似合った食べもののようで、味を引き立てる地方的な潤いが神戸にはどことなく欠けている。というものの、まずい訳ではないので、例えば元町三丁目の眼鏡《めがね》屋横丁にある藤はらという天麩羅屋の烏賊の天麩羅は、瀬戸内海でとれる文子《もんご》烏賊という、厚さが七分から一寸もある烏賊を使っていて、食べでがある。今これを書いている気持では、もっと積極的にいってうまいもので、それを食べている間、あれを刺身にしたらなどと余計なことは考えない。この烏賊は九月から五月辺りまでのものだそうで、ほかに海老を紫蘇《しそ》で巻いたのや、鱚《きす》があった。

昔は神戸にもあった地方色は、今でも支那町に僅かに残っている。何々記だとか、何々號とかいう看板が出ているのを見ると、まだ日本租界などというものがあった時代の支那を思い出し、つい入って買いものがしたくなる。そういう店の一軒で、荷物になることが解っていながら買ったのが、烏葉茘枝《れいし》なるものの大きな缶詰だった。日本の茘枝には少しも似ていない苺のような恰好をした果物の絵が印刷してあって、中国汕頭缶頭出品とあるから中共の産物で見た最初のものであり、とにかく、楊貴妃の本場の本ものである。しかしどんな味がするのか、まだ開けてみない。そこから少し先へ行った路地に老祥記という小さな支那饅頭屋があって、この三つ二十円*の肉饅頭も本ものである。何よりもその皮が支那式で、支那醤油の代りにソースが出ているのは惜しいが、ソースをつけずにそのまま食べてもうまい。恐らく、これだけ支那式の支那饅頭は日本国中を探しても神戸のこの老祥記にしかないのではないかと思う。

しかしこれは文字通りの点心であって、料理では、神戸で牡丹園別館の炒鮮奶と双璧をなすものは、花隈《はなくま》のハナワ・グリルの西洋料理である。ここへはその日の夜遅く行った。モダン寺下にあって、見たところは別にどうということはない西洋料理屋の下が椅子席、二階が日本間になっている。竹中氏と二人、二階の畳の上で先ずボルシチを頼んだ。表面に浮いている油の粒が目に見えない程《ほど》の細かさで、こういうスープを入れた皿をあとで熱湯をさっとかけただけで乾いた布で磨くと、残った油がそのままあの一流の料理をしている場所でしか見られない皿の艶《つや》になる。しかしその次に来た仔牛喉頭部クリーム煮という料理はもっと豪奢なもので、これは仔牛や子羊の喉頭部に少しばかりついている肉に卵やベーコンを加えて煮たものである。だから、相当こってりしたものであるはずで、事実、こってりしているのであるが、これを食べているうちに不思議なことを発見した。

いろいろなものを加えて材料のもとの味を変えるのが西洋料理で、そうしないのが日本料理でも、西洋料理もある段階を越えると、料理の味が一口ごとに舌を満足させてあとに何も残さないから、それがどんなに濃厚なものでも、いわば、味が全くないのと同じことになる。一杯の水、あるいは、日本料理で例えば名手が作った蓴菜《じゅんさい》の酢醤油に味があるとは思えないのと少しも違わなくて、蓴菜とリ・ド・ヴォー・ア・ラ・クレームが同じ味になるというのは美しいことである。贅沢の極致だろうし、たまにはこういうものにありつけなければ、――あるいは、ありつけなくてもいっこうに構わないが、さいわいに出会った時のことはそう簡単に忘れられるものではない。辻留さんの雛さんに日本料理も修練の結果得た技術であることを教えて貰って以来、西洋料理で改めてその事実を認めさせられたのがこのハナワ・グリルだった。主人は花輪勝敬氏、ボルシチは一人前百二十円*、仔牛の喉頭部のクリーム煮が二百円*である。

　そういう訳で、すべての世の中で一番うまいものはあれどもなきが如《ごと》き味がするならば、神戸で見つけたもう一つのうまいものは灘の菊正だった。灘は神戸の一区であって、菊正は神戸のどこででも飲めるのが、どういう訳か、一番うまかったのは神戸にいる間泊っていた本菊水旅館のだった。どういう訳かではなくて、ここでは酒を大切に扱っているに違いない。醸造元では、そんなことはないというにきまっているが、醸造元が責任がもてるのは壜詰の酒が工場の門を出るまでのことで、一本の壜詰の酒にも意地があり、余り勝手な真似をされれば気を悪くしてまずくなる。しかしそれはそれとして、本菊水の菊正がどんなかというと、味、香り、こく、色などというものは皆揃っていて、恐らくいずれも満点である。しかしそうだから、それが一緒になるとそこに出現するのは、ただもう酒というもので、どこまでがこくで何が色なのか、別にそういうことは問題ではなくなる。つまり、上等のシェリーと全く同じなのである。

　もっとも、旅館に飲みに行くのも変なものであるが、それならば、神戸に行った時にほかに定宿がなければここに泊ればいい。一泊千五百円*だから普通並の料金で、酒は一本百六十円*である。このほかに神戸で行く場所について書く余地がなくなった。したがって、握り鮨のことも省く。ただ元居留地のイタリー料理屋のドンナロイアが本もののイタリー料理であること、それから菓子類では明石の西本町の分大《ぶんだい》餅、東本町の富士の山煎餅、および三番町の向井屋の蛸《たこ》焼き、殊にこの蛸焼きが印象に残ったことを書いておくことに留める。

以上の裏の所

どこの何という店の刺身は実に大したものだなどということを思いつくままに書いていると、そのうちに雑誌社から、いっそのこと方々を食べて廻ってその記事を書いてくれというふうなことを頼まれたりして、それから先が相当に面倒なことになる。ただで汽車に乗せて貰《もら》って、行った先で無銭飲食を重ねてまた帰って来たあとは、原稿料をとって原稿を書けばいいというのでは、初めはただもう嬉《うれ》しいことばかりという気がするかも知れないが、引き受けてみると、決してそのような簡単なものではないことが解る。

講演旅行の玉に瑕《きず》が講演をしなければならないことであると同じ訳で、食べて廻る旅行も、あとで原稿を書くことが目的であるためにすべてがぶち壊しになる。小説家というのは旅に出て、いい景色の所に来ても、民謡を聞いても、すぐに手帳に細々と印象や歌詞を書き込む忙しい人種だと、誰かがどこかでいっているのを読んだことがあるが、食べる方の旅も、雑誌に克明に書くのにあとで記憶を手繰《たぐ》るのではおぼつかないから、やはり始終、何か食べては手帳につけていなければならない。そしてそれをやっていては、大概《たいがい》のものがまずくなる。あるいは、一口食べてみてうまければ、もうそれはそれで止めて、さっそくその味をあとで思い出すのに都合がいい符牒《ふちょう》の役目をする言葉を考え、それを書きつけて次の食べものに移るので、うまいからといってお代りなどしていれば、すぐに満腹して食べて廻ることが出来なくなる。ところで、そんなものの食べ方があるだろうか。

うまいというので、ただ一口でもの思いに耽《ふけ》ったりすることは、一口でも相当の作用をするはずの酒でも出来ない。食べものというのは、うまい味がまだ口の中から消えないうちにまたそのうまい味をその上に重ね、そういう味が口の中でしていることについて充分に納得が行くまでこれをやって、始めて食べたという感じがするのである。またそれだけに、全部食べてはならない、あるいは、食べればあとで困るうまいものなどというものはほとんど意味をなさないので、それ位ならば食べない方がいいとさえいいたくなる。またうまいものを食べながら、これをどんな言葉で書き立ててやろうかなどと考えるのは下の下のことであって、食べている間は浮れた気分になり、その日も過ぎて、もっとずっとあとになってからそのことを思い出し、自分もかつてはアルカディア、あるいは桃源郷、あるいはどこかそのような場所に遊んだことがあるのだと感じて、そこから言葉が生れて来るのでなければならない。

しかし雑誌にあとで書くことの不便はそれだけに止《とど》まらないので、例えば、書く以上は読者もそこへ行って同じものを食べたいと思うかも知れないから、食べたものの値段を聞いておかなければならないということがある。これも困ることで、一々値段のことまで考えて食べていたら、食べている気がしない。それ故に食べものは誰でもが、場合によっては多少の無理をしさえすればありつける値段を越さないのが本当なのであるが、さいわい、東京を離れさえすれば、財布を食べさせられているのに似た高い金をとって商売をしている食べもの屋は、ごく少数の例外を除いて先ずないといえる。しかし書くとなれば、とにかく、この料理は一人前幾ら、酒はお銚子が一本百三十円、*ああ、そうですかとやらなければならず、一旅行で二十何軒も廻るのに、聞いた値段を空で覚えている訳には行かないから、これも聞くたびに手帳に書き留める必要がある。

そんなことをして何が面白いかと言われるならば、全然少しも取り得になることなどどこにもないと答えるほかない。その上に、やはり読者のことを思えば、店の番地も忘れてはならず、また誰かがどこかの駅に着いて、乗り換えの汽車が来るまでに一時間あり、そこの町にある店でこっちが書いた所に寄ってみたいような気もするが、込んでいるかも知れないので迷うという場合もあるから、ついでに電話の番号も書いておく方が親切である。それならば、駅からそこまで行く円タクの運賃も必要かも知れず、歩いて行くなら地図、という訳で、しまいには、食べものについて雑文を書いているのか、それともガイドなのか解らなくなり、どこかでそのけじめがつけたくても、こういう記事の性質上、これはそう簡単には出来ない。食べもののことを読めば、そういうものを読む人間である限り、自分も食べたくなるのが普通で、それにはお構いなしにただ自分の体験を材料に使って記事を書くのは気が引ける。毎月、雑誌に相当の紙面をとってのことならば、なおさらそうである。

要するに、これは宙ぶらりんな仕事であって、食べ疲れよりも気疲れのために、一度引き受けたあとはまたどこかそういう註文が来ないものかと、首を長くして待つというようなものではない。しかし全く何の取り得もないと書いたが、実際にはそれ程《ほど》ひどいものでもないのである。いろいろと面倒なことがあっても、とにかく、旅行をして行き先の土地で食べて歩くことに変りはないので、用事がなかったならばいつまでも行かなかったかも知れないそこの土地に馴染《なじ》むことになるほかに、あとになってみれば各種の思い出が残る。繰り返していうが、旅行が出来ることは確実であって、それが損なことはない。途中の汽車の窓から景色が眺められるという単純なことからしても儲けものであり、それから宿屋に泊り、またそこの土地の景色を眺め、ガイド用の記事に書く程《ほど》はうまいものがあったり、おかしな目にあったりする。しかし大体が、こういうことはすべてガイド用の記事には不必要なことなので、それ故にそれをこれからここで書いてみたい。

たとえば、神戸で泊った本菊水という旅館の菊正というものがある。これには前にもガイド用の記事の方で触れてはおいたが、実はその先があるので、神戸の町はやたらに細長いということがそのことと関係がある。これは、神戸に行くことにきめた時には勘定に入れていなかった辛《つら》いことだったので、細長い町をあっちへ行ったり、こっちへ行ったりするのには、ただその行き来だけでどれ位時間がかかるか、全く考えてもみなかった。勿論《もちろん》、初めからどこのどういう店に行きたいかが解っていれば、ただそこだけに行けばいいので、幾ら神戸の町が細長くても、そのためにそう時間がかかるということはない。しかしこれから青辰に行って穴子《あなご》丼を食べましょうというのだけではなくて、そのあとではあすこ、次にはここと、ガイド用の記事を書く関係上、方々飛び廻らなければならないとなると、神戸のように細長くて、どこへ行くのにも一定の距離を進んでから始めて左か右に曲るほかない町程《ほど》、そうして食べて歩くのに不便な所はない。それだけで疲れてしまって、どこか町の東の端から車で明石まで行った時などは食堂車も、駅弁もない汽車に乗せられたようで泣きたくなった。

それを慰めてくれたのが、本菊水の菊正だった。菊正がどんな味がするかは前から知っているから別に手帳に書く必要はなくて、なるべく早目に朝起きると、女中さんがそれを入れたお銚子を持って来てくれる。前の晩にも、細長い神戸の町を廻り歩いて宿に辿り着いてから飲み、まだ少し二日酔いしているので、ただでさえうまいのがなおさら何か、この世のものではない水を飲んでいるように感じられて、酔って来ると、こういう本ものの常として、ある程度以上に酔わせもしなければ、それ以下に酔いを覚めさせることもない。自分はここで一体、何をしているのだろうと思ったりしていると、そのうちに食べ歩きを始める時間が来て、この時の辛さといったらなかった。したがってまた、これを逆の方から考えるならば、神戸の食べものの中で、それでもうまかったものは確かにうまいのに違いないのである。

ついでに神戸についてもう一つ難をいえば、神戸でなくてはと思う程《ほど》うまいものが主に支那料理か西洋料理で、自然にそれをビールを飲みながら食べることになることである。勿論、少しばかりの苦労をすれば、老酒《ラオチユー》でも葡萄酒でも註文出来ることとは思うが、それが値段の問題であってみれば、考え込まざるを得ない。老酒は仮に本ものがあっても、まだ老酒の本ものを自前で飲んだことがないから幾らするのか知らないし、葡萄酒は御馳走を食べるのに適した上等なのを註文すれば、一人当りの勘定がそれだけで三倍か四倍に跳ね上ることが初めから解っている。つまり、一本が三千円、*あるいはそれ以上するので、それでは辛《つら》いから、どうしてもビールになり、例えば今度行った時のようにそういう場所ばかり廻っていると、朝から晩までビールを飲んでいる訳で、これはやり切れなかった。

　もっとも、そこにもガイド風の食べ歩きの記事を書く面倒が加わっているので、誰も食事をするのに、別に三千円も出す気はしないから、その誰もに代って書く時は、例えば花隈《はなくま》のハナワ・グリルで一流の御馳走が出て、三千円でも何でもいいからうまい葡萄酒でこの御馳走が食べたいと思っても、やはりビールを頼むほかない。勿論、葡萄酒で食べてビールを飲んだように書くことも出来ないことはないが、それでは感じが出なくて、そしてハナワ・グリルに行ったのは一日中ビールを飲んで暮したあとだったから、これは何ともいえないことだった。今度、神戸に寄ったらこの店で前と同じ献立でシャンベルタンか、コルトンか、そういう上ものでいい気持になりたいと思う。神戸のことだから、葡萄酒がないなどということはないはずである。支那料理も老酒で食べられるかも知れない。そしてそのことについてあとで書かなくてもすむと来れば、もうそれで満足である。

　もっとも、こういう外国の料理にも日本酒が合わないということはない。前にもどこかで書いたことがあるような気がするが、上等の日本酒は上等の白葡萄酒に似ていて、それよりももっと日本酒に近い洋酒に、ティオ・ペペという銘柄のシェリーがある。シェリーはスペイン産の白葡萄酒にスペイン産のブランデーを割ってまた何年か貯蔵したもので、それで外国の料理の時に日本酒のことがすぐ頭に浮ばない理由も解る。というのは、シェリーが主に食前の酒だということは、それが普通の葡萄酒と違ってただそれだけでも飲めることなので、その点も日本酒に似ている。日本酒を飲んでいるとついほかのことを忘れてしまって、飲む一方になるからいけないのだと胃病の専門家に注意されたことがあったが、そういう特質があるものだから、どうも洋食の時に日本酒を註文する気になれない。

洋食は食べものが酒を呼び、酒が食べものに答える仕組みになっていて、その酔い心地には格別なものがある。またその方が自然であるのはいうまでもないことで、日本酒も、これに合うように出来ている日本の食べものを肴に飲むのに越したことはない。例えば、生牡蠣《がき》を殻ごと山盛りにしたのを前に置き、これを台所で割って洗ったりして貰《もら》っては味が薄くなるから、誰か割るのに馴れた人を頼んで傍で割らせ、それを片端から食べながら千福を飲む、というふうなことだってある。そしてあとで食べたうどんにその生牡蠣をぶち込んだのがやたらにうまかったというおまけまでついているのだから、これは本当にあったことに違いないのであるが、それがいつのことだったのかは今思い出せない。しかしとにかく、そういう訳で、今度の食べ歩きでも日本料理が主な所は楽だった。ということは、神戸以外に行った場所の全部ということになって、それはその通りの訳だから、したがってまたいろいろとその思い出もある。そしてその一つに、こっちにとってうまいものと、土地の名物になっているものが必ずしも一致しないということがあって、これは楽なことの中に入らない。

もっとも、向うがうまいといって出すものは大概うまいにきまっているので、それをまずいと思うのは先ずこっちのつむじが曲っているか、体の調子がよくないからなのであるが、その土地でうまいことになっているもの以外にうまいものがあることがあって、例えばそれは金沢の泥鰌《どじょう》の蒲焼きである。これなどは幾らあっても足りないような安くて口当りが軽い食べもので、大体その通りのことを書いたら、そういうものが金沢の名物に思われては困るという苦情が出たことをあとで聞いた。しかしこれは酒の肴にしても広島の牡蠣にほとんど引けをとらない食べものであって、金沢の泥鰌でなければこういう蒲焼きにならないらしいから、これはやはり金沢の名物に数えていい。それに鯛《たい》に、鰤《ぶり》に、鶫《つぐみ》に、牛に、鰯《いわし》に、米に、水までが名物の金沢で、泥鰌も名物であって少しも構わないはずなのだし、そのうちにまた金沢に行ったら、もう一度食べさせて貰いたいものである。第一、一串十円*のことがもう解っているから、こっちで買いに行って食べる。

しかし金沢に限らず、どこへ行ってもうまいものが安く食べられるのは、東京に住んでいるものにとっては羨《うらやま》しかった。これは、食べ歩きの取り得で、何でも値段を聞くから、どこにどういうものがあるかということのほかに、それが幾ら位するかも大体のところは覚えたが、東京の有名な店で出すものと違って、どれも食べるのに一通りの覚悟をする必要がないのは、悪夢が去って明治、大正の日本の興隆期に戻ったような気がした。その土地土地では、やはり物価が高くなったのが嘆かれているのかも知れないが、それでも東京とは比べものにならなくて、高ければいいらしいこの頃の東京は、田舎の中でも田舎臭い場所に落ちたことになる。そしてこれも田舎の証拠であるが、東京でうまいものを食べさせる店は皆いわゆる、有名店で、これに反して金沢では、泥鰌の蒲焼きは何という店に限るということはない。つまり、文化の程度がそれだけ違うのである。

だから、金沢でも、長崎でも、あるいはどこに行っても、その土地の生活にさっそく浸って東京の埃《ほこり》に塗《まみ》れた垢《あか》を落すのに限る。しかしそれには食べ歩きというのは余り適していないので、駅で降りてからこれからどこへ行ったものか迷うのは少し心細いが、食べ歩きで行くとそれが極端にその反対になる。友達、あるいはまえから知っている宿屋の人ではなくて、カメラマンが二、三人、マイクが二つ、駅長さんが旗を持って楽隊が盛んにやっている、とまでは行かなくても、名刺を五、六枚は受け取らなければならない迎え方をされると、人口八百万のうちの半分が有名人か、名士か、あるいはそういう代物《しろもの》に憧れている人間の東京が自分と一緒にそこまでついて来た感じがして、これでは東京に残して出かけた借金のことも忘れることが出来ない。名士といえば大臣か、陸軍大将に相場がきまっていた昔が懐しくなるのであって、食欲など起る訳がない。

もっとも、こういう妄想を起したことはあるので、汽車が駅に入って行くと、そこに盛んな歓迎陣が待っている。そして東京から持って来た舌がまだ変らないうちに比較して貰いたいというので、そこの新聞社の新聞記者が一人、因果を含められて大きな俎《まないた》の上に寝かされる（すべては、文化のためである）。では、というので駅長さんが小型のダイナマイトを記者の腹の辺りに仕掛け、一同、舌なめずりをするうちに爆破。この、まだ脳味噌が柔かなうちに召し上ってください。いかがですか、この味は。ははあ、東京の新聞記者よりもうまいとおっしゃる。いや、そんなことはないでしょう。しかしこの地方でも今頃から四、五月までが新聞記者のシュンだと申しまして、はあ。それで、そんなにお気に召したのなら今度は市長を差し上げましょうか。市長さん、どうぞこちらへ。……

新聞記者その他のお出迎えがいやなら、食べ歩きをする時は友達がいる場所を選ぶのに限る。そして出来れば、前に行った町にするので、そうすれば、それまで知らなかった食べものに出会って面食《くら》うことも少い。そこにも、食べ歩きの辛《つら》さがあるので、普通ならば、何か珍味を見つければ嬉しいはずなのに、食べ歩きではこれをどんなふうに書いたものだろうかと思案するだけでうんざりする。つまり、こんなものがあったのかと喜ぶ一方、もうそれを伝える方法について苦心しているのである。写真機をぶら下げて旅行するようなもので、素人《しろうと》がいい景色を見つけてはぱちぱちやり、あれでどうして旅行が楽しめるのだろうという気がすることがある。

そういう点で、大阪に行った時はほとんど理想に近かった。宿屋は難波新地の、もう何年も前から泊っている家で、駅にはやはり古くからつき合っている大阪のお嬢さんが迎えに来てくれていた。そうなると、ただ遊びに大阪に寄ったようで、そして大阪が第一、そういう感じにさせてくれる町なのである。ネオン・サインからしてが、東京よりも町全体の感じにしっくりしていて、これはそのお嬢さんもいっていたことであるが、誰だったか先日、大阪から帰って来た人にその話をしたら、その人も大阪ではネオン・サインの色を統一する工夫をしているのではないかという意見だった。それ程《ほど》だから、駅から出た所の眺めが既にそこに一つの町があることを思わせるもので(東京駅の前や後ろは、東京に来たという印象を与えるのにはまだ建物その他の整理が不充分である)、自然、食べもののことを書く仕事がなくてもどこかに飲んだり、食べたりしに行きたくなる。そしてその時もそうだった。

御堂筋は何度も通ったことがある。それも、また来て懐しくなる程度で、それだけにこれからどこかその先の所に原稿の種を探しに行くのだという気持にならずにすみ、その状態は少くとも、最初の店に入る瞬間まで続いた。それから先のことは仕方ないが、店に着いてからも、大阪が大体がものがうまい所なので助かった。それが解っていれば、御馳走を食べるのも大阪に来た上は当り前なことだから、ノートをとるにも余裕が出来て、そうがっかりせずに松花堂の見取り図まで手帳に書いた。しかしその時のことをここでまた繰り返して述べることはない。そしてそれでも、わざわざ大阪まで食べもののことを書きに行くなどというのは馬鹿げたことなので、宝の山に分け入りながら、これは確かに二十金の冠にダイアモンドを鏤《ちりば》めたものですなどと目利きする人間は、――つまり、それが食べ歩きをやる人間である。是非とも、書く方は抜きでもう一度また大阪に行ってみたくて、まだあれからその機会がないのは残念でならない。

大阪は今度行ったら何度目になるか解らないが、始めての場所でも、もう一度行くことにきめた所は方々にあって、そういう気を起すことは確かに食べ歩き旅行の役得《やくとく》である。金沢に行った時は笛が上手な名妓が一人いて、食べる方が終ってから今は名を忘れた秘曲を繰り返して吹いてくれた。それには座敷の電気を消して、外は月夜なのでそれが出来たように覚えているが、これは笛のせいでそう思っているだけのことかも知れない。しかしその晩も、金沢の名産が慈姑《くわい》に百合根《ゆりね》にぜんまいに胡桃《くるみ》、筍《たけのこ》に鯛《たい》に鰯《いわし》に鰤《ぶり》とか、鯛の押し鮨《ずし》の裏についている空色をした海藻を紺海苔というとか、盛んに書きつけた上でのことだったので、笛の音で頭の混乱はある程度収っても、本当に楽しめはしなかった。今度行ったら、あの押し鮨を何も書かずに山盛り食べて飲んだあとで、もう一度笛が聞きたいものである。東京で笛を聞きたくはないし、聞きたくてもお能の囃子方《はやしかた》でも借りて来なければ聞ける訳がないが、金沢ではそれが出来る。

長崎の卓袱《シッポク》料理も食べ歩きの人間に食べさせるのにはもったいないもので、あれは気が合った人間が何人も、あるいは何十人も集って、時がたつのも忘れてゆっくり、次々に平げて行くものに違いない。そういうふうに献立が出来ていて、料理が果てしなく運ばれて来るから、これでもうおしまいかと思う心配はないし、ちょうど、もうそろそろ食べて飲んで喋《しゃべ》るのが止《や》めにしたくなる頃に御飯になり、そのあとに汁粉までついている。確かに友達と人生を楽しむためのものであって、それならば、これが実際は一種の家庭料理なのだということも頷《うなず》かれる。それで思うのだが、今は家庭でそんな悠長なことをしている時代ではないという人間が出て来るのに違いなくて、そしてそれは嘘である。同じ一晩を潰して料理屋に行ってキャバレーに行ったあとで、またバーに寄って円タクに揺られて家に帰って来る時間があるのなら、それを自分の家で卓袱料理で過ごせない訳はない。あるいは、料理屋からキャバレーの方は会社の金で出来るというのなら、日本の会社も馬鹿なことに金を使い始めたものである。つまり、皆それ程《ほど》貧乏なのだということに過ぎなくて、もっと恵まれた時代になれば、卓袱料理屋の出前がもっと繁昌することになるだろうと思う。

長崎に一人で行った時は、むしろ丸山の花月辺《あた》りで鯨の刺身だの、鯇《あら》の湯引きした皮や鰓《えら》だのでやった方がいいかも知れない。何しろ長崎も酒の肴の種類が多い所で、五島烏賊《ごとういか》のするめだけでも長崎を記念するに価するし、若布《わかめ》は薄くて味だけが舌に残り、邱永漢氏によれば、日本の唐墨《からすみ》は台湾のにおよばないそうであるが、とられてしまった領土については泣き言をいわないことにして、長崎の唐墨は乾《ほ》し柿を思い出す位肥えている。そういうものを全部並べて、片端から食べながら飲んだら、これは一人で法悦に浸れるに違いない。そしてそれには花月が適していて、この店は小さくて由緒《ゆいしょ》ある古びた部屋が幾つも庭を囲んでいる。行った時はちょうど雨で、ここでこれから飲めたらと本当に思った。しかし郷土料理について事情を聴取しながらではそれも出来なくて、頼山陽が泊った部屋というのも、ただそういう部屋があることを聞いただけだった。今度はそこで飲む。

花月の門から下の町まで段々になっていて、それを降りて行く時もまだ雨が止《や》まずにいた。その辺りは長崎で、まだ午後の二時頃なのに、そこから次に行った所はどこでも構わないが、そうなると行った先でまた食べるのに努力することになる。要するに、食べ歩きというのは、御馳走を眼の前に出されて、それがすぐに持って行かれてまた別な御馳走が運ばれるのを繰り返しているようなものである。詩は一行でも堪能して、また全く違った詩の一行に惹《ひ》かれるというような豪奢な境地に遊ぶことを許すが、食べものはそうは行かない。鰻丼は底まで食べるのが本当であって、その鰻の一切れを摘《つま》んで味わってみたりするのが何だというのである。当時の食べ歩きの手帳を引っ張り出してめくっていたら、その真中頃に酔っ払った手つきで雑木林、雑木と紙を抉《えぐ》るように書いてあった。可哀そうに、その辺まで来た時に飲んでいた酒の味が、林がある景色に似ていることを、何とかあとまで覚えていたくての乱筆だったのである。

（＊印は昭和三十年代の値段）

旅

三カ月目ごとに、あるいは大体その位《くらい》のところで五、六日ずつ、あるいは一週間位、旅行が出来たらどんなにいいだろうと思う。勿論、日常生活というものがあって旅行も楽しめる訳であるが、その日々の生活が三カ月も続くと、毎朝起きては風呂場まで行って髭《ひげ》を剃《そ》り、というようなことが鼻に付き始めて、仕事は一つが終れば、また次のに取りかかることにより、何よりもこの仕事の繰り返しがやり切れなくなって来る。若いうちは別でも、そのうちにそういう仕事の十や二十、あるいは二百や三百をすませた頃になると、人間は何も仕事をするために生れて来たのではないという実感が漸《ようや》く増して、それでも仕事をしないでも暮せる身分になれるまでにはまだ遠いから、要するに、生きている心地もなく仕事を続けることになり、しかしそれがけっして自分の本当の姿というものではないということをはっきり思わせて一日でも、一週間でも我々をとにかく、その間だけ解放してくれるのが旅行である。

汽車がごとごと揺れて走っている時、原稿など書けたものではなくて、それよりも、仕事を持って旅行に出かけるのでは、旅行をする意味がない。それで、汽車はただごとごとと走り、東京駅を八時半頃に出た夜汽車が小田原に着いた時、駅でまだ生ビールを紙のコップに入れたのを売っていたのは見付けものだった。汽車に乗っている時は、こういう大したことはない飲みものや食べものを駅で買うのが楽しみなもので、用事で横須賀線で鎌倉まで行くのでも、つい横浜でシュウマイを買わずにはいられない。しかしそんなものではなくて、生ビールがあるのだから、こっちも、連れの人も、二杯ずつ買った。それがなくなったあとは、まだ飲み残しの罎詰《びんづめ》のビールとウィスキーがある。寝台が上と下と二つで一部屋になっている構造の寝台車の一室で、下の寝台に並んで腰かけて、罎類は床に置けば、そう窮屈な思いをしないで飲める。難は、前が壁で、そのうちに何となく監獄にぶち込まれている感じがして来ることであるが、何故なのか、東京から金沢までの夜行には食堂車がないのだから仕方がない。ついでながら、上野から新潟や金沢まで行くどの昼間の急行にも食堂車がないのは何故だろう。ゆっくり飲んだり、食べたり出来ない旅行は意味がない。

しかしそのうちに眠くなって朝起きると、もうまもなく金沢である。駅に金沢の友達が宿屋の御主人を連れて立っている。旅行はこれも若いうちはどうか知らないが、新しい所よりもなるべくならば何度も行って、いつ出かけても楽しめることが解っている場所の方がいいのは、こうして行く先の駅でもう友達が出ていてくれたりして、道を聞いたり、宿屋の玄関で、東京から来た野次郎と喜多林ですがなどと説明したりしないですむからである。何ということはなしに、野田寺町の鍔甚に着いて、着いたらばお風呂に入ろうと思っていたのが、お座敷に落ち着いてビールだの、お銚子だの、河豚《ふぐ》の糠《ぬか》漬けだのが並んでいるのを眺めているうちに、折角《せっかく》、たてておいてくれた風呂ももう入らなくてもいい気がして来た。金沢の浅野川でも、犀川でも、どっちかの川を見降す座敷で飲んでいれば、体は心にしたがって綺麗になって、ただもうそれだけで筋肉がゆるむ。あるいは、引き締るのか。とにかく、いい気持である。

いつか一度、そうして汽車で着いて半日でも、一日でも、着いた時のままで飲み続けたいと思うのだが、それにしては金沢では、行きたい所が多すぎる。その日は昼の食事に大友楼の大友さんの所へ行った。そこでどんな御馳走が出たかは別として、もうこうなれば完全に旅行をしている気分になり、原稿も締切りもあったものではない。御馳走を食べては、またどこかに行って御馳走を食べて、いつの間にか夜なのだから、――旅行がしたい。

旅と味覚

旅行するのと食べること、および飲むことは切っても切れない関係にあるように思われる。飲まない質《たち》ならば仕方がないが、食べるのは誰でもしなければならないことで、それがまた、旅行をしていると、日常生活での三度の食事とは違った意味を帯《お》びて来る。もっともこれも人によってのことであって、汽車の食堂車などでおよそつまらなさそうな顔をして食事をしているのもあれば、また、駅弁は食べられたものではないというので、わざわざ弁当を持って汽車に乗る食通もいる。しかし我々が住んでいる場所でも、街でどこかの店に入って食べる、例《たと》えば親子丼にはその同じ親子丼を家に取り寄せて食べたのでは解らない味があって、旅行中はそれがもっと強く作用することは確かである。何故《なぜ》そうなのかはむずかしい問題で、それを詮索してみたところで誰も得するものではない。そんなことを考えるよりは、うまいものがうまければそれに越したことはなくて、食通が何といおうと、駅内の店で汽車が出るまでの二、三分を争って食べるただのかけ蕎麦《そば》でも、何か近所の蕎麦屋から取ったのにはないものがあるのだから、そういうことも含めて、旅の味は忘れられない。

名物というものが名物になるのも、旅行をしていると大概の食べものが珍しくてうまくなるのと関係があるといえる。この場合も、名物にうまいものがないと首を振る連中がいることは事実であるが、それは名物をお土産《みやげ》に貰ってのことかも知れず、明石の鯛はうまくても、あの味を持って帰ることは出来ない。ということは、旅先で食べるものは何でも新鮮に感じられるということとは別に、地方によって実際にうまいものがあるということでもあって、広島の名産の牡蠣《かき》は英国の牡蠣とどっちかと思われる程《ほど》の味があり、その英国に行けば、ドーヴァー辺りで取れる大振りな平目のフライは世界の他のどこを探してもない、現物を食べてみなければ解らない風情《ふぜい》がある。それから、英国の羊肉を挙げてもいい。いつだったか、東京の料理屋でロンドンのスコッツという料理屋の献立を見せて貰ったことがあって、それに仔羊の肉を焼いたのに薄荷《はっか》のソースと書いてあったのには、英国が遠いのが何とも残念な思いをした。

しかしそんな遠い所の話をしても仕方がないし、またわざわざそういう所のことを持ち出す必要もない。日本は元来が食べものに恵まれている国であるのと、旅行が我々の食欲を刺戟《しげき》するものであるので、日本の中を廻っているだけで、旅といえば食べものが楽しみになる。思い付くままに書くと、金沢の郊外に内灘という町があって、これは安保反対と同様に、今から何年か前には内灘問題というのを起して騒がれた所であるが、現在はただの静かな町に戻っている。ある時、そこに住んでいる人に朝飯に呼ばれたことがあった。金沢辺では、家の中の壁を贅沢《ぜいたく》なのは朱、またそうでなくても何か赤い塗料で塗る習慣があって、それが古びて来ると妙に落ち着いていて華やかな気分を漂《ただよ》わせるのであるが、その家でも壁を赤く塗った待合室のような所にまず通されて、お茶などが出てから奥の座敷に連れて行かれた。

既《すで》に御馳走を期待する感じに充分になっていて、これは裏切られなかった。例えば、蓋《ふた》が付いた小さな鉢が運ばれて来て、開けると、鰯《いわし》を輪切りにしたらしいものが一つ入っている。これが鰯を糠《ぬか》漬けにしたもので、つまり、金沢のこんか鰯である。内灘の鰯を何年か漬けたものだということで、その味といったらなかった。鰯もそんなふうに大事に漬けて置くとそのまま一種の酒に変るかして、塩が利《き》いているはずなのにも拘《かかわ》らず、箸で摘《つま》み始めると切りがない。一口ごとに、食いしんぼうの天国に連れて行かれて、自分がまだそこの座敷にいることにやっと気が付けば、また一口、この幸福に浸りたくなる。酒の肴には絶好で、酒もよかった。どこのものかどうしても解らず、あとで御主人に説明して戴《いただ》くと、金沢の福正宗だったか、日栄だったかと、他に神戸の灘の酒を一種、調合したものだということだった。

そのこんか鰯がまだ序の口の突き出しだったのだから、その朝飯の献立がどんなものだったか、想像して戴きたい。やはり、内灘の鰻《うなぎ》の蒲焼を蕪《かぶ》でおろしたのと蒸したのがあった。それから鰯の押し鮨、これも金沢の名物で、どこの家でも作るものらしいが、それがここのはこの家で作ったものだった。更《さら》に、鯛のこつ酒も出た。これは鯛を焼いたのに酒をかけてその酒だけを飲み廻すもので、こつ酒はこうして飲むものといって御主人自ら鯛の肉を酒の中でほぐしてくださった。この鯛のこつ酒も、こんか鰯も、鯛の押し鮨のことも、前にどこかで書いたことがあるが、この御主人の話では、こつ酒は鯛よりも岩魚《いわな》の方がうまいということで、これは一緒にお出でになった河上徹太郎氏が前からいっておられたことだった。この岩魚のこつ酒が金沢の「ごりや」という料理屋で出たことがあって、こういう味覚のことにかけては、河上さんにはかなわない。

しかし金沢の名物より大事なのは、旅行していれば、こうして朝から酒が飲んでいられるということである。それが旅と、食べたり飲んだりすることを何よりも密接に結び付けていると思われる。そして宿屋では朝寝をすることも出来れば、朝風呂に入れもするし、あとは宿屋ででも、あるいは土地の人に案内されたどこか別の所ででも、次に乗る汽車が出る時まで飲んでいられるとなれば、何も特別にうまいものでなくても、こうして晩まででもいられると思うことが食べるもの、飲むものをうまくする。恐《おそ》らく、二級酒を海苔《のり》だけで飲んでも同じことで、したがってまた、ものそのものが実際にうまければうまい程、楽しみも増す。それだから、旅といっても、本当に旅の気分に浸るのには、どうしても物見遊山《ものみゆさん》の旅でなければならないので、朝起きてすぐに日の丸物産の広報部長の所に電話をかけ、会社のエレヴェーターで五階まで持って行かれてというようなのは、これは日々の商売の延長で、旅ではない。そういう人種は「こだま」に乗って、食堂車で立ち食いする。

またそれ故に、その限りでは、旅の豪華版はジェット機で海外に行くことかも知れない。風呂こそないが、空港から離陸してしまえば、例えば、どんな新聞、あるいは雑誌の編集者も原稿を取りに追いかけては来られなくて、実業家でも、少くともまだ今のところは、サンライズ商事のエキスポート・マネージャーに電話で話をするという訳には行かない。そしてジェット機は海抜四万フィート位の所を飛ぶから、天気が悪かったりするのは下界のことで、我々は青天井の真中に吊《つる》されてこの移動するバーの安くて上等な酒を飲んでいさえすればいいのである。下を見ると、白雲が輝いている。そのうちに段々日が暮れて来て、その場で眠る。

酒、旅その他

名前を忘れてしまったが、神戸のどこかにあるビルの地下室のイタリー料理をやっている店があって、不思議に、神戸に行くとそのビルがどこにあるか大体の見当がつくので、神戸に行って暇がある時にはそこで昼の食事をすることに大分前からきめている。イタリー料理だからうどん粉を捏《こ》ねたものを使った料理が多いが、何を注文してもうまいから、考えて選ぶ必要はない。

しかしそこで昨年、ザバイオニという菓子を作って貰って、これは今でもその名前を覚えている位、うまかった。要するに、卵の黄味とブランデーを混ぜて固めただけのもののようで、強壮剤にもなるということだったが、そのためか、二日酔いの頭には素敵に上等なものに思われた。卵酒をもっと活発な味にしたものと思えば間違いない。神戸はその他に、外国船が入って来る関係か、洋酒のいいのを飲ませる店が多くて、日本でもないし、外国でもない感じのそういう酒場でその種類の洋酒を舐めていると何だか寂しくなってくるのも、その味に合う。

二日酔いというのはそんなふうに、何だか寂しくなるのがいけない。それで酒場から酒場へ廻った挙句の二日酔いの頭でその地下室の料理屋に行くと、店の感じがどことなく明るくて、うどん粉を捏ねたものは胃にいいし、それを口実にイタリーの赤葡萄酒を飲んで頭を瞞《だま》しているうちにザバイオニが出来て来て、二日酔いもどうやら薄らいで行くのが解る。しかしいつだったか、旅行していて一週間ばかり、朝から晩まで飲み続けて八日目になったら、酒精分があるものは一切、喉は一応通っても胃まで降りて行かないような具合になったのには驚いた。胃まで行かないのだから酔いもしなくて、どこか途中で止っているのであとからもっと注ぎ込むことも出来ないし、あんなに何ともいえない気持になったことはない。それは大阪で起ったことで、大阪の友達が憐《あわれ》んでくれてまだそういうどうにもならない状態が続いているその晩、まず法善寺横丁辺りの小料理屋に引っ張って行った。

あれも一種の大阪料理なのかも知れないが、鯛のあら煮など、二昔も、その倍も前の東京で江戸料理と教わった味がして、本当は嬉しいはずだったのに、まだ体の中が鉛の玉を呑み込んだようになっていて、その鯛のあら煮が二切れしか食べられなかった。酒も少しずつ、用心して流し込む他ないのである。心細い限りで、その晩は道頓堀の「たこ梅」まで行く気さえしなかった。友達はなお憐んで今度は、これもはっきりはどこだか解らない色街の料理屋に連れて行った。三味線というものは歌舞伎の舞台から芝居小屋一杯に響いて来るのが一番いいような気がするが、待合などで一座敷か二座敷、ついでに中庭を一つ位隔《へだ》てて聞えるのも風情があるもので、そのお茶屋さんでもどこか離れた所から三味線の音が聞えていた。酒は相変らず、少しずつ流し込んでいる他なくて、それでも飲んだ酒が前よりは少し胃に近づいた感じになった頃、呼んだ芸者衆の一人が立って、唐傘《からかさ》を一本持って男舞いを始めた。これは実にいいものだった。隅田川でどうとかしてとかいうことが唄の文句にあって、大阪にいるのだか、東京なのだか解らない気持になっていると、そのうちに酒が胃に向かって降り始めた。しかしその時はもう真夜中近かったので、宿屋に帰って寝る他なかった。

旅の記憶というのはどういうのか、どこかで飲んでいる思い出につながる。今から十年ばかり前に英国に行った時のことなどは、全く飲んでいる光景の連続となって頭に残っていて、ロンドンの酒場、ロンドンのクラブの食堂、真夜中のホテルで不寝の番から買ったブランデー、汽車の中で飲んだウィスキー、マンチェスターのホテルのバー、同じくマンチェスターの地下室にあったのだが、地下室のような感じがする酒場、グラスゴーのホテルのバーというふうに、そこの所だけが今でもはっきりしている。だから、どうしたのだと聞かれるならば、別にだからどうということはないのである。

駅弁のうまさについて

日本料理は世界で一番うまいという説をどこかで読んだことがあって、勿論、これは愚劣である。世界一というのは、例えば、一定の期間にスポーツで世界一の記録を出すということはあるが、それはいずれは別な人間やチームの世界一で置き換えられるのであるから、いわば、世界一はないというようなものである。それが本当なので、文学にしたところでどこの国の文学が世界で一番うまいなどということは絶対にない。作品の優劣を見分けるのは容易であるが、どこの国の文学作品でも、優の部に入ってしまえば、あとは相違が認められるだけである。醍《だい》醐味《ごみ》と醍醐味を比較して、どっちがいいなどと誰にいえるだろうか。勿論、料理は芸術ではないという見方も許される。それならば、芸術でも何でもない、女房や料理人に任《まか》せておけばいいものだけにかけて日本人が世界一だというのは、我々日本人を不具扱いにするものである。

しかし日本料理では材料のもとの味を生かすことが主眼になっていて、そういう料理の仕方が、あるいは少くとも、それ一点張りの感じがするやり方が世界でも珍しいことは確かのようである（もっとも、これも普通に知られている限りであって、例えば支那の奥地にどんなものがあるか、僅かに噂《うわさ》から察するほかない）。そしてそれが主眼なのが本当の料理というもので、だから、という論法は、マルキストが好んで使う一方的なもので、大体、誰がそうきめたのかといえば、当の日本人なのだから話にならない。例えば、西洋料理はこの反対であって、これも国柄から来ていることだと思う。つまり、日本のように山海の珍味が空を飛んだり、海を泳いだり、藻の陰に隠れたりしていれば、苦労することはなく、苦労してもそれは他の国とはだいぶ違った性質のものであることは免《まぬか》れない。

日本とは反対の立場から出発したのがフランス料理である。その昔、フランスではたびたび飢饉が起って、そのためにフランスで料理が発達したことを誰かが指摘していたが、蝸牛《かたつむり》をうまくして食べるなどというのは、確かに飢饉の時に食べるものがなくて、何かないかと探して廻った結果に違いない。また、牛の肉にしても、そうなればどんな牛の肉でも有難《ありがた》く思わなければならないから、上等でない肉でもうまく食べさせる工夫をする必要が生じて来る。それで料理の条件も日本とは反対になるので、原料は大したものではないことを承知の上でこれをなるべくうまいものに仕上げるのが、料理のよし悪しの標準になる。その昔、ルイ十四世だか誰だかの料理人が古い長靴の革を料理して、これを犢《こうし》だと思わせたという話が伝えられているのも、このことを示している。

そうすると、出発点はそのようにいささかみじめなものであっても、その線に沿って発達したフランス料理は日本料理などおよばない豪奢なものになったというのも納得が行くことである。材料には限りがあって、日本に幾ら珍味があっても、五、六百年もたてば底を突くのに対して、同じ材料を料理するのに工夫を加えるとなれば、その工夫一つで、味をどんなふうにでも変えられることになる。フランス料理では、卵の料理の仕方だけでも百何十種類かある。また、そうなれば、材料の選び方も違って来て、珍しいものばかり、あるいは、何はどこのに限る式で探すだけが能ではなくなり、加工した結果にむらがないものが良質として認められる。そしてここでも国柄ということが考えられるので、日本の材料はそのままでもうまいかも知れないが、加工してしまえばどこがうまいのか解らなくなるものが日本料理では珍重される。調味料や熱に対して持ち前の味を主張し通すだけの腰がないのである（肉の佃煮も、フランス料理の手が込んだ肉の料理に比べれば、生で食べているようなものである）。

そしてこういう材料の選び方の違いには、味というものに対する考え方の違いも、勿論《もちろん》含まれている。瀬戸内海の鯛を刺身にした味には無限に複雑なもの、あるいは豊富なものが感じられて、これはフランス風の料理法が無限に複雑で豊富なのに対応する。どっちがいいということはないので、材料の選び方、というのは結局、手に入る材料の性質からそういうことになるのである。そしてそれで気がつくのは、英国の料理がフランスのに比べて簡単であるのは、それだけ英国の方が良質の材料に恵まれているからに違いない。例えば牛肉をただ焼いただけなのが英国の典型的な料理になっているのは、それ以上のことをしてはもったいない牛が少くとも最近まで英国にいたからであり、牡蠣《かき》はローマ帝国時代から有名であって、これは勿論、生で食べる。また、火を通した魚肉の感じがするものの中で、ドーヴァー・ソールのフライよりもうまいものはない。

しかし牛と牡蠣とソールだけでは、一国の料理をなすに至《いた》らない。つまり、ヨーロッパ全体が、お刺身が川の中に泳いでいたり、おつゆの最上の種が池に浮んでいたりするような場所ではないので、だから英国でも昔から高級な料理はフランス風の料理ときまっていた。いい料理にはフランス人を雇うのが常識で、フランス語でコックを意味する言葉が英国でもそのまま通用している。これには、地理的な条件もあって、晴れていれば英国の海岸からフランスが見える位だから、料理と酒と女の衣服はフランスが英国に提供し、その代りフランスの伊達《だて》男は衣類をロンドンに註文するばかりでなくて、その洗濯までロンドンでさせるというふうな交流が昔から行われていた。

英国人がウィスキーばかり飲んでいるというのも、そういうフランス人が英国を崇拝する余りに、フランスで勝手にいい出したことに違いない。ウィスキーは十九世紀までスコットランド人しか飲めない猛烈な地酒のどぶろくだったので、それを誰かが澄ませる方法を発見して味も洗練されて来てから、英国人も飲むようになった。しかし今でも、うまい飲みものといえばフランスとスペインとポルトガルから来る葡萄系の酒であって、英国は何百年も前からそういう酒の最大の得意先であり、何か関税上のとりきめがあるらしくて、フランス人が葡萄酒に困っている時でも、英国では上等のが氾濫している。

しかしそんなことはどうでもいいとして、大体、ヨーロッパの料理の材料はいろいろと火で処理されるのを待っているのではないかという感じがする。例えば牛の腎臓は勿論、生で食べられたものではないが、これを焼いてパンを揚げたのに載せて、松茸をやはり焼いたのをつけ合せにすると、これこそ西洋料理だと思わせるものをもった朝の料理になる。そしてそういう材料を使うのだから、西洋料理ではソースというものが大事で、日本で普通にソースと呼ばれている壜詰めのものも、英国から送られて来る本ものは、およそ何やかやとぶち込んで作ったものであるらしい。そしてここでもう一度、フランス料理の発生ということに話を戻すならば、あのマヨネーズというのは、これはルイ十五世の料理人が、この国王に従ってフランドルでの戦争に出かけた時、バタがなくてソースが出来ないので困ったあげくに、卵とサラダ油だけで作ったのがこのマヨネーズだった。少くとも、どこかでそんな記事を読んだような気がする。

それで、こういうことこの小文の題とどういう関係があるかというと、子供の頃に駅弁を買って貰ってうまかったのが、大人になるとともに薄れず、駅弁を買うのを旅行する楽しみの一つに数えることが出来れば、そういう人間は健康であって、西洋料理でも何でも、世界の珍味に浸るに足る、ということが書きたかったのである。料理のことを知るのにしたがって、駅弁などまずくて食えないというような通人の仲間入りを我々はしたくないものである。

九州の思い出

正直のところ、九州では余りうまい酒を飲んだことがない。と書いた以上、酒の名前を挙げる訳には行かないが、地酒を飲ませて貰った限りでは、大概は甘過ぎるのがどうにもならなかった。これは一つには、九州という所に余り馴染《なじ》みがないせいかも知れなくて、今までに行ったことがあるのは博多と長崎、それから八幡の黒崎と大牟田という炭坑町だけである。つまり、北部だけであって、もっと南に行けば、あるいはこういう考えを変えさせる程のいい酒があるのではないかとも思う。清酒ではないが、熊本の球磨《くま》焼酎は戦後に始めて飲んで、これは実に結構な飲みものだった。

その熊本にも、まだ行ったことがない。そこの新聞社に知っている人がいて、一度来るようにと前からいわれているが、とにかく遠いのでどうにもならない。その遠いということについては、いつのことだったか、長崎まで行って、勘定してみたら汽車で二十五時間揺られていたことになって驚いた。これで鹿児島まで行くことになったらどの位かかるものか、解ったものではない。その点、例えば大阪とか、あるいは逆の方面で新潟などは気軽に出かけられて、住んでいる場所が大阪やあるいは、広島辺りだったならば、九州にももっと旅行する機会が自然にあることだろうと思う。それで九州の酒について挙げられるもう一つのことは、少くとも九州北部ならば、その場所で酒を作らなくても、灘や広島の酒が汽車でも、船でも、短時間で運ばれて来るということである。殊に船は酒を送るのに適しているようであるから、その灘や広島の銘酒を飲んでいればすこしも困《こま》ることはない。

長崎では、白鹿を飲んだ。何か、一日中食べていなければならないような旅行だったので、その日食べるのがすんで晩に富貴楼の一部屋に落ち着き、この白鹿でやり出した時は嬉《うれ》しかった。肴には、鯇《あら》の皮や内臓を湯掻《ゆが》いたのがあったように覚えている。この鯇というのはさっぱりしているのと、こくがあるのとが一緒になった魚で、東京では余り見ないが、酒の肴には絶好のものである。その他に何があったか、もう覚えていない。しかし長崎もこういう酒の肴が幾らでもある所で、それで灘の酒を飲んでいたら、その上に苦労して地酒を作る必要はなさそうに思える。また更《さら》に、長崎の町というものがあり、この石段で狭い道を上ったり、降りたりする古風な環境は、長崎の銘酒の力を借りなくても、充分な郷土色がある。そしてあるいは、この町の空気にもっと馴れれば、ここの地酒の味も解って来るのかも知れない。とにかく、二日か三日で帰ってしまうのは惜しい町である。

そこへ行くと博多は余りに近代都市で、大通りを歩いていても、あるいは本式のバーが並ぶ横丁に入っても、自分が日本のどこにいるのか解らなくなることがある。あるいはバーが洒落《しゃれ》ていて洋酒が揃《そろ》っている点では、博多は日本一ではないかとも思われて、あとで例えば、博多帝国ホテルの一切が完備した寝室に戻って来たりすると、自分が来ている場所についてますます疑問を持つ結果になる。しかし博多にも、もっとこの町らしい気分にさせてくれる所がどこかにあるに違いない。例の水炊きの新三浦で傍を流れる河を眺めていたら、確かにありそうな感じがして来たが、別な見方をすれば、博多人の方でそれを余り好まず、むしろ博多の近代的な性格の完成に力を入れているのではないだろうか。そして面白いのは、ここで出来る「万代」という酒を急行「さちかぜ」の新造の食堂車で見付けて、それがうまかったことである。これはいつか、畳の上でもう一度ためしてみる機会もあることと思う。

大牟田では、ある会社の御厄介《ごやっかい》になった。何でも日本最古とかいわれる木造の洋館のクラブに泊めて戴いて、その感じもよかったが、更にここのハイボールに驚いた。水とウィスキーをあれだけのきめが細かくなるまで混ぜるのには、ただウィスキーに水を割っただけでは足りないから、シェーカーに入れて振ったのだろうということは見当が付いても、解ったのはその位の所で、他に水とウィスキーの割合など、苦心の結果の秘密があるに違いない。そしてこれにはレモンが一切れとチェリーが入れてあって、それもハイボールにしては珍しいことであるのみならず、チェリーのような甘いものを入れてかえって味を引き立てているのは、なお不思議だった。東京に帰って来てから、こっちのクラブのバーテンさんに聞いてみても、そういう作り方は知らないということで、それでこれは確かに大牟田のそのクラブの秘伝なのである。

このクラブで感心したことは他にもあった。どの部屋も明治風に天井が高くて広々しているのは、時代のせいでクラブの設計者がそこまで考えた訳《わけ》ではなかったのだろうが、ボーイさん達が非常によく訓練されていることがここの明治調の空気を一層引き立てて、昔の一流のホテルを思い出させた。それから例えば、こういうこともあって、この種類の設備に歯磨きその他、洗面道具が一式揃えてあるのはそう珍しいことではないが、ここでは髪に付ける油の代りに、アメリカでワセリンを使って作っている液体の整髪剤が置いてあった。そして大概の髪油には妙な香料が混ぜてあって不愉快なのが、このワセリン製のものだけは匂いがしなくて、これがあれば重宝《ちょうほう》するのである。誰か、そういうことにまで気が付く人が、このクラブを管理しているらしくて、それで今でも大牟田の町が記憶に残っている。実をいうと、九州で泊ったことがあるのはここと、それから博多の博多帝国ホテルだけで、その点は恵まれていたことになる。

博多に泊った時、何かの用事で八幡の黒崎にある三菱化成の工場まで行った。八幡は誰もが知っている通りの真黒な町であるが、この工場で一つ、酒飲みにとっては得難《えがた》い薬を発見した。やはり黒い粒状のもので、「ダインA」というこの薬は、工場長さんの説明通り、飲み過ぎには非常に利《き》いて、着いた時は既に慢性の二日酔い気味であり、これがあって助かった。何でも、イオン化傾向とかいう作用による一種の物理的な変化で酸を吸収するものなのだそうで、錠剤程《ほど》は飲みやすくないという理由で発売を中止したというのは、残念なことである。余り利くので、その後何回か手紙でねだって送って戴《いただ》いたが、とにかく、買えるものではないし、お返しに何かするという訳にもいかないので、ここのところは暫くお願いしないでいる。また行った時に、と思っているのであるが、これこそ全《まった》くいつのことか解らない。それよりも、製造と発売が再開されることが望ましくて、これも、採算が取れないのなら仕方ないことである。

つまり、九州について覚えているのは長崎の食べものと、大牟田のクラブと、三菱化成の黒崎工場のダインAだということになる。その他のことは、例えば九州で飲んだよその酒であり、博多が日本でも珍しい近代的な都会だというふうなことで、必ずしも九州そのものと関係があることではない。もっと旅行すれば、忘れ難いことの数も殖《ふ》えるのだろうが、前にもいった通り、それには九州という場所が東京から少し遠過ぎる。どうにもならないことで、それでこの辺で止めにする他ない。

羽越瓶子行《うえつへいしこう》

これを書いている今はひどい二日酔いで、先日、前からの懸案が実現して河上徹太郎氏と新潟、酒田に行った時のことを思い出すのに都合がいい。行っている間は、東京では信じられないようないい酒を朝から飲んでいて、二日酔いなどする暇がなかったが、帰ってから二日か三日は丁度こんな状態だった。二日酔いというのさえなければ、誰が飲んだことを後悔するだろうか。しかしその原因を思えば、殊にそれがこの間の旅位《くらい》、魂を揺さぶるものであれば、二日酔いもけっして堪《た》え難《がた》いものではない。

前からの懸案というのは、昨年の五月に河上さんと二人で、長野、長岡、新潟、佐渡廻りの文藝春秋の講演旅行に連れて行って貰《もら》った。講演でもなければ、面倒でなかなか行く気になれない場所に行って、それが来てよかったと思う場所だったりするから、講演旅行は有難いものであるが、旅行の性質上、日に一度は講演しなくてはならなくて、そのうちにそれだけが講演旅行の欠点だという感じが次第に強くなって来る。それで、そのお蔭で知った所にただ旅行しに行ったらさぞ愉快だろうと二人で考え、ある程度の曲折があったあとに、それが今度の旅行になったのである。酒田は河上さんには始めての土地だったが、そこの相馬屋という料理屋が立派なのと、酒田で出来る初孫という酒が逸品であるのをこっちはもっと前の、やはり講演旅行で知っていたので、旅程に入れることにした。新潟と酒田にしか行かなかったのは、時間と財布の都合からである。

河上さんは狩猟家なので、禁猟になった翌日の三月十六日に、約束通りに銀座の文春クラブで落ち合った。その前に、こっちは新橋駅前の小川軒に寄って、頼んで置いた折詰とビールを三本取って来た。上野発十二時三十分の新潟行特急「越路」号は、六時三十分には新潟に着くから重宝であるが、食堂車が付いていないのが不便である。昼食を早目にすませて乗って、晩飯前に着くので食堂車の必要はないという考えらしい。しかし食堂車の効用は食事することだけにあるのではなくて、それに一時に昼食が食いたいお客だっている。のみならず、信越線、上越線のように景色がいい所を昼間走るのに、食堂車の窓からゆっくり外が眺められないのでは話にならない。眺めていれば、自然、何やかやと注文することになるから、食堂車の方でも損にはならないはずである。もう一つ不思議なのは、上野駅のフォームでは酒類を売っていないことである。もっともこれはこっちの勘違いかも知れないが、少くとも、今までのところはまだ一度も売子を見付けたためしがない。

汽車が動き出して、我々はまずビールの栓を抜き、それから暫《しばら》くして折詰を開いた。ビールを飲むために、小川軒からガラスのコップを借りて来た。よくこういう場合に用いる紙のコップは、三本目のビールを注ぐ頃から溶け始めて、変に紙臭いビールになる。茶の土瓶に倣《なら》って、駅で素焼のコップをビールに付けて売ったらどうだろうか。きっと受けるだろうと思う。

高崎までは、外は日本の北部に行く時に必ず通る平凡な景色で、眺めることはなかった。熊谷かどこかでビールを買い足した。

水上辺りから（だったと思うが）、雪に蔽《おお》われた山の中に汽車が入って、東京は今年は雪がほとんど降らなかっただけに、壮観の気がした。それが、やはり雪に蔽われた野原に変って、ナポレオンのモスクワからの退却の光景が頭に浮んだ。何故そんなに雄大なことを考えたのか解らない。河上さんは眠っていた。そのトウィードの上衣《うわぎ》は二年前にエディンバラで買ったものので、今度はエディンバラのことを思い出した。芸術祭に来た人達のためにクラブがあって、そこに一人の可愛らしい女の子がいて我々が行くと、いそいそと寄って来た。その女の子が酒類係りだったのである。このクラブで飲むティオ・ペペのシェリーはうまかった。谷間の清水に一番近い飲みものである。

それはそれとして、長岡かどこかでビールをもう二本買い足したところに、汽車が東三条に着いて、かねて同行を約束していた野々上慶一氏が乗って来た。野々上さんは秋田で鉱山を経営していて、三条まで南下して飲みながら我々が来るのを待っていたのである。それから汽車が新潟に着くまで、別にもう何もなかったような気がする。

新潟駅には部屋を頼んでおいた大野屋旅館から迎えの車が来ていた。しかしそこから大野屋に行っても、荷物を置いて来るだけのことなので、その晩の目当てである玉屋というお茶屋にまっすぐに行って貰った。この玉屋と、そこで出す今代司という酒のために新潟に来たのである。その他に、やはり玉屋で突き出しに使っている、昆布や豆が入っている一種のあられを加えてもいい。自家用らしくて、いつもお土産に貰って来る罐には何も書いてない。

玉屋はこの前来た時の通り、鍋茶屋という料理屋がある路地の奥にあった。玄関を一端とすれば、そこから細長く縦に伸びている具合の作りで、反対の端に小さな庭に面した座敷がある。今代司が運ばれて、それからあられも出た。しかしその晩の御馳走にはまだ色々あって、それが今となってははっきり思い出せないのが残念である。南蛮海老というのが確かにあった。ただこれは東京を出る時から聞かされていて、余り期待し過ぎたせいか、そのわりには髪を振り乱してうまいという程のものではない感じがした。しかしけっしてまずくはない。勿論、生で食べるので、二日酔いの朝飯のお膳に出たらお代りするかも知れない。それからまた一つには、今代司の肴《さかな》にしては負けるということも考えられる。

今代司は、類別すれば辛口の部類に属する酒なのだろうと思う。しかしいつからのことなのか、米を節約するために政府の命令で醸造中の酒の原液に何パーセントかのアルコールをぶち込むことになってからは、酒を作る技術はこのアルコールの匂いを消すのに集中されることになったようで、上等な酒であればある程、最初に口に含んだ時の味は真水に近いものなのだと、まずそう考えて間違いなさそうである。喉を焼かれる感じがするから辛口で、甘いから甘口なのだという区別はもう存在しない。その代りに、何杯か飲んでいるうちに、昔飲んだ酒の味の記憶が微《かす》かに戻って来て、それが現在飲んでいる酒の味になるから不思議であり、そして暫くすると、要するに昔とは規準が根本的に変ったのだということに気付く。今の醸造家が目指しているのは、酒の中の酒というふうなものであるらしくて、その域に達すれば甘口も辛口もないし、ある意味では、我々はアルコール添加のお蔭で昔よりも純粋な酒の味に接していることになる。そして今代司は、日本で現在作られているそういう良酒の一つである。

それから、たらば蟹というのか、わりに大きな甲羅に美しい緑色の臓物が入った蟹が出た。この臓物はうまい。じゅんさいを動物質に変えたような味がする。それから鱒《ます》の照り焼き、と覚えているものも出た。そして何かその他に大物があったような気がするのだが、それがどうしても思い出せない。とにかく、卓子《たく》一杯に新潟の珍味が並べられたところを想像すればいい。お銚子のお代りと御馳走が運ばれて来るのと並行して、入れ代り、立ち代り、こっちの印象かられば何十人もの新潟の美人が座敷に現れてはまた消えた。そんなはずはないのだが、どうもそんな気がする。宝塚のファンが月組、雪組、その他の組が出演している舞台のまん中で酒を飲んでいるようなもので、飲んでいる方は奇妙な分裂状態に陥《おちい》る。秦の始皇帝や唐の玄宗は、後宮で酒もゆっくり飲めなかったのだろうと思えば、可哀そうである。

大野屋には何時に帰ったのか解らないが、とにかく、無事に帰った証拠に三人は翌朝の食卓で顔を合せた。大野屋には自家用に漬けている筋子《すじこ》の味噌漬けがあって、これが季節外れで作ってなかったのは残念だった。ビールに酒を飲み、それから酒田に行く青森行急行「日本海」が一時に新津に止るので、これに間に合う汽車に乗るために新潟駅に向った。

しかしただ飲んで食べるだけが目当てで新潟に行ったのではない。新潟は北日本には全く珍しい近代的な都会で、行くごとにどうしてこんな所にこういう町がぽつんと出来たのかと思う。これだけのものが出現するのに足る財力があり、港町、また工場地帯として活気を呈しているには違いないが、そういう場所は他にもある訳である。例えば、道路が鋪装してあるのは新潟に限ったことではない。しかし今度、人に注意されて始めて気が付いたのだが、鋪装した道路の脇にちゃんとした歩道が設けてあるのは新潟だけで、だから買いものなどしていると、何となくもっと南の、近代的であるのが当り前な都会の一つに来ているような気がする。これだけの町で、電車を走らせずにバスだけでやっているのも一見識である。地所を殖《ふ》やして売るためではなしに、衛生上の見地から、昔からある堀割の大部分を惜《お》し気もなく埋めてしまったのと同じで、この市当局が都市というものについて非常にはっきりした考えを持っていることが窺《うかが》われる。つまり、そういう新潟の空気もちょっと吸ってみたくて、寄ることにしたのである。「日本海」には食堂車があって新津でこの急行に乗り換えて早速、出かけて行った。秋田と東京の間を始終、往復している野々上さんの話では、この食堂車でうまいのはシチューだということだったが、その日はなかったので、わかさぎのフライを頼んだ。外は一面に水田が続いている中に、稲を立てかけるためとかいうので並木が植えてある新潟県の風景で、凡庸である。しかしそのうちに山や海が見えて来て、やがて酒田に着いた。

酒田では、相馬屋のおかみさんが車で迎えに来てくれていて、もう何も心配することはなかった。車が最初に止ったのは、初孫の醸造元である金久商店の前だった。これは予定していなかったことで、また願ってもないことだった。社長の佐藤久吉氏の案内で奥に入ると、型の如く大きな琺瑯《ほうろう》引きのタンクが幾つも並んでいて、タンクの横に組まれた足場に登って見降すと、タンクの中では出来立ての酒が泡を吹いていた。佐藤さんは柄杓《ひしゃく》と湯呑みを持っていて、柄杓でタンクの酒をためしてみては、うまいのがあると湯呑みに注いで寄越してくださった。十幾つのタンクを廻るうちに、二、三合は飲んだかも知れない。いずれも、アルコールを添加する前だった。降りて来てから、米穀統制令が実施された昭和十三年に、それまでの方法で各種の米を自由に調合して出来た最後の酒がまだ取ってあったのを飲まされた。酒の匂いというようなものはもうなくなって、涸《か》れに涸れて酒の観念からは遠くなった、何か、豊饒とでも形容する他ないものである。これが出来た時は、こういう味はしなかったはずである。それで一層、この頃の醸造家が考えているのはこうして普通の酒の域を脱したものなのではないのかという気がした。

しかし佐藤さんは、匂いは昨年の酒が一番いいといって、その昨年の初孫を持って一緒に相馬屋まで来てくださった。その前に、神社があって酒田の港を見降している公園にも寄ったが、そのためにわざわざ酒田まで行くことはない。ここが美しいのは、人々が落ち着いた暮しをしている古めかしい町が焼けずに残っているところにある。こういう所が殊更《ことさら》に我々に郷愁を覚えさせるのは、それが昔の東京の記憶を呼び戻すからではないだろうか。しかし東京が仮に焼けなかったにしても、円タクと自家用車が右往左往する今の眼まぐるしさから察すれば、本郷、小石川辺りの昔の生活がいつまでも続いたとは思えない。生活がなくなれば、いずれは家も壊されるだろうし、何も戦争ばかりを怨《うら》むことはないのである。

相馬屋は酒田でも年月の経過を感じさせる落ち着いた料理屋である。この前に来た時は宴会で、小野文春氏その他のスター連が居流《いなが》れる二階の大広間だったが、今度通されたのは前の時に宴会が終ったあと、文春氏その他の重荷を降して飲み直したのと同じ下の部屋だったのは、奥床《おくゆか》しい心遣いだった。二間続きになっていて、一方の端に見事な鶴の屏風《びようぶ》がある。大家《たいか》が書いたから名作だという絵は沢山《たくさん》あっても、酒の肴にしていい気持になれる絵はなかなかないもので、初孫を飲む合間にこの屏風を眺めていると、やはり絵も見るものではなくて使うものだという感じがして来た。

しかし肴がそれだけしかなかった訳ではけっしてない。むしろ、酒田は酒田で卓子《たく》一杯に珍味が並べられたのであるが、それを一々覚えていないのは、これもその御馳走を心から楽しんで食べなかったからではけっしてない。一つ覚えているのは、これは河上さんの発見で、前の晩に新潟で出た、緑色の臓物が入った蟹の甲羅を火鉢の五徳《ごとく》に載せておくと（その頃の北国はまだ寒かった）、やがて煮えて来て、それで出来たポタージュのようなものが生のままよりも数倍うまかった。恐らくパリ中を探しても、これ以上にうまいポタージュはないと思う。それから鯡《にしん》をまるごと塩漬けにしたのがあって、そのごてごてした味は突き出しに食べてみて爽快だった。それから何が出ただろうか。どうも、その晩の初孫がうまかったことが頭に浮んで来て困る。

酒が本当に上等になると、人間は余りものをいわなくなるものである。少くとも、その晩の印象はそうだった。そして何時頃になってだったか、ダヴィッド社の社長の遠山直道氏から電話がかかって来た。我々が裏日本を廻っているのとほぼ並行して、遠山さんは太平洋岸の方を視察か何かで旅することになっているのを知っていたから、どこかで落ち合える積りでその日その日の飲む場所と電話の番号を教えておいたのである。そしてどこかの温泉で、酒はまずいし、何もかもまずくて、情なくなっているところに、我々が酒田の相馬屋で飲んでいることを思い出し、その酒気を嗅《か》ごうと電話をかけて来たので、こういうことも旅の楽しみの一つである。河上さんと二人でどういう激励の言葉を送ったか、今はもう覚えていない。

そのうちに、おばこを踊って見せてくれて、おかみさん自身が太鼓を打つのを頻《しき》りに邪魔しているものがあったが、筆者ではなかったようである。しかし総じて新潟でも、酒田でも、我々の酒品は満点に近かった。これも、酒がよかったせいだろうか。

翌朝の朝飯も相馬屋で、この時の食膳は忘れられない。第一、我々は昭和十三年の初孫を分けて貰っていて、朝、目を覚《さ》ましてまず河上さんと二人でこれを冷《ひや》のままで飲むことから、この日は始った。部屋が別だった野々上さんもそうしたに違いない。だから相馬屋の二階のまだ見たことがない部屋に通された我々は別に米の飯が欲しい訳ではなかったのであるが、そこに運ばれたのは韮《にら》と生卵だった。韮はこの季節には出来ないのを温室で作ったのだそうで、それを生卵と掻き混ぜて食べるのである。その昔、外国人に、二日酔いの朝は生卵とトマト・ジュースとウスタ・ソースを混ぜて飲むといいと教えられたことがあるが、そこにいかにも粗雑に素描されている二日酔いの朝の生理的な要求は、この韮と生卵で微妙に、そして完全に満される。何か酒の疲れが押し返されて行くようで、新たに湧いて来る元気はまた酒を飲みたくさせる。また、既に飲みたくなっていれば、これがいい肴になる。もっとも、これが酒田の韮に限ったことなのかどうかは解らない。

それから、とろろが出た。これは、その効用を説明するまでもない。酒が既に出ていたのはいうまでもないことで、これが前の晩と同じ昨年の初孫だった。それと前後して、むき蕎麦《そば》というものが運ばれて来た。これは蕎麦の実の皮だけをむいて砕《くだ》かずに、そのまま茹《ゆ》でて鶏のたきで味を付けたものである。二日酔いの朝に普通の蕎麦を食べる気は別段起らないが、蕎麦の実はそれよりも遥かにあっさりしていて香ばしくて、鶏の味が僅《わず》かばかり脂っこいから、これ程《ほど》酒を飲んだ翌日の朝に適したものはない。食べていて、何だか話がうま過ぎる気がする。そして夢ではないかと確かめるためにお代りをする。それから相馬屋で作った味噌の味噌汁と味噌漬けが出た。そしてこの時食べた鱒の照り焼きは、今度の旅行で一番うまかった。その他に、何とかいう鰈《かれい》を焼いたのがあって、これは味はどうということはないが、形が綺麗な鰈である。

朝飯の途中で雨が降り出した。今度の旅行は雪の山が見え始めた頃から曇っていて、それが酒を飲む気持を更《さら》に引き立ててくれたが、この時の雨のように旅情を覚えさせてくれたものはなかった。もう誰も、本間美術館を見に行きましょうなどというものはなかった。ルーヴル展が巡業していたところで、行きはしなかっただろうと思う。「日本海」の上りが着く時間まで飲んで、秋田に帰るのでまだ飲んでいられる野々上さんをあとに残し、河上さんと二人で酒田を立った。

沿線の所々に雪が残っているのを見て、雪が降ればもっと感じが出るのにと話をしていると雪が降り出し、新津に着いた頃に止んだ。ここから自動車を雇《やと》い、新潟に向った。途中で河上さんと高級な文学の話をしたような気がするが、どんな話だったか思い出せない。要するに、新潟位まで遠くへ行くと、どこが違っているのかは解らないながら、辺りの景色が東京の廻りとは違っているので、それが旅に出ていることを思わせ、誂《あつら》え向きに雨が降ったり、雪になったりすれば、文学の話もしたくなるのである。その晩の夜行で帰るので、旅館に行く必要はなかったから、まっすぐに玉屋に車を走らせた。

玉屋でどんな料理が出たかは完全に忘れてしまった。しかし酒が今代司だったことは確かで、昭和十三年の初孫のあとですこしもまずいとは思わなかったのからみれば、これはやはり立派な酒である。この晩は客が二人になったせいもあってか、美人の入れ代り、立ち代りが前々日程は頻繁でなくて、ゆっくり飲めた。オイストラッフの放送があって、畳の上に腹這《はらば》いになって聞いている河上さんは一本の丸太も同然だった。それで、いわば、一人で飲んだ。その時になって、家に持って帰るお土産が何も買ってないことに気が付いたが、酒田で何か貰ったと思い直しているところに、玉屋のおかみさんが鱒《ます》を一人に一匹ずつ塩にしたのと、あられと、長岡で出来る「越の雪」という、何とも薄味の銘菓を用意していてくれたことが解った。相馬屋で貰った数々のものの中には、蛍烏賊《ほたるいか》をすこしばかり乾《ほ》したのがあって、これは家に客があった時に自慢して出せる。そういう訳だから、旅行に行く時は出かける際の持ちものが少くても、大きな鞄《かばん》を下げて行った方がいいのである。

十時新潟発の夜行は、東京に着く時間がすこし早過ぎる。いやに天気がよくて、酔いが幾らか覚めた。そのままお別れするのも名残り惜しいので、河上さんに家に寄って戴いてウィスキーで乾盃した。家の犬が河上さんに片手で手招きしたりしてサービスした。この犬が恐しく河上さんが好きなのは何故なのか解らないが、家に来られる時は犬の主人と同じく酒臭いからではないかとも考えている。

神戸の味

厳密にいえば、どこでもそうなのだろうが、神戸と聞いて思い浮べる酒や食べものの味も、神戸という町の土地柄や人気と直接に関係があり、むしろそこから生じたものであるように思われる。瀬戸内海に面した港町で西洋というものが昔から入って来ていて、今では風土の一部になっている神戸という町で我々を喜ばせてくれるものの味には、この町と同じ新鮮な落ち着きとでも呼ぶ他ないものがあって、神戸のパンや、あなごの鮨《すし》や、灘の酒のことが頭に浮んで来る。恐らく、神戸のようにパンがうまい所は日本中になくて、パンがうまいということは神戸の味というものの性格をよく表している。パンは西洋から来たもので、それでいて神戸のパンはそれがうまいということの他、何も考えさせないし、そしてパンというのはパン屋さんに行って手軽に買えるものなのである。この少しも気取っていなくて、そんなことは一切省いて我々をただ充分に満足させるという特徴が、例えば、神戸の西洋料理の味にも見られる。

灘の酒は日本酒の代表のようにいわれていて、灘で飲んでいると本当にそういう気がして来ることがあるが、それも要するに、神戸の灘で造られる酒が全く酒である以外の何ものでもない酒であるからで、飲んでいるうちにこれが灘の生一本であるなどということは考えなくなる。

神戸の名物の一つがあなごの鮨であることも、この町だからこそという感じがする。東京の鮪《まぐろ》や海老《えび》と違って、あなごというのは何の変哲もない魚であり、それが神戸で鮨になったり、飯に炊きこまれたりすると、実に豊かな味の御馳走になる。この辺の牛肉がうまいのと同じことだろうか。牛肉もそうもったいを付けて食べるものではない食べものの一つで、それがうまければ、これは本当にうまいのである。一口にいえば、神戸の味は神戸の町のように明るくて、その明るさにけばけばしいものがないということになるかもしれない。神戸の人間からしてそうなのである。

超特急

どこかに行く場合、そこに早く行ければ行ける程いい、とは限らないが、目的がただそこに行くことだけにあるならば、確かにそこに着くまでの時間がなるべく短い方がいいので、理想は、そこに行きたいと思った瞬間にもうそこにいることであり、いずれそのうちにそんなことになるかも知れない。今度の新幹線を走る列車は、空港までと空港からバスに乗らなければならないことを勘定《かんじょう》に入れれば、東京から大阪まで飛行機と大体同じ位の時間で客を運んで行くらしい。この新幹線の途方もない急行でなくても、現にもとの東海道線を往復している「こだま」は、東京か大阪に用事がある人間が大阪からか、東京からか、まだ日が高いうちに東京、あるいは大阪に着いて、用事をすませて晩までに戻って来られるために運転されている列車だそうだから、要するに、世の中には忙しい人間がいるものだということになる。

ところで、こっちはこの「こだま」に乗ったことがないし、乗る気もなくて、今度の新幹線の「ひかり」にも少しも乗りたいとは思わない。日本人は貧乏だから（というのが既に眉唾《まゆつば》ものであるが）、自家用の飛行機や東京、大阪間の私設電話を持っているものが少いので、それでせめて汽車に乗っている時間を短縮したいという多勢の望みを国鉄が実現しにかかっている活というものがどうも満足に想像出来ない。しかし東京と大阪の間を一日で往復しなければならない程忙しい生活というものがどうも満足に想像出来ない。例えば、電話するだけでは片付かない用事なので相手がいる所まで自分で出向いて行くというのならば、その相手に会って恐しくせかせかと話を進めなければ、帰りの「こだま」に乗り遅れることになる。今度の「ひかり」ならばその心配はなくても、そうすると次には、用件を二つか三つ、恐しくせかせかと捌《さば》き、どうにか上りか下りの「ひかり」に間に合うというふうなことになるのに違いなくて、その辺から何だか気持がげんなりして来る。

しかしそういう忙しい思いをしている人達がいて悪いということはないので、それだから新幹線が出来て今よりももっと早い急行が走るようになるのはいいことである。そしてその恩恵はそんなめまぐるしい生活をしていない人間にも及ぶ訳であって、「つばめ」よりも早い「こだま」が出来た上に、その「こだま」よりも早い「ひかり」が走り始めれば、旧東海道線の席を取るのがもっと楽になることはまず確実である。それに、新幹線を行くのは「ひかり」だけではないから「ひかり」でなくてもいいから新幹線でどこかに行きたいものが多勢、そっちを走る列車に争って乗ることは更《さら》に確実で、そうすると、我々に馴染《なじ》み深いもとの東海道線の列車はもっと空《す》くのではないだろうか。新幹線というと、皆何故か夢の超特急のことばかり考えるらしいが、新幹線が開通したことの本当の有難味はこの交通緩和の点にあるはずである。もっと多勢のものが汽車に乗れるようになったからという、ただそれだけの理由で今よりももっと多勢のものが汽車に乗ることにならない限り、少しは汽車の旅行が昔の俤《おもかげ》を取り戻すことが期待される。

これは、用がないものは汽車に乗るなということではなくて、その逆である。どうしても東京から大阪まで二、三時間で行って用談をすませてまた、二、三時間で戻って来なければならない人達のためだけの汽車の旅行ではないのであって、お盆に田舎の婆さんにお土産を買って帰る小僧さんも、金沢の造り酒屋さんの所に甑《こしき》倒しのお祝いに行く飲み助も汽車に乗り、そういうのはその孝行な小僧さんも、ゆっくり途中を楽しんで行く早さの汽車に乗る権利がある。その場合は、目的はただ婆さんにお土産を届けることにあるのではないだろう。婆さんも待っているだろうが、その息子だか、孫だかが段々自分の所に近づいて来るのを知って嬉しくなっているのであり、小僧さんの方ももうすぐだと思いながら、途中の駅で弁当を買ったりしていい気持になることを望むのである。飲み助についてはいうまでもない。光の速度などというのは学者が知ったことで酒とは関係がない。

ここで旅行というものについて一般論を試みるならば、旅行すること自体がある程度まで目的でないのは旅行とはいえないので、いずれもっと機械、器具が発達すれば、ただ用事を足すだけの場合は旅行しないですむようになるに違いない。昔は人と懇談するのに、その人がいる所まで行かなければならなかったというような按配《あんばい》になるのである。それだから、例えば、日本からヨーロッパまで行くのに北極廻りの飛行機に乗るのはつまらない話で、往復二日だけ余計に時間を取って南を廻った方が、サリ姿のインド人のスチュワーデスが見られるだけでも旅行している気分になれる。北極廻りでは海らしい海も見えない。またそういう訳だから、三つも四つもの会社の社長を兼ねている人間でもないのに、二、三時間の差を惜しんで新幹線を泡を食って突っ走ることはないのであって、やはり汽車が米原を過ぎたらもうすぐ京都だと思う位の、そういう早さで汽車には乗りたいものである。

碌《ろく》に旅行したことがないものだから、旅情などという言葉を持ち出して、自分が生れる前の昔を恋しがったりすることになる。交通機関が発達すれば、旅行することが出来なくなるなどというのは嘘であって、昔の宿場に代るものが今日の鉄道の駅であることが解らないものは、自分の廻りを見廻す眼を持っていないのである（空港は港である）。今のうちは新幹線が嬉しくて途中の景色も眼に入らないし、飛行機に乗るというのでわくわくして空港が港であることにも気付かずにいるということもあるかも知れない。しかし新幹線もやがては新しくなくなって第二の東海道線で通ることになるのであり、飛行機に乗るのが別に珍しいことでなくなった人間は既に沢山いるはずである。自分が乗っているものが珍しくてしようがない状態が続く間は勿論、旅行も何もあったものではない。しかし飛行機が滑走路を一周してこれから離陸するという時に、可憐に足を揃えることを知っている人間も既にいることと思われる。

そうなるとますます、新幹線、あるいは第二の東海道線は何が何でも急いでいる人達のための線で、それだって旅行でないこともないだろうが、旅行したくて、あるいは用事を兼ねて旅行も出来る人達は今の東海道線で行くということになりそうである。その東海道線の列車が新幹線を真似《まね》て駅での停車時間を今の半分に短縮することで、東京から大阪まで今よりも四分半早く着くような不心得を企《たくら》んでいるとは思えない。一体に、汽車の旅行の楽しみは、停車と停車の間に流れる時間というものもあるが、途中の駅で降りて、例えば、名古屋駅でお燗《かん》した酒を売っていることを発見するというようなことにもある。そういう天下泰平の楽しみをこれからも繰り返したいから、新幹線が忙しい人の数だけの乗客を今の東海道線から減らしてくれるのを有難く思うのである。

呉《くれ》の町

呉にはもう随分《ずいぶん》長い間、行かない。この前に行ったのがいつだったか、はっきりしない位で、その印象だけが頭に残っている。一体に東海道線沿線の町というのは東京から下関に至《いた》るまで、どこも同じという感じがするのは、汽車で移動する人間の数が多過ぎるからかも知れない。いつか広島の大きな通りの喫茶店にいて、二日酔いのせいもあったのだろうが、窓越しに見た町の風景が東京の銀座と少しも変らないので自分がどこにいるのか解らなくなったことがあって、その東京の銀座も現在では、昔の銀座ではなく、東京銀座とでも呼んだ方がよさそうな個性がない場所になっている。

しかし呉は呉という町の感じがする。東海道線から少しばかり逸《そ》れているためなのか、町の地形なのか、それとも人情がそうなのか、理由はどうにでも付けられるとして、かなめ旅館で、朝、目を覚して寝床の中で広島工場のキリン・ビールを飲む時から、もう自分が呉にいることがすぐに感じられた。キリン・ビールの広島工場のが東京のなどとは比較にならない位、うまいことは確かである。しかしそれならば、広島にいる気がしてもよかったはずなのに、頭に浮んだのは呉の旅館で朝、飲んでいるのだということだった。それから起きて飲んだのが千福で、千福の味はここで改めて説明するまでもない。おこぜの味噌汁が素敵だった。ガラス戸越しに、呉を取り巻いている丘が家で埋っているのが見えて、その時、やはり呉にいるのだと思わなかったのは、それは目を覚していた時から承知していたからである。例えばロンドンで朝起きると、自分がロンドンにいるのを感じる。そういうものがない町は、本当をいえば、町というものではない。

呉の賑《にぎや》かな通りには、何か寂しいものがある。これも一つの町が町であるためには大事なことで、昔は東京にもそれがあり、それで例えば、山手暮色というようないい方にも意味があった。今、新宿暮色だの、渋谷暮色だのといった所で、どれだけの実感があるだろうか。しかし呉の大通りを夕方、歩いていれば寂しくなることが出来る。この寂しさがパリでパリの詩人達を育てたもの、また、パリ人にパリを愛させるものなので、ボードレールの「パリの憂鬱」という詩集の題は、詩人の気紛《きまぐ》れで付けたものではないのである。呉の人と特に聞いている詩人はいないが、それよりも大事なことに、呉では人間並に、というのは、二十世紀の文明人並にその日その日を暮すことが出来るのを感じる。これは当り前なことだろうか。それでは、そういう当り前な町が今日では余りに少いのである。

金沢

旅行をする時は、気が付いてみたら汽車に乗っていたというふうでありたいものである。今度旅行に出かけたらどうしようとか、あと何日すればどこに行けるとかいう期待や計画は止むを得ない程度だけにしておかないと、折角《せっかく》、旅行しているのにその気分を崩し、無駄な手間を取らせる。京都に行くならば清水寺、鎌倉ならば八幡様と、それが旅行の目的になっては、まだ見たことがない場所、あるいは前に見た時と変っていないかどうか解らない場所に、行ってからあるいは当てが外れるかも知れない望みを持ち過ぎることになって、大体、そういうことをしてはまず当てが外れると見ていい。日光でも、ナポリでも、それ程に結構なものではないのである。東京も、花の東京と呼ばれたことがあった。そしてその当時の、今から二十何年も前の東京でも、およそ花の都といえるようなものではなかった。それを無理にそういう所に思う努力をするのは旅行ではなくて観光に過ぎない。

むしろ、行った先のことは着いてからに任せてこそ、旅行を楽しむ余地が生じる。実際、自分がいつも住んでいない場所には、何があるか解らないのである。石川県の金沢といえば、その名所や名産が色々と頭に浮んで、確かにあの二つの川で三つに分れた静かな町はそういう名所や名産がなくても何度行っても飽きない（ということも、行って見て始めて解ることである）。その金沢にバーがあるのを発見した。バーなどというものはどこにでもあってどこのバーも大体、同じようなものだと思ってまず間違いないが、どこでも同じバーの構造や仕組みが東海道線の沿線にないために、東京のように画一的な影響を受けず、金沢の町にしかない金沢の空気を作り出しているとすれば、これはただのバーではなくて、そこはそういうバーだった。このごろはどういう所でも、その店の名前が活字になると、すぐに客がそこに押しかけて行ってそこを荒らしてしまうからそのバーの名前も挙げないでおく。要するに、金沢に一軒のバーがあった。

そこに楽隊があって、こっちが注文する曲を何でもやってくれる。それが東京では（また、東京に似てしまった日本中の町では）流しの風琴《アコーデオン》弾きに頼んでも知らない曲でも何でもであって二十数年前の東京が花の都だとかいう曲も、このバーのことを書いていて思い出した。「ボレロ」でも、「巴里の屋根の下」でも、知らないというものがない。それで、昔懐しいということになりそうであるが、そこで「ボレロ」その他を聞いて飲んでいるうちに、その昔懐しいといういい方が多分に一人よがりなものであることに気が付いた。昔の東京は花の都といえる程のものではなかったが、静かな町ではあってバーでもその「ボレロ」か何かの音楽が流れて来るのを耳の半分で聞きながら落ち着いて飲んでいられた。「ボレロ」の曲でそれを思い出した時、そういう昔の静かな東京は確かに懐しい。しかし静かであることが昔のものだときめているのは東京を今のような修羅場にしてしまった連中でそれではロンドンとか、ニュー・ヨークとかいう現に今日、静かな町は、あれは昔なのだろうか。

とにかく、そういうお談義はどうでもいいが、金沢にそんなバーがあることを知って、金沢にいる間に二度も三度も行った。こういう所があるなと思って喜ぶことが出来るのも、旅のお陰である。金沢は銘菓の「長生殿」に、兼六公園に、ごりの佃煮ときめてかかってはならない。そういうことをするとバーを見逃す。また、ごりを本当にうまく料理する店を知らずに過すことになる。勿論、これは金沢だけのことではなくて、金沢にあったバーの話は、ただ一例を挙げたまでである。しかしあすこにもう一度行ってみたい。

金沢、又

中村栄俊氏御愛蔵の名器を陳列する中村記念館が出来るのは芽出たい。何年か前に御自宅に呼んで戴《いただ》いて宋の官窯の鉢を見せて戴き、余りにも立派なものなので暫《しばら》く酒の味を忘れたことがあった。しかしそこがこういう名器というものの有難いところで、見ているうちに一層いい気持になり、酒が更《さら》にうまくなったのを覚えている。

酒の肴に名器を出して来て見せるというのはさすがに金沢である。いつも音楽を聞いていて名曲というのは飲み食いしながらが一番楽しめるのではないかと思うのであるが、陶器や絵などで名器と呼ばれるものもそうであって、精神が刺戟されるだけ腹も空くし、喉も乾いて来て、それでその場で飲んだり、食べたりするものが一層うまくなる。またそれにも増して、自分がいい気持になっているということが美酒佳肴《びしゅかこう》の味を受け入れやすくして、杯の上げ降しにも余裕が生じて来る。金沢の旧家で御馳走になっているとそれを感じて、例えば、九谷焼きの瀬戸物などというのはそのために作られたのではないかも知れないが、九谷の杯で飲めば釉薬《うわぐすり》の色が酒の色を引き立て、酒は金色に、あるいは琥珀色《こはくいろ》に変って、目が楽しまされるのが酔いにも一種の遊びの心地を加える。このやり方による御馳走の最たるものはこつ酒だろうか。古九谷の見事な大皿に鯛が反り返りそれを浸す酒がこつ酒にしかない光沢を帯びる時、何か海を飲む思いがする。金沢は謡《うたい》が発達しているそうである。それも解る感じがするので、朱塗りの壁に金屏風を置いてこういうものを飲んでいれば謡の一つも謡いたくなって不思議ではない。それも、その艶な空気からいって「鞍馬」のようなものよりも、「卒塔婆小町」の、

酔をすすむるさかづきは、寒月袖にしづかなり。……

というふうな一節だろうか。

これも何年か前に、一緒に金沢に来た観世栄夫氏がお座敷で背広を着たまま「景清」を舞ったことがあった。そういう恰好であれだけの感じを出して舞えるのは見事という他なかったが、あれ程の芸であるならば、金沢で飲んでいる気分を更に忠実に現して「熊野」とか「松風」とかをやって戴きたかった。そういえば、能面でも殊に女の面はいつも何か月光を浴びているように思われて金沢で電気がついている部屋で飲んでいてもどこかに月光が差している気がするのも金沢の酒というものの一徳かも知れない。「史記」の鴻門の会で樊噲《はんかい》が肉の塊を楯に受けて剣で切って食べるのと正反対のものでこれは金沢には豪壮なものがないということであるよりは豪壮なものもよくその周囲と調和して目立たないということでなければならず、それで例えばこつ酒は豪壮でありながら我々にはそこにむしろただ豊かなものを感じて、金沢はいい所だなと思う。

九谷というものが金沢の町をあるいは一番適切に表しているのかも知れない。その昔、東京で何か色がごてごてした瀬戸物が沢山あって、それが九谷焼きだと教えられたために、長い間、九谷というのはそういうものなのだと思っていた。しかし色を少ししか使うのでなければいいものは出来ないということはないはずであって、これを人間の生活に喩《たと》えるならば、すべて控え目にしてただ度を越えないことばかり気を遣《つか》っているような生活は寂しくて窮屈でやり切れない。初めから材料がないならば仕方がないが、色も、食べるものも、飲むものも、またその他にあれこれとすることが幾らでもあるならば、それを自由に取り入れて生きて行きながら、別にそれで自分を見失わないでいるのが本当であり、九谷の、殊更《ことさら》に色を限定するとか、ある一つの型を狙うとかいうことをしないで美しい肌を作り出すやり方にはそれがあるのではないかという気がする。これは金沢の町というものがあって、それで九谷が出来たのだろうか。その二つとも、ある同じ一つのものから出ているのだろうか。

しかしまた、金沢は宋の官窯の鉢があっておかしくない町でもある。あるいはむしろ、それだからこそ九谷のようなものが出来るので、中村氏のお宅で御馳走になった時、この鉢の他に古九谷も幾つか出された。宋の鉢を用いることを知って、美酒に酔い、謡曲で夢心地に誘われ、ごりのような魚がすむ川に臨む町にいれば、そこの瀬戸物は固苦しくはならないはずであり、またそこには桃山時代の豪華とは別なある冷たさも加わることになる。この冷たさを涼しさといい換えてもいいので、金沢の人達からは恐しく頑固だということとともに、それと少しも矛盾せずに融通無礙《ゆうずうむげ》の印象を受ける。まず生活の達人の町なのかも知れなくて、それならば、九谷はそういう人達がその毎日の生活で使うのに似合った瀬戸物だといっても、お世辞に取られる心配はないと思う。

道草

旅行をする時には、普通はどうでもいいようなことが大事であるらしい。あるいは、旅行をしなくてもそうなのかも知れないが、例えば、東京発午前十時何分かの汽車に乗るのに、十時少し前に東京駅に着いてゆっくり間に合うというだけでは、何か気がすまなくて、なるべくならばそのまた二十分前頃に行くことを心がける。別に、遅れてはと思うからではないので、その程度の時間があれば、改札口を通る前にあの乗車口の中を右の方へ行った所にある食堂に寄るのである。始終、御厄介《ごやっかい》になっているのに、その名前が頭に浮ばないのは申し訳ない気がするが、それ程、いつもあの右の方へ行った食堂ということが念頭にあるのだということで勘弁して戴きたい。確か精養軒だったと思う。しかし精養軒でなかった場合に、そういってはかえって悪い。

とにかく、食堂に入ってどうするという訳でもないので、第一、すぐ入るのではない。食堂の入り口の右側に、色々な食べものや飲みものの見本を並べたガラス張りの棚があって、まずここで何を頼もうかとあれこれ眺め廻す。けっして山海の珍味が陳列してあるのではないが(そんなものは駅の食堂には不似合いである)、マカロニの上に肉の煮たのがかけてある料理だとか、雞《とり》が入っているサラダだとか、見ている分にはいかにもうまそうで、かといってそんなものをゆっくりと食べている暇がないことは解っているから、結局は中に入って、生ビールにハム・エッグスというふうなことになる。これは、何も午前十時でなくても、夜中の十時でも、午後の三時でも、それで間に合う取り合せだから、無難である。そして注文したものが持って来られて、飲んで食べながら、これも、別にどうだというのではない。しかし駅の食堂でそんなことをしているのだと思えば、ビールもうまくなる。

全《まった》く、どうでもいいようなことであるが、これが長い旅に出かけるのであればある程、汽車に乗る前にそういうことがしたい。その精養軒だか何だかは、駅の裏から入った場合で、八重洲口から行く時は、これこそ初めから名前さえも解っていなくて、その度《たび》ごとに道に迷う、どこか二階の小さなビヤホールを苦労して探して入る。これも店の感じがいいとか、悪いとかいうのではなくて、むしろ小さな店が二階に他の店の間に挟《はさま》っているのだから、風通しが悪くて暑苦しいが、汽車の発車を控えて、まだ一杯飲めると思ったりするのは、それ自体が旅の気分である。駅というのは妙なもので、時間が全く慌《あわただ》しくたって行く感じがするのみならず、事実、時間がよそとは違ったたち方をするのではないかと思われるのを、ビールの一杯、また一杯で、食い止めるのではなくて、何というのか、味わうのである。しかしやはり、廻りの空気にせかされるのに負けて、汽車が出る所へ行っても、なかなか出ない。

勿論《もちろん》、汽車が動き出せば、もうそれでいいという訳ではない。その点、東京発の汽車の多くは、少し遠くへ行くのならば食堂車が付いているから、暇を潰《つぶ》すのに便利であるが、上野発の信越線、北陸線などのには食堂車が大概ないのは、牽引力の問題なのだといつだったか、そういう係の人から聞いた。つまり、山があるために、汽車が食堂車まで引っ張って走るのは不経済だということになるらしい。しかしそれならばそれで別な時間の潰しようがあって、例えば、上野から北へ行く線の駅はどこか東海道線のとは違っている。汽車が止るごとに降りて歩き廻ってみると解ることであるが、一つにはこれは、改札口の向うにある町の景色がそうなのかも知れない。駅前からいきなり大きなビルが並んでいるというような所は少くて、多くはそこに広場があり、小間物屋や小さな食べもの屋が店を出しているのが、何となく入ってみたくなる。夜になると、明りが疎《まば》らなのが人懐っこくて、ますます降りたくなる。

このごろはこういう駅の中で店を出している蕎麦屋がもりやかけだけでなくて、天麩羅だとか何だとか、種ものを作るのが多くなった。天麩羅といっても、もう出来ているのを積んでおいて、それを蕎麦の上に載せるのに過ぎないが、長岡駅にそういう小店が一軒あり、もっと先の新津駅にもあって、乗り換えの汽車が来るのを待っていたりしている時、よく一つ食べてみたいと思う。それをまだやったことがないのは、東京駅の食堂でまだマカロニに肉の煮たのをかけたのを注文したことがないのと同じで、眺めているうちに、面倒臭くなって来るのである。しかしかけに生玉子を入れたのは随分《ずいぶん》、方々で食べた。それから、これは東海道の駅に多いが、生ビールをスタンドで飲んだこともある。そういう時には、いつ汽車が出るか解らないという気持も確かに刺戟になるようで、最後のビールの一杯、あるいはかけ蕎麦をすませて、まだ汽車が出そうな気配もないと、残りの何秒間か、ただそこにそうしているのが楽しめる。

飲んだり、食べたりばかりしていることになるが、他に実際に何もないのだから仕方がない。売店で雑誌を買うなどというのは、買えば少し読まなければならず、そんなものを読むのでは家にいるのと同じである。駅の壁にかかっている温泉場の広告を見て歩くのは、それよりも少しましで、何枚か普通の人間の倍位は大きく感じられる美人の顔がこっちを向いているのが、そこまで行って見たくさせる。大きな美人がいい訳ではないが、普通の人間の倍ならば、これも壮観であり、それ程大きくない美人もそこにはいるかも知れない。宿屋の写真が出ていれば、これもきまって広大なものであって、そんな所に旅行案内などに書いてある一泊千何百円かで本当に泊れるのだろうかと思う。しかし出来るのだと考えられる節《ふし》もあって、それならばその広大な宿屋もこっちの手が届く所にあり、そういう所に一週間もいたら、こっちも結構ふやけてしまって、これは体にいいに違いない、というふうな空想に耽《ふけ》る。

しかしとにかく、旅行している時に本や雑誌を読むの程、愚の骨頂はない。読むというのは、そこにあることの方へ連れて行かれることで、新潟にいても、岡山にいても、北極のことが書いてあるのを読めば、自分がいる所が北極になる。またそうなる程度によく書いてあるものでなければ、読んでも仕方がなくて、自分が折角《せっかく》、岡山だかどこだかにいるのに、北極にいる積りになることはない。どうも、道草をして、旅に出ている気分になるには、飲んだり、食べたりに限るようである。駅の売店でかけ蕎麦を食べていても廻りの眺めは眼に入って、弁当売りの声を聞いているだけでも、自分が旅をしていることが感じられる。

汽車に戻ってからは、仕方がないから、隣の客の顔を盗み見していることにならない具合に、外の景色に眼をやってでもいる他ない。席で飲むという手もあって、勿論、飲むのであるが、それもしまいにはどことなく鹿爪《しかつめ》らしくなって来て、つまらない。しかしそのうちに汽車がどこか、自分が行く所へ着く。宿屋に着いたならば、寸暇を惜しんでビールを持って来てくれるように頼むことである。酒でもいいが、これはお燗をするのに時間がかかって、目的は、宿屋に着いてからはどうせ何かすることがあるのに、それをしないで飲むというその心にある。その要領で、しなくてもいいことをする機会が幾らでもあるから、旅は楽しい。

京都

毎年、金沢から大阪へ行って灘に寄るのをもう何年も続けていて、その度ごとに汽車で少くとも京都を通り、たまには降りることもあるが、京都で泊ったこともなければ、京都を指して旅行したこともない。戦争が始る頃までは何度も行っていて、その街の記憶もはっきり残っているのに、そんなことになっているのは、要するに、戦後の京都というものに馴《な》染《じ》みがなくて、それが出来る機会は今までなかったからなのだろうと思う。しかしそれなのに時々、加茂川の流れや、細かい格子が窓に嵌《はま》っている家が並ぶ路地や、京都を囲む山の輪郭が頭に浮んで来る。もっとも、戦後に一度だけ、広島の方に行く途中で京都で降りて、三日ばかり過したことがある。戦前ならば、柊家に泊って、飲む合い間に博物館に行ったり、寺を廻ったりするところだったのであるが、あの戦争があったあとで昔の人達が覚えていてくれるとも思えず、ただ京都で飲むのが目的で、その頃、仕事の上で関係があった出版社の紹介でちきり屋という宿屋に泊った。これもいい宿屋だったが、馴染みがある訳ではないし、かといって、どこに行って飲んだものか解らなかったから、ひたすらにこの宿屋で飲んだ。戦争中の統制が外されて、やっと清酒が出廻り始めた頃だったから、この酒はうまかった。夜汽車で朝着いて、昼まで寝なおしてから飲み始め、戦争中のようにお一人様一本などということがないのが珍しくて夜遅くまで飲み続けたのを覚えている。しまいに、女中さん達が寝る時間になって、一時に五、六本持って来て貰っておつもりにした。

翌日は少し外に出てみようと思って、四条大通りから南座の方に歩いて行った。あるいは、四条大通りではなかったのかも知れないが、要するに、先まで行くと橋の脇に南座がある通りである。やはり加茂川が流れていて、橋を渡って向うの左側にその昔、まだ酒を飲まなかった頃に時々寄ったことがあるフルーツ・パーラーがまだあり、その辺の眺めがその頃と少しも変っていないのが何か不思議な感じがした。ヨーロッパなどでは年月がどの位たってもそうしてすこしも変らない場所が珍しくないが、日本で、殊《こと》に都会では、それがそうざらにあるものではない。といっても、そのフルーツ・パーラーに入っても仕方がないので、川岸に鉄筋コンクリート建ての支那料理屋があったのに入って屋上まで行き、川を眺めながらビールを飲んだ。今から思えば、折角《せっかく》、京都まで来たのに、侘《わび》しい時間の過し方をしたものである。何とはなしに、浮浪者のような感じだった。それで、ちきり屋に戻ってまた飲み、翌日は立った。

いずれもっと豊かな形で京都にまた行く積りである。その時は皆様、よろしく。

ロンドンの飲み屋

前にここに来た時に、オナー・トレーシー氏に案内されて飲み屋を一晩に十一軒ばかり廻ったことがあるのを思い出し、是非もう一度という気になるだけはなったがトレーシー氏の所に電話をかけるのが複雑な手続が必要であるのみならず前程は暇でもないらしいので、一人で同じことをやるとなると、殊にその十一軒廻った晩は段々に酔いながらいい気持になって引き廻されたのだからどこがどこにあったのか、そんなことを覚えている訳がない。確かピカデリー・サーカスの角にある百貨店の前で落ち合って、それからそのすぐ傍の裏通りにある飲み屋でこういう場所での飲み方を教わったのから始り、その店を出て次第に暗くなっては行ってもそれがほとんど気にならない位なのでいつまでも日本の夏の午後五時位な積りで別な店に入ってはまた出て来ているうちに、どこか放送局の脇にある飲み屋で二、三杯ビールを飲むともう午後十一時で、飲むのを止めなければならなかった。それでそんな時刻に店を締めるのはひどいと喚《わめ》き出し、トレーシー氏にたしなめられたのは、これはよく覚えている。

それが丁度、十年前のことで、そういう店が昔通りにもとの場所にあるかどうかも解らない。幸い、ロンドンの飲み屋案内が本屋にあったのでこれを買うと、今度はトレーシー氏と行った店の名前をほとんど覚えていないことに気が付いた。ただ一軒だけ、これはあとで他の友達とも何度か行ったので名前が記憶に残っているのがあって案内の地図に出ている街までタクシで行って見れば、十年前の店がそのままそこにあった。その店の番を主人の娘さんがしているのも前と同じで勿論、向うが覚えている訳はないが、卓子《たく》も、椅子も、壁の汚れ方も、酒壜の並び方も変っていない。この店に来た時の季節が同じ夏だったから日光がそこに差し込んで来る具合も同じで、今と昔の間に流れた十年の月日が無駄になったのではなくとも、とにかくどこかに消えてなくなった感じがする。ただ、こっちが変っただけでなく、そんなことをいい立てるのは悪い意味での個人主義、つまり、野暮である。

だから、知らん顔をしてギネスを一杯、注文した。前の時もこれを頼んだかどうかもう覚えていない。前に行った店の名前や場所を覚えているのよりもこれはむずかしいことでギネスは今度、英国に来て飛行場で飲んでうまいと思ったから、また頼むのである。ここの主人がフランス人で大変な愛国者であることが頭に浮んだ。戦争中、ド・ゴール将軍が在外のフランス人に呼びかけて祖国の急を救うことを求めた大きなポスターがまだ壁にかかっている。ここの勘定台の脇にある煙草を入れたガラス箱にはフランスのゴーロアズもあって、これは昔のパリが懐しくなり、買って吸った。しかしこのフランス人経営の店は今度の戦争が始る前からロンドンにあり、ロンドンで知られた飲み屋なのだからこれは紛れもないロンドンの飲み屋であり、フランス風に例えば、上等の葡萄酒が下の酒蔵にしまってあるのも少しでも変っていては困るのである。それで料理もうまい。

もっとも、これは今度、発見したことである。そのド・ゴールのポスターがかかっている脇に凝った料理の献立てをペンで書いたのが貼ってあったので、それを出すのはどこかと聞いたらそれまで知らなかった小さな食堂が二階にあった。やっと十人位の客が食事出来る狭さで、そこに燕尾服に黒ネクタイの給仕が二人で客の世話をしている。ホテルまで晩の食事をしに帰る気がしなくなって酒の表を見ると何でもある。それを飲むだけという訳にも行かないので凝った料理のうちから何かを選び、白葡萄酒の小壜、赤葡萄酒の小壜で最後に、コニャックについて給仕の意見を求めたらこの店にだけ特別に送って来るフランスの小さな醸造家のがあるということなので、それにきめる。本当に薄い黄色をしていて、あの茶褐色でグラスに跡が付きそうなのは駄目なのだとどこかで読んだのを思い出した。そしてすべての銘酒と呼べるものと同様に、このコニャックもひどくあっさりしている。あるいは、とろりとしているというのだろうか。こういう、とろりとしているのとあっさりしているのが一緒になったのを何と形容するのか、どこの国の言葉にも適当な言葉がないようである。

階段を降りて来る時、十年前に見た主人にまた、出会った。お宅のコニャック・メエゾンは凄《すご》いといって、それから帰ったような気がする。店の主人も、こっちを覚えている訳がない。外はやっと暗くなっていた。

英国の茶

英国人は紅茶が好きであるようで、英国の紅茶はやはり英国まで行かなければその味が出ない。それには水の関係そのほか、いろいろな原因があって、厳密にいえば、日本で紅茶を飲むのは英国で日本の茶を日本風に入れて飲むのと同じことなのに違いない。これはやってみたことがないが、英国では日本の茶はまずいだろうと思う。やはり、水その他の関係であって、それで英国人は日本の茶、あるいは少くともこれにインド産の紅茶よりも似ている支那茶を飲む時にも、牛乳や砂糖を入れる。また逆に、紅茶を日本で飲むならば、日本風に砂糖も牛乳も入れない方がうまい。

これは要するに。同じ紅茶であっても、というのは、同じ一つの缶に詰めた紅茶でも、それを英国で飲むのと日本では味も、匂いも違うということなのである。それでまだしも、紅茶というものの観念を捨てて、英国の茶ということで通した方が話がしやすい。その原料はインド産の紅茶で、その代りに支那産の緑茶を使うものもいる。

英国で茶がうまい理由の一つは、空気が乾燥していて水分をとらずにはいられないからで、喉が渇いていれば、コーヒーなどは濃過ぎて何か飲んだ感じがしない。またそんな訳で英国人は昔から茶を飲む習慣がついているので、入れ方がうまいから、お茶の時間というのが一つの楽しみでもある。どんなふうにして入れるのか知らないが、日本の紅茶とは色も違うし、それによく匂う。同じリプトンの紅茶でも、英国向けのは他の国に送るのと缶の色も別になっているという話を聞いたことがあって、本当にそうなのではないかと思う程《ほど》、茶碗に注がれる茶にどこか紫がかった光沢があり、日本で日本茶を飲む時と同様に、匂いで茶が入ったことが解る。

もっとも、英国人は四時頃から五時頃までのお茶の時間に、茶を飲むだけではない。しかし茶うけになるものは日本と違ってむしろ料理に近いものが揃えられ、お客でも呼ぶ時はサンドイッチだの、パイだの、焼き肉だの、益々菓子よりも料理になる。そうでなくても、パンにバタをつけたのがお茶の時になくてはならないものになっていて、この方が大概の菓子類よりも英国の茶の時に合っている。しかし、これも英国のパンとバタで、その違いまで説明するのはむずかしい。

昔は日本のパンもフランス風でなければ、英国風だったもので、まだ話しやすかったが、この頃のように砂糖を入れて白くしたアメリカ式のパンが普通になっては、パンとバタといっても英国に行ってからのことにするほかない。

しかし、英国の菓子類も確かにお茶の時の茶うけになるために工夫されて発達したもののようで、フランスの菓子よりも軽くてあっさりしている。それで英国のビスケット類はうまい。したがってまた、茶器にもいいのがある。こう書いて来ると、確かに茶は日本と共通の面があるものであることが解るが、そこに違いがあるならば、いわゆる、茶道が特殊な一種の技能になっているのに対して、英国では茶を飲むこととそれに付随した菓子、茶器その他の製造が一般に通用する形で発達して来たことで、それを知ったらば千利久などは嘆くだろうが、もとはといえば、あの茶博士が悪いのである。

つまり、日本と違って薄茶や番茶の区別がないから、茶は誰でも飲むもので、それで茶を飲む特殊な作法というふうなものもない。その際の行儀は普通に飲み食いする時のもので、茶器も安物から高価な何々焼という類《たぐい》のものまであるが、これを普段は蔵の中にしまっておくということもしない。

しかし紅茶の茶器では、英国は確かに世界一に洗練された色や絵のものを作っている。有難がらないですむので、益々愛用に堪えて、茶碗を一つ一つ買って客用に使っても、別にちぐはぐな感じはしない。土瓶も、牛乳入れも、砂糖入れも、皆違っていて少しもおかしくない位、いいものが出来ている。

もっとも、だから日本の茶道が悪いということにはならない。それはそれなりに日本の文明の一部をなし、その発達に寄与して来たので、懐石料理をうまいと思いながら、茶博士を恨むことはないのである。すべては茶の味の違いにあるので、ただ時々、英国の茶がもう一度、飲んでみたくなる。

ロンドンの味

懐しいことについて書くことになったものである。したがってまた、いっこうに書く気がしない。酒とも、煙草とも縁がないいわゆる、道学者流が口を酸っぱくして禁欲を説くようなものので、ロンドンがここから何千里も山や海を越えた向うにある時に、ロンドンのハムはハムステッドのに限るなどといったところでどれだけの足しになるだろうか。

と文句を並べてばかりもいられない。ロンドンのうまいものは飲みもの、食べものを含めて、ヨーロッパ大陸のうまいものである。東京の名物は浅草海苔位なもので、それでも世界中のうまいものが東京で食べられるのと同じであるが、ロンドンの場合は英国とヨーロッパ大陸の昔からの関係で、フランス、スペイン、イタリー、ドイツ、ポルトガルなどの酒や料理がロンドンでの生活の思い出を豊かなものにする。あるいはその筆頭にあげていいかも知れないのは、ティオ・ペペのシェリーである。

ティオ・ペペはスペインのどこか場所の名前なのか、銘柄なのか解らないが、このシェリーは上等のブランデー、あるいは日本酒と同様に色が薄くて、そしてちょうどその極上の日本酒に近い味がする。その点、甘かったり、どぎつかったりする普通のシェリーと違っていて、このあるのかないのかはっきりいえない味と微かな匂いの酒を前に置いてホテルのラウンジとか、料理屋の隅とかにいると、英国のいつまでたっても暮れない夏の日が更《さら》に金色の光を増し、公園の木の緑がいっそう影が濃いものになる。

やがて夕食の時間になるのであるが、まだ急ぐことはないのをその光と影と、それからこのシェリーが教えてくれて、英国人が何としてでも生きようとしてこの地上にいることに執着するのが解る気がする。

英国と英国人について一般に考えられていることとだいぶ違っていると思うものがあっても、それはこっちが知ったことではない。

汎水論

この頃は雨がよく降る。夜が明けた時には晴れていても、間もなく空に雲が拡り、朝飯を食べている頃にはもう降り出している。全くやり切れないというのではなくて、その反対なのである。雨や、曇った空模様には何か気分を落ち着かせるものがあって、例えば酒を飲むのでも、日光が一面に射していて、日曜ならばサラリーマンが家族連れで遠足に出かけるような日よりも、ものの色が沈んで見えて、今にも雨になりそうな時の方が酒の味に身を任せることが出来る。それ故にこういう時は、朝からでも飲める。

生物はすべて海の中から出て来たもので、それで人間の血液の中にも塩分が残り、塩なしではいられないというのは本当なのかも知れない。塩のことは分らないが、水は確かに人間を喜ばせるもののようで、曇った天気が懐しく感じられるのも、空中に水分が多いのと関係があるのではないかと思われる。大都会の真中を大概《たいがい》は河が流れているのは、初めは実際の必要から人間が水がある近所に集って来たのだろうが、今日では、都会での生活に幅と奥行きを与えるのにこれ以上に役立っているものはない。

それ故に河があれば、天気の日でも落ち着くし、酒もゆっくり飲める。酒を飲まなくてもよくて、河でいつも思い出すのはロンドンのチェルシーの辺りを流れているテームズ河である。八時になっても、九時になっても明るい英国の夏の夕方、こっち側の岸に立って向う岸を眺めると、そこもやはり並木の緑に蔽《おお》われていて、木の葉が夕日を受けて光るのが水の反射と一緒になり、こっち側の並木の下にも、木の枝の間から夕日が洩《も》れて来た。その辺は大体がひっそりした町で、古い赤煉瓦の家が多い中に、ロゼッティだか誰だったかのものだった家に今は住んでいる友達の所に行く途中だった。

京都には加茂川があり、博多には中洲があるが、東京が隅田川からだんだん西へ発展して行ったのは、その西部にいるものにとっては残念である。隅田川の景色を褒《ほ》めて、江戸っ子の文学者に叱られたことがある。昔は水が澄んでいて、白魚が東京の名物の一つに数えられ、夏になると子供は皆泳ぎに隅田川に行ったのが、今では両岸に工場が出来てその汚水がすべて流し込まれ、潮の満ち干がなければどぶ水も同然なのだということだった。

そうかも知れないが、柳橋辺りで川っ縁の座敷で飲んでいると、夜になれば水の色は解らないし、隅田川はやはり美しい。同じく潮の満ち干があって衛生的にどうということはない東京の堀割は、都当局の手で片っ端から埋め立てられて行く。しかし河からは遠くて堀割はなくなっても、まだ雨が残っているのは有難い。宮殿の中でも、橋の下でも、雨の音を聞くのはいいものである。

落ち穂拾い

昔、食べ歩きというのをやったことがある。方々を旅行しては、そこで食べたうまいもののことをあとで雑誌に書くので、さぞよかったでしょうと今でも羨《うらやま》しがられるのであるが、そんなことはない。やはり、食べものというのは、我々食べものに対する素人《しろうと》にとっては、食べたいから食べるものなので、幾ら御馳走《ごちそう》でも、それを口に運びながら雑誌にそのことをどう書いたものだろうなどと考えていたのでは、食べた気がしないのみならず、消化に実際に悪いにきまっている。

それで、あとでまた行って楽しめる地方を幾つか知ったのは儲《もう》けものだったが、一年たらずで雑誌の仕事が止《や》めになったのは、命拾いをしたようなものだった。事実、あんな辛い思いをしたことはなくて、旅行に出て帰ってくるごとに暫《しばら》くの間は頭の具合が少し変だった。その上に、そういう記事を書くものだから、世間に食味評論家に仕立てられてしまったのだから、踏んだりけったりである。

しかし記事に書く程のことはないもので、ただ食べただけのものの中には、今でも記憶に残っているのがある。つまり、そういうのは名産でも何でもないものだから、ここで書くのもどうかと思われるが、ほんとうの名産と比べてひけをとらない位、うまかったのだから、それ自体がどこにでもあるものであっても構わないだろう。

あらかじめ断っておいて、まず頭に浮ぶのが、新潟の玉屋という料理屋で夜遅く出された粥である。ただの米の粥で、一日の食べ歩きが終ってその晩は飲んでばかりいると、酒のあとで何か少し食べなければと、そこのおかみさんが心配して出してくれたのだったが、とにかくこれはうまかった。新潟が米どころであることは誰でも知っていて、そのこととこれは関係があるに違いない。

しかし米がいいから、その粥もうまいとは限らないわけで、やはり、おかみさんの親切で作られた粥だったので、あんな味がしたのだということになりそうである。それに一日、御馳走攻めにあったあとでの、この粥である。その時は、粥が酒の肴にならないのが残念だった。

石川県の金沢の方にも食べ歩きに行って、その旅行中にだったか、余りこの辺がいい所なのであとで、また行った折だったか、片山津温泉の矢田屋という旅館で出た、何か小鳥の腸の塩辛らしいものは、これも飛び切りのものだった。

別に自慢して出された訳でもなくて、ただ小さな鉢に入れて他の料理と並んでいたので食べたのだったが、ほんの少しで口中が豊かになる酒の肴というものの性格を完全に備えていて、したがってまた幾らでも食べられ、今から思うとこれをおかずにしてあの新潟の粥を食べたら、まず御馳走中の御馳走になることは確かである。

もっとも、この場合も、その塩辛が出たのがわりに早くて、これから名物の何々が来ると身構えていた矢先、この塩辛の味に不意に出会ったという事情が手伝っているかも知れないが、玉屋のおかみさんに新潟の粥を送って貰う訳には行かなくても、あの片山津の矢田屋の塩辛は、いつか罎《びん》にでも入れて持って帰りたい気がする。

そういえば、その塩辛も、なんでも矢田屋で作ったものだということだった。食べものもその点は酒と同じで、それが出来た場所で手に入ったのがもっともうまいようであり、とにかく、遠距離を運んで来てもそれ程、味が変らないのは牛肉だとか、鮭の缶詰だとか、大味なものばかりのような気がする。殊に、遠くから持って来て店に何日も置かれたりしては、名物でも、それが名物である故の細かい味はなくなってしまうので、そうすると、名店街などというものの価値も怪《あや》しくなる。

やはり、うまいものが食べたければ、そこまで行く他ないので、それが出来なければ、例えば東京にだってうまいものはある。あるいは、そこの所をよく考えるならば、東京にももっとうまいものがあるようになるに違いないのである。

人間らしい生活

旅行が好きな余りに、このごろは行商だとか、どこかの会社で出張ばかり命じられている社員だとかで暮せたらと思うことさえある。同じような景色でも、それが自分が住んでいる場所のであるのと、旅行中に眺めるのとで違うのだから不思議である。見馴《みな》れているか、いないかの問題でもないようで、いつか長崎まで行った時、宿屋の外をほとんど人通りがない、広い電車道が登り坂になって大きく曲っていて、これは東京の大曲から本郷の方に行く坂にそっくりだったが、この長崎の宿屋で窓の下にあった道の方が、人気がない坂の感じが遥《はる》かに強かった。心の持ちようなのに違いなくて、大曲から坂を登って本郷へ行くとなれば、これは用事で急いでいるのにきまっている訳であり、そういえば、町中を散歩するのを止《や》めてから随分《ずいぶん》たった。旅に出ることについては、散歩の時間を取り返す気分も少しは働いているのかも知れない。

このごろ、旅の行く先に選ぶ場所は、大概《たいがい》はもう何度も前から行って知っている場所で、実際に渡った回数では、勝鬨橋よりも新潟の万代橋の方が既に多くなっている。大阪では、何という橋だか聞いたことがないが、朝日本社の前にある橋に立って、川の水が流れて行くのを眺めていることがよくある。これは一つは、東京が西へ発展し過ぎて、隅田川が東の片隅に置き去りにされたためでもある。しかしそれで、まだ埋められずにいるのだということも考えられるから、まだそうして助かっているのがせめてものことと思わなければならないのだろうか。とにかく、大阪では川を眺める。

もの珍しかったり、目先が変ったりするのと反対で、旅をしている時、ある場所がいつ来てみても同じであること位《くらい》、嬉《うれ》しいものはない。山口県の岩国のある横丁に曲る角に、昔は料理屋か何かで今はしもたやになっている家があって、そこは昔通りの格子の窓を今でも嵌《は》めたままになっている。

富士山は東京の町からも見える。そしてその時だけは旅をしている感じ、あるいは昔、散歩をしていた頃の感じになるが、東海道線で関西へ旅行して、岐阜の少し先辺りからか、山の線が変って関東の山よりもはっきり険《けわ》しくなっているのが解るのは、懐《なつか》しいものである。勿論《もちろん》それが何度も繰り返した経験だからで、例えば、ヨーロッパに飛行機で行くのを重ねているうちにはヒマラヤ山脈やアルプスが見え出しても、同じ思いをするに違いない。もっとも、関西の山の場合も最初の印象は確かに一つの新しいものに接したことから来ていて、しかしそれが鮮かなものであればある程、それが何故か、始めてのことではない気がする。これは、その瞬間にそれが我々の一部といってもいいものになるために、やはり我々の一部に既になっている子どもの頃の記憶とか、前に読んだ本の内容とかと区別することが出来なくなるからかも知れない。このことをもっと突き詰めて行くと、プラトンの記憶説になる。

旅に出ていると、食事をするのも、その通り、食事をすることになり、これは家にいる時でもそうであるはずであり、また、多少ともそうでなければやり切れないが、家にいれば食事の最中に現金書留が届いたり、そのあとですぐ仕事をしなければならなかったりする。それで例えば、町の食堂の戸を押して入って行く気持も違って、旅ならば勿論、なるべく早く食べられるものなどということは考えない。今はなくなったが、わりに最近まで大阪に生野という鰻屋があって、ここへ行って鰻が出来て来るまで飲んでいるのは楽しみなものだった。もっとも、今はそれが普通の関西料理になっていて、それでも構《かま》わない。旅では、食べながら、仕事のことでなしに、前に同じ料理を食べた時のことを思い出したりするのである。例えば、水の味が地方によって違うのが解るのも、旅をしていれば余計なことで頭が一杯になっていないからではないだろうか。家にいれば、カルキの匂いが普通以上にひどい時でもなければ、水の味などには気が付かない。

そしてそれは勿論、少しもいいことではない。旅をしている時だけ、普通並に人間らしい生活をするのでは、いずれはやって行けなくなる。つまりは生活の問題になるらしくて、それが自分が住んでいる場所になければ、これをどうにかして取り戻す他ない。東京にも生活があっていいはずなのにとも、このごろは思うようになっている。

Ⅱ 酒肴酒

酒、肴、酒

　いつだったか、酒のことを非常によく知っている男が給仕長をしているロンドンのホテルの食堂で食事をしていて、何ともうまい赤葡萄《ぶどう》酒をその給仕長が持って来たのでほめたらば、こういう酒ならば料理なんかない方がいいという返事だったのにはこっちもその通り、その通りと賛成したくなった。もっともそれでは食堂の商売が立ち行かなくなる訳であるが、とにかく、それで見ても解るように、西洋でも酒が本当にうまくなるとつい食べる方がお留守になる。しかしそれで自分は酒飲みだというので満足していられるものかどうかは別問題でうまい酒を飲んでいれば食べることを忘れるのは確かであってもそれが酒を飲むのに最も適したやり方だとはきまっていない。それならば誰も酒の肴《さかな》などというものを考えはしないはずである。

　大体、どこの国の料理でも、それが酒を飲みながら食べるものだということが中心になって作られているので、これには必ず何百年間かの工夫が凝《こ》らされているのであるからそれを食べながら飲んだ方が酒もうまくなるのでなければおかしい。例えば、西洋料理にはこういうことがあって、ブランデーは葡萄で作った酒の中でも王者の地位にあるという感じがするが、これを本当にうまいと思うのは白葡萄酒や赤葡萄酒が付いての一通りの料理を散々食べたあとである。これはある意味では酒の肴ということとは違うかも知れない。しかしそんな時にブランデーがうまいのはそれまでに飲んだ酒や食べた料理の味が、まだ舌に残っているからで、そうするとこれはその味を肴にブランデーを飲んでいることになる。それが酒の肴というものの目的でもある。もっと簡単な例がチーズにウィスキーであって、チーズの味や匂いでウィスキーの味や匂いを引き立てるのであるから、そういう時にチーズがあった方がいい。

それでもと反対したい場合には、こういうことが考えられる。確かに酒というもの自体の味が多くは微妙を極めていて、その上に酒であるので酔うから、酔いながらその味を楽しんでいれば、それ以外のものがなくてもよくなるのは道理である。昔、西園寺公は月夜の晩に、二階に上って酔いの暑さ凌《しの》ぎに真っ裸になり、酒樽を一つ前に置いて一晩中、飲んだという話が残っている。そういう時に肴は余計であり、酒の味が酒の肴にもなる訳であるが、これは旅行をしているか何かして特別にそういうことが出来る場合であって我々の毎日の生活ではそれ程までに酒に義理立てすることはない。

やはり食べものと同格で、酒も我々の生活の一部をなしているものでなければ色々な意味で釣り合いが取れず、それで酒と食べものを同格に置くと、食べものの中でそれと一緒に酒が飲めるものと飲めないものがあることになり、そこは自然の妙理で、どうも酒の肴になる食べものの方がならないものよりも食べものとしても上等のようである。

これは一般に酒の肴であることになっているものを酒抜きで熱い御飯と一緒に食べるとすぐに解ることで、例えば烏賊《いか》の黒づくり、筋子《すじこ》や蟹《かに》などの塩辛、各種の漬けもの、それからこのわたに至《いた》るまで、御飯さえよく炊けていて熱ければ、それに添《そ》えてこんなにうまいものがあるだろうかと思う。そして不思議なことに、これはパンにバタを沢山塗ってためしてみても同じことで、このわたでもそうして食べてけっしてまずくない（もっとも、これは生牡蠣を食べる時も同じことでレモンの汁を少しかけた方がいいかも知れない）。

そうした細々したものの分野では酒の肴にもなる、したがって御飯のおかずにもなるものは実に多くて、ほとんど日本の各地方ごとに何かそこの特産でうまいものがある。ある所の名物だからうまいとは限らないが、例えば琵琶湖の鮒《ふな》鮨、福井の生雲丹《なまうに》、金沢の蕪《かぶら》鮨、広島の広島菜、岩国のうるかと、思い出し始めると幾らでも頭に浮んで来る。

それ故に逆に、別に酒の肴と考えられている訳ではなくてもうまいものならば酒の肴になるので前に神戸であの辺の銘酒と一緒に出された明石鯛の刺身の味が忘れられない。

しかしそんなことをいえば、要するに、御馳走は何でも酒の肴になるのであって、鯛で行けば、神戸から少し先へ行った岡山、尾道辺りの鯛の浜焼きでも、あるいは、これはそれ自体が一種の飲みものであるが、金沢の鯛のこつ酒でも、酒と一緒に出されて嬉しくならないものはない。何も魚に限ったことではなくて、長崎の豚の角煮でも、あるいは金沢の鶏《とり》のじぶ煮でも、あるいはどこでも取れる野鳥の焼き鳥でも、これを肴に酒を飲むことが出来る。勿論、日本酒の話で、日本酒というのが何にでも合うようなのはその作り方にそれだけの工夫がしてあるのに違いない。

恐らく、合わないのはカレーライスというふうな辛い食べものだけで、こういう食べもので飲めるのはビール位のものだから、これは日本酒のせいではない。

しかしとにかく、うまいものならば何でも酒の肴になり、うまい酒にはそれと食べられる食べものがあるはずだということを積極的に利用して酒にも食べものにも工夫を凝らしたのが西洋料理である。一般に、魚介類、および鶏《とり》の料理には白葡萄酒、獣の肉および野鳥（雉《きじ》、小綬鶏《こじゅけい》、鴨《かも》、鳩《はと》など猟で撃つ鳥の全部）を使ったものには赤葡萄酒ということがいわれているが、これは自分で判断出来ない時にそうすれば間違いがないという一つの基準を示したもので赤葡萄酒を飲みながら食べるのに鶏の料理がよく合うということも充分に考えられるし、また例えば、シャンパンはどうかというとこれはどんな料理で飲んでもうまいから初めから終りまでシャンパンで通せば申し分ない（もっとも、値段の点は別問題である）。しかし、シェリーその他、食前に飲む酒で始って、魚、肉、野鳥というふうに、白葡萄酒、赤葡萄酒などが入れ替り、立ち替り注がれるのにしたがって運ばれてくる西洋料理というものは酒も食べものも一口ごとに妙味を増す趣向になっていて、たまにはそういう料理が出る集りに呼ばれたいものである。

例えば、ブルゴーニュ産の赤葡萄酒と野鳥を使う料理の取り合せは酒と食べもののいずれも複雑な味が双方の引き立て役になっていつまでもこの酒とこの野鳥の料理が続けばいいという感じになる。しかしそこが酒というものに対する食べものの限界であって、酒を飲む分には途中で必要な時間だけ眠ることさえ出来れば際限なく飲んでいられるが、食べものの方はそういつまでも食べていられなくて、それで新手の料理が出て来てこっちの食欲を刺戟しその引き立て役に酒も別なものに変る。そして最後にブランデーになって全く天下泰平という気分に浸ることになる。この場合、途中で菓子が出て来ても、これも酒を使って作った菓子で酒の肴になり、その点では西洋料理の方が日本料理よりもあるいは優っているといえるかも知れない。こう書くと、それだけでごてごてしている感じがするのが、実際に本式の西洋料理に当ってみると、むしろ豪奢で、山海の珍味という言葉がそのまま当て嵌《はま》るのである。

そういう飲み方、また、食べ方に馴《な》れた西洋人が少し日本酒のことも知るようになって、例えば、菊正宗、千福、白鹿、賀茂鶴というふうに、日本酒もその醸造元によって味がそれぞれ違うのだから何故、西洋料理と同じやり方でこの料理にはこの銘柄の酒という具合に酒を変えて酒も料理も更にうまくする工夫をしないのかという種類の説を立てたりする。

しかしこれは当っていない。西洋の酒でどんな料理にでも合うのはシャンパンだけであるが、日本酒というのはその点でも非常な工夫がしてあって日本の料理である限りどんなものでも味さえよければそれで飲めるようになっている。つまり、菊正宗と千福の違いというふうなことは色調の問題であって、途中で酒を変えれば、厳密にいえば、色調を乱すことになり、樽で来た極上の菊正宗で飲み始め、食べ始めたならば、終りまでその菊正宗で行くのでなければ折角の気分が壊される。

というようなことをいう時、既にこれはお講釈である。そんなものを聞かされるよりも自分の気に入った肴でなるべくうまい酒を実際に飲む方が、どんなにいいか、これはお講釈をするまでもない。

日本酒の味

友達と日本酒の話をしていて、このごろの酒は昔のよりもよくなったといったら、それは生活が全体としてよくなったからだろうという友達の返事で、確かにそうだということにそのうちに気が付いた。それに手間取ったのは、反対のことをあまり聞かされるので、戦前の生活と比べてもまだまだという感じに自分でもいつの間にかなっていたためである。

昔の方が良かったという見方をする材料はもちろん、いくらでもあって、世界一（か二か三）の海軍、満洲国、日英同盟あたりから始って生活が楽だったことや税金がお賽銭《さいせん》並みだったことや、羽左や万三郎が生きていたことや、役人が賄賂《わいろ》を取らなかったことや、一々挙げていたら切りがない。それだけではなくて、曲りなりにもある種の伝統と秩序が出来上っていて安定していた点では、昔の方が確かによかったのである。社会生活というのは微妙なもので、安定の一角がすこしばかり崩れただけで一切があやふやになる。花見の客がやることがなっていなかったり、素人が平気で強盗を働いたり、人殺しをしたりするのは生活がそれだけ苦しくなったからであるよりも、全体のタガがどことはなしにゆるんだことから来ている。そのタガの締め方に頼《たよ》って生きている人間も多勢いて、そういう人達にとっては昔は暮しやすかったということ以上に、もっと頼りになるものがあったという意味で昔の方が楽だったのである。

そういう昔の安定が何に支えられていたかということも考えてみる必要がある。例えば、昔は共産主義は危険思想でご法度《はっと》だった。それで我々は共産党の中途半端な理論を余り聞かされずにすんだが、これが官憲の力を借りてのことだったのは、本当の安定に寄与するものではなかった。法律によって思想が圧迫されれば、その限りでは、我々にはその思想に加担する義務があり、そこにいつも不安の種がまかれているからである。

例えば、言論の自由といっても、これはただいいたい放題のことをいうだけで、その自由が確保されるのではない。自由に書くのでも、同時に聞き手、あるいは読者が訓練されることが必要なので、昔の言論界は今日のように荒れてはいなかったかも知れないが、それは自由な言論に耳を傾けてこれを批判する力を養う機会が、読者に与えられないのを代償としてだったのである。初めからおとなしい、あるいは大して何もできない議会や言論界では、国民は温室育ちの坊やも同然だった。そして今日では、といっても、ごく最近のことであるが、この制約はなくなったのみならず、各界に起った今までにない野放しの状態で国民も、現代の国家の国民にとって必要な訓練を漸《ようや》く重ねることになったと考えられる。昔は、ストライキはなんでもいいから応援すべきものだった。同じ一つのストに対してもいろいろな見方があることが解って来たのは、このごろのことである。

現在では、雑誌に余り馬鹿なことを書いた場合、これを鵜呑《うの》みにする読者の数もひところ程《ほど》ではなくなっている。それが全体の動きの一端を示すもので、そこから出直して国民の生活が安定をもう一度取り戻すことが期待される点では、生活は確かに昔よりよくなった。だから日本酒の味も昔よりもよくなったというのは卓見である。

酒の話

葡萄酒の話

前にもどこかで書いたことがあるが、日本で結構な西洋料理の御馳走が食べたいと思うと、すぐに葡萄酒の値段のことが頭に浮び、一人で食事しても四、五千円は覚悟しなければならないことに気が付いて、それで自然にそのような望みは立ち消えになる。フランスから来る葡萄酒には運賃がかかっている上に、税関もただで通る訳ではないし、それを輸入した人間も、またそれを買って出す西洋料理屋も少しずつ儲けなければならないのだから、高くなるのは無理もない。

しかしそれでも時々飲みたくなることがある。フランスの葡萄酒は東部のブルゴーニュ産と南部のボルドー産の二種類に大別されるのだそうで、それを区域ごとに更に細かに分けるとなると、もう面倒で一々覚えていられない。しかし概《がい》していうと、ブルゴーニュ産の方がうまいようで、赤葡萄酒の色ももっと濃い紅をしている感じがする。色などどうでもよさそうなものであるが、味の違いがそこにも現れていて、ボルドー産のよりも野鳥の肉や極上の牛肉に近い手ごたえがあり、飲んでいるのではなくて食べている感覚を起させる。しかしそういっては、何か野暮な印象を与えることになって、ブルゴーニュの豪奢な舌触りはそんなものではない。昔、この地方を支配していた君主たちの派手な宮廷の俤《おもかげ》が、今日でもこの酒に残っているのだろうか。そう思いたい位《くらい》ブルゴーニュの葡萄酒は杯の中できらきら光る。

ここの酒はボルドーのと違って、その銘柄にシャトーで始まる名前がつかないと教えられたが、いつか飲んだシャトーヌフ・デュ・パープというのは、確かにブルゴーニュの酒だった。そうするとこれは、葡萄酒がある城の名ではなくて、そういう地方を指すのでなければならず、それならば、そこへいつか一度行ってみたいものだと思う。

ボルドー産の葡萄酒がまずいというのではない。ブルゴーニュ産の方がうまいというよりは、まずいボルドー産とまずいブルゴーニュ産を比べれば、ブルゴーニュ産の方がうまいということになるようであって、上等なものになれば、どっちを取るかは銘々《めいめい》の好みである。うまいボルドーには、何か谷川の水を飲んでいる趣があって、野鳥の味を思わせるブルゴーニュと同様に、これも飲んでいれば、こんなものがあるのだろうかという気がする。そしてそこは良質の日本酒とも少しも違うことはなくて、がぶ飲みすることなどとうてい考えられず、なるべくゆっくりやって楽しみを長引かせる算段をするから、二人で一本でもそうすぐになくなることはない。しかしやはり一本空《あ》ければ、もう一本欲しくなる。

ボルドーでも、ブルゴーニュでも、葡萄酒が日本酒と違うのは、飲んでばかりいるわけに行かなくて、何かうまいものを食べながら飲んだ方がうまいことである。日本酒も本当はそうで、焼き鳥だとか、河豚《ふぐ》だとかあった方がどれだけ酒の味がよくなるか解らないが、それでもいざとなれば、塩でも我慢出来る。しかし葡萄酒はそれでは可哀そうであって、デューマの三銃士もののどれかに酒豪が二人、酒倉に入って飲み比べをするところがあり、その時もハムやソーセージが肴《さかな》になっている。しかしそんなものではなくて、一流のフランス料理ならばもっと酒が引き立ち、フランス料理と葡萄酒の製造法は同じ一つの線に沿って発達したのではないかとさえ思われる。

その証拠に、ある時、人に御馳走して貰《もら》って、シャトー・イケムに生牡蠣《なまがき》を注文したことがあった。ところが、この極上の白葡萄酒が甘口の方で、辛口がその店にはなかったから、その結果はみじめなものだった。そして甘口にしては決してまずくないその酒を飲みながら、生牡蠣をチョコレートに変えたくなった。

ウィスキーの話

葡萄酒のあとでウィスキーのことを書くと、なんだか話が落ちた感じがする。酒を飲み始めたころにウィスキーで幾度もひどい目に会っているせいかも知れないが、この酒の歴史をたどってみても、これは百年位前まではただのスコットランドの地酒で、濁《にご》っていて匂いが強くてよその国の人間が飲めたものではなかったのを、誰かスコットランド人がこれを澄《す》ましたりして改良する方法を考え出して、それからだんだん国外でも飲まれるようになったのだそうである。今では世界中どこでも、葡萄酒がないところでもウィスキーならばあるに違いない。

英国が本場の酒はこれしかないので、国産を奨励する意味で、宴会などでも葡萄酒の他に、ウィスキーを出す手本を示したのがエドワード七世だと、これも人から聞いた話である。有名な酒通の国王だったから、ウィスキーもその頃は今日と同じ程度のところまで来ていたものと思われる。しかし今日でも、宴会などで葡萄酒を飲んだあとで、ほかのリキュール酒と一緒にウィスキーが出ると、その方を取る気が起らない。それには味があっさりし過ぎているようで、これはそんなことよりももっと普段の時に飲むのに適していると思う。例えば、どうかした拍子に何でもいいから酒が飲みたくなれば、ウィスキーほど、これは確かに酒だという感じにしてくれるものはない。そういう時の気分には、日本酒の味が楽しめるだけの余裕がなくて、コニャックは音楽会に遅れて行って最後の一曲しか聞けないのに似ている。そしてウィスキーならば一杯でまた仕事にでも何でもかかれるから、要するに、衛生的な飲みものなのだといえる。

しかしスコットランドに行って飲むウィスキーは、本場だけあって、そんなものではない。スコットランドは河の水までウィスキーの色をしていて、これは水が泥炭を潜《くぐ》って流れ出るからだそうであるが、その水がウィスキーを作るのにも適している。そしてウィスキーの色をした河の水を眺めて、汗など想像しがたい位《くらい》乾いたスコットランドの空気にからだをさらしていると、ウィスキーが飲みたくなる。酒屋では、樽を逆さにしたのが幾つも壁に取りつけてあって、そこから管が出ていて好きなウィスキーが一杯分ずつ注げる仕組みになっている。そうするとそこになんとなくいつまでもいたい気持になるのである。

コニャックの話

割合に強い洋酒で知られているものの中に、ウィスキーのほかにブランデーがある。ブランデーが英語で、そのフランス語がコニャックだというわけでもないのだそうで、フランス南部のコニャックという地方で出来るブランデーがコニャックだということである。そういえば、その中にフィーヌ・シャンパーニュと瓶に書いてあるのがあって、これがことに上等らしくてうまい。

ちょうどビールばかり飲んでいると、しまいに止《と》めを刺す意味でウィスキーが欲しくなるのと同じで、葡萄酒を一晩飲んだあとはコニャックがいい。そういうがっちりしたものがこの酒にはあって、そして味が野暮の反対なのは、やはり同じ葡萄で作ったものだからに違いない。第一、匂いがいいことにかけては葡萄酒も及ばなくて、それが強いというのではないし、それでいてなんとなくそこらじゅうに行き渡るようで、コニャックを三杯も飲めばからだも匂うのではないかと思う。しかしこれは三杯飲むのには時間がかかる酒で、飲もうと思えば口当りがいいから、四、五杯はすぐでも、そんなことをするのは惜《お》しい味がする。辛口とか、甘口とか区別をつけるところを通り越して、葡萄を熟させた日光が舌に当っているようであり、その中にまた何か冷いものがある。そしてその味は頭にも染み込み、喉《のど》の奥まで拡がり、したがって匂いと同じ経路でからだを廻るわけである。それから、どうしてなのかはわからないが、いいコニャックはその匂いとは別に、口の中にどこかで乾《ほ》し葡萄の匂いがする。

コニャックは上等のものになればなるほど色が薄くなって、上等のシェリー酒に似て来る。濃い茶色をしているのは、何か製法に欠陥があるからで、飲んでも舌を刺す。それでコニャックは強いものだと初めは思うが、コニャックの強さはそのようなものではなくて、もっと柔《やわら》かくこっちの気持に堪《こた》えてくれる。味にも、匂いにも、ゆるんだものが少しもなくて、それでコニャックが強い酒であることが解るのである。しかし濃い色のブランデーでコニャックとは違った地方で出来るアルマニャックというのがあって、これは田舎の料理といった感じでやはりうまい。コニャックほど洗練されていない代りに、荒削りの魅力で押して来て、まずいコニャックよりも飲み甲斐がある。騎士が馬に乗っている形をした瓶に入っているのが多いから、見分けやすい。

白葡萄酒の話

ドイツで出来る飲みものも、ビールばかりではない。南部のライン地方には一種の白葡萄酒があって、これはそれなりに酒飲みの間で通っている。フランスの白葡萄酒と比べてもっとあっさりしている感じであるが、それはそうして比べてみての話で、いいのにありつけばやはり何とも結構なものである。どういう理由からか、一種の硬い味がして、それが解りにくいと思うこともあることから、フランスのよりも高級だと勘違いすることさえある。そういえば、これもどこかビールの系統を引いていて、すぐにそれと感じる魅力がないのかも知れない。舌に載せているうちに染みこんで来る点では、うまいビールと同じである。

そういうドイツの白葡萄酒を一度、英国の田舎の料理屋で御馳走になったことがあって、これはリープフラウミルヒという銘柄だった。リープフラウというのは処女のことだと誰かが教えてくれたが、そうするとリープフラウミルヒとは処女の乳ということになる。もしそんなものが本当にあったらどんな味がするかは、むずかしい問題である。しかしただ柔かな味がすることが示したくてこういう名前をつけたのかも知れず、それならば実際のところは、この酒は処女を思わせて硬い。というのは、ドイツの白葡萄酒に共通の硬さで、だからうまかった。その時、一種のゴルゴンゾラに似た辛いチーズが食後に出て、これを肴にしてあの白葡萄酒を二本ばかり空けたら、ずいぶん楽しめるはずである。

英国ではこういうドイツ産の白葡萄酒のことをホックといって、十九世紀ごろまでは随分《ずいぶん》飲まれたものである。フランスの葡萄酒やコニャックは勿論《もちろん》のこと、スペインでも、ポルトガルでも、いい酒は大量に買い込んで常用していた英国人のことであるから、ホックも、そういう英語が出来ていても不思議ではない。バイロンもこのホックが好きだった。

ドイツには他に赤いシャンパンがあるそうで、これはまだ飲んでみたことがない。しかしシャンパンの味がする飲みものが赤くて泡立っていたらなかなかいいのではないかと思われて、そのために忘れることが出来ない。もう一つこの赤いシャンパンについて考えられることは、それをソ連ではさぞ欲しがっているだろうということである。そういえば、葡萄の産地である南部ドイツが西独の領分に入っているのは、いろいろな意味で幸なことで、ライン地方によその国の国旗が立っていたら、あの葡萄園もどんなことになっていたか解ったものではない。というのは、リープフラウミルヒも、赤いシャンパンも、今頃は盛んにソ連に向けて送られていて、ロシア人の、それも、ある一定の階級以上のロシア人の口にしか入らなくなっていただろうということである。どうもソ連や中共という国では、各地の名産は以前通り作られていて、場合によってはそのノルマも上げられたかも知れないが、それがすべて官用で、一般にはないも同然だというふうなことになっているらしい。独裁主義でやっている国の欠点である。しかしこれはむしろ、その欠点の中でも小さな方だといいたいものがあるに違いないが、それはどうか解らない。人間にとって最小限度に必要なものは衣食住だという観念から出発すれば、自由も、信義も、赤いシャンパンやキャビアと同様に贅沢品であって、そういう贅沢を許される範囲がきまることも止むを得ない。しかしそれがいやなら、人間には衣食住の他にも最小限度に必要なものがあるという、別な観念から出直さなければならなくなって、そんなことをすればソ連も中共もなくなってしまうわけである。

赤いシャンパンで、話が逸《そ》れてしまった。これは前にもいった通り、産地は西独であるから、一度なんとかして手に入れて、ちょうどいい位に冷して飲んでみたいものだと思う。

キルシュワッサーの話

ドイツにはもう一つ、キルシュワッサーといって、桜んぼで作ったブランデーがある。それで甘いように思われて、甘いのもあるかも知れないが、うまいキルシュワッサーは、そんなものではない。始めの一口は真水《まみず》に近い味がするほど強い酒で、そして飲んでいると他の酒にはない何か、紫色に似た濃厚なものが舌のつけ根のあたりにのしかかってくる。それは匂いと味を兼ねていて、例えば、バナナやパイナップルの匂いと味から始めて、もっとはっきりした、そしてもっと洗練されたものと考えて行くうちに、最後に行きつくのが上等のキルシュワッサーだともいえる。また、そういう強烈な酒だから、これはもちろん、透明である。

強くてうまい酒が有難いのは、一杯分がそれだけでも堪能出来るものだから、もうそろそろお銚子の代りを頼んだほうがいいのではないかなどと思わずに、その一杯を手に持って寛《くつろ》げることである。話もはずむし、また、そのような酒ならば、何もうるさく喋る必要もない。したがって時間がゆっくりたって行って、そのうちには奇想天外なことが頭に浮び、その話で一座が湧き立って、それが一しきりあったあとでまた飲む酒はうまい。こういう場合に、肘掛《ひじか》け椅子を安楽椅子ともいう意味が解る。からだは椅子に任《まか》せて自由な姿勢がとれて、グラスは軽いし、一瓶のキルシュワッサーも、友達と飲む楽しみもなかなかのことには尽せるものではないから、時間が止るという状態にまず近い。もう少しで外がロンドンのパル・マルかどこかで、向うの方へ歩いて行けばカールトン・ハウス・テラスがあるのだと思いそうになる。

強い酒の中ではこのキルシュワッサーが一番ではないだろうか。それが芳醇な点では、コニャックもこれに及ばないのではないかという気がする。しかしまた、上等なのを手に入れる面倒のほかに、こういうものを本当に楽しむだけの暇は容易に作れるものではない。

食べもの遍歴

1

ただ漫然と、今まで食べてうまかったものを挙げてみようと思う。その中で凝《こ》ったものと、そうでないものの区別をつける気もなくて、実は、何が凝っているのか少しも解らないことを初めから断っておく。第一、食通というのは凝ったものばかり食べていて、そうでないのは単純なものが好きだなどということが、どこまで本当だろうか。その食通というのを知らないので、まだ聞いてみたことがないが、食通だって卵の目玉焼きにソースをかけて食べる位《くらい》のことはするのだろうと思う。

子供の頃、英国にいて、時々子供のお茶の会に呼ばれた。今は英国でももうあんなことは出来ないのではないかと思うが、その頃は子供のお茶の会というのはどこでも、子供の眼には見渡す限りというふうに映る大きな卓子《テーブル》に白い布をかけて、その上にありとあらゆる食べものが並べてあるものだった。勿論《もちろん》、主に菓子類で、子供は皿を抱えてその卓子の所まで行って欲しいものを大人に取って貰《もら》った。それはいいのだが、菓子が多い中に、どうかするとポーク・パイとか、ソセージ・ロールとかいうミート・パイの類があって、これは珍味だったのに、それが何というものなのか解らなくて、指差すのも気が引けるし、大人の方でちょうどそれを取ってくれなければ、ありつけないのが残念だった。ソセージ・ロールというのは豚の肉のこま切れをパイ皮で細長く包んだもので、それが円いのが確かポーク・パイだった。後年、また英国に行って、それが取って貰えなかったことを思い出し、ポーク・パイのみならず、犢《こうし》とハムのパイだとか、牛肉のパイだとか、手当りしだいに買って食べてみたが、どういうのか、子供の頃の感激はもうなかった。

それから暫《しばら》くして今度は支那で、何の機会にだったたか、シャンパンを飲んだ。十位《くらい》の時で、一杯だけだったが、これは全《まった》く驚異的にうまいものだと思って、ねだってもお代りさせて貰えたかどうかはともかく、ねだりもしなかったのは、一杯でびっくりしてしまったからだった。シャンパンは今でも、飲めばうまい。しかしどうもこういう高級なものは、最初の時が一番何ともいえない感じになるものらしくて、シャンパンについての知識はその後少し増しても、あんな日光を射返してきらきらする小川の水を飲んでいるような気持になったことはそれ以来ない。しかしシャンパンと同時に、ラムネの味もその頃覚えた。学校の運動会か何かがあるごとに、ラムネを作っている会社がその製品を大量に寄付して、これは飲み放題だった。ところが、壜《びん》にはバナナだとか、苺《いちご》だとか、中身の味を示す札が貼ってあるのに、どの壜を飲んでもただのラムネの味しかしないのは心外だった。それでも、水を飲むのよりも増しなので、そのラムネを盛り上げた籠の廻りをいつもうろうろしていた。

話を日本に移して、この頃は昔あったような親子丼はもうないようである。これは一つには、入れものの問題でもあって、昔の親子丼は青と赤の模様の大きな丼《どんぶり》に入っていた。今日のような重箱ではなかったので、その位の違いはどうでもよさそうに思うものがあるかも知れないが、それがそうではない。あの瀬戸物の蓋を持ち上げて、これから中の親子の壮観にお目にかかるのだという感じになるのが、重箱では望めないことで、それのみならず、蓋が軽過ぎるのは中身の味にまで影響していると見るのは僻目《ひがめ》ではないようである。親子というのは、あの青と赤の丼がよく似合う濃い味なのが本当で、醬油も砂糖も惜《お》しまずに使って始めて親子丼で通るものが出来上る。とにかく、その昔の親子丼が一時は大変な御馳走に思われて、鰻《うなぎ》よりも好きだった。もっとも、その鰻は昔は丼に入っているのが普通で、味も今の重詰めのよりもうまかったような気がする。丼ものは、さあ、これから食べましょうという気にさせるところが大事なのであって、それを重箱に入れて上品ぶるのならば、今度はその味を余程よくしなければならない。しかしよくしてみても、あの豪勢な感じの食べものとは違ったものになって、通が何といおうと、親子だの、鰻だのというものは、どこそこのがどうだというのでなしに、どこのであっても、蓋を開ける時からわくわくさせるのでなければ、意味がない。

そういう話になるとどうしても、昔の駅弁を挙げておく必要がある。駅弁もこの頃はだいぶ昔に戻ったようであるが、それでもまだどこの駅弁も昔なみに楽しめるというところまでは行っていない。戦前は上等の弁当というのは大概《たいがい》、二段になっていて、一つの箱に飯が詰めてあり、もう一つの全部がおかずだった。仮に何度も旅行しているうちに、どこの駅弁も似たりよったりのものであることに気がつくようになっても、箱を開けてみるごとに、中に欠かさずに入っている卵焼きや、何か解らない魚の照り焼きや、カツレツの切れっ端や、蒲鉾《かまぼこ》や、肉と野菜を煮染めたのや、切り烏賊《いか》や、漬けものが所狭《せま》しと押し合っている様子は、自分の家で食事をする時のおかずの数倍はある感じがして、どれを一口齧《かじ》って次にどれに移るか思案するのが尽きない喜びを味わわせてくれた。どうかすると、乾《ほ》した杏《あんず》が入っていたりするのは駅弁の中でも極上の部類に属するもので、これは勿論、最後まで取っておかなければならなかった。

もっとも、この弁当というものの味は駅弁に限ったことではない。今でもそうだろうと思うが、歌舞伎を見に行って幕間に食堂で出す弁当は、駅弁よりももう少し凝っていたかも知れないが、箱一杯にいろいろと並べてあることから生じる効果は同じで、味もそう大して違ってはいなかったといえる。つまり、同じものを一時に大量に作って、これを少しずつ取り分けるのが秘訣であるように思われ、鰤《ぶり》だか何だかの照り焼きでも、卵焼きでも、弁当の中に入っているのと同じ味のものをまだ食べたことがない。一時に作っておいて、それから冷やすということもある。それで照り焼きなどは身が締って、獣の肉に近いものになり、肉を煮染めたのは佃煮なのが、それがまた、弁当の場合はそうでなくてはならないのである。この頃、名店街というような所でも売っている弁当は、この一時に沢山作るという条件が欠けているかして、ただのおかずが箱に並べてあるに過ぎない。つまり、素人が作った弁当で、あんなものは家でも出来る。

子供の頃の食べもの、あるいは飲みものというのが一段落ち着いて、それから昔の中学生位《くらい》の時代に移ると、余り何も頭に浮んで来ないのは、その辺で人間というものは急に精神的になって、我、カーライルに聞く、と北村透谷《とうこく》が書いているのを読んで感心したりする厄介《やっかい》な年齢に達するからだろうか。カーライルが食べものについて書いたことがあるかどうか知らないが、書いたものの中で有名なのは、食べものとだいぶ縁が遠いものばかりで、それに感心していれば、腹が減るのが何か恥《はずか》しいことになりもする訳《わけ》である。さいわい、そういう時期は誰の場合でもそう長いことはないようで、カーライルの文体は粗雑だからなどと思う頃には、また食べ始めていた。しかし中断されていなければもっといろいろと、今はもうないものが食べられたのにと反省すると、非常に残念な気がする。

2

カーライルが書いたようなものは余り有難《ありがた》くなくなってから、食欲も再び増進した。もっとも、有難くなくなったのが何度目かにまた英国に行って下宿生活をしている時で、腹が減っても、まだカーライル以外の本を探すのと同じ位の手間を食べものにかけるのがどことなくうしろめたい年頃だったために、住んでいたのが小さな町ではあり、食欲を満たすのにそう大したことは出来なかった。ただ一つ、今でも覚えているのは、マフィンというものを食べたある日のことである。マフィンは東京でも、青山六丁目の紀ノ国屋などで売っているが、いろいろな種類があるらしくて、ここで言っているのはうどん粉を捏《こ》ねて作った円くて平たい、しかしかなりの厚みがある板状の、そして表面が穴だらけのもので、これをその町では焼き薯《いも》のように売り歩いていた。その日、友達がちょうど来ることになっていたので、下宿のおかみさんに頼んで十ばかり買って貰ってその食べ方を聞くと、火で焙《あぶ》ってバタをつけて食べるということだった。ところが、友達は来なくて、そのうちに一人で食べ始めた。

それは冬のことで、英国のことだから、もう午後四時頃で日が暮れて、寒かった。マフィンは直径が三寸、厚さが五分はある大振りのもので、ガス煖炉《だんろ》の前に腰を降して焦《こ》げつく位に焼いてバタをつけると、バタが溶けて全体に染《し》み通り、あとの材料はただのうどん粉でも大変うまい。つまり、熱くなったうどん粉の塊《かたまり》を熱いバタで溶いて腹に流し込んでいる訳で、ガス煖炉は温いし、そうして安楽に暮している家の外がどの位、寒いかを思えば、友達がそのうちに来るかも知れないなどと思って食べ方をけちけちすることは出来なかった。大丈夫も時に遇《あ》えば空《むな》しく過ごすべからずとか（これは西遊記からの孫《まご》引き）、何でマフィンが惜しめましょう（長谷川町子氏著『エプロンおばさん』）。こんな寒い日にこういううまいものにありつけば、あとはただもう食べればいいのだと腹をきめて、その十ばかりあったのを全部食べてしまった。そうすると、どういうのか、かなり満たされた感じがして来て、その日は晩の食事を抜きにした。

それから風呂に入ったのがいけなかったようである。入っているうちに何だか頭がくらくらして来て、漸《ようや》くのことで這《は》い出て寝ると、翌朝は頭が破裂しそうに痛かった。マフィンのことはもう忘れていたので、日頃余り勉強し過ぎたので脳が内出血を起したのだと思い、その由《よし》を手紙に書いて、またおかみさんに頼んで医者の所に持って行って貰った。しかし医者がなかなか来ない。脳の内出血を起した重病人がいるのに飛んで来ないのは何故《なぜ》なのだろうと思っていると、午後になってから医者がやって来た。そして診察のあと、勉強のことは聞かずに、主に前の日に食べたものについて質問した。それでマフィンのことを説明すると、マフィンは相当に重量がある食べもので、十もバタをつけて食べたあとで風呂に入ったのでマフィンの気が頭まで上って来たのだろうと、先ずそういう意味のことを言って聞かせてくれて、薬もくれずに帰って行った。その医者はついでに、脳の内出血を起したものが手紙など書くことは出来ないということも教えてくれた。しかしそれで自分が死にかかっているのではないことが解っても、頭はそのまた翌日まで痛かった。

その次に満足したのはイタリーの料理である。ローマを通って日本に帰ることになって、イタリーの料理は何でも脂《あぶら》っこいのが、こっちがちょうど育ち盛りだったので大変、口に合った。今でもそうなのだろうと思うが、マカロニも油で捏《こ》ね、それにかけるトマトの汁にも油が入れてあるようで、脂が利《き》き過ぎているのを緩和するためにその上にふりかけるのが粉チーズだから、何となく栄養たっぷりな感じがして、とにかく、うまかった。マカロニに肉が入った汁をかけて食べる料理もあったように思う。それに、イタリーではマカロニのほかにいろいろと片仮名で書く食べものがあるが、形は変っても、うどん粉を油で捏ねたものであることに変りはなく、何を食べても重量感と脂っこさがあった。各種のサラダにもオリーヴ油がたっぷり使ってあって、サラダを取った皿に脂がぎらぎら浮いているドレッシングが流れ込むのを見ただけで愉快になった。ソセージには大蒜《にんにく》が使ってある。それからもう一つ気に入ったのは、朝の食事にまでクリームが入った菓子が出ることだった。イタリーの男が中年になると大概《たいがい》はでぶついて来る理由もそこにあると思われる。

そのことで、一時は相当に悩んだのを覚えている。腹が減ると食べて、食べれば太ることに何の不思議もないはずであるが、生憎《あいにく》、悪いことを本で読んで、それはバイロンが太るのを恐れてソーダ水を盛んに飲んでいたということである。ソーダ水が痩《や》せるのにいいかどうかについては、ある程度の疑問があった。しかしとにかく、カーライルは卒業しても、バイロンが太るのを恐れたことを読むと、こっちも太ってはいけない気がして来て、鏡を見て太ったようだと、途端に悩んだ。バイロンはそれでソーダ水を飲んだのであるが、こっちはどこから聞いて来たのだったか、林檎《りんご》を食べると痩せていられるということだったので、日本に帰って来てからイタリーで太った分を減らすためにも、三度の食事ごとに、また時にはその間にも林檎は食べた。とにかく、林檎は食べたもので、その上にこれを食べていると痩せるというのだから、幾《いく》ら食べても安心な訳だった。ずいぶんけちな考え方をしたもので、それが祟《たた》ったのか、その後はすっかり林檎がいやになり、今でも余り食べたくない。また、大して痩せもしなかったようである。

そういう馬鹿な考え方をするのを止めたのについては、酒を積極的に飲み出したことも手伝っていたようである。バイロンが幾ら白葡萄酒にソーダ水と歌ったところで、こうなればもう馬の耳にどの方向からだったかの風であり、その頃は二日酔いもしなかったから、全《まつた》く何の憂《うれ》いもなく飲んだ。それで知ったのが鍋類というものである。酒の肴《さかな》には何だろうと構わないなどというひどいことをいう積りはないが、酒の気分が大概の食べものの味に親しみを持つように仕向けるということがあるらしくて、確かに、ある程度辛《から》くてまた、適当に水っぽければ、先ずどんなものでも酒の肴になり、そうなると殊《こと》に冬などは、鍋類は持って来いの肴であり、その上にこれがあれば、酒のために栄養失調になる心配がない。ねぎま、寄せ鍋、鮟鱇《あんこう》鍋など、酒を飲み出した頃はどの鍋も実に結構なものだった。ねぎま鍋でも、家で晩の食事にでも食べたらどうか知らないが、葱《ねぎ》と鮪《まぐろ》だけであれだけの味が出るのだから、大したものである。

何よりも、鍋というのは一人で突っつく訳でなくても、それが皆自分のものであるようにたっぷりした感じがするところがいい。お代りを頼まなくても、ひとりでに眼の前にあって、実際は一人で食べる分はそう大したものではないから、いつまでもそこにある。というのは、一人ならば三人前、三人ならば十人前と、初めから注文するのである。ねぎまは殊にうまかった。酒の肴にはあの位の脂っこさがちょうどよくて、それに醬油をつけたりする手間もないし、そして温くて、先ず酒の肴になる鍋類の中では第一等のものかも知れない。この頃、飲み屋で余り出さなくなったのは残念なことで、これは鮪が高級な食べものになったためだろうと思う。

3

この辺から、近頃のことになる訳だろうか。まだ少し早過ぎる気がする。酒を飲むようになったのが満洲事変の時代で、それから日支事変、大東亜戦争と続き、戦争中でも、今度の戦争が本当にどうにもならなくなるまでは、まだ何かと食べるものがあった。むしろ、海軍機がハワイを急襲する頃までは、どちらかといえば我々はその都度の敵に勝っている積りでいて、事実、戦争をあと四年も続けるだけの余裕がとにかく、残っていたのであるから、今はもうなくなった種類の料理屋などもあって、そのことも書いておかなければならない。

これは主に洋食の話である。今も店はあるらしいが、数寄屋橋の、現在は阪急デパートというのが確か入っているビルのてっぺんに横浜のニュー・グランドが出店の西洋料理屋を作って、これはなかなかいい所だった。第一、眺めがそれまでの東京にはなかったものだった。そういう高層建築の八階か九階に立派な食堂をこしらえて、そこで真白な卓子《テーブル》かけをかけた卓子に向かった客に東京中、あるいは少くとも、相当遠くの地平線まで眺めさせるという趣向だから、これはいいはずで、そこへうまいものを運んで来る。前菜が殊に御馳走《ごちそう》だったのを覚えていて、その種類も、ボーイさんが差し出す大皿にとても全部は取り切れない位あった。これは、手で運ぶのではなくて、車に載せて押して来るのではなかっただろうか。とにかく、この前菜だけで食事が出来たらと思う程《ほど》、種類も豊富で、どれを取ってもうまい前菜だった。そういえば、これはちょうど、今の大阪の朝日ビルにあるアラスカのような所だった。この方が眺めが更《さら》にいいし、料理もあるいはもっと凝《こ》っているかも知れないが、数寄屋橋まで出かけて行くのと、汽車に乗って大阪まで行って、それからというのでは大変な違いである。

その逆に地下室にある食堂で、当時、電通に名前を今どうしても思い出すことが出来ないイタリー料理の店があった。こっちが行ったのが店開きをしたばかりの頃で、それから二、三回行ってそれきりになってしまったために、何がうまかったかというようなことはもう覚えていないが、それよりも、東京でイタリー料理が食べられるというのがまだもの珍しくて、キアンティという今ならばどこにでもあるイタリーの葡萄酒を売っているのも何だか舶来の感じがした。それからもう一つ、これはイタリーで一月ばかり過ごした時は知らなかったことで、イタリーにも鍋料理があることをこの店で知った。その鍋は銀で、例えば、スパゲッティに牛の肝を入れたトマト・ソースをかけたのなどを鍋の下のアルコール・ランプで煖《あたた》めながら持って来る。それから肉の煮込みのような鍋料理もあった。もっとも、この今は確かになくなった店も、現に神戸でやはりビルの地下室でやっているドンナロイアと比べれば、これはどうもドンナロイアの方が上等であることを認めなければならない。

かつての数寄屋橋のニュー・グランドは今日の大阪のアラスカにお株を取られ、電通の地下室にあったこのイタリー料理の店をもっとよくしたのが神戸のドンナロイアである。江戸前の料理が関西料理にやられてしまったばかりでなくて、西洋料理も現在、関西の方がうまいものが食べられるというのは、東京人にとっては余り嬉《うれ》しいことではない。勿論《もちろん》、こう書けば、そんなことはないという証拠に、現に東京にあるイタリー、フランス、ドイツ、ハンガリー、ロシアその他の料理をやる店を幾つも挙げて来る人達がいるに違いなくて、いつだったか、そういう店ばかりを何日かかかって案内して廻って貰ったこともあるが、今日の東京のそういう西洋料理についてはもう一つ、こういうことがいえる。戦前ならば、例えば電通の地下室にイタリー料理の店があることが解れば、そこへ行くのが一つの楽しみで、何が出て来るかと期待することが出来たし、またその種のいわば、うぶな気持を壊すものが少しもなかった。あるいはむしろ、それでこそ金を払って食べに行く食べもの屋というものである。

今日の東京にもいろいろな食べもの屋、料理屋があって、その中にはどうかするとうまいものを出すものもある。しかし店の空気がどうもよくない。つまり、客種が悪いということになるのかも知れなくて、せっかくこっちが期待を持って行っても、それがうまいものを出す店であればある程、そんなものをうまいと思うようじゃとか、こういうものがあることを始めて知ったとはとかいう顔つきをした客が多くて、食べもの位のことでそんなにもったいぶるならばと、こっちにも対抗意識が生じて、ただ食べる気でいるのがむずかしくなる。一つには、洋食が普及して、前程《まえほど》は期待を持たなくなったということも確かにある。しかし今日でも、ドンナロイアに入って行けば、どんな酒で何の料理にしようかと、献立を見ないうちから結構、浮きする。結局は、東京に田舎ものが多くなったということなのだろうか。しかし江戸っ子が幅を利かしていた江戸以後の東京は、初めから田舎ものの町だった。田舎ものが今日の東京を作り、東京人になって、それがこの間まではアラスカや東京會舘の客だった。東京でまたうまい西洋料理が食べられるようになるには（そしてあるいは、江戸前料理も復活するには）、戦後に東京で幅を利かし始めた田舎ものが新しい東京人になるまで待つほかない。

しかしそんなことはここではどうでもいいので、もう一つ、戦争がかなりひどいことになるまでやっていた地下室の店に、当時の銀座のローマイヤがあった。ここでウィーナー・シュニッツェルというものを初めて食べた。ウィーンの何という意味か解らないが、要するに、上等な豚カツで、その上に茹《ゆ》で玉子が載っていたり、レモンが添えてあったりする。衣の揚げ具合の問題なのかも知れなくて、とにかく、うまいウィーナー・シュニッツェルはうまい。食べてみたければ、今の神戸のハイウェイでそれをやっているが、それよりも、この地下室のローマイヤで飲ませたユニオン・ビールの生《なま》がおそろしく結構な飲みものだったのを覚えている。しまいにはその方が有難くなって、料理の方はビールを飲む口実でしかなくなった。戦後にまた店を開いたというので行ってみたら、経営者が変ったらしくて、まずい料理をヌード・ショウなどをやってごまかしていた。もっとも、これは今はもう潰《つぶ》れて、もとのローマイヤが数寄屋橋の地上でやっている今の店は小ぢんまりしていて料理もいい。

戦前のローマイヤその他からこの頃食べてうまいと思ったものまでついでに書く積りでいたが、その辺のことは既に方々で書いたことに気がついた。それで最後に、終戦直後の新橋駅裏の闇市に触れておく。何しろ田村町の方へ行く電車通りから南は芝の増上寺の近くまで広々とした闇市だったのだから壮観で、当時の状態では、ここには食べるものならば何でもあるという感じがした。牛の煮込みもあれば、焼き鳥もあった。甘イ甘イ甘イ汁粉もあり、これは食べなかったが、馬鹿貝をただ醬油で煮ただけのものに七色唐辛子をかけて食べるのには堪能した。一つ十五円位だったのではないかと思う。大きくて、歯触りがどこか肉を思わせ、何といっても、動物性の蛋白質に違いなかった。その頃、そこまで通っては腰掛けた店の木の台も覚えている。どうあろうと、これはものを食べている一人の人間の姿である。ということで、これを終る。

童心雑記

1

「あまカラ」が通巻百五十号を越えて既に百五十何号かになっている。その初めの何号目か頃までは、食べものについて書くというのはまだ珍しいことで、気楽だったし、大体、「あまカラ」のような食べものの記事ばかりの雑誌というのは、これが世界で最初のものではないかと思う。それで「あまカラ」の編集部が表彰されるという話も聞かないが、そのあとに食べものの雑誌や食べもののことについて書く人間がやたらに出て来たのが「あまカラ」に対する無言の表彰と見られないこともない。

しかしこの雑誌が世に先んじてしたことが流行になったお蔭で、食べもののことが書きにくくなった。誰もがやっていることを自分もやるとなれば、何か新しい趣向をというのが一種の義務のようになって、それでまだ誰も書いたことがない食べものを探し出して書いたりすれば、幾ら知らん顔をしてても、多少は人に教えてやるという態度がどこかで匂って来る。それがひどくなったのが通を振り廻すということで、世界には色々なものがある中に、およそ食べもの程、通ということと縁がないものはない。あるいは少くとも、料理その他、食べものを廻る仕事と直接に関係がない素人はそう考える人間でありたいもので、秋刀魚《さんま》は目黒産のものが一番いいというのが通の常識であっても、どうかして五反田辺りでうまい秋刀魚にあり付いた時は、やはりうまいのが食べものの有難さで、それでも目黒の秋刀魚に比べてどこか厳しいものが足りないなどというのは形而上学であり、五反田の秋刀魚で一杯やっているものが知ったことではない。

この辺で終戦直後の頃の気持に戻って、「あまカラ」という雑誌があることも忘れてただ食べものについて書けるかどうか、それがやってみたい。馴れて来ると、酒も一種の食べものだから、たまには酒のことを書くことになっても構わない。ここではっきり目的をいえば、実際に食べたり、飲んだりすることの代用の意味か、以前に飲んだり、食べたりした記憶を辿《たど》ってそれを再現するために書くということなので、昔はそうやって食べもののことを書いたものだった。とにかく、当時、終戦直後の二、三年間か四、五年間は、何か知っている名前が付いた料理らしいものがあれば、それだけで御馳走で、鎌倉の八幡宮の参道に沿った店でおでんを売っているのを見付けた時のことは今でも覚えている。どこのどういう材料を使ったものでもない、紛れもないただのおでんで、そういえば、おでんというものがあったということから始って、おでんが幾らでもあり、そしてうまかった子供の頃に戻った感じにさえなった。

今年の初めに大阪の道頓堀の「たこ梅」に行って、久し振りにただのおでんを食べている気持がして嬉しくなった。「たこ梅」さんは前から知っていて、別に今年までまずいと思って食べていた訳なのではないが、何しろ、この店に紹介された理由が悪くて、大阪でうまいものについて書くことを引き受けてここにも来たものだから、うまいと思う一方、これをどんなふうに書いたらいいのだろうと食べながら思い悩んだその時の経験がいつまでもあとを引き、ただ食べている状態につい最近までなれなかった。その最近が、正確にいうと、今年の二月で、その時は鯨《くじら》の舌も、蒟蒻《こんにゃく》も、芋も食べたあとで、茹で卵も欲しくなって食べた。それに、あすこの酒はおでんによく合う。余りよく合うので、おでんというのはあすこの酒の肴にするために最初に作られたのではないかと思う位で、酒もその晩はかつてない位飲んだ。いつも込んでいるので、しまいにそこにい続けるのが悪くなるのが欠点であるが、空いている日に店を開けた時から店が締るまで酒を飲んではおでんを齧って、また酒を飲むのを繰り返していたら、人格も向上して福々しくなりそうな気がする。

その理由の一つが、おでんと酒というのが手軽な時間の過し方であることなのは間違いないことのようである。色々と準備をして（おでん屋さんの方が色々と準備をするのは、これは別である）、いわば、気取ってやることにはそれなりの楽しみがあって、そんなのは面倒臭くってと反対する人間は、実際にやったことがないのだろうと邪推したくなるが、手軽に出来ることならば、その方が機会が多くて、それで本当に楽しめるならば全く申し分がない。生憎《あいにく》、東京などでは手軽なことと、楽しめることが段々分離して行く傾向があるようで、手軽なのは、例えば、東京に幾らもある安いスタンド・バーで安いウィスキーを飲むことだろうが、それではただ酔うか、酔い損《そこな》うかするだけである。昔は王者の楽しみというものがあった。あるいは、今ないのは東京だけかも知れないが、この頃の東京で偉いのは社長というものだそうで、かつての王者が多寡《たか》が会社の社長になり下っているのならば、すべてが金ずくの世の中になって行くのも解る。

　手軽といえば、これはそれ程うまかったというのではなくても、この前、生れて始めてアメリカという国に行った時の思い出が一つある。そこのシアトルという町からニュー・ヨークまで飛行機でどの位かかるのか注意してもいなかったが、これはお礼の意味でその会社の名前を挙げて書くと、ノースウェストの飛行機が朝早く空港を出て、晩にニュー・ヨークに着いたのだから、一日、空で暮した訳で、例によっての二日酔いで朝の食事はほとんど手を付けずにウォッカとトマト・ジュースを混ぜたものの缶詰めばかり頼んでいたら、あの何というのだったか、飛行機で客の世話をする制服を着た女の子が昼の食事の時に、定食の代りに前菜のようなものばかり皿に並べたのと、そのウォッカの混ぜものの缶詰めをまた一本、持って来てくれた。既に書いた通り、これはそう別にうまい料理というようなものではなかったが、一口で食べられる、辛子が利いたものが色々とあるのを摘みながら、ウォッカとトマト・ジュースの缶詰めを冷やしたのをその女の子がコップに注いでくれたのを飲んでは、空だの、下界だのを眺めていると、ついもっと飲みたくなり、ノー・モア・ドリンクとか何とかいってはお代りを注文しているうちに、ニュー・ヨークに着き、お蔭で、夕方の光線の具合も手伝って飛行機の乗り過しをしてニュー・ヨークを通り越し、ロンドンに着いてしまったのではないかと一時は錯覚した。

そのニュー・ヨークという所は、実にうまいものが多い所だった。朝飯屋というようなものがあることもこの時の発見で、着いた翌々日かに行き当りばったりに入ったその店は、卵の匂いがする卵や、バタの匂いがするバタの朝の食事を出し、窓から見える廻りの建物は二階建ての煉瓦のばかりであり、またしても自分がどこにいるのか解らなくなった。どうも、我々が活動写真で見て知っているニュー・ヨークというのはカリフォルニア製の贋《にせ》もののようである。それとも、こっちが行ったのがニュー・ヨークではなかったのだろうか。しかしニュー・ヨーク大学という、我が日大が顔負けするような大きな大学があったから、あれはやはりニュー・ヨークだったのだろうと思う。ニュー・ヨークでなくてもいいから、もう一度あの町に行ってみたい。

2

昨年のニュー・ヨークの夏が暑かったことから、今年の東京の夏もひどかったのを思い出した。あんなになると、食べるということが他人がすることのように思われて来て、それで何も食べずにいるうちに、気が遠くなって、それで漸《ようや》く食べないでいると腹が減るのが人ごとではないことがはっきりする。そういう経験を繰り返しているうちに解ったのは、こういう時には暑いとか、仕事がまだ残っているとかいう種類のことを一切忘れて、ただ自分の前にある食べものと向い合うべきだということだった。その無我の境地に自分を置くと、前にあるのが表通りの支那料理屋の卓子《たく》に載ったチャシュウメンならば、チャシュウメンというものがどんな味がするかが次第に記憶のうちに甦って来て、焼き豚は焼き豚、葱《ねぎ》は葱、また、それを浸している汁は汁というふうに、何かとその味でこっちの食欲に働きかけることを始めて、それでやがてそれを食べている自分に気が付く。こういう際に雑念が胸を去来すると、例えば、暑いということから、この暑さに豚なんかという連想が生じたり、葱を冷やして味噌で食べたらと思ったりして、結局はチャシュウメンが食べられなくなるから痩せるのである。

そんなことで、前から知っていた銀座の交詢社の一階にあるビヤホールにまた行くようになった。ここは冷房などしてなくて、そしてまた、ここに行くことを思い付いたのも、生ビールは冷やしてあるからなどという理由によってではなかった。この店にロシア・スープがあって、これは無我の境地にあって向い合うのには丁度いい食べものであることが頭に浮んだのである。そのロシア・スープというのをどういうふうに作るのか、詳《くわ》しいことは知らないが、とにかく、これは飲むよりも食べるものであって、牛肉だの、じゃが芋だの、玉葱だのがスープに浮いているのが、それと向い合っていると実に素朴にその一々の味がどこか遠い所からこっちの意識に上って来る仕組みになっている。幾ら暑い盛りでも、睨《にら》めっこをしているうちには牛肉がどんな味がするか位は思い出せるもので、牛肉その他をただ煮るだけのことであるらしいこの料理では、牛肉の切れ端を口に入れると、肉の味がする。

そのことがあって、涼しくなったこの頃でも時々そこに行く。夏の盛りの真っ昼間に行っていたので、今でもこの店に寄るのは昼だからなのか、いつも空いていて、他に誰もいないので店をもう始めているのかどうか心配になって聞くこともある。これが英国ならば何でもないことで、一人か二人、あるいは誰もいない店であれば、店の主人と無駄話を始めるのに都合がいいようなものであるが、銀座で昼間だけでも、こんなに空いている店は珍しい。そこに大きなビール樽が二つか三つ並んでいて、誰もいない時には方々、その辺を探すと、いつの間にかボーイさんが現れて生ビールを注いでくれる。それでロシア・スープになり、まだ足りなければ牡蠣《かき》フライでも食べて、生ビールが新たに注がれ、がらんとしていて黒ずんだ部屋なので何も考えずにいるのに誂《あつら》え向きに出来ている。隅にピアノが置いてあるが、あれを誰かが弾《ひ》くのも聞いたことがない。

妙なもので、人と口を利くのがいやならば、あのオートマットとかいうのなどはちょうどいい仕掛けのようにも思えるが、それがそうは行かない。あれがもっと発達すれば、ボタンを一つ押すだけで好きなものが口に入って来て、帰る時には自動的に銭を取られるというふうになることが考えられ、それで我々が求めているものが人間というものと絶縁することではないことが解る。やはり、人と口を利かずに時間を過す所が人臭くなくてはいけなくて、それで長いこと使っているうちに傷だらけになった卓《たく》子や椅子や、掃除をしてもやはり何か残って汚れた床がなくてはならない。その他に注文を聞きに来る人もいなければならなくて、そうでなければ化けもの屋敷である。しかしそうした道具が揃っていて、生ビールなどが運ばれて来ては、また自分一人になるというのは、終日、どこかの川べりで釣りをしているようなもので、もしこんな町があったらと考えることにもなる。

しかし汽車の込《こ》んだ食堂車で、もしそれが定食の時間でさえなければ、客が入れ替り、立ち替りする中で飲んだり、食べたりするのもいいものである。あの定食の時間というのはどうも気忙《きぜわ》しくていけないが、それを過ぎるか、あるいはその大分前に行って席があれば、自分が降りる時になるまで飲み食いが続けられて、大体、汽車の食堂車ならば、是非そこへ行ったら食べることになっているものなどないし、気楽であって、それで何を食べてもうまい。例えば、駅で売っている食べものがそうで、シュウマイでも、鯵《あじ》の鮨でも、ハムのサンドイッチでも、ただそこにあったから買うので余計な注文をこっちも付けず、再びその昔、焼き芋は要するに焼き芋だった時代に戻った思いをする。誰が味覚などという言葉を使い始めたのだろうか。味覚というのは味の感覚を指すのであって、それがなければ何を食べても味がしないことになるが、この言葉にそれ以上の意味を与えれば、そこに通人が現れる。ただの食べものにまで味覚というような言葉を使って、本当にうまいものに出会ったならばどうするのか、よそごとながら心配になる。

とにかく、それで込んだ食堂車で客と客の間に挟《はさま》って飲み食いしていると、ハム・エッグスはハム・エッグス、壜《びん》詰めのビールは壜詰めのビールの味しかしないから安心で、それに廻りに多勢の人がいるから自分が汽車に乗っていることも忘れず、込んではいても、客車の自分の席で弁当を食べるよりも楽だから、これこそ汽車に乗って旅行するということだと思わざるを得ない。最近では新幹線が出来て「つばめ」がなくなってしまったそうであるが、あの「つばめ」の食堂車で延べ何十時間を過したか解らないことを思えば、食堂車を付けるだけの時間の余裕がなくて終点に着く新幹線などというのは旅行するものに酷《むご》い気がする。いずれそのうちに飛行機並に、客が乗っている場所がそのまま食堂やバーに変る仕掛けになるに違いなくて、そうなったらば新幹線で旅行してもいい。今の所は、あの立ったままで飲み食いする場所があるだけの急行などは御免である。いつだったか、上野から新潟までその方式で天ぷら蕎麦のお代りをして行って、宿屋に着いてお風呂に入る時に見たら、足がいつもの倍位の太さになっていた。

そのことで心がまた遠い所に飛んで、神戸に「ドンナロイア」というイタリー料理屋があるのを思い出した。銀座の交詢社の一階にあるビヤホールが料理の方が主になったら（これが「ピルゼン」というビヤホールであることを書くのを忘れた）、そしてまた、その場所が東京よりも明るい感じがする神戸だったら、こんな店になるのではないかという気がするのがこの「ドンナロイア」で、要するに、マカロニが食べたくなった時にここまで来られたら、ここに来ればいいいし、その他、イタリー風の料理ならば何でもこの店に来ればすむ。しかしそれよりも、この店の傍まで来ると寄って見たくなるのは、子供の頃、大人に西洋料理屋に連れて行ってやるといわれて心も空に付いて行ったその頃の西洋料理屋の感じがここはするからで、それはこの店が古風だなどということでは少しもない。ただ明るくて、うまい西洋料理を食べさせてくれるから、全くそれだけで子供の頃に行った店を思い出すのであって、当時の興奮と期待からすれば、西洋料理屋というのは明るくてうまいものを食べさせてくれる所だった。しかしその頃は、大人に連れて行って貰う他なかった。だから、やはり大人である方がいい。

3

大人であるのを喜びたい気がするのは、神戸にいて時間さえあれば勝手に一人で「ドンナロイア」に行けるということだけについてではない。どこにでも気が向いたら一人で入って行けるのが大人の有難さで、そうするとどうしても外国のことが頭に浮んで来る。自分が現に住んでいる場所では、出かけていく料理屋その他の店もいつも同じになるのは、そこへ安心して行けるのだから止むを得なくて、そうすればそのうちにはそこの常連になり、入った途端《とたん》にそこの店の人に挨拶するようになるのも、それもそれなりにいいものである。しかし自分と、あるいは酒とだけ暫く付き合っていたい気分の時は、幾らでも知っている店がある所では入り難い感じがする見ず知らずの店の方が恰好で、外国に行けば、大概は見ず知らずの所ばかりである。それで寂しくなるのは、外国に来た仕合せを無にするものという他なくて、折角、誰も知らない所に来たのならば、その喜びを味わわなくては高い飛行機代が無駄になる。

英国はそういうことがしたい人間に殊に向いているようで、店のものが始めての客に別によそよそしくもしない代りに、二度か三度行って急に親しくし出すということもない。またそこは外国だから（ということだけではないかも知れないが）、他の客が無闇に話しかけて来るということもなくて、そこにいることを楽しみながらほとんど口を利かずにすみ、飲みもののお代りを注文する必要でも生じない限り、口を利くということの意味さえ忘れていられる。

スコットランドも英国の一部と見るならば、ある夏、エディンバラで泊っていたホテルに小さな食堂が付いていて、そこがちょうどそういう所だった。スコットランドはマーマレードが名産だから、朝の食事にはこれがうまくて、それからパンも、バタも、卵も、ベーコンも、紅茶も、要するに、何もかもがいい味で、スコットランドだったが、過去何十年間かの英国での食事の思い出で一杯になって食事の時間を過した。そんな際に、給仕などに余り色々なことをいわれるのは煩《うる》さいものである。そこでは一度だけ、休暇を楽しんでいるかと聞かれただけだった。

それから何日かして、ロンドンで泊ったホテルも同じだった。そこの食堂の入り口に当る所にバーがあって、食事の前にいつもそこでまずシェリーを飲むことにきめていたが、そこの女の子は二度目の時からこっちがティオ・ペペが好きなことを心得ていても、愛想がいいだけで愛嬌を振り撒くようなことはなかった。そして何かのはずみに解って驚いたのは、その女の子がドイツから夏だけ出稼ぎに来ているドイツ人だったことで、英国に何度もそうして来ているうちに、客の扱い方も英国風になるのに違いない。全く文明というのは恐しいものである。昔の江戸もそんなだったのではないかと思われるが、とにかく、そうして食事する前にそこでシェリーを飲んでいると、実際に久し振りに休暇を取ってここに来ているという感じになった。シェリーがなくなると、またそこのバーまでお代りを貰いに行って、大事にグラスを持ってもとの席に戻って来る。それを二、三遍繰り返すと、今度は食堂に入って行って給仕長と食事の酒の種類について相談するのにちょうどいい気分になって立ち上ることが出来た。

どうも食べものでも、飲みものでも、一人でその味を楽しむのと、親しいものが何人か集ってやるのと二通りの食べ方、飲み方があるようである。ロンドンや英国の話はそれ位にして、新潟の「たまや」という所でそこで漬けた筋子の粕漬けを肴に今代司という酒を飲んでいると、「たまや」さんというのはそのためにある店なのではないかという感じがして来る。新潟にも名所旧蹟はあるのだろうが、そんなものは東京にも、ロンドンにも、ロシアにもあって、「たまや」で朝から始めて、あとからあとからとお銚子と筋子の粕漬けを片付けているうちに、朝日が障子に映っていたのが昼間の日差しに変り、それが次第に翳《かげ》って来て、やがて夕方になり、電気を付ける頃に雨戸が締められる。そうして一人で飲んでいると、一日やっていてもその量は大したものではなくて、前は一升ばかりだったのが、この頃は七、八合に減って、それでも味はいつも格別である。モスコスだったか、テオクリトスだったか、詩人の名前は忘れたが、ギリシャ詩華集に入っている詩に、友達と話し続けているうちに太陽が退屈して入ってしまったというのがあって、これは一人で酒を飲んでいても出来る。

その点は日本酒の方が洋酒よりも簡単でいい。それは日本酒の方があるいは複雑に出来ているということかも知れなくて、例えば、葡萄酒だと、一日中同じ種類のものを飲み続けるという訳には行かない。これは大体が食事の時に飲むように出来ていて、それもどの種類にもそれに合う料理というものがあるから、一日中飲んでいるということになると、白葡萄酒ならば生牡蠣とか、鶏《とり》とか、あるいは赤葡萄酒ならば野鳥とかいうふうに、始終何か食べていなければならなくて、そんなことをしていれば、しまいには飲む気がしなくなる。それで例えばローマ風に、やっている最中に吐きに行くということになるのでは面倒臭いし、その上にもったいなくて、そういう特殊な場合を除けば、西洋には一日中飲むという習慣は昔からないのではないかと思われる。しかし勿論、どっちがいいかは解らない。ただ、日本酒ならば、一日でも二日でも、眠くなるまで飲めることは確かである。

色が、どっちの方がいいのではなくて、要するに、違っているだけなのだということを教えてくれる。先に葡萄酒のことをいえば、葡萄酒もその点は日本酒と同じで、色も楽しみながら飲むものであり、赤でも、白でも、飲んでくれといいたげに美しい。

そこで輝く眼をしたアテネは彼等に追い風を送ってやり、
強い西風が歌いながら葡萄酒の色をした海の上を吹いて来た。

というギリシャの詩がある。その葡萄酒の色をした海というのがどういう意味なのか、一時は古典学者の間で大分、問題になっていたようであるが、地中海では朝夕の日光の加減で詩の通り、海が赤葡萄酒の色になることがあるらしい。これ以上に壮麗なことがあるだろうか。それをグラスのうちに眺めることが出来て、またそれ故に、これは永遠につながる瞬間のものである。それだから、葡萄酒を際限なく飲む必要はなくて、ある所まで行けば、グラスを置いて酔ったまま、これでいいのだという状態に達する。あるいはそこから亜麻色をしたコニャックに移ることも許されて、いずれにしても、その時の満ち足りた気分に変りはない。また、心配することはないので、酔いは寝るまで、どうかすると翌朝まで消えずにいてくれる。日本酒は初めから満ち足りた気分で飲むもので、そういう色をしている。それだから、そこに高低がなくて、いつまでも飲んでいられる。こんなことを書くのが童心かと聞かれたら、そうだと答えたい。

酒談義

1

飲みものや食べものについて書く種が遂《つい》に尽きたので、今度はなるべく真面目に、酒を飲む上で覚えたことや経験したことを頭に浮ぶままに書いて行ってみようかと思う。勿論《もちろん》、それで少しでも後進の諸氏の参考になることがあれば望外の喜びであるとか、もとより未熟で、行き届かない点については大方諸賢の御叱正を乞うとかいう底意が全くない訳《わけ》でもないが、本当のところは要するに、その他にもう書くことがなくなってしまったのである。

まず、洋酒から始める。その昔、英国でどういう事情によるのか今は忘れたが、何かそんなことになる因縁があって、朝、ウィスキーを飲もうとした所が、一緒にいた英国人に反対されたことがある。これは何故いけないのか、あるいはその時はいけなかったのか現在でも解らなくて、同じく英国で他の英国人と朝ウィスキーを飲んだことは幾らもあるから、これはあるいは単に、こっちがウィスキーを飲んでもその代金を払ってはくれないという意志表示位《くらい》のことだったのかも知れない。しかし誰かに、ウィスキーだろうと何だろうと、朝から飲むというのは旅行でもしていない限り、一般には余り行われないことで、差し当り、一日の順からいうと、まず飲むのが昼の食事を始める前ということになるだろうか。例えば、カクテルなどということになるが、カクテルの飲み方についての心得は至って簡単であって、それはカクテルなどというものは飲まない方がいいということに尽きる。

カクテルのことを何故、日本ではカクテルというのか、いずれこの言葉については例えば、カステラと同じ然《しか》るべき語源があるに違いない。とにかく、これは既にそういう日本語になっていると見てまず差し支えなさそうで、そのカクテルそのものについては、今日ではもう説明する必要がない。これは洋酒の安ものを色々と混ぜて作ったもので、洋酒の安もの、というのは要するに、洋酒にも色々あり、その安ものの混ぜ方にも色々あるから、したがってまた、その結果であるカクテルにも色々ある。しかしここでは、そんなものは飲まない方がいいという建前で書いているのであるから、その種類について説明することもない。それよりも、安もので出来ているということは、これはあるいはもう少し言葉数を費すべきことかも知れなくて、そしてそれは事実なのである。洋酒でも、いい酒を混ぜて飲むというのはもったいない話であるが、カクテルにいい酒を使ってはかえってまずくなるのであって、それだけなおさら、もったいないのである。

実際に経験したことで、前にこんなことがあった。まだ占領中の頃、何か陸《ろく》でもない、どうせPXだか、OSSだか、WAACだか、どこかそんな所から闇で流されたのに違いないジンをお歳暮に貰《もら》ったことがあって（その頃はそういうものが贅沢《ぜいたく》な贈答品になっていた）、その時思い付いてこれに屠蘇散《とそさん》を入れてお正月のお屠蘇に使ったら、それが実にうまかった。お屠蘇は地が普通、日本酒で、それに屠蘇散が加えられるから、余り強くないわりにはそう何杯も飲めないのが欠点だと考えていた所が、日本酒の代りにジンが使えることがこれで解ったので、お屠蘇でも結構、酔えることになった。と安心したのは少し早計だったので、その後、もう少しいいジンが手に入るようになってから、いつもの伝でやってみたら、飲めたものではなくて、その頃はもう占領中に闇で取り引きされていた種類の自然発火しそうなジンは買いたくても買えなくなっていたために、お正月のお屠蘇で一杯やる楽しみがまた駄目になってしまった。

お屠蘇はカクテルではないかも知れないが、混ぜものである点ではお屠蘇もカクテルも同じで、いいものはそれだけで何か一つのものであるように出来ているのであるから、混ぜるのに適していないことは、何もお屠蘇で実験してみなくても解るはずだと、これはのちになって気が付いた。例えば、ジンにトニックを足すとか、蟹の甲羅に日本酒を注いで飲むとかいうのは、これは片方のものが主である時にそれにもう片方のものを添えるだけのことなので、それがカクテルでは、サンダーボルト・カクテルではブランデーとウィスキーとジンを等分に混ぜることになり、その際にいずれも充分にそれだけで楽しめるブランデーやウィスキーやジンを使って感じがいい結果になる訳がない。それで、うまいサンダーボルト・カクテルを作るには、といってここで銘柄を挙げては、それを作っている所の営業妨害になる。要するに、一番安いジンとウィスキーとブランデーを買って来て、それを混ぜればいいのである。

但《ただ》しその結果について保証出来るのは、飲んで意識がある間はうまいだろうということだけである。何も、カクテルというものがまずいなどとここでいっているのではないので、これはまずい洋酒をうまく飲ませる方法なのだから、方法に間違いがなければ、それで出来たものはうまいのにきまっている。しかしこれは全くただ、まずいものをうまく飲ませるためだけのものなので、毒をうまく飲ませれば、飲まされた人間は死ぬし、カクテルをうまい、うまいと思って飲んでいると、どんなことになるかという体験から、カクテルなどというものは飲まない方が安全だという結論を得るに至ったのである。第一、材料が何だか解らなくしたものを飲んでいるのであるから、これは何だからどうすべきだとか、その何にしてはうまいとか、まずいとかいう、計算も立たなければ、楽しみもなくて、ただ口当りがいいので飲んでいるうちに酔ってしまうのである。

その顕著な例は忘れもしない、福田恆存氏訳の、作者は誰だか覚えていない「老人と海」が出た時の記念会で、その場所もどこだったか思い出せないが、確かなことは、その時、ドライ・マテニーというカクテルを六杯飲んだこと、あるいはもっと厳密にいえば、六杯目を飲み始めたことまでで、それから先の記憶が途切れている。「老人と海」を書いたアメリカの小説家が何という名前だったかも、その六杯のドライ・マテニーを飲んだのが何というホテルの何階だったかも覚えていないのは、これもこのカクテルのせいかも知れない。このドライ・マテニーというのはジンとドライ・ベルモットで作る、とにかく、辛口のカクテルで、どうも、ベルモットの量が少ければ少い程、口当りがよくなるらしい。それで、一番うまいドライ・マテニーを作る方法は、まずカクテル・グラスにドライ・ベルモットを一杯になるまで注いで、それからそれを捨てて今度はそのグラスをジンで一杯にするのだということを聞いたこともある。そんなものが体にいい訳がない。ついでだから、カクテルの害についてもう少し説くならば、およそカクテルに入れるのに使われていて、それだけでほとんど誰も用がない種類の洋酒に陸《ろく》なものはない。クレーム・ド・ヴィオレットというのがあって、一種のリキュール酒らしいが、その名の通り、紫色をしていて綺麗だものだから、ある晩のこと、あるバーでこれを飲んでみたところが、別にどうということはない甘い酒だと思っているうちに、翌朝になって、頭が割れそうに痛み始めた。あんなひどい目に会ったことがなくて、これには和漢洋の二日酔いの薬が役に立たなかった。そしてバーテンさんにあとで聞いた所によれば、これはカクテルに入れる他にほとんど使い道がないリキュールだそうである。この他に、何という名前だか忘れたが、藍色をしたのがあって、先に紫色の方を飲んで翌朝、そういうことになったから、この藍色のは飲まずに今日に及んでいる。恐らく、ブルー・ハワイ・カクテルとか何とかいうのに入れるのだろうと思う。以上のことから得られる教訓は明白である。カクテルなどというものは飲まない方がいい。

2

洋酒の次には日本酒のことに移ろうと思っていたのであるが、その洋酒についていったことがカクテルは飲まない方がいいというのだけでは話にならないからもう少し洋酒のことを書く。

それで、カクテルなどというものは駄目だから、カクテル・パーティーに行った時にはウィスキーの水割りかソーダ割りを飲むのに限る。水割りとソーダ割りのどっちがいいかは好きずきであるが、ソーダにはソーダ自体の味があって、その上に口の中でも泡が立って煩《うる》さいから、水割りの方がいいような気がする。ウィスキーを生《き》のままで飲んでは間が持たなくて人のウィスキーなのだから金の心配をする必要はないものの、会が終るまでそんなものを飲み続けてはカクテルのお代りをするのと同じ結果になる。それにどういうのか、ウィスキーは水かソーダを割っただけで恐しく衛生的な飲みものになって、その間は結構いい気持になるが、あとに何も残らなくてもの足りない位なのがカクテルとは正反対の特色である。泥酔することなどは絶対に出来なくて、それ故に会場で大してへまをやらないですみ、少し控え目にすれば一時間が二、三杯で過せる。ウィスキーというのは、どうもそういう飲みもののようである。晩の食事のあとで色々とリキュール酒が運ばれて来る中にウィスキーを滅多に見かけないのは、これがスコットランドの酒で、社交上の仕来《しきた》りが大成されたヨーロッパ大陸、およびその一部をなす限りでの英本国では最近まで余り知られていなかったということもあるに違いないが、知られるのにそんなに時間がかかったのも、ウィスキーにはそうした何か雑な地酒の味があるからではないかと思われる。ブランデーと比べればすぐに解ることで、気品というものがウィスキーにはない。飲んで、確かにウィスキーだと思うことがあるし（これは勿論、生で飲んだ場合である）、匂いにもどうかすると、ウィスキーに特有の香りというふうなものが認められもするが、思いをそのような直接の事情を越えて、例えば、丘の斜面に日が当っている葡萄畑に誘うという種類のことをウィスキーに期待することは出来ない。原料が違うといっても、同じく穀類で作った日本酒にはそういうものがある。

ウィスキーがウィスキーなどというものではない、何か恐しくうまいものに思われるのはスコットランドで飲む時である。これはこういうかなり強いものも含めて、まずどんな酒でも、それが出来た場所で飲むのが一番いい味がするという、酒というものの一つの原則に従っているらしくて、河の水までがウィスキー色をして流れているスコットランドでは道端《みちばた》の小さな飲み屋で飲むウィスキーも例外なしにうまい。多くは、我々が日本でも知っているホワイト・ホース、ブラック・エンド・ホワイト、ジョニ赤、ヘグ・ヘグなどの普通のウィスキーを入れた小さな樽が幾つか壁沿いに並べてあって、ホワイト・ホースは味が柔くてという種類の、日本で得た知識がそこでは通用しないのは、どの銘柄のものを注文しても、それがとにかく、出鱈目《でたらめ》にうまくて、何というウィスキーを飲んでいるということを考える気がしなくなるからである。

スコットランドで飲むウィスキーは、我々が日本で高い金を払ってウィスキーだと思っているものと、灘で飲む生一本が北海道まで持って行ったのと同じではない位、違っている。ウィスキーをスコットランドの地酒から昇格させてヨーロッパ諸国で出来る一流の酒の仲間入りをさせるために最初に積極的に努力したのは英国国王エドワード七世であるが、王がそういうことを考えたのも英国の王室の離宮がスコットランドにあって、スコットランドの本場のウィスキーに接する機会が多かったからではないかと思われる。晩の食事のあとで他のリキュール酒とともにウィスキーを出すことを奨励したのもこの王である。そしてまた、ウィスキーの中には王室の他に、ごく少数の特定の得意先に送るのに足りるだけの量しか作っていない、英国の外では名前も知られていない限定版式のものがあって、確かにこれにあり付けた時は、ウィスキーを飲んでいるという感じがしない位うまい。しかしそこから出発して、我々がカクテル・パーティーで衛生上の見地から水で割って飲むウィスキーまで一貫した味の系統というふうなものを辿ろうとしても、それがどうも途中でどこかに行ってしまって、そんなに特別に限定版式に作ったのでなければうまくない飲みものというのは、とにかく、その本場で飲むのでなければ信用出来ないのである。

ウィスキーのことを書いたついでに、これにはスコットランドと日本で作るものの他に、アイルランドのウィスキーがある。これは醸造法が違っていて、ウィスキーなんかと思っている時に飲むと、泥炭を焚《た》いた煙の匂いがしてなかなかいい。大ざっぱにいって、同じケルト族であっても、アイルランド人の方がスコットランド人よりも何を考えているのか解らない、のであるよりも、そうとでも形容する他ない途轍《とてつ》もないことを考えている摑《つか》まえどころがない人種であって、この遠景が空気中の水分で煙っている感じがアイルランドのウィスキーにもあり、少くともこれならば、コニャックに対するアルマニャック程度には珍重出来る。しかしこれは、空気中の水分で遠景が煙っているウィスキーであるから、水などで割って飲むものではなさそうである。あるアイルランド人の友達の話では、これはまず一杯、グラスを乾《ほ》して、次に黒ビールを一杯ゆっくり飲み、次にまたこのウィスキーを一杯というふうにやるのがいいということであるが、これはまだやってみたことがない。

もう一つ、ウィスキーに因《ちな》んで、ドランビュイという不思議なスコットランドの酒がある。リキュール酒の中でもシャルトルーズとか、ベネディクティーヌとかいうのは、それを作っている僧院の秘伝の製法で醸造されるものであるが、ドランビュイもそうした秘伝によって作られる酒で、何で出来ているのか解らない。壜に書いてある説明に従えば、これはいわゆる、スチュワート王朝が英国から追われたのち、その子孫の一人がこの王朝の出身地であるスコットランドにフランスから潜行して復位を画策していた時、誰かにその製法を教えたものだそうで、それをこの王子が誰に習ったかは書いてない。どこかシャルトルーズに似て甘ったるくって、それでも、これもシャルトルーズと同様に三杯位までは楽しめる強烈な酒で、ウィスキーの泥臭さもこのドランビュイにはほとんど感じられない。原料も違うものと思われるが、果実酒でもないようで、どことなく蜜が入っているのではないかという気がする。

このドランビュイというのを最初に飲んだのは、ウィスキーはスコットランドで飲むということを知ったのと同じ時だった。つまり、始めてスコットランドという所に行った際で、エディンバラの市長が我々と一行に一本ずつ小さな壜に入ったものをくれたのがこのドランビュイだった。スコットランドというのは変った国柄で（これはかつては独立の王国だった）、山岳地帯はやたらに貧しくてウィスキーと羊の肉とバッグパイプという、何とももの悲しい音の楽器の音楽しかないかと思うと、エディンバラのような見事な都会がある平原の部分には、昔からフランス直輸入の文明がある。例のメリー・スチュワートという女王は、初めはフランスのヴァロア王朝のフランソア二世に嫁《とつ》いで暫《しばら》くフランスにいたのが、王の死後、スコットランドの王位を継ぐために故郷に戻って来たので、そういうことがドランビュイと何の関係があるか解らないが、何だかあるのではないかという気がする。

3

カクテルだの、ウィスキーだの、実際はどうでもいい飲みものに随分《ずいぶん》、手間をかけてしまった。もっとも、カクテル党などという人種はまずなさそうに思えても、ウィスキー党というものはあって、第一、ウィスキーなんかというようなことをいえばスコットランド人が怒り出すのにきまっている。しかしとにかく、ウィスキーについてこっちが知っていることは、既に書いた通りである。

もっとましな飲みものについていうと、もともとカクテルの話が出たのは、一日のうちで普通、一番早く何か飲むのは昼の食事の前辺りだというようなことからだった。そしてその際に飲めるカクテルよりも大分、上等なものにシェリーがある。シェリーというのは、その辛口のいいのはいい辛口の日本酒に似た、しかし穀類ではなくて葡萄から特殊な方法で作ったスペインの酒で、その産地のヘレスが英語で訛《なま》ってシェリーになった。

どうも、これは英国人が育てた酒のようで、スペイン本国のことは別とすれば、シェリーというと英国のどこでも通るのに対して、フランス語でシェリーのことをクセレスというのは字引でも引かなければ、フランスにいても解らないし、その他のヨーロッパ諸国でシェリーを飲むということを聞いたことがない。それ程《ほど》、シェリーは大量に英国に輸出されているのみならず、ヘレスにあるシェリーの造り酒屋には大昔にスペインに居着いた英国人の子孫がやっているのもあるらしくて、ティオ・ぺぺといううまいシェリーを造っているゴンザレス・バイアスという会社の名前も、あとの半分が英国人臭い。

とにかく、これは辛口の上等な日本酒を葡萄で作ったような酒である。もっとも、原料が葡萄であるから匂いは違って、それが何かの木の実を思わせる、といっても勿論《もちろん》、酒というものについてのこういうことは自分で飲んで見なければ納得が行くものではない。その意味で残念なのは、日本にもシェリーが来ることは来ていても、それが英国の安料理屋にあるようなものばかりで、そういうのでシェリーがうまいとか、まずいとか判断するのはむずかしいということである。これは別に通ぶっているのではなくて、日本酒でも、缶詰めにしてアメリカ辺りに輸出されたのについて、こくがないとか何とかいってみたところで仕方がないというのと変りはない。それに日本酒よりもシェリーの方が比較的に遠い所に持って行きやすいのであるから、いいのが日本に入って来ないのは需要が少いからだと見られて、勿論、そんな外国の酒を無理して飲むことはないが、それでもいいシェリーを飲むとうまい。

日本でシェリーの効用の一つに数えられることは、前にもいった通り、その味が日本酒に非常に似ているので、これから日本酒を飲むことになっている時に、先にバーなどでシェリーを飲んでも、そのままの舌であとで日本酒が飲めるということである。それがカクテルなんかだったらば、日本酒が酒の味がするまでに一、二合は空けなければならなくて、ウィスキーの水割りでも、日本酒と味が違い過ぎる。そして日本酒とシェリーも全く同じものではないから、あとで樽の菊正か何かを飲むことを思いながら、頭の半分は西洋にいて、シェリーがシェリーというものである以上、それから先が食堂のよく磨いた卓子《たく》に向って左手で手持ち無沙汰にパンを細かくちぎりながら、右手で白葡萄酒のグラスを口に持って行くことになるか、同じく木でも客の肘が擦り付けられて光っている飲み屋の台に両肘を突いて、左手でお猪口《ちょこ》を口に運びながら右手であんこう鍋の肝を箸で突っつくことになるか、時間だけがきめてくれるような不思議に宙ぶらりんな状態に置かれるという楽しみがある。

シェリーはそういう、ものを考えているとも、いないとも付かない具合になっている際に飲むのに適した酒である。本当は、細長いグラスに三分の二位注いで飲むもので、それ故に、といっても、うまい酒は何でもそうなのだろうが、がぶ飲みするものではない。青いシャルトルーズは、雨が降る日に窓越しに街を眺めながら三杯までという名言を吐いた先輩がいて、シェリーにもそういうところがある。もっとも、シャルトルーズと違って、シェリーはリキュールではないから、三杯位で止めなければならないということはないが、何か考えているのか、いないのか解らない状態で細長いグラスをたまに思い出したように持ち上げているならば、そう立て続けに何杯も飲むことにはならない訳で、一杯で過すことが出来る時間の長さという、ある意味では酒というものの一つの基準になることにかけて、シェリーはすべての酒の中で第一位を占めるかも知れない（その反対が終戦当時の、あのカストリというので、これは茶碗に注がれた一杯を無我夢中で飲み乾さないと、とてもお代りが頼めるものではなかった）。「残酷な海」という小説に、そうしてシェリーを飲む場面が出て来る。そこはジブラルタルだから本場のスペインで、英国からドイツの潜水艦が群をなして待ち構えているビスケー湾を、どうにか船をそう沢山は失わずに船団を護送して来た軍艦の士官が、そのそれでも地獄を思わせる航海のあとで、恐らくは世界の海軍に共通の整った服装をして料理屋の二階から街を見降しながら、細長いグラスでシェリーを飲んでいる。夕方で、街から水兵らしいのが喧嘩しているのが聞え、それは自分の船の乗組員かも知れないが、止めさせに立って行く気もしなくて、いずれは憲兵がやって来るのに任せてシェリーとともにそこを動かずにいる。確かにそうだろうと相槌《あいづち》を打ちたくなる場面で、それがウィスキーの水割りだったりしたら、こうは行かない。英国人がウィスキーのようなものばかり飲んでいる国民だというのは誰がいい出したことか解らないが、英国人はそれ以上にシェリーとポートを育て、フランスの葡萄酒が今日あるのに一役買ったのであり、ウィスキーはその国籍を示して、その前にスコッチという形容詞が付く。

しかしシェリーは他にも飲み方がある。これは比較的に安い酒で（関税が原価の倍か何かになっている日本で買っても、大したことはない）、それにこれを製造する過程でブランデーを途中で加えることになっているから、かなり強いものでもあって、それで飲む会をやる時に恰好な飲みものであり、皆でシェリーを持ち寄って飲むのを英国ではシェリー・パーティーというっているらしい。ある時、これは本当かどうか知らないが、そうして集ったシェリーを大きな鍋に入れて煮立てたところが、何か猛烈に強い飲みものが出来たそうで、そのことでも察せられる通り、これはカクテルの会などと違って飲みものが残っている限り、続けられるもののようで、そんなふうにして煮詰めたシェリーもなくなったあとは、ウィスキーだの、ジンだのが出て来ることも想像される。それも一つの飲み方で、殊に、余り経済的に恵まれていない場合は、酒を飲んでいい気持になるのには恰好なことに思われる。

シェリーをそういう具合に飲んでどうなるかということについては、実地に経験したことがあって、前にある英国人の所にお茶に呼ばれたことがあったが、これは文字通りにお茶の会で、主人が同情し、お茶の時に出してもいいことになっているシェリーを一本持って来た。それで元気が付いて、日本文学だか何だかについてやたらに論じている最中に、初めは一杯だった壜が空になりそうになっていることが解って驚いた。今でも悪いことをしたとは思うが、酔い心地は普通で、二日酔いもしなかったのから見れば、その点も日本酒に似て、シェリーはそんなふうに飲むことも出来る酒なのである。

4

それでいよいよ葡萄酒の話になる。東洋と西洋にどんな酒があるかと聞かれたならば、東洋では支那に紹興酒、日本に日本酒、西洋には葡萄酒があると答えたくなるが、葡萄酒は始めて飲んで、大概のものならば別に何とも思わない点で日本酒によく似ている（書いているのが酒通ではないのだから、書いてあることもそれに準じる訳である）。その際、日本酒が色が着いた水ならば、葡萄酒はただ苦い味がするもので、それが白葡萄酒でも、苦いのがもう少し酸っぱい位の違いしかない。

馴れて来ると、そんなことをいうのがもったいなくなる。日本酒は話の順序でもっとあとに廻すことにして、ただ比較する意味で引き合いに出すと、これは何度も飲んで気持が悪くなって吐いているうちに味が解って来るのに対して、個人的な経験からいって葡萄酒がいつからうまくなったのか、どうもはっきりしない。葡萄酒は、日本酒もそうには違いないが、食事の時に飲むように出来ていて、吐くというのが西洋風の作法によると、かなりひどいことになるから、葡萄酒を幾ら飲んでも、そんなに気持が悪くなるということはその性質からいっても、まずない。しかしその幾らでも飲めるということによって、これも飲んでいるうちに味が解って来るのだろうと思う。解ると、もうそれどころではなくなる。それについては、またしても日本酒のことが頭に浮ぶが、葡萄酒もいいのに当ると、飲むだけではなくて風呂桶をこれで波々と満して頭から浴びたくなる。ホメロスに、かの葡萄酒の色をした海という言葉が出て来るのは、その中で泳ぎたいという意味ではなかったにしても、酒飲みに懐しく感じられる。

その色のことで気が付いたが、葡萄酒には赤と白と、そのどっちでもない桃色のがある。シェリーのことをまず書くという、食事の時に出る順序からすれば、葡萄酒も白いのから始めることになるようで、そうすると今度は、その白い葡萄酒にも色々あることを説明する必要が出て来る。しかしこういう飲みものについての百科事典風の入門書は他に幾らでもあるのだから、自分が好きなものについて気ままに話をして行くならば、第一に、白い葡萄酒にはフランスのブルゴーニュ地方で出来るのがあって、ここのが何よりも頭に浮ぶ。どうでもいいようなことから始めるならば、ブルゴーニュの葡萄酒は赤でも、白でももっと南の、ボルドーのと比べて、どことなく太った恰好をした壜に入っている。そのブルゴーニュの白葡萄酒にシャブリというのがあって、これは大体その壜の恰好で解り、これに貼ってある紙で確かにシャブリであるとなれば、あとはただもうゆっくり、大事に飲めばいい。といっても、葡萄酒はブランデーと違って、そう時間をかけて飲むものではないから、まずシャブリならば一人に大壜二本というところだろうか。その位やれば堪能することが出来る。しかしその味の話をすることになると、これはそう簡単ではない。第一、シャブリはブルゴーニュであるが、ブルゴーニュの葡萄酒とボルドーの違いをどう説明したらいいのだろうか。葡萄酒が好きになるのは、まずボルドー、それからそのうちにブルゴーニュ、そして最後にまたボルドーに戻るという順序になるのだそうである。しかし個人的な経験からいうと、どうも初めからブルゴーニュの方がうまかったようで、そのまま現在に至っている。殊にシャブリなど、ボルドーで出来る白葡萄酒よりもこくがあるようで、そしてこれは説明し難いが、どこかもっと艶《つや》がある。たとえていえば、ホメロスが歌った、これは勿論、赤葡萄酒の色をした海の光沢を集めて壜に詰めたと思わせるのがブルゴーニュの赤にも、白にもあって、ボルドーのはそういうものがないことがむしろ特徴になっているらしい。

つまり、ボルドーの方がすっきりしているということになるのだろうが、そんなことはどうにでもなるので、それならばブルゴーニュのはどっしりしていて、ここにシャブリ、あるいはプイィー・フュイッセ、あるいはピュリニー・モンラシェ・レ・ドモアゼルありと、力強く保証してくれるような味がする。しかし酒というのは勿論、味だけの問題ではないので、ブルゴーニュの白葡萄酒を注いだ盃を口に持って行くと、ほら、唇を濡らしたよ、舌の上に乗ったよ、喉を通っているよ、お腹に降りたよと、酒の味、匂い、厚さその他、一切の機能を挙げて知らせてくれて、何だか生きているということが嬉しくなる。もっとも、これはボルドーの白葡萄酒も入れて、いい酒の全部についていえることなのだから、これでは説明にならない。ただ、いつも思うことは、ボルドーの葡萄酒の上等なのは、どこか清水に日光が射している気がして、ブルゴーニュのを飲むと、同じ日光が山腹を這《は》う葡萄の葉に当っている所が眼の前に浮ぶ。

実は、最初に飲んだ大変に結構なブルゴーニュの白葡萄酒はシャブリではなくて、前に挙げたプイィー・フュイッセというのだったものだから、この銘柄のことが妙にいつまでも記憶に残っている。というのも、シャブリはどうかすると日本でも手に入るが、このもっと長い名前の方のは、どこの店で売っているという話さえ聞いたことがないので、それだけなお何だか、その最初に飲んだ時のことが思い出される。ロンドンに行った年で、ロナルド・ボットラルという名が知れた詩人が晩の食事に呼んでくれた際に、これが出た（そういう恩人だから、特に名前を挙げておく）。その晩は勿論、他の葡萄酒も出たのに違いないのに、この酒のことしか覚えていないのだから、余程《よほど》うまいと思ったものらしい。シャブリと比べると、もうすこし何かか細い感じがする酒で、これは壜がシャブリのよりも細いことからの連想だけではないようである。金持になったら、これを酒蔵に並べて置きたい。

白葡萄酒にはブルゴーニュとボルドーの他に、同じフランスならばモゼル、またそのすぐ向うの、ドイツのライン地方で出来るのがある。もっとも、ドイツのをラインヴァインといって、フランスのをモゼルと呼ぶのかどうか、そこの所が余りはっきりしないが、要するに、どういう名だろうと、この一地方の葡萄酒は白が主なようで、これにはこれで独特の味がある。固い味だといつも思って、それなりにうまい。その銘柄の一つに、処女の乳という意味のがあって、それからも察せられるというのは、こっちの勘違いかも知れなくて、ドイツ人はとてもうまい積りでこれをリープフラウミルヒと称しているのかも知れない。とにかく、あと腐《くさ》れがないさっぱりした味で、白葡萄酒は冷やして飲むものになっているということが、この種の酒に殊に合っている気がする。これなんかは、葡萄酒が始めてのものにはなおのこと、水のように思われるに違いない。口に入れると、すぐに喉の方で引き取ってしまうという具合の白葡萄酒である。

この方が先になって、ボルドーの白葡萄酒のことが一番終りになった。つまり、この種類の白葡萄酒も余り飲んだことがないのである。ソーテルヌとか、バルサックとかいうのもボルドーの白葡萄酒であるが、日本にいて遥かフランスの白葡萄酒のことを思っている時に、こんなのは話にならない。ボルドーの白葡萄酒で最高級と見做《みな》されているのがシャトー・イケムとか、ディケムとか呼ばれているもので、いつだったか、人の御馳走で高級な西洋料理屋に行って、安心してこれと生牡蠣を注文してひどい目に会ったことがある。上等な西洋梨の匂いがする甘い酒で、それと生牡蠣の組み合せではどうにもならなかった。しかしこの酒の味が解らなければ、葡萄酒通とはいえないのだそうで、それでまだ通ではないのだと思って安心している。

5

今度は赤葡萄酒のことを書こうと思っていたところが、まだ白葡萄酒について、自分の乏《とぼ》しい経験でも書き残したことがあったのに気が付いた。前に、シャトー・イケムが甘くて飲めないと書いたのは、考えてみると大分、昔のことだったので、今またそういう機会に恵まれたならば、どうか解らない。というのは、東京は銀座西の読売新聞社の傍に「ハンガリア」というハンガリー料理の店があって、ここにトカイというハンガリーの白葡萄酒を売っている。オーストリア・ハンガリー帝国時代にハンガリーのトカイで作っていた有名な酒で、それを人民共和国、というのだか何だか、要するに、今日のハンガリーでも作っているのが、読売の傍の「ハンガリア」で出すトカイである。そしてこれは甘くて、うまい。甘いには違いないのであるが、甘くてもうまくて、人民共和国だか何だかから暫く入荷がないといって断られた時は悲しくなる。帝政時代にはもっとうまかったかも知れない。

そうすると、フランスのシャトー・イケムも今飲めば、やはりうまいと思うこともあり得る訳で、うまければ、こちらも葡萄酒の通ということになるのだろうか。そんなことはどうだっ て構わないが、何しろ、人民共和国の酒と違って、シャトー・イケムは日本では高い酒なので、このごろはもう誰も奢《おご》ってくれるという人がいないために、ためしてみることが出来ないのが残念である。それからもう一つ、赤葡萄酒のことを書くのに先立って、赤と白の中間の桃色をした葡萄酒がある。フランスでヴァン・ロゼ、スペインでヴィノ・ティントと呼ばれているものので、どういうふうにして作るのか知らないが、確かに桃色をしていて、これは冷やして飲めるので夏、スペイン料理の辛いのと一緒だったりすると楽しめる。ロンドンに「ティオ・ペペ」という、シェリーと同じ名前のスペイン料理の店があって、ある夏、友達がそこに連れて行ってくれて注文したこの葡萄酒はガラスの酒注ぎに入れてあり、いい気持がする味がした。

それで、赤葡萄酒のことになる。ボルドー産の方から始めると、ボルドーよりもブルゴーニュのものの方がうまいような気がすると前に書いたが、ボルドー産の赤葡萄酒のことで思い出したことがある。ボルドーのいいのは大概、シャトー何々という名前が付いていて、これはその酒が出来た葡萄園を指し、これに対してブルゴーニュのは、そのほとんどがシャトーなしで、それが出来た地域の名が付いている。それである時、やはりロンドンで、友達の所に晩の食事に呼ばれて行く途中、お土産にと思って、葡萄酒のいいのを売っているので知られている店に寄り、飛び切り上等の赤葡萄酒を一本といったらそこの主人が出して来たのが、シャトー・グリュオー・ラローズというボルドーの赤葡萄酒で、友達の家に行ってから早速開けて中身が部屋の温度に同じ位になってから飲んだら、これは立派なもので、日が当っていて木蔭が多い河を舟で下って行っているような気持になった。

そのグリュオー・ラローズについてもう一つ覚えているのはその値段で、幾らかと聞くと、主人が返事したのが七十シリングと聞えて、これは日本の金で三千五百円程になるから、その位するのは当然だろうと思ってそれだけ出したところが、これは十七シリング、つまり、八百五十円の聞き違いで、一本七十シリングもする葡萄酒はないと主人に教えられた。日本で葡萄酒を買うといかに高いかがそれで解るので、確かに、飛び切り上等の大壜一本が七、八百円ですんでこそ葡萄酒も人並に楽しめるし、それで葡萄酒も酒のうちに入る。そういえば、ロンドンでシャトー・イケムを飲むような贅沢はしなかったが、これも値段は一本二千円しかしなかった。それでも、料理屋でそんなものを注文すれば、アメリカの金持と間違えられて馬鹿にされる危険があって、これは日本で西洋料理を食べに出かけることを思えば、葡萄酒代だけで四、五千円を覚悟しなければならないのとは大変な違いである。誰でもが飲めるから酒なので、金持は別だというのならば、金持は人間ではない。

その他に、シャトー・ムートン・ロッチルドとか、シャトー・ラフィットだとか、確かに飲んでうまいと思ったボルドーの赤葡萄酒はあるが、別に書くことが頭に浮んで来ないのは、やはりボルドーよりもブルゴーニュの方が好きだものだから、ブルゴーニュばかり漁《あさ》っていて、ボルドーの経験が少いのだろうと思う。ブルゴーニュ産のものの名前にはシャトーが付かないということの一つの例外に、シャトーヌフ・デュ・パープという上等なブルゴーニュの赤葡萄酒があって、これもしかしそういう地名なのである。鈴木信太郎氏はこれを法王新城と呼んでおられるが、この法王新城に最初に出会ったのは、英国のコメットを作っている工場で昼の食事の御馳走になった時だった。そこは繁昌しているのか、文字通りの御馳走で、葡萄酒が何ともうまいので色々とそのことを聞いたら、給仕頭がこの名前を紙切れに書いて渡してくれた。その後、この酒には幾度かお目にかかって、金の心配がなければ、これは日本で買うことも出来る。口に入れると、ブルゴーニュだぞという感じが体中に拡るような酒で、洋酒には滅多にないことであるが、この酒ならばそのお風呂に入ってもいいという気がする。

これは別に、銘酒の譜を作っているのではないから、思い出すままに書いて行くと、同じブルゴーニュの赤に、ニュイ・サン・ジョルジュというのがあって、これは日本でも随分飲んだ。というのは、あるクラブで毎週、何人かの友達と昼の食事に集っていたことが一時あって、その葡萄酒で信用が出来るのはイタリーのキアンティか、このニュイ・サン・ジョルジュしかなかった。そしてキアンティが幾らうまくても、ブルゴーニュの比ではないから、我々はいつもニュイ・サン・ジョルジュを注文して皆、酒の方は不調法ではないものばかりだったので集るごとに、二、三本は空けていた。ところが、そのクラブというのが葡萄酒を飲む人間が我々の他にほとんどなくて、新たに仕入れもしなかったものだから、そのうちにそこにあったこの酒を全部飲み尽して、次にそこのキアンティをすませてからは、それだけの理由でもなかったのだろうが、もうそのクラブには行かなくなった。

先日、久し振りにそこでまた集って、友達の一人が葡萄酒は自分が持って行くといってその日持参したのを見ると、それが法王新城だった。葡萄酒は前後不覚になる程には酔わないものだと、これも前に書いたが、その日は、この法王新城の空き壜が何本も何本も何本も並んでいた光景が眼に刻み付けられているだけで、そこの所から先で記憶が途切れている。これは葡萄酒の中では、うまい牛肉か野鳥を食べているのに一番近い感じがするものだろうか。それだけでは説明不充分であるが、こういう豊かなブルゴーニュの酒の味を他にどういったものか解らない。勿論、肉などという、飲むのではなくて食べなければならないようなややこしい、それ故にどこか野暮な感じがするものと上等な酒を比較する訳には行かなくても、例えばこのシャトーヌフ・デュ・パープという酒の、あるいはシャンベルタンの、あるいはコルトンのどっしりと舌にのしかかって来る印象は、食べものならまず肉である。

赤葡萄酒では他にキアンティがあり、ヨハニスバーガーがある。と書いたのは、ヨハニスバーガーの方は実は聞き齧《かじ》りなので、ただこれはトカイが白葡萄酒の中でうまいようにうまいらしい。キアンティは、キアンティといえば実はこれから神戸の「ドンナロイア」にキアンティを飲みに行くところなのである。悠々タル哉我ガ懐、天ノ一方ニ美人ヲ見ル。

6

この一回で日本酒のことを書いて終る積りでいたのであるが、洋酒について今まで書いて来て、最後の一回で日本酒との長い付き合いが片付けられるとは思えない。それで、日本酒のことはいずれ別な機会に取り上げるとして、今度は洋酒についていい残したことで終りたいと思う。

前にオーストリア・ハンガリー帝国の時代に帝室用に作られていて、今でもハンガリーの人民共和国というのか、何というのかで出来るのが相当にうまい、トカイという白葡萄酒のことに触れたが、それと対をなすものが、これも前に書いたヨハニスバーガーというドイツのライン地方にある赤葡萄酒である。といっても、これは一度も飲んだことがなくて、今でもあるのかどうかも解らない。ただ、小説でこの葡萄酒のことがいかにもうまそうに書いてあるのを読んだことがあるだけで、その点では、トカイも東京で見付けるまでは、その伝説を聞いて見ぬ恋をするばかりだったのであるから、そのうちにヨハニスバーガーも飲む機会に恵まれるのではないかと思っている。葡萄酒のことを書いて来たついでに、日本のものでも甲府で佐渡屋が作っているシャトー・ブリヤンという赤葡萄酒は、その名前はともかく、葡萄酒として飲めて、一九五三年や一九五五年のもの、あるいは一九五二年のでも、無意味な感じがする値段でなしに葡萄酒の味が楽しめる。

ブランデーも葡萄で作った酒であるが、葡萄酒よりも大分強いことはいうまでもない。しかしいいブランデーを飲んでいると、これが強い酒を作るのが目的でこういうものが出来たのではなくて、こういううまい味を出そうと工夫した結果が、かなり酒精分の度が強い酒になったのだということに気が付く。強い酒が飲みたければ、アルコールに水を割ればいいのである。ブランデーというのはそんなものではなくて、さすがは葡萄を精製して作った酒だけあって上等の葡萄酒と同様に、日光を射返す泉の水や、晴れた日の葡萄園を思わせる。それが強いなどというのは問題ではないので、何かしみじみと幸福に浸っている感じがするのがブランデーというものの味である。子供の頃、ラムネというものがあって、それを飲んでそんなふうになったものだったが、ブランデーが山の彼方などといわずに、ここですよと教えてくれる具合は、ラムネの比ではない。極上の菊正を飲んでいる時と同じで、それがブランデーならば、ブランデーの他に何があるだろうかと思う。

フランスのコニャック地方で作って、コニャックが通称になっているのが壜によくVSOPと書いてあるのは、非常に特別で、古くて色が薄いという英語の頭文字を取ったものだと誰かに教わったことがある。この色が薄いということは大事なので、ブランデーは何故なのか、古くなると色が濃くなり勝ちで、それに連れて味も滑かでなくなって来る。ブランデーは強い酒と思っていれば、それで自分の舌がごまかせるが、ブランデーの味が本当に好きならば、色が濃くなっていて味もそれだけ、結局は悪くなっているブランデーは、色がそのブランデーが古いものであることを保証しても、それ程有難いものではない。幾ら古くなっても色が変らないブランデーがあるかどうか知らないが、一番確かなのは、いい年に出来た比較的新しい、色もまだシェリーに近いコニャック地方のブランデーを飲むことである。しかしその他にも、まだブランデーの飲み方というものがある。

強い酒というのは皆そうなのかも知れないが(ブランデーが強い酒であるのは事実である)、ブランデーも相当食べたあとの方が空き腹の時よりもうまいようで、晩の食事がすみ、それも上等の白、赤の葡萄酒付きで御馳走を一通り平げてから、モカのコーヒーでも飲みながらのブランデーは全く申し分がない味がする。ここで、何というブランデーと書きたい所であるが、ブランデーに数等も、数十等も劣るウィスキーとその点では同じで、極上のブランデーの多くには名が付いていない。少くとも、それは我々が皆知っているような名前ではなくて、そしてこれは何もそれがそれ程高価な限定版なのだということでもない。限定版には違いなくても、それはフランスでブランデーが好きな料理屋の主人などが大事に取って置き、同好の士だけに出したりするからで、そういうのは古さはともかく、色が薄くて、その一杯といつまでもいたい気がするのが非常に特別であることであるならば、非常に特別である。

先年死んだエリオット・ポールという探偵小説作家がよく書いていたフランスが舞台の小説では、主人公がパリの小さな料理屋に行っては食事のあとで飲む、ロパールという名をそこの料理屋の主人が自分で付けたコニャックのことが何度も出て来る。ロパール、つまり、かのオパール色をしたものであって、これの味を想像するのに比べれば、エリオット・ポールの小説の筋などはどうだろうと構わなくなる。別の小説家で英国にイーヴリン・ウォーというのがいて、これの小説の一つでは、主人公が連れの金持に奢らせて凄い御馳走の晩の食事をしたあとで、そういうコニャックで夢現《ゆめうつつ》の状態になっていると、連れの金持の方が通を振り廻して、そのコニャックの色が薄過ぎるといい、自分には濁ってどろどろしたコニャックの古酒を持って来させる所がある。通であることを目指すものはそんなことになり、素直に酒の味を楽しんで深入りするものは、救世軍ではないが、救われる。

ブランデーがコニャックと呼ばれる程、南フランスのコニャック地方のものが珍重されるのは、それだけのことがあるからに違いない。しかしそれ以外の場所で出来るものは飲めないということはないので、コニャック地方に隣接したアルマニャックで作られるのでアルマニャックと呼ばれているブランデーも、どこか荒々しい味がするのがそれなりにうまい。このごろは何でもブランデーにナポレオンという名前を付ければいいことになっているらしくて、先日、ナポレオンのアルマニャックと壜に書いてあるのを見たが、ナポレオンと書く以上は、これはナポレオン時代にその宮廷に御用達していたことを意味して、ナポレオンのようなお体裁屋がアルマニャックを喜んで飲んだとは思えない。しかしそのナポレオンのアルマニャックというのもまずくはなかった。この酒がもっと手に入りやすかった頃は、壜が甲冑《かっちゅう》に身を固めた中世の騎士が馬に乗っている恰好をしていて、その騎士の冑首《よろいくび》が栓でそれを抜いて酒を注ぐ仕掛けになっていた。よそにお土産に持って行ったりすると、喜ばれたものだった。

洋酒の話は、これ位のことではまだ尽きない。どこまで続けられるか解らないが、行ける所まで行くことにして、一般に、リキュールと呼ばれて食事の後で出される、葡萄酒よりも強い酒にはうまいのが多い。シャルトルーズというのがあって、これはスタンダールの「パルムの僧院」と同じ宗派に属する僧院の大きなのがフランスにあり、そこで今でも作っている。緑色のと黄色のとがあって、緑色をした方がしつこくてうまい。そういうしつこい酒で、薬草が色と入っているらしくて香りが高いのと、その色と、何とも不思議なその味が、ブランデーよりもとまでは行かなくても、飲んでけっして悪い気持がしなくて、酒を飲み続けていて酔いがある所まで来ると、これが飲みたくなる。それからベネディクティーヌ・ドムなどと数えているうちに、キルシュヴァッサーという逸品があるのを思い出した。

しかしもう遅い。前にどこかでこのキルシュヴァッサーのことを書いたことがあるから、それを読んで戴きたい。ただ生憎《あいにく》のことに、それがどこだったかもう覚えていない。

飲み食いの思い出

思いつくままに、どこでどんなものを飲み食いして、その時の状況はどうだったということを書いて行ってみたい。

ロンドンのホテルに泊っていて、友達が晩飯に誘ってくれると電話をかけて来たので部屋から下に降り、あれは何だったのか、何か持って来させて飲んでいるうちに友達が来たので、そのまま出かけるのも惜しいのでまたコクテールか、そういうものを注文して酔いが廻るのを待ってから連れて行かれたのが、カサ・ペペというスペイン料理の店だった。珍しく暑い晩で、それに二日酔いを通り越してその頃はもう十日酔い位の状態だったから、そこの唐辛子が入った冷いスープは実にうまかった。ほかにトマトと葱《ねぎ》が入っていたようだった。

そこで食事中に飲んだのは何という酒だったたか、名前は忘れた。フランスならばヴァン・ロゼというのか、色だけでなくても味も赤と白の合いの子というふうな軽い感じがする、これも夏の晩に向いたものだった。それも、冷してあったような気がするが、この方は余り確かではない。それと一緒に食べたのがパエーリアという、鶏《とり》と魚ともう一種類、何かの肉と野菜のごった煮で、決してまずくはなかったが、スープと酒のことの方が強く印象に残っている。スペインというのはいい国らしい。そこのボーイも、友達が前の年だったかにスペインのどこそこに行って、そこはいい所だというとすっかり喜んでしまった揚句《あげく》に、絵葉書を持って来て見せたりした。その町から来たボーイだったのか、そこのところは忘れてしまった。そして今、これを書いている途端に思い出したのだが、その店で食事のあとに出た幾種類かのスペインの菓子はうまかった。胡桃《くるみ》を潰《つぶ》してオリーヴ油で練り合せたのだとか、そういう油っこくて、そして口に入れ易い形をしているものばかりで、確かそれを食事中に食べていいことになっていた。こういう献立からみても、スペインは文化の程度が高い国ではないかと思う。

その店があったのと同じ通りの少し先に、マルクスが住んでいたという家がやはり料理屋になっていたが、そこには遂《つい》に寄る機会がなかった。通りの一方の端から順にいうと、まずそのマルクスがいた料理屋があり、次にカサ・ペペがあって、その先にヨーク・ミンスターという飲み屋があった。見たところはただの飲み屋で、入って行くとスタンドがあり、ビールからブランデーに至るまで何でも揃《そろ》えてあって、ただそれだけのことだったが、そこには大した酒蔵があって主人に頼めば何でも出して来てくれた。シャトー・グリュオー何とかという赤葡萄酒の銘酒を八百五十円で分けて貰《もら》ったのもそこである。その時、上等な赤葡萄酒は飲む一時間ばかり前に開けた方がいいと教えられたが、これは何故なのか解らない。結果はその方が確かにうまいようである。

その頃、ある支那料理屋に入って、ビールだとか、葡萄酒だとか、西洋の酒ばかりなので、紹興酒《しょうこうしゅ》はないかと字で書いて見せたら、ないといわれたことがあったので思い出したのだが、支那では紹興酒以下、あの何百種とあった酒はもう作っていないのだろうか。銀座の裏通りを歩いていると五加皮酒《ウカピ》を壺に入れたのを売っていて、本ものかどうか、聞いてみたくなることがある。いつだったか、香港で昼飯に呼ばれて、香港でも、支那は支那なので久し振りに本当の支那料理にありつけて何ともいえなかったが、この時出た酒もウィスキーにビールだった。ウィスキーで食事中にがぶがぶ乾杯するのだから、支那人の酒量は大したものである。

綺麗な支那人の女が給仕をしていて、あれは女給さんなのだろうか、それとも一種の娼妓なのだろうか。客の一人一人に自分の色刷りの名刺を配ったのからみると、あとで電話をかけて呼んでくれということだったのかも知れない。その態度がまた堂々としていて、この品物をお前は入り用かどうか、入り用ならこの名刺に刷ってある通りというふうで、同じ素っ気ない様子で名刺の発音の仕方まで教えてくれた。筆談でもしたら、蘇州の生れといったことだろう。内乱のお陰で、蘇州中の美人が香港に集っているということも考えられる。

ヴェルレーヌの詩に、ティグリスだとか、ガンジスだとか、世界の大河を挙げて、その河岸にはこういうことがある、ああいうことがあると、各種の伝奇的な情景を並べたあとで、しかしセーヌ河には何もない。パリにも何もない、といっているのがあるが、その点では我々日本人は幸福である。ロンドンにはロンドンの御馳走、香港には香港のがあるが、日本でもいい気持になって、夢か現《うつつ》か解らない境地にもって行かれる所を探すのには、そう骨を折ることはない。

これは東北のどこかの町で、町から町へと旅芸人のような旅行をしていた時だったために、今でもそれが何という町だったのかはっきりしなくて、話の性質からいってこれはそれ程《ほど》重要なことではない。何でも、とてつもなく大きな広間が見渡す限り畳の海を霞《かす》ませていて、客がほかに一人もいなくなっていたのは、皆先に帰ったのだろうと思う。その隅に、まだお膳を前に置いて、酒というよりも淡雪という感じがするものをあとからあとからとお酌して貰《もら》っていた。火鉢があったから冬か、秋も遅くなってからだったに違いない。蟹があって、まだ季節ではないということだったが、それでもうまかった。東北の蟹の産地といえば、秋田だろうか。しかし確かその時は秋田まで行かなかったはずである。あの大きな鋏《はさみ》があって、甲羅が菱形をした蟹だったと思うが、その形もはっきりしない。鋏を火鉢の灰に突き刺して、中にその淡雪のような酒を入れてお燗《かん》をして飲んだりした。甲羅に入れても飲んだ。しかしそういうことをするのには本当はもったいない酒だった。他の料理のことなど覚えていないのは当り前である。幾ら飲んでもまたお銚子の代りが来て、酔いは頭をちょうどいい位にぼっとさせる程度でそれ以上に進まなかった。その証拠に、酔っていても筆で字が書けた。李白の月下独酌全篇を色紙に細字で書いて、読み返しているうちにもう少し頭が軽くなるのを覚えたかどうか、解らない位だった。そして玉山は崩れず、歩いて月夜の道を帰って行った。

暫《しばら》く月と影と相携《たずさ》えてふらふらして行くのを照していた街燈の形から察するに、これからする話の舞台は、またロンドンに戻っているようである。その晩は相携えて行く影と二人でどこかでブランデーを一本空けたあとで、影は何とかいう詩人だった。酒仙が二人歩いている時に、名前などどうだっていいだろう。もっと飲みたくて月夜に迷い出たのだったが、もうどこも締っていて、そのことに漸《ようや》く気がついてタクシーで相手が住んでいるアパートに行った。幾間か続いているのを借りていたのは、外国の仕来《しきた》りで、特別に影が金持だった訳ではない。しかし案内された部屋は確かに豪奢に見えた。下男か何かが自分の家に帰る前に焚《た》いて行ったのか、緑柱石の炉に火が燃えていて、その脇の卓子《テーブル》に置いてある、首が細くてその下が奇妙な形に膨んでいるガラスの入れものに入っている酒が火を反射して、濃い褐色に金の斑点を生じていた。炎がゆらめく具合で、酒が沸き立って金が溶けたのに変って行くようである。その廻りに置かれたガラスの小さなコップはいずれも真紅だった。

褐色の酒を真紅のコップに注いで貰《もら》って、火にかざして見た時の異様な色は今でも忘れられない。ガラスまで溶けて、酒と合体して燃えているのではないかと思われた。その酒をポルト・ドゥーロといったのではなかっただろうか。それを飲んだ時に、体が引き締って、一時酔いから覚めたのに近かった。それ程《ほど》冴《さ》え返った味だったのである。不思議なのは、コップを三度と乾《ほ》さないうちに、窓が白みかかって来たことである。それでいて、長夜を興に乗じて話をして過した記憶がある。

またこれはいつ、どこでというのではなくて、何度かあったことを総括しての話であるが、カクテル・パーティーというのはなかなかいいものである。文士の出版記念会の時など、百人もの人間が集っているのだから大した御馳走は期待出来なくて、自分の席にただ畏《かしこま》り、演説が始れば、自分が指名されるはずはないにしても、されたらどうしようと浮かない気分でいるよりも、カクテル・パーティーにしてくれて、著者にお祝いの言葉を述べてから適当に飲んでさっと帰る方が、どの位ましだか解らない。そして面白い顔触れならば終りまでいて、友達二、三人と誘い合せて二次会をよそで開くのも楽しみなものである。

カクテル・パーティーに出た時のこつは、カクテルというものを飲まないことに尽きるようである。カクテルというのは誰が考え出したものか知らないが、安い酒をとにかくどうにか飲ませるのにこれ程《ほど》いい方法はなくて、つまりそういう安酒を混ぜこぜにしたものなのだから、これ位悪酔いするのが確実な飲みものもない。それで、うっかりしてお代りしているうちに変に廻り始めるし、その場は儀礼的に持ちこたえても、あとがいけない。カクテル・パーティーには大概カクテルのほかにハイボールやビールが用意されてあるから、なるべくハイボールを飲むことである。ビールは、元気を出すためにビールを飲んで講演などやることの欠点と同じ理由から、止《や》めておいた方が無難である。

いつだったかのそういう出版記念をかねたカクテル・パーティーに、室内楽付きでモツアルトの五重奏で始ったのがあったが、これは実によかった。音楽会のあとで飲むという趣向で、それもこの何とかの五重奏という名曲を一つ聞いたあとは、まだ耳に残っている音を求めてハイボールを片手に部屋の中をあちこちと歩き廻り、ここの友達と立ち話をしては、あすこにいる馴染みのバーのマダムが笑顔になるのを眺めに行くというような訳で、この日は二次会でも、三次会でも自分が何をしたかあとで覚えている程《ほど》頭がはっきりしていた。悪酔いしたり、気が遠くなったりするのは、酒が悪いということに限らず、何か気に障《さわ》ることがあるために起る。酒がよくて顔触れがいい時は酒がうまい具合に体を温めてくれるのと逆に、役人が業者に御馳走されて一杯機嫌になれるとしたら、これは大した心臓である。

もう一つ、カクテル・パーティーには各種の摘《つま》みものが出て、これはなるべく食べた方がいいようである。大体、洋酒はある程度まではものを食べながら飲むために出来ていて、飲むのに忙しくて食べる方を疎《おろそ》かにしていると、かえって本当の酒の味が解らない。友達に大男の新聞記者がいて、占領時代でソ連代表部がまだ派手にやっていた頃、代表部のそういう集りに呼ばれて行っては、その話をあとで聞かせてくれたものだった。ロシア人というのは日本の共産党と違って、おそろしく人懐っこい人種らしい。その友達があとからあとからとウォッカのグラスを乾すのを見ると、これは立派な人物だということになって、ウォッカを飲む時はこれを肴にしないと体を壊すということを皆で友達に説明し、その肴という大きな肉饅頭を山盛りにした皿を持ったボーイが一人、始終、友達の脇にいるようにしたそうである。どうも、あのウォッカをただ飲んでいるというのは不思議だと思っていたら、やはり肉饅頭という肴があった。

肉饅頭などというのは頬ばったりしなければならなくて面倒であるが、カクテル・パーティーで出される料理は、普通は一口ですますことが出来る程度の扱い易いもので、これとハイボールをちゃんぽんにやっていると、こういうのが理想的な食事というものではないだろうかという気がして来ることがある。一つはカクテル・パーティーというのは、「カクテル・パーティー」という高級な英国の喜劇があったりして、何かどこか取り澄《すま》したものに思われているにもかかわらず、立ち食いで立ち飲みで多勢の人間が集っているのが、お祭りにでも行ったような感じにさせるのではないかというふうにも考えられる。一つの所で話をしているのに倦きたら、隣で話をしている方に加わって、そんな具合にしているうちに大概誰か、外に出て飲み直したいのがいる仕組みになっているのも重宝《ちょうほう》である。

しかしカクテルは変な飲みものだといっても、一杯や二杯なら飲めないものでもない。昨年だったか、スコットランドのグラスゴーに行った時、河上徹太郎氏とホテルのバーに入ったら、そこのバーテンさんがカクテル作りの名人らしくて、一九二〇何年とか一九三〇何年とかにバーテンの大会で一等賞を貰ったという免状を二つ、バーの壁に掛けていた。

何しろ、ロンドンから方々の都会を廻ってグラスゴーに来るまでにブランデー、ウィスキーその他、リキュール酒の類は飲み尽していたので、二十年も三十年も前に作ったカクテルのことをバーテンが覚えているかどうか解らなかったが、どんなのか聞いてみるとすぐに説明してくれて、結局、二種類とも一杯ずつ作ってくれた。片方の下地がラムで、片方のがジンだっただろうか。両方とも、淡々たること君子の交りのような味がして、うまかった。恐らくアメリカではこういう高級なのは一等賞にならないのだと思う。

そういえば、グラスゴーから一直線に東に向ってスコットランドを横切ると、スコットランドの首府のエディンバラがあって、ここでこの国の名産だといってドラムビュイという一種のリキュール酒を、親指位の小壜に入れたのを一本ずつ貰った。そのエディンバラに行った日、ストラビンスキーのオペラを見て、それから夜間照明でやる何とも豪奢な一種の観兵式のようなものを見物させて貰い、車でグラスゴーに帰って来たのが十二時過ぎだった。付き添いの人達の親切でサンドイッチとビールが用意されていたが、もう少し何か強いものが欲しくて、皆で貰って来たドラムビュイを開けて飲んだら、シャルトルーズをほんの少しばかりスコットランド風に泥臭くした味がして、この時は疲れも手伝って何だかひどくいい飲みものの感じがした。

その晩の記念に、一行の名前を挙げると、英文学者の福原麟太郎氏に評論家の河上徹太郎氏、それから文藝春秋新社の編集局長、池島信平氏だった。グラスゴーのノース・ブリティッシュ・ホテルにも(そういう名前のホテルだったと思うが)、こういう顔触れの日本人が来て泊ったことがあったのであって、回想してみて何だか不思議な気がする。

文学に出てくる食べもの

1

食べものと文学と、どっちが人間にとって大事かということは、一般に考えられている程簡《ほど》単にきめられるものではないのであって、文学と全然縁がない人間の場合は問題がないが、例えば、腹が減っては本があっても読めないから、本、あるいは文学よりも食べものの方が大事だというふうにはいかない。これは、人間にとって食べものが一番大事である状況を初めから仮定しているので、もしその腹を減らした人間が重い病気にかかっていれば、その人間には食べものよりも薬と休養の方が更《さら》に必要なのである。また、その人間に向って自動車が走って来れば、そこからどくことを何よりも先に考えなければならない。そして危く自動車を除《よ》けて先ず欲しいものが、食べものではなくて酒であることも、酒でなくて本であることもあり得る。つまり、どっちが上で、どっちが下だか解らないが、上には上が、そして下には下が無限にあって、下が上になることもあり、こっちが勝手に上と下の順序をきめてどうこういうことは出来ないのである。

腹が減っている時に食べものが欲しいのと同じ位に、我々が本に餓《う》えることがあるかどうか、その実感が必ずしもすぐに湧いて来ないのは、我々が本の洪水の時代に生きているからに違いない。これと似た例に、煙草《たばこ》がある。煙草が本と比べられるものかどうか、その判断に手間取るのも時代のせいである。戦争中はそうではなかった。三日ばかり煙草が切れて、四日目に一箱入って吸った時のことを今でも覚えているが、この最初の一本で頭が再び血の気を取り戻して運転を開始し、幻想が渦を巻いて起り、ゲーテも、近松門左衛門もおよぶところではなかった。本だって、一つもなくなれば餓えることになる。

というふうなことを並べたのは、決して文学の効用についてお座なりを述べるためではない。文学の効用については、この頃は説くものが多過ぎて、それでかえって逆に、文学と食べることとどっちが大事かというような揚げ足取りもやってみたくなるのである。しかし実際には、これはどっちにもなり、したがってどっちでも構わないことで、ここでこういうことを言い出したのは、その両方の楽しみをかねて、本に書いてある飲み食いの場面を幾つか拾い、食いしんぼうで読書癖がある同好の士の参考に供したかったからに過ぎない。

そしてそれを思いつかせてくれたのも、やはり戦争中に経験したことのある記憶である。昭和十七年だったか、十八年だったかに、どういう具合でか、山奥の古い別荘に何日かを過す機会を得て、そこの戸棚の奥に「オール讀物」という雑誌の第二号がほうり込んであるのを見つけた。この雑誌は今でもある訳であるが、これは創刊号の次に、昭和の初期に出たその第二号だったのである。昭和の初期、仮に昭和七年とすれば、それから昭和十七年、十八年までの間にどんなに烈《はげ》しい世相の変化があったか、ここで改めて説明するまでもない。「オール讀物」は確か既に休刊になっていて、まだ出ている雑誌が紙不足でパンフレットの薄さになっているのと比べても、この「オール讀物」の第二号が一冊の本の厚さがあるだけで眼を見張らせるのに足りた。そしてまた、その内容である。口絵は見開きの漫画で、どこかの温泉風景だった。野天風呂で、女の子が沢山《たくさん》いて泳ぎ廻り、パンツを脱いで投げたのが兎《うさぎ》の頭に被《かぶ》さって、兎は両耳だけ出して逃げて行き、そこに生えている木の前に隠居《いんきょ》姿の爺さんが立って、「この枝振りがナン（難）、」と一心に鑑賞している。

この頃の漫画にはなくなった何か豪放なものがあるだけでなくて、それを見たのが荒涼たる戦争の最中だったから、これは全く眼の前にぼた餅と一升瓶とビフテキを並べられた感じだった。しかしながら、この口絵や、大佛次郎《おさらぎ》氏の「由比正雪」の連載や、上山草人のハリウッド便りや、何とかいう画家のパリの思い出に（「パリの秋は焼栗とともに来る」とかいう題だった）、あの時あれ程《ほど》打たれたのは、これは一つには戦争というものがあって、昔懐しい大衆雑誌が当時の空腹にとってのビフテキやぼた餅と同じ位の魅力があったからであり、これは異例に属しているともいえる。文学で食べものが扱われる正当の場合では、ただ読むだけで空腹を感じて、それが完全に満されるのでなければならない。というところまで来れば、すぐに思い出されるのがブリヤ・サヴァランの名著であるが、一般にそれ程《ほど》知られていないものに、「小公女」という子供の本の一場面がある。

これはバーネット夫人という、日本ではむしろ「小公子」という別な子供の本で知られている小説家が書いたもので、簡単に筋を説明すると、インドで大金持になった男のセーラという一人娘がロンドンの贅沢《ぜいたく》な女学校の寄宿舎に入れられる。そうするとその男が事業に失敗して急死し、セーラは孤児になるが、女学校の校長のミンチン先生というひどい女は授業料がとれなくなった腹癒《い》せにセーラを女中に使うことにきめて、屋根裏の部屋に追いやって散々な目に会わせる。そしてここがこれからの場面にとって大事なところで、何かというとセーラがすることに難癖《なんくせ》をつけて罰に食事をやらないことにする。

セーラがそうして空腹を忍んでこき使われているうちに、隣にやはりインドで金持になった男が引っ越して来て、外国の建物によくあるように、その家は屋根と仕切りの壁でミンチン先生の学校に接続し、セーラがいる屋根裏の部屋は、金持の男が使っているインド人の男が入った屋根裏の部屋と向い合せになっている。そしてそんなことから、やがてセーラが、この金持が長い間探していた友達の娘であることが解って、セーラは救われ、ミンチン先生は没落するのであるが、その大詰めの前に、インド人の男は先ずセーラが面白そうな子供で、そしてミンチン先生にどんなにひどい目に会わされているかということを主人に報告する。それで、二人の間に、ただその子供をびっくりさせてやる目的で密談が行われる。

その晩、セーラがまたしても晩の食事を抜きにさせられて屋根裏の部屋で寝入ってしまうと、インド人の召使がいろいろなものを持って、屋根伝いに部屋に忍び込む。つまり、泥棒がやることの逆で、インド人は綺麗な扇などで部屋の汚い壁を飾り、冷い床に厚い絨毯《じゅうたん》を敷き、家具を入れ、炉に火を熾《おこ》して薬罐《やかん》をかけ、卓子《テーブル》の上にほやほやの食事を置いて出て行く。だから、セーラが湯がたぎる音で眼を覚すと、部屋の様子が一変していて、卓子には、池田潔氏もどこかで書いていたマフィンが皿に山盛りになり、切って食べるケーキにナイフが添えられ、ジャムがバタと隣り合っている。子供の読者は、それまでのセーラのひもじい思いにつき合っているから、これで、セーラに負けずに興奮する。セーラは大急ぎで起きて、隣の屋根裏の部屋に寝ているベッキーという、もう一人の若い女中を起して連れて来る。二人は、これが夢であるかどうかについて銘々の意見を述べて、セーラは二人が食べているそのマフィンというものに実際に味があることをいい、夢ではものを食べても、味がしないことを指摘する。読んでいて、そのマフィンは全くうまそうである。個人的には、これが文学で食べものの有難さを知った最初の経験だった。しかしこれはまだ子供の話で、もっと念が入った例が幾らもある。

2

読んでいて涎《よだれ》が出そうになる食べものの記事のうち、何を先ず選ぶかは容易にきめられることではない。その方で知られているものは、例えばブリヤ・サヴァランの名著とか、「美味求真」とか、すぐに頭に浮ぶのがあるが、ここではもっと普通の文学作品に出て来るそういう、食物と関係がある場面を拾いたいのである。自分の経験からいって、人から前に聞いたことがなかっただけに、いきなりぶつかった時には驚いたのを幾つか並べてみたい。

その一つに、「千夜一夜」のマルドリュスによる仏訳の十六巻本では、第二巻に出て来るのがある。「優しい友とアリ・ヌールの物語」という話の一場面で、その筋を全部ここで書く訳には行かないが、この場面に必要な部分だけを説明すると、要するに、回教徒の君主、というのは、回教を信奉するアラビア人が建てたサラセン帝国の、この話ではハルーン・アル・ラシッドという皇帝がバグダッドの都にもっている離宮に、ある晩のこと、世にも美しい若い男と女が忍び込む。そしてそこの番人を相手に酒盛りを始めて、宮殿のありとあらゆる燭台に火を点《とも》すとそこら中が輝き渡り、ティグリス河に映って、対岸の王宮にいたハルーンがそれを見て不思議に思い、宰相のジャファールを連れて様子を探りに出かける。

そして何だかだとあって、ハルーンも相手の男と女の仲間に入れて貰《もら》いたくなり、やはり離宮に密漁に来ていた漁師と服を交換し、漁師が取った魚を籠に入れて、その恰好で離宮で酒盛りをしている連中の前に現れる。それからが本筋なのであるが、魚を見て皆喜び、ハルーンはそれを揚げて来るようにいいつけられる。ハルーンはまだ王子の頃に、王宮の台所に行っては料理人達の仕事を邪魔した経験があるので、魚を揚げる位のことは造作ない。それで、庭で待っていた宰相が自分でやるというのも聞かずに、番人の小屋に入り、鍋などの道具のほかに塩や、麝香草《じゃこうそう》や、月桂樹の葉などの調味料を探し出して来て、先ず鍋にバタを落す。それからバタが溶けて泡立ち始めるのを待って、魚の鱗《うろこ》をとり、はらわたを出して洗い、塩と粉で軽くまぶして鍋に入れて魚の片方がこんがり揚がると、手際よく裏返し、というふうな具合に魚を全部揚げて、大きなバナナの葉に載せ、レモンを添えて離宮に戻って来る。

ただそれだけのことなのであるが、この魚のフライがうまそうに感じられる程《ほど》うまい魚のフライは世界のどこにもないという気がすると同時に、どこかにあってもいいはずだとも思い、一時は魚のフライに興味を持ったものだった。しかしまだこの一節が期待させたような現物には出会ったことがない。強いてそれに近いものを求めるならば、英国のドーヴァー・ソールといったか、ホワイトフィッシュといったか、何でもそういう名前の魚のフライであるが、これは大皿に漸《よう》く一匹乗る位の広々とした魚で、「千夜一夜」にある描写から察すれば、ハルーンが揚げたのは手で摘んで食べられる程度の小魚らしくて、大きさが合わない。摘んで口に入れるところころしていて、そのうちに魚の身がころもと一緒に、そして麝香草その他の匂いを漂わせて溶けて来るのかと思うと、どうもたまらなくなる。何という魚かが書いてないのは残念であるが、書いてあったところで、それがもし千年前に、ティグリス河がバグダッドの離宮の脇を流れている辺でしかとれなかったものならば、シーラカンスのちりでも考えた方がまだ実現の見込みがある。

同じマルドリュス訳の第二巻に収められている「ヌーレディン物語」という話にはまた、石榴《ざくろ》の実で作った菓子のことが出ている。この話も、全部の筋を書けば長くなるから端折《はしよ》って説明すれば、ある父と子が、子が生れる前から離ればなれになり、それでその子が成長して、母や母方の祖父と一緒に父親を探して旅をしている時、ダマスカスで菓子屋をやっている父親の店に知らずに入って行って、そこで食べた石榴の実の砂糖漬けがもとで菓子屋の正体が解るというのだから、この菓子が話の大事な一つの鍵になっている訳である。そして菓子がそのきっかけになるのも、それが余りうまいので子供がその砂糖漬けを幾皿か平らげた上に、薔薇の香料が入った氷水か何かを飲んで、腹一杯になって祖父達の所に戻って来ると、先に見つかった父方の祖母が同じ菓子を出して（この婆さんも息子と離ればなれになっていたのである）、子供はどうしても食べる気が起らず、それで子供が町の菓子屋に入るなどということはしたないことをしたことも、その菓子屋の正体もばれるので、したがってこの菓子は、それを食べ過ぎていやになる印象まで読者の頭に残る。

筋の立て方が、この菓子がうまそうな感じを与えた上でも巧妙なのは、甘いものが好きなこの子供の一行はエジプトからバスラに行く途中でも一度ダマスカスに寄っていて、その時も子供はこっそり菓子屋の店でこの石榴《ざくろ》の実の砂糖漬けを食べるのであり、我々もいい加減これに飽き飽きしてバスラに向けて立つのに、帰りには子供がまたその菓子を食べたくなるという細かいところを作者が見せていることにも窺《うかが》える。そしてこの二度目には、我々ももう全くこの菓子だけは見向きもしたくなくなるのは、つまり、我々も作者に釣られて、この砂糖漬けを子供とともに喉《のど》まで食べたということなのである。言葉だけでそのように、あと一粒も食べられないという感じにさせるのは大変なことで、文学史上、あるいはこれが唯一の例かも知れない。

しかしこの石榴の菓子も、前に挙げた魚のフライも、考えてみれば作り方が至《いた》って簡単なので、作り方と名がつくものは簡単であっても、このこつを覚えるまでが大変だというのが、うまいものの確かに一つの典型のようである。新潟県の長岡に越の雪という白い、四角い菓子があって（これはお伽噺《とぎばなし》ではなくて本当に長岡まで行けばある）、この菓子も砂糖と米の粉を練り合せただけのものらしいが、「千夜一夜」の銘菓と並べていい。また、西洋料理もいろいろある中で、妙に印象に残るのは戦前の英国にあった、牛肉をただ焼いたのと、これはここでも触れたホワイトフィッシュのフライである。片方は英国の、見なければ信じ難《がた》い田園風景に日がほんの少しずつ暮れて行くところ、片方はどこの海でも構わない海、それ故にここでは便宜上、ギリシャの詩人が歌った葡萄酒の色をした海としておく。ものを思わせて、食べものでもこういうものには夢がある。

もっとも、この考え方をそこまでで留めてはつまらないので、もう少し考えてみるならば、いろいろなものを取り混ぜて味を出すというのも、理論は簡単であるはずであり、やはりそれを実際にやる時のこつが大変なものなのに違いない。そしてそうして出来上った料理にも夢があって、ただそれは海や、森や、野原を我々に見せてくれる代りに、賑かな街の眺めや、街燈だけに照された深夜の通りや、そういう都会の幻影を我々の舌に載せる。マドレーヌ寺院の脇に花売りの店が並び、右側にオペラの方に行く大通りの無数の明りが夕暮れに瞬《また》いているといった感じがある。そしてそのような料理も「千夜一夜」に出て来て我々を楽しませてくれるが、何も「千夜一夜」に限ったことではない。

本当の御馳走、というのは、もっと手が込んだ料理や正式の、あとからあとからと幾皿も出て来る食事の話も、古今の名作にその例を探すのに決して骨を折ることはない。ちょっと考えてみるだけでも、例えばフローベルの「ボヴァリー夫人」でボヴァリー夫人が実家で結婚式を挙げる時の食事もいかにもうまそうである。しかしもっと簡単ながら、ジョイスの「ユリシーズ」でブルームという男が朝の食事に羊の腎臓をバタで焼くところは、何かこってりしている感じがする点で記憶に残る。

3

女房がまだ寝ている間に先に起きて、自分の食事の用意をする習慣なのか、とにかく、この小説に出て来る日は、ブルームはまず肉屋にその腎臓を買いに行き、戻って来て、炉に真赤に燃えている石炭の上にフライパンを置き、バタを落としてその塊《かたまり》が溶けるのを暫《しばら》く眺めていてから、その中に腎臓を入れ、胡椒《こしょう》を振りかける。その時、薬罐《やかん》の湯が沸いて、ブルームは紅茶を入れて二階の女房の所に持って行ってやる。そして話をしているうちに、女房が何か焦《こ》げている匂いがするというので慌《あわ》てて台所に降りて来てみると、フライパンに入れた腎臓から盛んに煙が立っている。しかしすぐにフォークでフライパンから剝《は》がして、一部しか焦げついていないことが解り、あとはよく焼けている。ブルームはこれを皿に移し、フライパンの中に出来たソースをかける。そのソースからも煙が立っているに違いない。

天気がよくて、台所に日光が射し込んで来ることなどが書いてあり、この朝食は理想的なものに思われる。ブルームが二日酔いだったならば（そういうことは書いてないが）、なおさらのことである。

二日酔いの時に、ぱさぱさしたパンに紅茶などという朝食は実にやり切れないもので、西洋では御飯に味噌汁という訳には行かないから、そうなるとこの腎臓のバタいためなどは先ずもって来いのものである。乾いた感じがするものは欲しくない代りに、脂っこいものが変に食べたくなるのが普通らしくて、朝飯にカレーライスが出たらどんなにいいだろうと思うことがある。昔ならば、朝帰りに新宿の中村屋に寄るところであるが、朝帰りをすること自体がこの頃は大変なことになった。しかしそんなことはどうでもいい。ジョイスのバタいためは「ユリシーズ」の初めの方に出て来るので、もっと先の方にどんな御馳走の話が待ち受けているかと思って読んで行っても、七、八百ページもある小説の終りまで、全く何もない。余り食べもののことを書くのは高級な文学者がすることではないとでも思ったのだろう。馬鹿な奴である。

もっとも、ジョイスが好きな人間にいわせれば、もっとあとの方に、ブルームがダブリンのどこかの食堂で昼の食事をするところがあるということになるのだろうが、この昼の食事程《ほど》まずそうに描写された食事の場面はまだ読んだことがない。そういうふうに書くのがまた、ジョイスの狙《ねら》いでもあって、つまり、この世は夢か幻かであり、人生に関することはすべていやらしいか、汚いものばかりだということを説くのがこの小説の趣旨になっているらしい。そうすると、朝の食事の方はどうなのだろうか。そういえば、まだ生のうちの腎臓がどうとかしたというようなことを入れて、我々の食欲の減退を計っていると思われる部分もあるが、これだけは、ジョイス自身が羊の腎臓のバタいためが好きな余り、うまそうに書くのをどうすることも出来なかったと推定される節《ふし》がある。

そこへ行くと、エリオット・ポールというアメリカの小説家はジョイスよりも数等、高級な都会人で、食べもののことを書くのは下品だなどという爺《じじ》むさいことは考えない。その反対で、大体、ポールが書くことは美人でも、美酒でも、全くその通りと思われる迫力があるが、御馳走の話もこの例に洩《も》れない（因《ちな》みに、パリで「トランジション」という高級な文芸雑誌を英米の文士のために始めたのはこのポールで、この雑誌にはジョイスも寄稿したはずであるから、ポールとジョイスは無縁ではない。しかし同じ人間でどうしてこうも違うものか）。ミーガン・マロリーという、「セーヌ河左岸での殺人」という探偵小説に出て来る十七歳の美女はアメリカからフランスに向う航海の最後の晩に、六種類の前菜と、スープに魚、それから鴨、サラダにチーズと果物を食べる。ポールだと、そういうふうに並べただけでこっちも何となく食べたくなるが、パリに着いてから母親とホテルの部屋で食べる昼の食事は、ホテルの料理長が自分で作った前菜にほろほろちょう（珠雞）のコンソメ、ノルマンディー風の平目料理に仔羊の焼き肉（余り焼かずに）、マヨネーズをかけたトマトと小さな梅のパイである。

ノルマンディー風の平目料理というのはどんなものか解らないが、羊は西洋では、一種の何とも形容し難い匂いがあるのが特色になっている。これを上手に生かすのが料理人の腕で、註文通りに行けば、それが肉の柔かさと一緒になって（この時の食事では仔羊を使っている）、どういう訳か、西洋で夏になりかけた頃の新緑の朝を思わせる。またその効果を出すのには、スープはあっさりしたコンソメでなければならない。だから、雞《とり》の代りにほろほろちょうを使ったのがこの仔羊の肉に配されている。そしてこの肉の味を壊さないためには、ぼてぼてしたじゃが芋や、フランス料理で有名なグリン・ピースさえもトマトの軽く酸っぱい味には敵《かな》わなくて、それについて来るマヨネーズは勿論、壜に入ったものではない。そして梅のパイといっても、このミラベルという梅は小粒でいい匂いがして、パイは上まで被《かぶ》さっているのではなしに、薄くて小皿の恰好をしたのにこの梅の実が盛ってある。ほとんど飲みものなしでも食べられる献立だという感じがする。

同じ小説の先の方で、主人公のホーマー・エヴァンスは夜、考えごとをしなければならなくなり、懇意のロシア料理屋に頼んで夜食を届けさせる。それが冷い料理が六種類、熱い料理が八種類で、それにウォッカとクヴァス（これは確かパン屑で作った弱い酒である）、冷い料理の中に本場のキャビアが入っていることはいうまでもないことで、その上に気分を出すために、白系ロシア人の楽団が演奏する旧ロシア帝国の国歌のレコードまでつけてある。そういう訳だから勿論《もちろん》、エヴァンスは犯人を探し出すことにやがて成功する。

ポールが話を進める材料に食べものを使っている例は決してこれだけに止《とど》まらない。探偵小説だろうと何だろうと、ポールが書いたものならば必ず御馳走が出て来ることを期待することが出来て、「ルーヴル博物館騒動」という、探偵小説では彼の第二作に当る作品では、芝海老とさふらんを混ぜた炒り飯に唐辛子を焼いたのが飾りにかけてある料理というのがあって、唐辛子は真紅、芝海老は桃色、さふらんは黄色である。その味は、これを食べたあとでエヴァンスがルーヴル博物館からワットーの名画を盗み出した犯人を摑《つか》まえ、名画も取り戻すことでも解る。ポールにはスペインに関する著書もあって、これはまだ読んだことがないが、どんなうまそうなスペイン料理のことが書いてあるか、想像してみただけでも楽しい気分になる。

何度も断った通り、文学作品に御馳走が出て来る例は幾《いく》らもあって、一々挙げていたら切りがない。だから、この辺で一先ず止《や》める。ただもう一つだけ、コットレット・ダニヨー・オーゾマール・トリュッフェ・オーズイトル・フリト・マロン・シャンティーという世に二つとない料理のことを読みたい方は、「饗宴」という小品を参照されたい。

4

本当をいうと、この頃多く出る食べものについての随筆にしてからが、それを書いた人の有名、無名にかかわらず、我々が読んでいかにもうまそうだと思う限り、すべて文学に出て来る食べものの例に挙げていいのである。奥野信太郎氏の北京料理に関する話、殊にあの夏食べる、蓮《はす》の葉を入れた何とかいう粥《かゆ》のことを書いたものなどは、全く名品の部類に属する。これならば、筆者のように北京に住んだことも、北京料理に馴染《なじ》んだこともないものでも、その粥を食べた気になる。それだけではなくて、辺りには北京の夏が拡り、明日の朝はその粥を作ってくれと流暢《りゅうちょう》な支那語でいいつける程《ほど》、北京での生活が身についた中国文学者に自分がなった錯覚さえ起きる。そしてもしこれが文学でないならば、文学という言葉を聞いても耳に留めることはない。

それで今まで読んだものの中で、ただこれと同じ程度に感銘を受けたものということに目安をおいてあれこれと記憶を辿《たど》ってみると、もう書いた人間の名前を忘れたシャックルトンの南極探険に関する記事がある。その時、この英国の探険家は船が難破したか何かして、南極大陸に近いある島の一角に何人かのものと、外の世界と全く連絡を断たれて暮すことになった。そしてしまいにシャックルトンは決心して、キャンプに病人を残し、同行二人と中央の高原を突破し、島の反対側にある捕鯨船の根拠地に救援を求めに行くのであるが、この話についてもっと文学的な色彩が欲しいならば、この一行三人による雪原の強行軍はエリオットの「荒地」に出て来る一つの挿話になっていることをつけ加えてもいい。

しかしこの島の一角での生活で、一同が僅かな食糧を補うのにとって食べたスクア・ガルとかいう鳥の雛が、何ともうまそうなのである。スクア・ガルというのは日本ではどう呼ばれているのか、今、手許に字引がないので解らないが、やはり南極にスコットと一緒に行ってその探険記を書いたポンティングという人によれば、これはペンギンがやっと夫婦の約束をして苦労して巣を作り、卵を生んで孵《かえ》し始めると、ペンギンが飛べないのにつけ込んでいきなり空中から襲いかかって来てその卵や雛を攫《さら》って行く、ひどい鳥だということになっている。しかしだからといって、シャックルトンの一行がこの鳥の雛を食べたのはちょうどいい具合だったということには勿論ならない訳だが、その雛がシャックルトンのことを書いた人間の話ではいかにも可愛いのである。

最初にこの雛をとって締めた時は皆、人殺しをしたような気がしたといっている。しかしその肉を料理すると、前菜で始ってコーヒーで終る一流の食事のいろいろな味がすべて入っている感じがする位うまくて、その汁は一行の病人に力をつけるのに何よりもいい、滋味豊かな煮こごりになる。そして食糧の欠乏と病人のことを考えて、また摑《つか》まえに行くと、それでもまだ人のポケットを掬《すく》った程度にひどいことをしている気がするが、摑まえたあとはまた饗宴である。という訳で、何度かこの雛とりをしているうちに、しまいには摑まえに行く時も、これから御馳走が食べられるぞと思うだけになったそうである。

おかしなことに、この雛が可愛いということが、その肉がうまそうな感じをいっそう強めている。そんなことはないようでも、そうなのであって、こういう事実をありのままに伝えるのが文学に違いないが、この鳥の場合に限らず、大体、食べてうまいものは形もいいのが普通らしい。鮎《あゆ》がその典型的な例だろうか。雞《とり》は、というものがあるかも知れないが、食べて本当にうまい雞、例えばプリマス・ロックなどは、雌《めす》でも堂々たる体格をしている。雞が先天的に馬鹿な動物だということは、ここでは問題外である。

シャックルトンの一行はこれで味を占めて、船が沖合を通りでもするのを待っている退屈しのぎに、もし無事に帰国出来たら、また船でやって来て雛を大量に捕獲し、ロンドンの目抜きの場所で豪華な焼鳥屋を始めて大金持になる計画に夢中になる。しかしそこでも書いてある通り、これは初めから実現の余地がなかったことなので、こういう危急の際は例外であることは勿論であるが、南極の鳥獣は国際条約で保護されていて、勝手にとったりすることを禁止されているそうである。もっとも、もし何かの間違いでこのシャックルトンの焼鳥屋がロンドンで開店していたら、一度でいいから行ってみたかった。だいぶこってりした味のようだから、飲みものはブルゴーニュ産の赤葡萄酒が合っただろうと思う。

鳥料理から魚料理、探険から冒険というふうに考えて行って、次に思い出すのは、林房雄氏の「アラフラ海の真珠」という短篇である。その題からも、何も南洋の御馳走のことを主に書いたものでないことは解る訳で、作品の実際の中心になっているのは、林房雄氏でもなければ書き切れると思えない、何とももの凄い怪魚である。煮ても焼いても食えない代物で、珊瑚《さんご》礁《しよう》に出来た洞穴の奥深く住み、真珠をとりに潜《もぐ》った不注意な原地人を一呑みにして、原地人の両足を口から出してぶらぶらさせている、巨大な鬼鰧《おにおこぜ》のお化けのようなものであって、実際にそういう魚が南洋にいるのかどうか解らないが、恐らく林氏の想像の産物ではないかと思う。そしてこの怪魚が退治されることと、怪魚が襲った原地人が見つけた真珠貝の中に類《たぐ》い稀《まれ》な対の真珠の逸品が入っていることがこの作品で語られている。

しかしここで取り上げたいのは、話の中に出て来る海百足《むかで》のバタ焼きという、仮に林氏の想像の産物にしても大した御馳走である。海百足という名前から察するのに、これは百足の恰好をして甲殻を被った海の生物で、実在するものもあることをどこかで読んだような気がすると同時に、そうではなさそうにも思えるのは、食欲をそそる上で話が少しうま過ぎるからである。これは、伊勢海老のことを念頭においていっているので、伊勢海老で一番食べたい所が脳味噌であることは断るまでもない。それで茹でたのだと、その脳味噌が欲しいのに取り難くて気が焦《あせ》り、取り易い胴や尻尾の肉の所はそのためにゆっくり味わっている余裕がなくなる。そしてそこの所も決してまずい訳ではなくて、むしろこの方を楽しむのが正道なのに違いない。

ところで、海百足というのだから、これは伊勢海老の尻尾の所だけが幾関節も続いて、一匹の生物になっているものと思われる。脳味噌など、先ずないと見てよさそうである。そうすると、海百足の取り立てを先ず殻を剝《は》いで、バタが溶けて跳ね返っているフライパンに入れて白い肉が締るまで焼いたら、どんな味がするだろうか。塩加減は海にいる間に浸み込んだ海水で充分であるはずで、伊勢海老の尻尾に当る所が初めから終りまで胴なのだから、養分も行き渡っていて、味も尻尾の比ではないと考えていい。そしてこれがすべてぶつ切りも同様の肉の塊で、造作なく口にほうり込めるだろうし、歯切れは申し分なくて、海の香りがバタの匂いと口の中で混じり、新鮮で素朴な点でこれ以上の海の料理というものは想像出来ない。どんな点でも、そうかも知れない。鯛の頰の肉や、何だかの縁側ばかり狙っていると、疲れて来ることがある。

これでもう一度、この海百足のバタ焼きが実在するかどうかが一応は問題になるが、これはどっちでも構わないという見方をすることも許される。もしこれが本当の話ならば、林氏は一つの珍味を我々、食べることを生命とするものに紹介してくれたのだし、林氏の創作ならば、この世にない味を我々に楽しませてくれたのである。

5

ここまでは、かなり前に出た作品からの例を主に紹介して来たが、今度はごく最近の、それもまだ本の形では出版されていない、ある外国の雑誌に載った長篇の一部で登場人物が語る、全くほやほやの御馳走を提供したい。その作者のシリル・コノリーというのは英国では知られている批評家で、それが久し振りに、「月桂冠に蔭を」という小説を書いたのがそれなのである。

話の筋は、その御馳走とは関係がないのであるが、気分を出すのに必要なことだけをいうと、ある英国の文学界の老大家が何人かの年下の文士や、そういう人間とつき合える、日本ならば差し当り、教養があるということになる女を自分の家に呼んで、晩の食事が始る。しかし教養があるということはヨーロッパでは、例えばヘミングウェーを読むというふうなこと以外に、酒や料理にも（また、家具、陶器、狩猟、紋章学、乗馬、園芸その他、人生の楽しみ百般にも）、趣味があることを意味して、昔の知識階級だった日本の町人に相当し、主人も大通《だいつう》であるから、食事に出る料理もただの料理ではない。そして献立にもあとで触れることになるかも知れないが、ここで挙げたいのは、一同が食事がすんで応接間に行ってから、その老大家の妻が皆に話して聞かせるあるとてつもない料理の作り方である。これは林房雄氏の海百足のバタ焼き以上に、ありそうにもないものであるが、やはり、食べてみたくなる。

先ず大きなオリーヴの実を一つ取って、種を抜き、中にアンチョヴィーと白花菜の蕾《つぼみ》の漬けものを詰め、これを上等のオリーヴ油に漬けてから、ヨーロッパ産で無花果《いちじく》を食う種類の頬白の頭と爪を落とした中に入れ、これを、骨の大部分を除いてやはり頭と爪を取った太った蒿雀《あおじ》に詰め、更にそれを肥えた鶉《うずら》の中に入れる。そしてこれを葡萄の葉で包んで中位の千鳥《ちどり》に詰め、その廻りに薄く切ったベーコンを巻いて若い小綬鶏《こじゅけい》の中に入れ、それを食べ頃の山鴫《やましぎ》に詰めて、パン粉を軽くまぶして小鴨《こがも》に入れ、その廻りにもベーコンを巻いて、生まれてからまだ一年たっていないほろほろちょうの中に入れ、これを最上の雞《にわとり》の中に、そして雞を、ちょうど、食べ頃になるまで吊しておいた雷鳥《らいちょう》の中に、雷鳥は殺したばかりの、まだ足も嘴も軟い鵞鳥《がちょう》の中に、そして鵞鳥はクリスマス用の七面鳥の中に入れて、もし出来れば、これを更《さら》になるべく大きな野雁に詰める。

しかし仕事はまだこれからで、今度はこの手が込んだ詰めものの隙間という隙間を栗とこま切れの肉とパン屑で塞《ふさ》ぎ、これを丁子《ちょうじ》を刺した玉葱と、ハムを細く刻んだのと、セロリと、荒く砕いた胡椒と、多量のベーコンと、塩と普通の胡椒とこえんどろその他の香料と大蒜《にんにく》と一緒に大きな鍋に入れて、上にパイの皮を被せて密閉し、天火で二十四時間、とろ火で煮る。そうするとつまり、これだけの森や、沼や、野原や農園の滋味が次第に溶け合い、同時にその一つになった精気が中まで染《し》み込んでオリーヴの実に溜る。そこで先ず野雁を開いてこれを捨て、次には七面鳥、その次は鵞鳥、雷鳥、雞、ほろほろちょう、小鴨、山鴫、小綬鶏、千鳥、鶉、蒿雀の順で捨てて行き、最後に残った頬白の中からオリーヴの実を出して、つまり、それを食べる、というのである。

　これ以上に贅沢な料理は先ずないと思うが、そこまで行くならとてものことに、そういう方法で大きな入れものに一杯になる位、オリーヴの実を煮て、これを擦《す》り潰《つぶ》してパンにつけて食べたらうまいだろうと思う。

「何ですか、これは」と客が聞くと、待ってましたとばかりに、

「えー、これはですね、先ずオリーヴの実を頬白に詰めまして、それを骨を取った蒿雀、あ、お、じですな、あの英語でオートランという鳥ですが、それに頬白を入れてですな、」とやっているうちに、客ももう相当廻っているからい眠りをはじめる。その夢うつつの境地で、「……一年たっていないほろほろちょう、……雷鳥、……足も嘴も軟い、……こえんどろ、……、森や沼の精気、……小鴨、山鴫、小綬雞……」などという言葉が途切れ途切れに聞こえて来るのも悪くないに違いない。

　ということになれば、コノリー氏よりも一段と上を行くことになるが、反対にもっとぐっと落ちたければ、その小綬雞、山鴫、七面鳥などを捨ててしまうというのはもったいない。先ず野雁をそっと開いて、中身を出してから大きな皿に乗せて、鍋の中のソースをたっぷりかける。次は七面鳥、というふうに、大小とりどりの皿にその十何羽かの鳥を分けて並べたら、これは壮観ではないだろうか。それだけの御馳走を一時に食べるのも惜しまれて、幾日か食卓の廻りをまいまいしながら過すことになる。それとも、野雁から食べ始めて一気に頬白まで平げ、それでも中のオリーヴの実に舌鼓が打てる位そのオリーヴの実はうまいということなのだろうか。

だから、そうして料理したオリーヴのジャムを作ってパンにつけて食べれば、もっとうまいというのである。

この料理は勿論、一人の人物が説明して聞かせるだけのことであるが、そういう話に花を咲かせる人達であるから、その晩の食事も凝《こ》ったものである。献立を原文のまま示すと（どうせ我々は東京の西洋料理屋に行っても同じ目に会わされる）、

CLEAR TURTLE SOUP
SOLE COLBERT
ROAST PARTRIDGE
HARICOTS VERTS GAME CHIPS
CHEESE SUFFLE
COX'S ORANGE PITMASTON PINEAPPLE IRISH PEACH
DOYENNE DE COMICE KENTISH COBS

となっている。タートルのコンソメというのはどうも、海亀のスープではなくて、それに似た味がする牛の尾で作ったスープのことらしい。平目は勿論、ヨーロッパの海の魚では一番うまいもので、ただコルベールというのはどんな料理の仕方なのか解らない。小綬雞の焼いたのは、まだ血が出て来る程度の焼き方というのだから（これは、本文にそう書いてある）、うま

いに違いなくて、これを飲むのがロマネー・サン・ヴィヴァンという銘柄のブルゴーニュ産の赤葡萄酒、この銘柄は知らないが、ブルゴーニュの赤とちょうどいい位に焼いた小綬雞なら、もう何もいうことはない気がする。そしてチーズのスフレにまで白葡萄酒の王、一九二一年のシャトー・イケムがつくというのだから、これはただ読むだけではいられない。とはいえ、東京のどこに行ったらそんなものがあるだろうか。そして献立の終りの二行は、パイナップルだとか、ピーチだとか書いてあっても、これが皆林檎《りんご》のそういう違った種類なのだそうだから驚く。

コノリーは食通、殊に果物の通人、および酒通として知られていて、この小説は確かに食べられる。実は、この晩餐の翌日がこの老大家の誕生日で、その時はもっと凄い御馳走が出ることになっているのであるが、小説では、老大家がその御馳走を見ずに翌朝、心臓麻痺《まひ》で死ぬのは残念である。老大家も、しまった、と思ったに違いない。

6

文学に出て来る御馳走の話を原文に当って探すのもいいが、飜訳が機械で出来ると聞いても別に驚かないような飜訳が普通になっている今日、ほかにもやり方があるのだということを示すためにも、神西清氏の名訳から次の一節を掲げておきたい。

……やがて腰元に手を引かれて一間へ通つてみたれば、奥方ははや力くらべの相手を待顔に、装束《しようぞく》も寛《くつろ》がいておぢやつた。金銀ちりばめた毛氈《もうせん》も、珍烹佳肴の数々にとこち狭《せ》いほどであつたに、又その傍な奥方の美々しいは、月日も遠く及ばぬげに見えた。珍陀の壺、「ぎやまん」の盃、鬱悒《うつちやう》の甕、「きぷろす」の酒瓶、薬味の玉手箱、孔雀の丸焼、青緑の汁、塩漬の豚なんど、萬一「いむぺりあ」を慕ふ心さへござらなんだら、随分とこの伊達《だて》者の眼を楽しまいたでもあつたらう。なれど、若僧がぢつと眼を放たいで見守つたは、奥方のあえかな姿であつたれば、……

これはバルザックの「おどけ草紙」(Contes Drôlatiques) に出て来る話の一部で、ある若い、といっても、まだほんの少年の僧侶がイムペリアという名高い遊女の所に忍ぶ場面を語ったものであるが、ただ孔雀の丸焼、青緑の汁、塩漬の豚などと書いてあるのが、いかにもそこに大変な御馳走が並べてあるように感じられるのは、神西氏の訳業を通してバルザックの名文がそれまでにそういう一種の豊かな空気を作り出しているからである。そして御馳走のことは、これだけで終っているのではない。少年とイムペリアがそうして漸《よう》く出会ったのちに、イムペリアの常得意である高僧が二人ばかり、代るがわる邪魔をしに現れて、遂にこれを首尾よく追い払って再び少年とイムペリアが二人切りになるところは、こう書いてある。

……奥方が申されたは、

「恋の霊験あらたけい『こんすこんす』の都ゆゑ、住ゐたす僧都沙門《そうずしゃもん》もあまたあつてなれど、おぬしこそ無雙至極《むそうしごく》の若聖でおりやるわいの。まづ、かうおりやれ。まことおぬしの愛《いと》しいことは、天使《あんじょ》、極楽《はらいぞ》及びあるまいぞ。眼の玉も飲みほさうず、肉《しし》むらも食べようず、恋責めに殺いても見ようずと、物狂はしう覚えたわ。のう、のう、おぬしこそ、諸侯帝王法王も及ぶまじい果報者にして進ぜうほどに、有《あ》つたる物みな、烈火の淵、剣の林に投げ入れうも惜みあるまじいぞ。妾《わらわ》こそおぬしのものぢや。その証拠が見たいとならば、妾《わらわ》の血潮ふりしぼつて、晴の頭巾を染めなさうほどに、おぬしこそ天下無雙の上人《しょうにん》ともならうずる。」

とあって、わなわなとある手に「ぐれしあ」の美酒をとつて、「こある」の僧正が持参なつたる黄金《こがね》の高杯《たかつき》なみなみと満たいたを、手づからに跪《ひざまず》いて捧げた。まことその上沓を、法王の上沓にもまいて世の公達が珍重する傾城《けいせい》であつたれば、これこそ稀有の振舞ひぢやと申し伝へた。

さるほどに雛僧は物もえ言はいで、情の眸うつとりとあつたに、「いむぺりあ」の君、遍身打ち顫うて申されたは、

「さらば和子、まづは夜食をまゐらうずる。」

ここには、「ぐれしあ」の美酒ということのほかに、別の御馳走の名前は出ていない。夜食には前の、孔雀の丸焼や青緑の汁が出たのだろうが（そのほかに、やはりもっと前にあって引

用を省略した箇所に、身《み》の色も寺法どおりに薄紅梅な鱒《ます》一尾を、黄金づくりの盆に盛ったをはじめ、薬味を入れた玉手箱、塔頭《たっちゅう》諸寺の尼僧衆が聖《きよ》らけい指に練りないた果膏《じゃむ》じゃの「りくる」酒じゃの、も出て来る)、御馳走はイムペリア自身かも知れず、雛僧ではないかとも思われて、確かなことは、こっちもその晩の豪奢な気分の中に引き入れられて、胸騒ぎするということだけである。

しかし書き方がどうであろうと、我々が読んでいるうちに何か食べた感じになれば、それでいいのではないだろうか。考えてみれば、御馳走というのは食べものや飲みものそのもののほかに、その場の空気、あるいは状況が非常に影響する。「鉢木《はちのき》」で佐野源左衛門尉の妻が最明寺殿に出す粟《あわ》飯は、どういう訳か知らないが、その話を始めて聞かされた子供の頃には憧れの的《まと》だった。いかにも空腹そうな状態が先ず語られているからかも知れないし、粟飯という未知の食べものの名前が想像力を掻き立てたのだということもある。そしてこれは、実生活でのみならず、大概《たいがい》の食べものは文学でも、どうにもうまそうに表現出来るということなのに違いない。

それで思い出したのだが、日本では余り知られていない英国の作家にA・A・ミルンというのがいて、これがウィニー・ザ・プーという妙な名前がついた玩具の熊を中心に書いた童話に、プーが、どういう時が一番楽しいかと誰かに聞かれるところがある。そうするとプーは、午前十一時頃に誰かが来て、それでちょうど、そんな時刻だから、では、ちょっと何か摘《つま》みましょうか、ということになる時だと答える。ここではただ、何か、となっているだけで、それが何であるかは書いていない。プーは蜜が好きだから、客と二人で蜜でも舐《な》めるのだろうが、ここのところは日本のお十時の気分が実によく出ていて、そういう訳でプーが運んで来るものならば、どんなものでもうまいだろうという感じがする。

そうすると、それでまた思い出すのは、グリムのお伽噺《とぎばなし》である。グリムだから、その噺《はなし》を知っている人も多いに違いない。ヘンゼルとグレテルだったか、名前は忘れたが、男の子と女の子が森の中で迷い子になって、道を探しあぐねているうちに、お菓子で出来た家を見つける。壁が砂糖の板で、柱はチョコレートという塩梅《あんばい》である。それで、お腹も空《す》いているし、二人で食べていると、魔法使いの女が現れて、この家がもともと、二人をおびき寄せるために魔法使いが作ったものなのであるが、よくも人の家を食べたなという訳で、二人の子供は摑《つか》まえられて檻《おり》に入れられる。そして食べ頃になるまでまたいろいろな御馳走で太らせられて、ある日のこと、もういいだろうというので檻から出される。魔法使いは、そういう菓子を作るとか、パンを焼くとかいうことに趣味があるらしくて、二人の子供が連れて行かれた所には大きなパン焼き用の窯《かま》がある。その中で、子供を蒸し焼きにするというのだったろうか。そこのところははっきり覚えていない。

とにかく、魔法使いが窯の戸を開けて、油断しているところを、子供達は後ろから力一杯に押して、魔法使いを窯に入れてしまって戸を締める。そして暫《しばら》くして出して見ると、魔法使いの恰好をしたパンが出来上っている。実をいうと、この話を聞かされた時、そのお菓子で作った家よりもこの魔法使いの形をしたパンの方が、遥かにうまそうに思われた。そしてそれから今日に至るまで、やはり何だかその方を食べてみたい。魔法使いの女の鼻は鉤《かぎ》状に曲っていることになっていて、そこのところを欠いて口に入れたらどんな味がするだろうかと、空しく想像を逞《たくま》しくするばかりであるが、あるいはこれにはパリのクロアッサンの記憶が混じっているのかも知れない。

今年の初めに、バーネット夫人が子供の読みものに書いた「小公女」を材料に使って出発した話を、グリムのお伽噺で終るのも一興かと思う。

邯鄲《かんたん》

1

金沢でこつ酒という、大きな鯛《たい》の丸焼きに酒をかけて、その酒を飲む料理だか、飲みものだか解らないものでしたたかに酔って寝た晩に、それから先のことが少し妙な具合になった。翌日は芦原《あわら》温泉という所に行くことになっていたらしかったが、これも確かにそうだというのではないので、まだこの辺ではとにかく、そういうことになっていたことにして話を進めるほかない(この芦原温泉というのも、本当は蘆と書くのかも知れなくて、字引を引いてみても、芦などという字はない)。大急ぎで起きて支度《したく》をして、その芦原温泉まで行った。余り急いだので、何に乗るということもなしに、いきなりそこへ来たようで、芦原温泉は想像していたことに違いはない大した所だった。というのは、それまでにも旅の雑誌や何かで夢の温泉郷といったふうな文句の、御殿に似た宿屋の建物の前に綺麗な芸者衆が立っている写真がついた広告を見たり、宣伝用の文献を送って貰《もら》ったりしていて、嘘ではないかと思っていたのである。

そこは支那式の牌楼《はいろう》に「歓迎」と書いた古びた額がかかっている下から、十間幅はあるかと思われる磨き立てた石畳の道が、その遥か向うが霞《かす》んで見えなくなっている所まで続き、道の上を滑《すべ》って行くと、やがて両側に雲に聳《そび》える建物が現れた。もっとも、屋根の端には青空が拡って、白い雲が浮んでいたような気がするから、雲に聳えるは少し大袈裟《おおげさ》かも知れない。どんな建物だったのか、大理石の柱がぴかぴかに磨き立てられたのもあり、コンクリートのが朱色に塗ってあるのもあって、どうかすると軒から時代がついた椽《たるき》が突き出して深々と陰を作っている所もあったから、先ず和洋折衷の摩天楼とでもいっておけば無難である。とにかく、目的地に着いたのだった。そして朱色のコンクリートの柱だか、磨きたてた大理石のだか、何かそんなのが並んでいる間を通って、玄関を入った広間らしい所へ来ると、そこがもう写真にある通りの千人風呂で、澄んだ水に裸体が浮び、それが後ろを向いたり、片手で髪を押えて片手をしなやかに伸ばしたりしていて、大変綺麗だった。写真に映っていることは嘘ではなかったのである。

それからどうしたのか、いつの間にかあてがわれた部屋の座敷に坐っていた。浴衣《ゆかた》に着換えていて、どこかよそで今脱いだばかりの服の上衣にブラッシをかけたり、ズボンをプレスしたり、ワイシャツをドライ・クリーニングしたりしているのが一種の最新式の装置で見えて、それで安心していっそう寛《くつろ》いだ気持になる。ワイシャツのカラの両端に通してある小さなセルロイドの皺《しわ》避《よ》けの細長い板もちゃんと抜いていて、ここの洗濯屋が心得たものであることが解る。さあ、温泉だという感じになった。といっても、どうせ、飲んで食べるのである。お膳がもう出ていて、蠟石《ろうせき》か何かの杯に酒を注いで貰うと、杯の底も透き通っているようで、酒の深さがどこまであるのか解らない。その昔、養老の滝では酒を浴びたそうである。その滝の匂いがする感じで、お銚子から注ぐ音は小川の流れに似ている。腸まできらきら日光を射返しているのではないかと思われて、それでまだ昼間が夜まで続いている時刻なのに気がつく。

銀紙に包んだものが小皿に盛ってあって、それを一つ摘んで開けると、中から小人が出て来た。俑《よう》というのか、支那でお葬式の時に棺と一緒に埋める瀬戸物の人形の恰好をしていて、食べると長崎の東坡肉《トンポーロー》の味がする。他の銀紙の包みも自然に開いて、中から小人達が飛び出し、畳の上で踊り始めた。食べれば東坡肉で、放っておけば踊っている。袖《そで》が翻《ひるがえ》り、佩玉《はいぎょく》が鳴り、という具合で、見ているうちにこっちも小人になったのか、踊っているのが小人ではなくなった。鏘然《しょうぜん》という言葉をその昔、どこかで読んだのを思い出して、それがどういう音なのか解らないままに、鏘々たる音とともに踊り子達が袖を翻して舞った。大した旅館である。それも、舞台があってそこで踊りをやっているのをこっちは下座で鑑賞するというのではないから、至って気楽で、昔の支那の客もこういう心境で妓とかいうものが舞うのを眺めていたに違いない。滅法いいものである。お膳には茘枝《れいし》の羹《あつもの》だの、どことかの鱸《すずき》の鱠《なます》だのが出ていて、足付きのお膳によくこれだけのものが載ると思ったら、それがいつの間にか黒檀《こくたん》の卓子に変っていた。鱸はまるごと鱠になっていたのである。

何だか、万事が支那式になってしまったのは、鏘然などという言葉を思い出したからかも知れない。もうそこのことに気がついた途端に、場面が変っていて、小さな庭を垣根と建物の壁で囲ったようになっているのに向った座敷で飲んでいた。酒だけはついて廻るのが有難かった。やはり、もとの透き通った杯で、誰がお酌《しゃく》してくれるのか、空になりかけるとまた注がれる。膳には鮒鮨《ふなずし》の甘露煮というのが載っていて、これは前からやってみたいものだった。鮒鮨の味なのに、甘露煮で軟くて、どこかに甘露煮の鮒の味も残っている。やたらにうまいので、どこだったのか、山形県の飛島の鮑《あわび》を擦《す》り潰《つぶ》したという料理を食べたのが頭に浮んだ。水貝にしたのとは違って、味がある石を噛《か》んでいるようではないのに、やはり結構なもので、それでもそれが鮑なのだと教えられるまでは何なのか解らなかった。だから、鮒鮨の甘露煮だって本当にあるのかもしれない。これは鮒の恰好をしているから、すぐそれと知れた。

それにしても、いやに静かな温泉である。もっと賑かな所の積りで来て、さっきまでは確かに鏘然と騒いでいたのに、温泉というのはどっちがいいのだろうかと思った。温泉に来れば温泉に入るものだなどというのは迷信であって、これは本式に宮殿のような旅館でわざわざ普通の水で風呂を立てている所だってある。それに、温泉というのは入ると妙に疲れるもので、やはりそこの地酒や土地の料理で飲んだり、食べたりしていた方がいい。しかし温泉は静かなのがいいか、賑かなのをとるかということの方はどうなったかというのに、これはまだきまっていなかった。お祭が宿屋の中まで入って来たのかと思われるような騒ぎの中で、袖が飜ったり、顔を隠したり、酔いが手伝って雑巾《ぞうきん》の代りに使われたりするのを眺めながら飲んでいると、何となく浮き浮きして、現に悪いことをして《し》いるのでなければ、これからどういう悪いことをしましょうと、それが酒の味を舌に染みさせるのも楽しいものであり、こうして静かな部屋で、誰のだか解らない、見えない手でお酌をして貰って飲んでいるのも悪くはない。しかしこれを騒々しい方に変えたらどうだろうと考えた。

途端に、横の襖《ふすま》が開いて、何だか虹の中で稲妻がぴかぴか光っているように着飾った一団の人間が雪崩《なだ》れ込み、銅鑼《どら》は鳴る、太鼓は打たれる、笛の音はするで、支那の大官が遅刻しそうになって朝見の儀式に駈けつけるところを思わせる修羅場《しゅらば》になった。やはり遅れて首が飛ぶかも知れないのが心配なのを、もったいぶった顔つきで隠して、輿舁《かごか》きよりも先になって道を急いでいる。鍾馗《しょうき》のような髯面《ひげづら》のその大官らしいのもいれば、慌《あわ》てて一緒について来てしまったその寵姫と察せられるのもあり、これは梅蘭芳に似ていて、家来は家来、護衛兵は護衛兵で、皆、愁《うれ》いを含んだ面持《おももち》に焦りを示して座敷一杯に練り廻るのが、本当ではなく余興ならばいいがと、そのことが気になり出した。大官がこっちに向って来て、道を塞《ふさ》ぐ邪魔もの奴と剣を抜いたので急いで眼をつぶった。こういう場合はそうすると、大概は何もかも消えてしまうもので、その時もそうだった。

2

しかしそれですんだ訳ではないのがこういう状態の特徴で、何かに腰掛けているので気がついて見ると、それは椅子で、卓子に置いている両手が、黒い羅沙《らしゃ》の上衣に包まれた白い糊付けした固いカフスの中から出ているので、自分が今までとは違った場所にいることが解った。真白な布が一面に拡っている卓子で、手を卓子から離して顔の前で組合せると、蠟燭《ろうそく》の明りで金のカフスボタンが光る。

どうもよそ行きの場所に来ているようで、それよりも酒がうまいのが大変よかった。鉛を相当に入れて作ったらしい光沢があるガラスの杯に黒味がかった赤葡萄酒が注いであって、飲むとブルゴーニュである。ブルゴーニュ産の酒はまずいのがあるのだろうか。ボルドーのだと、ただ赤や白の葡萄酒だというだけのもあるが、ブルゴーニュのはどっちでも飲んで嬉しくなるのにしか出会ったことがない。これは単に今までの運の問題なのかも知れない。というようなことをしかしその時、考えていた訳ではないので、要するに、どこかよそ行きの場所でうまい酒を飲んでいるのだった。

雉《きじ》をまるごと焼いて紙の飾りをつけたのが運ばれて来る。ブルゴーニュの赤葡萄酒によく合う料理で、適当にとって飲んでは食べているうちに杯が空になりかけると、後ろに立っている給仕がまた注いでくれる。こうなると、そこが西洋料理や西洋の飲みものの不思議なところで、何だか話がしたくなり、卓子の廻りにやはりよそ行きの恰好で腰掛けている人達は既《すで》に大いに話しているのに気がついて、こっちも隣の女に一言、二言、口を利《き》いた。それを卓子の向う側にいる男が引きとって、どんなことだったか、とにかく、警句を吐いたことが解ることをいって、それにこっちが答えて話を展開させ、やがて談論風発、皆黙って聞いていては爆笑するから実にいい気持である。それに、うまい酒が切れるということがなくて、なくなりそうになるとあとからあとから、あのブルゴーニュ産の葡萄酒に特有の腹が膨んだように太い壜がにゅっと出て来て、杯がまた満されるから申し分がない。酔っている時程《ほど》、自分が名句の大矢数を放っている感じがするものはないのである。

その反動で、いや悲しくなったのは、どこか場末のバーというのか、カフェというのか、そういう店の隅に来ているからだった。給仕らしいのがコップに色で安葡萄酒と解るものを注いでいて、一杯になってもまだ注いでいる。パリの巡査が入り口に立って、恐い目つきをして店の中を見廻しているからで、こっちは泥酔に近い状態で悲しくてたまらないので給仕に注ぐのを止めさせる勇気もない。そういえば、「パリの屋根の下」という活動にそういう場面があって、あの中で場末のカフェの隅に山高帽を被《かぶ》って腰かけていた酔っ払った爺さんになっているのだから、全くやりきれない。それで悲しさが増して、おいおい泣いた。それで巡査は、そんな酔っ払いの爺さんがいる所に悪ものが飛び込んで来た訳がないとみて引き揚げ、それまでこっちが給仕と間違えていた店の主人は大喜びで、お礼に御馳走しましょうという。そこのところから話の筋が活動とは違って来た。

やがて主人が裏の台所から持って現れたのは、先ず、卵を十五、六は使ったかと思われるオムレツだった。蕈《きのこ》とハムがごろごろ入っていて、味で牛乳も節約しなかったことが解る。バタも、オリーヴ油も、ラードも、ヘットもぶち込んだのではないかと怪しまれる程《ほど》こってりしていて、飲んであとで食べるこういう料理のようにうまいものはない。これを平げてから、何か揚げたものが欲しいと思ったら、今度は主人が小魚を揚げたのを大きな皿に山盛り一杯もって来た。それにかける何か辛《から》いソースは別の鉢に入っていて、レモンもある。それだけのレモンと辛いソースと小魚を揚げたのを全部、一人で食べていいというのは、例えば長夜の宴というようなものとはまた別な趣《おもむき》があって、いかにも小ぢんまりした気持がするものである。かけては食べて、またかけては食べる。外は木枯しが吹き荒《すさ》ぶ時、煖炉に赤々と燃える火の前で一人でもの思いに耽《ふけ》っているようなもので、慈愛に満ちた眼を人に向けたくなるが、それよりも食べるのに忙しい。

「何とかかんとか、フォルテュン・デュ・ポ、」とそのみすぼらしい店の主人がいった。手製の料理が気に入ったかというような意味だったらしい。しかしこんな状態の時は、フランス語なんかお茶の子である。ウイ・ウイ・モン・トン・ソン・ル・ノートロロ・ボートロロ・ローなどという言葉が口を突いて出て、いつの間にか主人と腕を組んでセーヌ河の岸を歩いていた。木枯しが吹き荒ぶどころではなく、夏の夜のセーヌ河は月を映し、あの例の日本で有名な夏の軽井沢の騒々しさも、ここにはなかった。さっき食べた小魚がこの河でとれたのだと思っても別に気持が悪くならない位《くらい》、水は綺麗に見えて、せっかくここまで来たのだから、もっと飲もうと場末の店の主人がいった。エッフェル塔が向う岸に立っていて、確かに場末からはずいぶん遠くまで来たものである。その言葉に従って橋を渡り、よく気をつけてみると、エッフェル塔のてっぺんから二人で町を眺め渡していた。

てもさても綺麗な景色で、町の明りが色とりどりに瞬いているのが王冠に鏤《ちりば》めた宝石のように夜を飾り、これと代えっこにどうとかこうとか相手がいっているのから察すれば、これは悪魔が誘惑しているところらしかった。見損《そこな》っちゃいけない、こっちはそんな偉い人間じゃなくて、キリスト教なんか信じていない正真正銘の浄土真宗なんだといってやったら、悪魔はがっかりしたのか、怒ったのか、こっちを手擦りから力任《まか》せに突き落したと思ったら、下の地面が少しも近づいて来なくて、町の明りの王冠が段々遠くなって行くことから、飛行機に乗っていることが解った。ヴォル・ド・ニュイ・バルマン、フルール・ド・ロカイユなどという名前が頭に浮んで来るのが、酒の銘柄か何かだろうかと考えていると、もう飛行機の中は夜食の時間になったらしくて、バルマンだか、ラクルテルだか見当がつかないいろいろな酒を三杯分位ずつの小さな壜に詰めたのが運ばれて来る。それに添えて、小さな瀬戸物の壺に入れたフォアグラもあれば、氷を刳《く》り抜いて作った小皿にペルシャのキャビアも盛ってある。

バルマンというのは紫色をした、飲むと菫《すみれ》の匂いがしておそろしく口当りがよくて、そしてすぐにひどい頭痛がして来る酒で、ミツコというのは空色をしている中に金箔が浮び、口に入れるとひやっとする。ヴォルトは緑色と茶と黒の三段構えで、何故それが壜の中で混ざらないのか解らないが、飲むと、その順序で違った味がするものが喉を通って行き、酔って来るから、これでも酒らしい。ジャーク・エイムは、という具合に、一々壜に貼ってある紙切れを見ては飲んでいるうちに、体の中はカクテルになり、フォアグラを突っつく勇気も消え失せて、頭はいっそうごんごん痛くなる。こういう時にはブランデーに限ると思って、フィーヌ・シャンパーニュ・アルマニャック・ドビュッシーと書いてあるのを開けて飲んだら、それがいけなかった。飛行機は電気も消えて、真逆様に暗闇の中に落ちて行った。

3

飛行機から落ちる、あるいは飛行機が落ちたらどうなるのか、やってみたことがある人は余りないようであるが、その時の経験では、ただ落ちて来ただけで別にどうもなかった。そこはどこなのか、海の真中の孤島で、それを勝手に太平洋なのだときめた。飛行機なんかどこへ行ってしまったのか、漣《さざなみ》が砂浜を洗っているばかりで、海一面に日が射《さ》し、青空が海まで降りて来ている辺りに白雲が遠山の代りに湧き上っていて、一羽の鳥も飛んでいない。自分がいる廻りに陰が出来ているのから、椰子《やし》の木か何かが生えているのだと察して、その方を仰向《あおむ》くと、ちょうど、風が椰子の葉を揺すぶって、フロインドリーブのパンが手が届く所に落ちて来た。その傍に大きな栄螺《さざえ》が転《ころ》がっているので、蓋を開けると、中に北海道の白石牧場のバタが入っていた(もっとも、あとで調べてみたところでは、北海道にそのような牧場はないらしいが、ただバタと書いただけではつまらない)。パンをちぎってはバタをつけて、うまい、うまいと思って食べているうちに、喉《のど》が渇いて来たので、その辺の趣向はどうなっているのかと頭を働かすまでもなくてそこへ椰子の幹を這《は》っている蔦《つた》の蔓《つる》が伸び、黄色い杯の恰好をした花に水は溜っている。

飲んで、飛行機の中で飲んだ雑多の酒の酔いが全然残っていないことを確かめることが出来た。しらふの人間が喉を渇かして飲む時の水のうまさである。それに、杯の恰好をした花を放しても、まだその辺に蔓に咲いたままで宙に浮いているから、持っている必要がない。そしてほおっておけばまた、水が溜って、それをまた、手を伸ばして飲めばいい。フロインドリーブのパンにどこことかのバタをつけて、地下から湧き出る水が黄色い花を咲かせる蔦の蔓を通って来たのを飲んでいれば、もう何もいうことはなくて、その上に青空が椰子の梢《こずえ》の辺から拡り、海は静かで、ついでにつけ加えておけば、白い砂浜は傾斜していて、寝転ぶと頭が足の方よりも高くなる。全くもう何も不足はないはずだという気がして、よく考えてみると、カイヤムの「ルバイヤット」ではパンと水、それから女が一人に本が一冊ということになっていたのを思い出した。あの詩の場所もどこか人里遠く離れた荒地である。

荒地と孤島は先ず似たようなもので、それにパンは昔のペルシャのパンがどんなだったのか、どうもフロインドリーブの方がうまいときめてよさそうだし、それにこっちはバタがおまけについていて、水は蔦の清水に越すものはないと思われたが、女と本がなければならないことになると、やはり気になる。女と本、本と女、と頭の中で繰り返しているうちに、その連想からか、いきなり、「千夜一夜」の世界に連れて行かれた。少くとも、アラビアのどこかなのだろうと思わせるような部屋に、そういう恰好をした婆さんが大きな本を持って入って来て、開けて見せてくれた。確かにアラビアの文字らしい、ぼうふらが列を作って踊っている感じのものが紙面を埋めていて、その具合からこれはどうも献立表ではないかという気がした。そうすると、どこかアラビアの料理屋か何かに来ていることになりそうで、女と本が献立表とアラビアの老仲居さんだか何だか、とにかく、本と女には違いない。理窟はどうにでもつけられるというようなものである。

ところで、「千夜一夜」は勿論《もちろん》、飜訳で読んだので、ぼうふらの行列文字がお茶の子である次第ではないから、婆さんが開けて持っている部分が本日の特別料理だろうと何だろうと、その名前と日付の区別さえもつかない。ただ黄色い羊皮紙に藍《あい》色の墨で書いた字が綺麗なのに感心しただけで、いい加減な所を指差したら、婆さんは本を締めて引っ込んだ。そしてさいわい、コーヒーだとか、遊興飲食税を別に戴きますだとか書いた所を差さないですんだようで、やがてまた婆さんが運んで来たのはカレーライスだった。これはインドの料理のはずだなどと思うのが無駄な程《ほど》、うまいことはカレーの色で解って、どんより曇った空の下に豚の子のように太った鯉《こい》が鰕《えび》を漁《あさ》って更《さら》に肉をつけている沼の滑《なめら》かな水面が鈍光を湛《たた》えている風情である。それがどういうことか合点が行かなければ、要するに、うまそうなカレーライスだったのだと思えばいい。これに薬味が見渡す限り取り揃えてある感じで、無数の小皿に盛ったので正体が解るものだけを挙げても、乾し葡萄、じゃこの空揚げ、棗《なつめ》の砂糖漬け、茹で卵の粕漬け、バナナの微塵切り、南京豆、胡桃、蜜柑の皮の甘煮、乾し鰕、生姜、銀杏、西瓜、銅鑼《どら》に尺八、太鼓に竪琴という盛況である。カレーの肉は羊のようで、飯は黄色くて小粒の、我々にいわせれば外国米だった。

食べないうちから余りにうまそうで、アラビアの風俗にそういうのがあるかどうか知らないが、右手で頭をとんとんと叩《たた》いて、左手でお腹を押し、「ケナファ・ヤ・ケナファ、」と、飜訳で読んだ「千夜一夜」に出て来る原語でそれだけしか覚えていないのを繰り返しながら、片足で立って体を右左に振った（それを同時にやることが現実に出来るものかどうか、ためしてみるといい）。これはしかし、アラビアの習慣だったようで、婆さんは喜んで椅子に腰かけ、右足でぱたんと床を踏みつけてから、今度は左足でぱたんとやり、片眼をつぶって鼻の廻りに皺《しわ》を寄せた。美しい男女交歓の図である。それに、カレーライスも食べなければならない。カレーを黄色くて小粒の外国米で炊いた飯にかけ、これに蜜柑の皮の甘煮を加え、じゃこの空揚げを足し、何だか解らなかったが、いくらを炒って乾《ほ》し柿の粉をまぶしたようなものも振り撒《ま》いて、それから食べ出した。婆さんは引き続きアラビアの習慣に従って百面相をやっている。カレーはうまい。こんなカレーの中で泳いでみたら、どんなにいいだろうと思った。

向うから羊肉の塊が沢山《たくさん》、脂の所をつけて、桃太郎の桃の要領でゆっくり流れて来る。これがちょうどいい具合に、空揚げしたじゃこの群に取り巻かれたから、手を伸ばしてじゃこを掬《すく》ったついでに肉を一摑《つか》み摑みとり、カレーに潜らせて口に入れた。カレーの比重は相当なもののようで、体を浮かせているのに少しも苦労することはない。茹で卵にぶつかれば、これを胡桃の粉がカレーの表面にこぼれている所から沈めてカレー浸しにして食べ、今度は乾し葡萄とバナナの取り合せをやってみる。そんなふうに、いい気持でぼちゃぼちゃしているうちに、さすがに体が重くなって来たようで、少しずつ沈み始めた。ボートの浸水がひどくて、やがて水面が舷《げん》まで届くのと同じ具合である。それが何しろ、カレーだから温くて、このままで成仏すれば、自分のカレー漬けが出来るのだと思うと、それも食べてみたくなる。とうとう頭がカレーに沈んで、こう頭のてっぺんまで温いカレーで蒸しては体によくないだろうと、踠《もが》き始めたら、やっと頭が蒲団から出た。枕が畳の上に飛んでいて、掛け蒲団と敷き蒲団の位置から察すると、おそろしく寝相が悪い一晩を過《すご》したらしい。欄間《らんま》から射し込む朝の光で見れば、床の間にかかっている掛けものは金沢の旅館のものである。別に無常を感じた訳ではなかったが、何だか大変な梯子《はしご》をやって戻って来たような気がした。

食べもの

食べものの楽しみが、我々が知っている楽しみの中でも大きな部分を占めているのは、主に我々がもし食べなければ死んでしまうからであることは勿論《もちろん》であるが、同時に、食べものだけはどんな方法でも出来合いのものが作れないからであるということに、この頃になって漸《ようや》く気がついた。

これはいわゆる、出来合いのものを作る要領で、どこでも六十円、七十円、あるいは百円のカレーライスが頼めるということとは関係がない。値段は同じ六十円でも、我々は同じカレーライスには二度と出会わない。そういってしまえば、食べものに限らず、何だってそのようであるが、食べものの場合はそれともまた少し違っている。

ものの味は、食べている時の我々の気持や体の状態に相当に影響されるものなので、この三つが一つになった結果はいつも違っている。中村屋のカレーライスは何度食べても中村屋のカレーライスなのだと思うのは、店や値段が一定しているのだから、そうなければならないという先入主が我々の方にあるためである。

それだけではない。仮に機械というものが非常に発達して、材料さえ集めればあとはボタンを一つ、あるいは三つか四つ押すだけでカレーライスが出来るようになっても、カレー粉や米や玉葱をいつも完全に同じ状態で料理することは出来ない。そこが食べもの、つまり、自然というものの有難さである。そして機械製のカレーライスが出来る世の中になれば、我々が今日、手打ち蕎麦《そば》を出す蕎麦屋に押しかけるのと同じ理由で、手製のカレーライスが売れるだろうし、何とかいっても、料理の機械化には限度がある（その限度が、アメリカの缶詰だといってもいいだろうか）。そして人間が自分の手で作る人間らしい料理ならば、食べものの味は益々一定しなくなって、烏森の新富の鮨が烏森の新富の鮨であるというのは、材料が新鮮だとか、親方の好みだとかが、大体の一致を生じさせているということに過ぎない。

そこにもう一つ、更《さら》に面白いことがある。これは、食べものというものが一定の規律に服さないということになって、放任主義を主張する材料になりそうでもあるが、そんなことはない。食べものは、それが作られる時の状況、あるいは状態に実に厳密に従っているのであって、指の動かし方が一つ違っても、それに敏感に応じるから、同じものは決して出来ないのである。その代りにある人間の、その人間にしかない指の動かし方、汁の煮方が、その人間が作る食べものの個性になる。そしてそういう個性を食べものに出させるのは、修練による。指も、修練の度合いに応じて変化して、どうにでもなる。全く同じものを幾つも作るのが規律ではないので、自分が作りたいものを作るところまで行くのが規律であり、自由である。そして自然は一切の状況に対して純粋に受け身であるから、自然に対して勝手なことをすることは許されない。あることをすれば、ある結果を呼ぶその関係は全く科学的であって、運命論が信じたくなる位である。ある結果を得るのに、ある方法を自分の責任で選ぶこと、またそれを通すことこそ自由というものではないだろうか。自由がいつも修練と表裏しているのはそのためである。自分に出来ることでなければ、選ぶことは許されない。だから、自由は自分で克《か》ちとらなければならないものである。それがいやな人間には、ソ連という国もある。

再び食べものについて

死ぬ時に解るというようなことは、それまで預けておいてもいいので、そういうことは別として現在の楽しみということになると、何といっても飲んだり食べたりすることよりも大きなものはない。これは前にも書いた通りである。腹が減って何か食べたくなり、何か食べるものを見つけてそれを食べる。これ以上に簡明な筋道を通って、我々に生きている喜びを感じさせてくれるものがあるだろうか。

孔子は三日の間、肉の味を忘れたかも知れないが、四日目に特別大きなビフテキを註文して食べなかったという保証はどんな古文書にもない。あったらば、その言葉を疑っていいので、肉の味を忘れるとわざわざ断ってある位だから、孔子も普通の時は人間らしく食べる楽しみを知っていたものと思われる。またそうでなければ、我々は孔子も信用することはない。

朝の食事だけをとってみても、日本式のならば、おこぜの味噌汁にとろろ、豆腐を揚げたのに塩昆布、それから烏賊《いか》の黒づくりを少しばかりというふうな献立が考えられるし、洋食ならば、パンをよく焼いてバタをつけた上に半熟の卵を載せ、これにベーコンをフライパンで焼いて添える。ベーコンが焼ける匂いというのは強烈なもので、そこら中がお陰で芳《こうば》しくなり、そうするとどうしても飲みものはコーヒーということになる。腹が減っている時は嗅覚も鋭敏になるから、このベーコンとコーヒーの匂いが混じったのは、それだけでも気を遠くさせるものがある。パンにつけるのにはバタのほかに、英国風の苦いマーマレード、でなければ、酒の肴になる生雲丹《なまうに》とか、いくらとか、筋子とかいうものは、すべてパンにつけて食べられる。

朝の食事は幾らでも簡単に出来て、出勤が遅れそうならば抜きになることもあり、フランス人などはあれだけ呑気《のんき》な生活の仕方をしていて、コーヒーとパンの塊《かたまり》一つですますのが普通であるが、せっかく、一日のうちで最初の食事で、体の調子も比較的に上々なのに、早起きをしてでもこれを楽しまない法はない。もっとも、二日酔いの朝ということもあって、これにはトマト・ジュースに生卵を混ぜ、それにウスター・ソースを少し落して飲むことをある英国人から教わった。確かに非常に利《き》く。この頃売り出した缶詰のトマト・ジュースだけでも違うが、日本式に行くならば、麦飯にとろろをかけて食べるのは、二日酔いの朝にはこの上ない御馳走である。

二日酔いでないならば、なおさら各種の工夫が凝《こ》らせる。この頃は朝はパン食にするのが当世風ということになっているそうで、パン食ならばパン食で前に挙げたもののほかに、例えばハムを厚目に切って、サンドイッチにせずに、パンに載せて食べられるように皿に盛って出すとか、それにレタースとサラダ・オイルに酢を混ぜたものをつけるとか、カレーライスのカレーだけを少し残しておいて、これに茹で玉子と福神漬けをまぶして食べるとか、想像が赴《おもむ》くままに朝の食卓は豊富になり得るのである。

もっとも、これも見方によるので、直江兼続《かねつぐ》は同僚が朝、御飯と蓼《たで》と塩で食事をしたと聞いて、蓼だけ余計だといった。しかし兼続は当時、三十万石の所領を預る上杉景勝《かげかつ》の武将であり、彼には政治の実権と、その上に詩作の楽しみまであった。彼が贅沢をいうことはなかったので、我々は我々なりに道を楽しんで少しも恥じることはないのである。

飲むこと

食べることについて書いていたら切りがない。飲むことについても同様であるが、釣り合い上、その一端を述べておかなければいけない気がする。前は、世界で最初に酒を作った人間は誰なのだろうかと、そのことに少からず興味をもっていた。しかし考えてみると、酒のように大切なものは、例えば、火と同じで、いつの間にか、誰ということはなしに、人間がいる所にはどこにでも火とともに酒があることになっていたに違いない。酒を先ず神々に捧げたのも当り前で、原始人も、あるいは、原始人であるからこそ、こういう見事なものが人間の智恵だけでは出来ないことを知っていたのである。

確かに酒の作用は奇妙なもので、血液に混入したアルコール分が先ず大脳を侵し、などと説明したところで、別に何が解ったということにもならない。例えば、疲れがひどくて体中の神経がデモに突入したのに似た状態を呈し、休もうにも休めない時に、何故酒があるとデモが止んで、長い一日の仕事が終ったというふうな感じになるのだろうか。多くの人々の説とは反対に、酒は我々を現実から連れ去る代りに、現実に引き戻してくれるのではないかと思う。長い間仕事をしている時、我々の頭は一つのことに集中して、その限りで冴《さ》えきっていても、まだそのほかに我々を取り巻いているいろいろのことがあるのは忘れられ、その挙句《あげく》に、ないのも同じことになって、我々が人間である以上、そうしていることにそれ程《ほど》長く堪えていられるものではない。

そういう場合に、酒は我々にやはり我々が人間であって、この地上に他の人間の中で生活していることを思い出させてくれる。仕事をしている間は、電燈はただ我々の手許《てもと》を明るくするもの、他の人間は全く存在しないものか、あるいは我々が立てている計画の材料に過ぎなくて、万事がその調子で我々に必要なものと必要でないものに分けられていたのが、酔いが廻って来るに連れて電燈の明りは人間の歴史が始って以来の燈《とも》し火になり、人間はそれぞれの姿で独立している厳《きび》しくて、そしてまた親しい存在になる。我々の意志にものが歪《ゆが》められずに、あるがままにある時の秩序が回復されて、その中で我々も我々のところを得て自由になっていることを発見する。仕事が何かの意味で、ものの秩序を立て直すことならば、仕事に一区切りつけて飲むのは、我々が仕事の上で目指している秩序の原形を再び我々の周囲に感じて息をつくことではないだろうか。

それならば、ただ休むだけでもよさそうなものであるが、長い間一つのことに向っていた神経は、我々がもういいといっただけでもとに戻るものではなくて、そこへ酒が入って来る。酒は冬になると木枯しが寒いことや、春は湿度の関係で燕《つばめ》が地面と擦《す》れ擦れに飛ぶことを教えてくれる。何も、もう酒でいい気持になった訳ではないので、酒は飲み屋の料金表を入れた額が曲って壁にかかっていることも、隣の小父《おじ》さんの鼻が赤く光っていることも我々に知らせてくれる。酒が穀類や果物などの、地面から生えたものの魂で出来ているからだとしか思えない。ただ飲んでいても、酒はいい。余り自然な状態に戻るので、かえって勝手なことを考え始めるのは、酒のせいではない。理想は、酒ばかり飲んでいる身分になることで、次には、酒を飲まなくても飲んでいるのと同じ状態に達することである。球磨焼酎を飲んでいる時の気持を目指して生きて行きたい。

おでん屋

先日、大阪に行って、十何年ぶりかにおでん屋というものを見つけた。今の東京にもないことはないが、これは昔のおでん屋とは違ったものになっていて、その東京に昔あったおでん屋と同じものが、今日でも大阪ではおでん屋で通っていることが解ったのである。だから、大阪に限らず、まだほかにも昔のおでん屋が残っている所があるに違いない。これは、頼もしいことであって、まだこの国に生きる甲斐《かい》があるという感じがする。

昔の東京のおでん屋がどんなだったかというと、今日、これが東京の街から姿を消したのは実利主義ということとも関係がある。おでん屋で飲むのは安いと、昔から相場がきまっていて、それで今日の東京のおでん屋でも、安いことが目標になっている。安い酒に安いおでんで、その点は昔と変りがない。しかしこの安いということをなるべく合理的に考えて行けば、儲《もうか》るにしたがって大衆食堂式に店を改築すればもっと客が入るから、もっと安くなり、ついでにカレーライスや中華丼も売り出すことを思いついて、もうおでん屋ではなくなる。現にあるおでん屋はそういう、店の片隅でおでんも煮ている大衆食堂になるための第一歩であって、少し通っているうちに店も拡り、少くともおでんのほかに小料理も出すようになるのだと思うと、おでん屋で飲んでいる感じになるのは難《むずか》しい。そこのところが、東京のおでん屋は今日と昔で違っている。

昔のおでん屋も、安い酒を飲ませるための店だった。あるいは何も、昔の東京のと断らなくても、おでん屋というのはそうしたものである。安い酒が飲めておでんがまずくなければ、客にとって文句はない。そして安い酒でも、酒でなければならなくて、いずれ改築したり、オムライスを出したりするのにのけておく金があるなら、それを酒に注ぎ込んでくれるのでなければ、客は困る。それに大体、安い酒は安酒だと思うのが間違いなので、今日のように酒の値段が統制で釘づけにされていなくても、いい酒と悪い酒の値段の開きはお銚子一本についてそう大きなものではない。安くてうまい酒というものもあって、おでん屋の主人の心がけ次第で見つけることが出来る。おでん屋というのは安い酒を飲ませるところで、安い紛《まが》いものを出す場所ではない。おでんの種の仕入れ方も同様で、安くてうまいものにおでんがあり、酒も酒自体は決して高いものではないから、おでん屋というものが誕生したのであって、それ以外におでん屋が存在する理由はない。

つまり実利主義であって、そうした昔の東京のおでん屋で飲むのは楽しいものだった。主人はこういう商売をやる位だから酒通で、おでん屋の店構えだから、設備費を見込んでいない値段でうまい酒を出した。酒飲みにとって、うまい酒さえあればほかに何も欲しいものはない。もしあれば、おでん位なものである。飲みたいから飲み、食べたくなれば、豆腐の一つも頼んで、別に懐《ふところ》と相談する程《ほど》のことはなかったから、夜は長々と更《ふ》けて行った。金をかけずに豊かな気持になれたので、第一、豊かな気持になるのに金をかけなければならないというのが間違っている。

今度、大阪に行って、道頓堀にそういう昔通りのおでん屋があることが解った。そして久しぶりに昔通りの気分で飲んだことはいうまでもない。場末ならば、まだ安心は出来ないが、これは大阪の目抜きの場所である。日本には、まだ人間の生活が残っている。

バー

博物館などを廻ったりしてから、人間はバーや飲み屋に行くようになる。あるいは、必ずしもそうでなくても、そういう場合があることをここに記しておきたい。そして博物館に行って我々が求めるものが芸術や文化や教養や知識とはきまっていないのと同様に、バーにあるものが人生だなどと、勿論《もちろん》、誰も思ってはいない。バーや飲み屋にはそんなものよりももっと貴重な酒があって、人生の方は我々がどこへ行っても、いやでもついて来る。

酒というと、酒が自分の前に置かれて、飲んでいるうちにいい気持になる。こんなにうまい仕掛けというものはないので、その本当の味を楽しむためにも、家を出る必要がある。家でならば、黙って自分で一升壜《びん》を開けてお燗《かん》して飲むことも出来るが、自分の家というのは自分の感じが強過ぎる場所で、それ故に泰西名画の複写などをかけておいても、かえって邪魔に感じられることの方が多いものである。酒も同じことで、寝ても覚めてもお馴染《なじ》みの自分の影を相手に飲むよりは、誰もが大体同じ人間になる街中に出て飲んだ方がいい。いつも同じ自分の世界を離れて、博物館で名画と向き合ったのならば、飲み屋でお銚子をとり上げる時、我々はもう玄関のベルが鳴ったなどということを気にすることはない。今度は自分ではなくて、酒が相手になってくれる。日頃、頭の中で行なわれている対談は断たれて、ただそのままでいれば、それで寂しければ寂しさを感じる世界が開けていく。

バーに通いたては、それが何といっても魅力だった。飲み屋よりもバーを好んだのは、当時は今とは反対に、日本酒は飲み方が解らなくて酔えなかったからで、洋酒ならば、がぶ飲みをしているうちに、風呂に漬《つか》って窓から外を眺めているような感じになって来た。思うに、我々は何をするのも努力することが必要であって、名画でも、あるいは名画であるからこそ、こっちはもう沢山《たくさん》なのに無理に頭を引き締めてその方に向わずにはいられなくさせる作用があり、こっちはほとんど何もしないで向うが一切を引き受けてくれるのは、この広い世の中で酒だけである。ウィスキーを半分飲んだ時に、始めて人間が気絶もせず、眠りもしないのに意識を失うことがあることを知った。これは余り有難いことではないが、そんなに飲まなくても、いつもの意識のざわつきが止むところまではすぐに行けることが解ったのは見つけものだった。酒の味には、それがただのウィスキーの味でも、初めから何かそこへ誘うものがある。

銀座のバーもこの頃はものものしいものが多くなり、それにバーに行くことが文化人がすることの一つに加えられて、そう広告でいっているように気軽にお立ち寄りになることは出来なくなったが、昔のバーはもっと簡単で、部屋に椅子と卓子がある脇に棕櫚《しゅろ》の鉢植えが置いてある位であり、それにどことなく薄汚くて、ただ飲みに入るのに遠慮することはなかった。そして飲んでいても放っておいてくれたのは、今から思えば懐しい。勿論、女給さんはいたが、これが寄って来るのは商売であって、それも規定の五十銭の料金を払えば、こっちが何をいおうと、あるいは、いうまいと構わなかった。どうもこの頃は、偉い人がバーに行き過ぎるようであり、それでこれは本当に一種の社交場になって、飲むことが二の次に押しやられる。しかしそんなことをいってみたところで、万事がそういうふうに世智辛《せちがら》くなって来ているのだから、仕方がないのである。

飲み屋

東京にまだ飲み屋と呼べるものが残っているのは、やはり伝統の力だろうか。バーも初めは洋酒を飲むための場所ということで日本に入って来たのが、客寄せにいろいろと趣向が加えられて、今ではただ飲むだけのバーというのは探して廻らなければならなくなった。第一、綺麗過ぎて、金持の家で飲んでいるようで落ち着いた気分になれない。そしてバーテンから女給さんまでサービスに一所懸命で、それもこっちをそわそわさせる。

本当は、飲み屋も壁が落ちかかっている位なのがいいのである。つまり、家にいて飲むのでは税金の催促その他、気になることが多過ぎるし、あと片付けが大変だから街に出て飲むだけの話で、自分の家と違って磨き立てた所よりも、やはりその点では自分の家の延長とも見られる店の方が一杯やりたい心地に背《そむ》かない。しかしそこはやはり競争で、この頃は飲み屋も時には店の改造をやったりするが、飲むための店という伝統を守っていることにかけては昔と変りがない。飲み屋、つまり、飲む店である。だから、これには種類がいろいろあって、小料理屋と呼ばれているものも、蕎麦《そば》屋も、鮨《すし》屋も、別に日本酒も出して蕎麦や鮨を註文しなくてもよければ、飲み屋のうちに入る。鰻屋も、といいたいところであるが、鰻を焼いている間にうまい酒を飲ませてくれて、そのうちに鰻が出来て来てまた飲むというような鰻屋は、この頃はただ飲むためだけのバーと同じ位珍しくなった。

蕎麦屋ならば天麩羅か何かを頼み、鮨屋では種を切って貰う。変なもので、バーとかビヤホールとか、もともとが飲むための場所で飲んでいる時はそれが何故か目立つのに、小料理屋を含めて蕎麦屋その他の飲み屋では、ほかの客が飲んだり食べたりしているのに囲まれて飲んでいて、少しも人の注意を惹《ひ》くことがない。これは洋酒や生ビールが、まだ本当に我々の生活の中に入って来ていないからだろうか。それで皆が皆、ジョッキを上げたり降したりしていても、まだどこかぎこちなくて自分がビヤホールにいることが忘れられないのに対して、食べもの屋で日本酒を飲むのは昔から当り前なことになっているから、それで誰にも気がねしないで飲めるのだということも考えられる。ということは、飲み屋の中でも我々の周囲に生活があることはよそにいる時と変らないということなので、街を歩いていて店に入り、飲んでまた出て来るこの気分は、どんな肴よりも我々の酒を助けてくれる。

酒を飲むというのは、百貨店に行って買いものをしたり、手紙に切手を貼ってポストに投げ込むのと同じ当り前なことであって、これを少しでも派手なことに仕立てれば、それだけ我々が飲む酒はまずくなる。勿論、食べるのも当り前なことであって、そしてどうかすると着飾って御馳走を食べに行くということもある。しかしこれは、食べること自体を何か特別なことに考えているのではなくて、食べることも含めて贅沢《ぜいたく》なことをやって景気をつけているのであり、その意味でならば白い夜会用のネクタイにエナメルの黒靴で、一流の西洋料理屋やバーに寄っておかしいことはない。しかし飲むということは、当り前なことなのである。昔からそうだったので、日本製のクリスチャンなるものを除いては、このことはまだ一般に認められている。そしてその当り前なことをやりに出かけて行くのに、今日でも飲み屋が残っている。

カフェ

これは日本のカフェのことではない。まだ子供の頃、電車に乗っていて当時の不良少年の服装と察せられる異様な身なりをした人物が頻《しき》りにカフェの話をしているのを聞いたことがあって(その人物はこれをカフエエと四音節に発音した)、そのカフェというのはどんな陰惨な罪悪の巣窟《そうくつ》なのだろうと思ったが、のちになって実際にその一軒に行ってみて、バーをもっと大きくしてけばけばしくしたものに過ぎないことが解って失望した。

カフェに似たもとのフランス語はコーヒー、あるいはコーヒーを飲ませる店を意味している。だから、バーをけばけばしくしたものでも、また、喫茶店でもなくて、どうしてそれが日本のカフェになったのか不思議であるが、フランスにも日本のカフェのようなのがどこかにあるのかも知れない。しかしコーヒーを飲ませる店ならば確かにあって、そのことがここでは書きたいのである。コーヒーを飲ませる所で喫茶店でないのは、一つにはおそらく領土の関係からフランス人が紅茶ではなしにコーヒーを飲むためで、日本の喫茶店も主にコーヒーを出すことを思えば、フランスのカフェも一種の喫茶店と見られないこともない。それが、多くは町の大通りに面して日除けを降し、椅子や卓子を歩道にまではみ出させている。何軒も並んでいて、どこの店が殊にいいということはないから、入るのに選り好みする必要もない。しかし習慣で一つの店に行くようになることもあるのは日本の蕎麦屋や鮨屋と同じで、ただそれだけの話である。もともとが一種の腰掛け茶屋なので、定連《じょうれん》が幅を利かせたりすることは勿論ない。

それがフランスのカフェであって、名目はコーヒーを売る店なのであるが、それよりもこれは実は、何もしないでぶらぶらしているための場所なのである。そして何もしないでいるのにも道具がなくてはならないから、コーヒーを出し、そのほかに安ビールを含めた酒類もあって、簡単な食事も出来るし、頼めば便箋と封筒、それにペンとインクももって来てくれる。新聞は幾通りか綴じておいてある。だから、カフェに行けば、そこで手紙も書けるし、新聞も読めるし、そして飲みものや食べものにも不自由せず、フランス人の多くはこういうカフェの一軒で朝の食事をして、それから一日中そこにいても誰も文句をいうものはない。手紙を書いたり、新聞は読んだりする必要が起るごとに、どこかに行かなければならないなら、同じ場所にぶらぶらしていることは出来なくて、それでカフェにはすべてそういうものが揃えてあるのである。

したがって、本当に何もすることがなければ、そういう人間が行く場所であることがカフェの役目である。町中であって、人や乗りものが通るのを眺めているだけでも時間がたつし、飲みものでも何でも何か註文してしまえば、あとは一時間でも、一日でも、カフェの人達と没交渉でただそこにそうしていられる。急の用事を思い出したならば、電話があり、そのうちにまた喉が渇いて来れば、これは説明するまでもない。そして飲みものを飲むのも、電話をかけるのも、何かすることのうちにほとんど入らなくて、こういうことを書いたのは、日本にもこのような場所があったらどうだろうと思うからである。皆とても忙し過ぎてといわれるのにきまっているが、日本にもまだ隠居というものが残っているのではないだろうか。そしてたまにカフェで隠居した気分になるのも、命の洗濯になるような気がする。

一本の酒

オマール・カイヤムの詩を英国人が訳したのに、というのは、その訳が想像力に任せてのかなり自由なものであるらしいからなのであるが、荒野にいても、一塊のパンと一瓶の水があり、そしてお前が傍で歌っていてくれれば、自分はそれ以上に何も望まないという意味の句が出て来る。我々ならばそれを読んですぐに、顔回の一簞《たん》の食と一瓢《ぴょう》の飲のことが頭に浮ぶ。しかしここで修身の話をする積りはないので、更《さら》にまた、顔回の傍には誰も歌うものがいなかったから寂しかっただろうと思うものもいるかも知れない。

我々が本当に現在の状態に満足するのに、女が必要であるかないかなどということを論じるのは意味をなさない。現在の状態というのは、現在の状態であって、それにはいろいろある訳であり、むしろそれで満足出来る、あるいは、出来た場合を幾つか想像してみた方が、その間だけでも我々自身がくよくよしないですむ。その歴史上の例を一つ挙《あ》げるならば、藤原道長が一生のうちで望んだことを全部適《かな》えられて、月に託して作った歌がある。そして我々が道長についで感心していいのは、それだけのことが一生のうちに出来たということではない。道長がどの位出世したか、詳しいことは忘れたが、何でも関白太政大臣辺《あた》りまで行って外戚にもなれたという程度のことだったように覚えている。しかし道長は、それでもういいと思ったので、これはまた、大臣になることを命と取り換えても有難がる俗物根性とも違っている。要するに、足りることを知る時に満足するのであって、それは出世したあとでも構わない。

そうすると、顔回の一瓢の飲も、どうせただの水だったのだろうが、申し分がない一つの例になる。孔子によれば、顔回はそうして道を楽しんでいたことになっている。道とはどういうものなのか、これも確かなことは解らない。しかし顔回が酒も飲まず、おでんも突っつかずにこれが楽しめたのならば、本当に楽しんだ以上、それはもうこの頃は余り聞かなくなったいわゆる、道学者流の道とは別なものだったに違いない。そういえば、道楽という言葉がある。何かの道を楽しむのがもし道楽ならば、顔回の道楽などは相当凝《こ》っている方で、我々も時々はおでん燗酒でこの境地に近づくことがある。つまり、その酒がただの水で、おでんがおかずなしの御飯でも楽しめたのなら、顔氏はこの道の達人だったと見るべきではないだろうか。孔子と、少くともその直弟子達は確かに楽しむことを知っていた。楽しむのが一番いいのだと孔子自身がいっている。孟子がつまらないのは、彼には道楽の精神が全く欠けているからである。

しかし今のままでいて満足していられる状態がいろいろな形をとる中には、据えもので斬《き》られるということも入っている。細川侯が豊前小倉から肥後熊本に移封されたあとと推定される時期に、宮本武蔵が当時の藩主、細川忠利に謁《えつ》したことがあって、森鷗外がそのことについて書いているところによれば、その際に忠利の家臣の都甲太兵衛が武蔵に、据えものの心得というものを述べている。人間がいつ敵に斬られるか解らないのは、刀の前に据えられているのと同じで、また斬られる瞬間には、人間は必ず据えものになっている。太兵衛はそのことを考えているうちに、しまいにはそれがおそろしくなくなったというのである。今日では、我々は滅多に人に斬られるということはないが、何が起るか解らない点では昔と同じである。太兵衛も、足りることを知っている人間だった。

茶の間

今でもあるのだろうが、その昔、毎日新聞の「茶の間」という欄に書かされたことがある。そして「茶の間」という雑誌もあり、とにかく、この言葉がまだ一般に残っていることはそれで解るし、実際の茶の間も、自分の家だけでなしに、まだ我々日本人の生活でその従来の役割を果しているに違いない。

日本式の家に住んでいて、これがなくてどうするのか、窓が空に向って付いていたらばどんなふうに暮すかというようなものである。

しかしこんなことを考えるのも、我々が住んでいるはずの世界が活字になる限りでは、そして新聞の欄や雑誌の題を除けば、今日、この茶の間とか、あるいはもっと広くいって茶の間というものが我々に思い浮べさせる大概《たいがい》のことが、ほとんど完全に締め出しを食っている感じがするからである。

小説に登場する人物はアパートか、下宿か、ホテルか、洋館か、要するに茶の間などないか、あるいはもしどこかにあっても、自分の生活の中に入って来ない所で暮している。

また、茶の間というのはことの起りが、茶を飲む部屋ということである訳《わけ》で、また事実、その茶の間で我々は現在でもやたらに、また、いい気持で茶を飲むが、例えば、新聞などで広告されているのはすべて紅茶で、茶の間で飲む番茶その他の日本茶は、何でも茶と名が付くものを近所の茶屋から買って来て、皆それで我慢しているのではないかと思いたくなる。

もし本当にそうならば、それはそれで構わない。皆が番茶より紅茶が好きになって、それがいけないということはないのである。

しかしながら、我々は実際の所は茶の間で番茶や煎茶を飲んでいて、どこのはまずいから、ここのにするというふうに、茶の間で茶を楽しむための工夫をしている。また、我々は茶の間で座蒲団に坐り、火鉢で煙草《たばこ》に火を付けて、障子紙に破れた所があるので気になったりするが、その座蒲団も、火鉢も、障子紙も、我々の眼に触れる活字、それから写真の世界から消えている。そこにあるものはロビーとか、テラスとかいう、実はどういう具合になっているのかよく解らない西洋建築の一部だったり、とても買えそうもない煖房《だんぼう》設備だったり、あるいは自宅にバーを作る要領の説明だったりする。

これも、我々の家には皆そのロビーやテラスがあって煖房は電気やガスでやり、茶の間よりも自宅のバーで茶の代りに洋酒を飲むのが普通になっているのなら、我々はそういう記事や写真に我々の生活の一部を見て、場合によっては参考になることを見付けたりするかも知れない。

しかし事実はそうではないのである。

それについて、特権階級とか、恵まれた境遇の人とかいうことを持ち出すのも当っていない。

それは、もしそういうロビーとバーと電気煖房の生活をしているのが恵まれた人達であっても、どの新聞にも、雑誌にも、あるいは小説にもそういうことばかり書いてあるのが読者を楽しませるためであるならば、その読者の相当な部分がそうした恵まれた生活をしていなければならなくて、そんなことはないからである。

早い話が、我々は大概、畳《たたみ》の上で暮していて、制限漢字の問題は別としても、今日の我々はこの畳という言葉に活字ではほとんど出会うことがない。活字になっていることだけを信用すれば、我々は畳を全廃し、火鉢という言葉の意味を忘れ、寝台に寝て、朝は鋪装道路の上を犬を連れて散歩に行くというふうなことが日課になっているとしか思えない。それならば、新聞その他の記事や写真は、我々が一様に持っている憧《あこが》れに答えるもので、これがもうすこし続けば、我々は本当にそういう生活をするようになるということなのだろうか。

しかし生活というのは、何よりもまず自分の生活を現にここで持つことが必要なので、我々はその通り、銘々《めいめい》の生活の上に立って何かと喜んだり、悲しんだりしている。これ程《ほど》地道なものが、憧れの向うに持って行かれていいものだろうか。

だから、誰も、あるいは一部の憧れが好きな人間しかそういうことはしないが、繰り返していって来たように、活字では我々が現にしているのとは大分違った暮しが、それが誰のものでもあるように描かれている。

我々は茶の間に寝そべって新聞を読みながら、実は新聞に書いてあることは家庭欄の記事まで、どこかよその世界のことである。

何故そういうことになっているのか、結局のところは解らないが、とにかく不便である。

鯨の肉

味覚などというのはどうでもいいことであって、それよりもうまいものが口に入り、喉《のど》を通って、腹が段々膨《ふく》れて来る感じが何ともいえないのである。その故に、うまいものでありさえすれば何でも構わない。季節のものといっても、真冬に秋刀魚《さんま》が出廻ったり、鰹《かつお》が真夏にあったりするこのごろのことであるから、これは余り当てにならないのである。

季節の食べものかどうか解らないが、去年の今頃は長崎にいた。食べるのが目的で行ったのだから、その方は着いた晩から品数が二十何種類か出る卓袱《シッポク》料理という調子で、長崎にいる間に料理屋や食べものを売っている店をどの位覗《のぞ》いたか、今ではもうはっきりした記憶もない。そして丸山遊廓の中にある花月という料理屋で、鯨の刺身が出た。赤い所を鰹と同じ具合に生薑醤油《しょうがじょうゆ》で食べるので、やはりそこは魚と違って鰹よりももっとこくがあり、というよりも、これは紛《まぎ》れもない獣の肉の味がして、それでいて刺身に出来る程度にあっさりしているから、これは何とも結構なものだった。例えば、すき焼きやビフテキで日本酒を飲むと、食べものの方が重過ぎて飲んでいる気になれないが、鯨の刺身というのは、つまり、鯨という獣の肉の刺身で、それだけしっかりした食べものなのに幾らでも平げられるし、切ったり、突っついたりする手間もかからなくて、もしこういう生きがいい上等な鯨の肉があれば、酒の肴はこれに限ると思った位だった。

　もっとも、それが問題なので、この鯨の肉も冷凍だということだったが、長崎の近くで取れた鯨を一応は冷凍にしたのを戻したのと、同じ冷凍を東京まで持って来て、恐らく何カ月も貯蔵して置いたのを出すのでは、味も大分違うものと思われる。刺身に出来る程《ほど》のものがあれば、東京でも鯨の刺身が食べられるはずで、そんなものは聞いたこともないのは、やはり鮮度の問題なのではないだろうか。現に、その長崎のはあの妙な匂いが少しもしなかった。それに鯨も違うのではないかと思われるので、東京に来るのは捕鯨船団が南極洋まで出かけて行って取るのに対して長崎のは、その近くの海でこれも長崎の名物の鰯《いわし》を食べて育ったのだから、この方がうまいのは、遠洋漁業で日本まで運ばれる鮪《まぐろ》が近海で取れたのと比べてずっと味が落ちるのと同じことであっていいはずである。長崎のはそれだけ味も小味なので、これは鮮度の問題に止《とど》まることではなさそうだった。

　しかしそういう鯨の肉と指定してその冷凍を東京まで取り寄せたらどうだろうか。河豚《ふぐ》が下関から飛行機で運ばれる世の中だから、長崎から鯨の肉を持ってくることなどは何でもないはずである。またそうすれば、このごろの東京ではうまくて安いものが軽蔑される傾向があるが、そこは飛行機代もかかっていることだから、一人前五百円だの、千円だのの鯨料理が案外、人気を呼ぶかも知れない。勿論、あの長崎の鯨ならば、刺身だけでなくてカツレツでも、鯨テキでもうまいに違いない。そしてそこは流行というもので、何々軒や某々亭の鯨料理を食べなければ進歩でないようなことになる事態も充分に予想される。しかしそれはそれとして、やはりこっちはもう一度長崎に行き、雨が降る日に花月で鯨の刺身を肴に飲みたいと思う。

酒と議論に明け暮れて

酒を飲み始めたのが昭和六、七年あたりで、その頃、吉野屋という、新橋駅の近くのおでん屋によく行った。井伏鱒二氏がその「厄除《やくよ》け詩集」でそこの主人に、春さん蛸《たこ》のぶつ切りをくれえといって、われら万障くりあわせて独《ひと》り酒をのむことになっているその吉野屋である。最初に連れて行ってくださったのは河上徹太郎氏であって、もっと正確には、その時ここで始めて日本酒というものを飲んだ。吉野屋でその頃出していたのは何という酒だったか、もう忘れたが、二十歳になって飲み出したのだから、それが白鷹だろうと、菊正だろうと、すぐにうまくなったりするはずがなくて、日本酒というのは水のようなものを一晩中、あるいはまだ外が明るいうちから飲み続けて、真夜中過ぎると気持が悪くなるものだと思っていた。大体、青春などというものが本当にあるのかどうか、医学上の問題を離れれば全く疑しいといわなければならない。子供は無邪気だと考えたりするのと同じことである。

しかしとにかく、その青春に相当する期間は酒と付き合っているうちに過ぎたように思う。それでもう一度、吉野屋の話に戻る。何でもかでも飲んでいれば酒の味は解らなくても、眠くなることはなくて、頭もさえているのか、興奮しているのか見分けが付かない状態になるのが面白くて、吉野屋にもさんざん通った。二階があって、そこにも上って飲んだ晩のうちで、ある時の顔ぶれが大岡昇平氏と佐藤正彰氏と河上徹太郎氏だったことがあるのが、偶然、今でも記憶に残っているが、大岡さんはまだ大学生で（ということは、われわれは皆誰でも一度は何かの形で学生だったということである）、その頃話題になった文芸雑誌が「詩・現実」だとか、「詩と詩論」だとかいう分厚い季刊誌だったのだから、確かにもう随分《ずいぶん》昔のことである。勿論、我々は吉野屋でばかり飲んでいた訳ではなかった。その当時、設備が仰山《ぎょうさん》な大阪風のカフェに対してバーというものが出来て、バーの女給さんは知識階級に属しているというのでこれには文士、あるいは文学青年も行くことになっていた。

しかし昔のことを思い出していると、順序が狂っていけない。バーが方々に出来たのはもっとあとのことかも知れなくて、第一、これでは一晩飲んで廻るのにまずいきなり吉野屋に行ったようであるが、そんなことはなかった。昔は銀座という所が現在よりももっと人通りが少くて、表通りが百貨店や百貨店まがいの店で占められているということもなかったから、昼間からぶらぶらしていてすぐその辺に飲む場所が見付かった。

例えば、今の三愛がある尾張町の角にもビヤホールがあって、電車通りを越した所のビヤホールと向き合い、どっちかで飲んでいるうちには、そのころは尾張町の横丁にあった「はち巻岡田」に行くというようなことになった。横光利一氏はその三愛の所にあったビヤホールの隣に、当時は竹葉亭があったのを好まれて、この鰻屋でよく御馳走になった。しかし横光さんもそれで帰られるのではなくて、こっちが吉野屋に通い出してから間もなく出雲橋のたもとに出来た「はせ川」に席を移すというのが大概、横光さんと飲む時の順序だった。それからバー、次に焼き鳥屋というようなことだったろうか。

こうして書いていると、色々な店の名前が頭に浮んで来て、その中にはもうなくなったものも少くない。三筋とか、三鈴とかいう鮨屋もあった。「ミュンヘン」が出来た時は、地上の木造の建物だった。吉野屋は今は空き家で、ただ春さんは楽隠居して健在であるというから、楽隠居の一件を除けば、我々と同じである。我々はこういう場所を飲み歩いては、酒で元気を付けて議論するのに夢中になっていたようである。だから、吉野屋も我々の議論の跡なのであるが、その頃と比べて別に年取ったという実感もない。

閑文字

この頃は長閑というようなことがなくなった感じが、少くとも一応はする。長閑と書いてノドカと読むのだということさえも、新聞の字面とばかり付き合っているものにはもう解らなくなっているのではないだろうか。新聞に書いてないのだから、そんなものはないと誰かにいわれそうな気がする。

新聞に出ていることはすべて本当であることになっているのと同じで、こういうことをこのごろは枡《ます》だとか、込みだとかの害というふうに説明するのが定石《じょうせき》になっているが、それが解っているのならば、初めから新聞に書いてあることは皆、本当なのだと思わないでいるだけですむことである。新聞に長閑という字は見えなくても、例えば、春になると今でも眠くなる。昔の人はそれを、春眠暁ヲ覚エズというふうにいったものである。国電が通っても、ヘリコプターが煩《うる》さくても春は眠い。

こういう我々の生活の一面が、今日の我々の生活について何かいう場合に多くは見落されている。そういう態度、であるよりも、せっかちやずぼらを今日の感覚と呼んでいるらしいが、我々が眠いと感じるのも今日の出来事であって、幾ら眠いということを皆に押し返したくても、人間が眠らずにいれば今日でも死ぬ。そんなふうに考えて行くと、再び長閑の問題に戻って来るので、今も昔も、長閑に暮すのが人間の理想ではなくて、実現すべき目的であることに変りはない。

衣食足リテ栄辱ヲ知ルという奴である。栄辱というのはどういうことなのか、人によって解釈が違うのにきまっていて面倒臭いが、食うに困らなくて長閑であるのが我々が望む暮しというものであることは確かである。それを前提に幾ら輪転機が廻ろうと、選挙で忙しかろうと、あるいは新聞が立て続けに事件を報道しようと、それは構わない。しかしそれでこっちの頭まで変になるのを許すことはないのである。

例えば、駒形のどじょう屋に観光バスで連れて行かれてどじょう鍋を突っつくというのは、何もそれがどじょう屋に行く時の行き方ときまっている訳ではない。本当にどじょうが食べたいのなら、観光バスで引っ張り廻される途中でそこに寄るのはバス会社の奉仕に過ぎなくて、どじょうが好きで家からまっすぐに駒形の店まで行く人間だって幾らもある。

いうまでもないことながら、その方が多いので、この場合、店で席を探してどじょうを突っつくのは快適、というのは要するに、長閑な感じになるものであり、今から百年前の人間が駒形のどじょう屋で一杯やったのと変ることはない。それが酒やどじょうではなくて一杯のコーヒーと、何かそんな食べものに変った所で、どれだけの違いがあるだろうか。むしろその気持に少しの違いもあっては困るので、でなければ、何のために我々が喫茶店に入るのか解らなくなる。この頃の小説に書いてあることによれば、我々は何か悪いことをした人間を見張ったり、恋愛をしたりするために喫茶店に入ることになっているが、我々がいつも人を付け廻したり、恋愛したりしている訳ではない。

確かに、アメリカさんが日本に入って来て我々を解放してくれて以来、コーヒー、紅茶その他、西洋風の飲みものや食べもの一切が前よりも段違いにまずくなって、それでそんなものでは我々の精神が落ち着かないということはあるかも知れない。しかし落ち着かない気持でいるために何かするというのも妙なもので、幾ら長閑であることが昔の話であると思いたくても、我々の精神も、体も、やはり長閑であることを望んで実際には古人と同様、現在の我々も春になって冬の緊張がゆるめば眠くなる。

一杯のコーヒーも、それがコーヒーの味がするものならば、我々を一杯のコーヒーを飲んでいる感じにさせて、そういう普通の、昔から変らない人間の生活というものが、このごろは人間にとってもっとも貴重なものに思われて来た。年のせいだろうか。

禁酒のおすすめ

酒が体に非常に悪いことは説明するまでもない。そう書くと、いかにも説明などすることはないような気が一時はするが、少したつと、何故その必要がないのか解らなくなるから、やはり説明しなければならない。まず第一に、というところまで来て、もう一度よく考えざるを得ないのが、どうして酒がそんなに体に悪いのかという大問題である。別に悪くはないことなど初めから解っているのであるから、これはむずかしい問題で、そこに何とか理屈を付けなければ人に禁酒を勧めることが出来ないことを思うと、全《まった》くこれは困ったことになったという感じになって来る。酒と女に身を持ち崩《くず》し、といういい方があるのをここで思い出したが、女のことはいざ知らず、酒で身を持ち崩すというような結構なことをやった人間に一人も会ったことがなくて、どうすればそんな具合になれたか想像してみる前に、やたらに羨《うらやま》しいという気持が起って来るばかりである。

昔読んだ話に、あるアラビアの王様が一人の飲んだくれの詩人に、人は酔っ払うとどんなふうになるのであるかと下問《かもん》遊ばされたところが、その飲み助、飲み屋が開く前からそこの入り口で酔っ払っていて、客が皆帰ってしまってから最後に泥酔して店から運び出される私に、どうして人が酔っ払ってどんなふうになるか解りましょうかと奉答《ほうとう》したというのがあった。だから、酒を飲んではいけないということになるのだろうか。そんな難癖《なんくせ》に答えるのはへいちゃらで、それじゃ少し飲みゃいいんでしょう、少し。また実際には、酒の量を加減する必要もないので、同じくかつて読んだ話に、ソクラテスがある日のこと、友達が集っている所にやって来て、その何人かのものは、昨日も飲んだんだから今日は、などといっているうちに、やはりソクラテスを囲んで飲み始めた。ソクラテスも一緒に飲んだことはいうまでもない。そして談論風発というのか、一同は美を語り、愛を論じて一夜を明し、皆が卓子《たく》の下に転《ころ》がって正体がなくなっている翌朝、ソクラテスだけはやれやれというふうに立ち上って顔を洗い、歩いて帰って行った、というのもあった。

これでは、酒がどうして体に悪いのか解らない。その時、ソクラテスと一緒に飲んだものどもはもともとが酒に弱い質《たち》だったのだろうし、それで彼等は一般の酒に弱い人達に身をもって模範を示して、早目に切り上げて泥酔して寝ちまったのだから、その晩の酒が彼等の体に大して害を及ぼしたとも思えない。ここまで書いて来て、酒に身を持ち崩しの話が中途半端になっていることに気が付いた。そんなのは想像も出来ないと書いたのだったが、事実、身代《しんだい》を潰《つぶ》すまで飲むのには大変な量の酒を飲まなければならない。この頃は百貨店で十何万もする西洋の酒を売っているそうで、その値段に驚いての身を持ち崩しなのだろうか。しかしそんなのは会社が会社にお歳暮にでも送り付けるもので、普通の酒を飲んで身代を潰すとなると、飲むのに忙しくて酔っている暇もないはずだし、そういうことをやって得意がるのは飲み助というものではない。仮にお銚子一本三百円もする高い酒を一石分飲んでも三十万円で、今日では三十万円を一身代と見做《みな》すことが出来ないのは、それこそ説明するまでもないことである。

しかしこれでは禁酒の勧めにならない（あとで大蔵省に表彰して貰いたい）。酒は体に非常に悪くて、金もかかる。一例を挙げると、それがなかなか見付からなくて困るのであるが、やっと探し出したところでは、ある晩、酒が体中に力が漲《みなぎ》っているという錯覚を起させて、コンクリンの電信柱を拳《こぶし》でぶち抜くことを思い立ち、それを実行に移しにかかっての痛さは酔っ払った骨身にもこたえた。しかし別な時に同じ精神状態で門が締ってから家に帰り、門に体当りを食わせたら壊れたから、酒が錯覚を起させたというのは正確ではない。本当に酒を飲むと力が出て来るので、コンクリンを殴ってこっちが痛い目に会ったのは、酒によって増加した体力の分量とコンクリンの抵抗力を比較するに当って若干の誤差があったまでのことである。しかし酒を飲んでいなければ、初めからそんなことはしなかったに違いない。といっても、その論法にしたがえば、家で一日中、蒲団を被《かぶ》って寝ていれば、自動車に轢《ひ》かれる心配はないのである。

酒を飲んではいけないことをよく解らせる何か恐しい例というものはないものだろうか。いつだったたか、山形県のある造り酒屋さんにそこの仕事場を見せて貰って、大きな樽に幾つも酒になりかけの液体がぶくぶく泡を立てているのを見降しながら、その脇に出来ている狭い通路を歩いている時、もし足を踏み外してその樽の一つに落ちれば、柿渋を入れた甕《かめ》に落ちるのと同じで体中の汗の穴が塞《ふさ》がって絶対に助からないといわれて、足が震《ふる》え出したことがあった。

酒はそのように恐しいものなのである。あるいは、もっと正確にいえば、酒になりかけのあのぶくぶくしているものはそうなので、そんなものは飲んでもうまくない。それに、泳げなければ、ただの水の中に落ちても人間は死ぬので、それで禁水同盟なんていうものを始める奴がいたら、どうかしている。しかし酒ではなくても、酒になりかけは恐しくてまずいというのは、少しは禁酒の趣旨に添っていると見るべきではないだろうか。

それだから、酒のなりかけが酒になったのはもっと恐しくてまずいといいたいところであるが、生憎《あいにく》そうは行かない。酒のようにうまくて体にいいものは、――という所で、この小文の趣旨を思い出した。そう、そんなことをいってはいけないのである。酒はまずくて体に悪いもので、その一例にこういうのがある。英国の歴史でいつ頃のことか覚えていないが、大分前の十五世紀とか、十六世紀とかいう辺りで、国王の兄弟に当る王族が謀叛《むほん》を企てたというので死刑を宣告された時、特別の思し召《おぼめ》しで自分が好きな殺され方で殺されていいといい渡されて、葡萄酒の樽で溺れ死にしたいと願って許された。それを聞いたものは皆怖《お》じ気《け》を振って、謀叛さえすればそんな結構な目に会えるのかというので謀叛を企てるもの引きも切らず、では少くとも、禁酒の趣旨からすれば辻褄《つじつま》が合わないが、要するに、これはその人間がそういう死に方を選んだというだけの話である。それ程、葡萄酒というものはうまいということになるか。困ったものである。

しかし何だろうと、酒が体に非常に悪くて、社会の秩序を乱し、道義の頽廃《たいはい》を来《きた》すことは誰でも知っている。それで先進国の、だかどうだか知らないが、とにかく、アメリカでは禁酒法というのを実施したことがあった。これは十五世紀だとか、十六世紀だとかいうのに比べれば割合に最近のことで、この賢明な措置はたちまち効果を収めて密造は全国的な一つの産業になり、メチールで眼が潰れたり、死んだりするもの数知れず、酒が手に入らないものは少しはアルコール分があるというので香水を飲み、アメリカ人が酒を飲む時の態度はなっていないものになり、密造は悪の社会と結び付いて縄張り争いで血の雨が降り、機関銃が鳴り、アメリカが王道楽土と化したことを今に覚えているものも少くない。実際、酒というのは恐しいものである。飲んじゃいけないということになればね。そういえば、米を食っちゃいけないことになったら、あるいは、米が食い難くなったりすると米騒動が起り、パンを寄越せとウィーンの市民達が叫ぶのを聞いて、王宮のお偉方は震え上った。酒も、米も、パンも恐しいものである。だから、いっそのこと、飲まず、食わずに死んじまうか。

ここでやっと一つ、いいことが頭に浮んだ。「石切り梶原」で、梶原景時がその何とかいう名剣の切れ味をためすために、罪人を二人重ねたのをそれで切ってみることになる。二人の罪人のうちで一人の方のことは、十五代目が最後に景時をやった時から余りたっているのでもう覚えていないが、一人の罪人は引き出されて来て、実に長々と酒の害毒について述べたてる。恐らく、酒というのはひどいものだということをあの位、真に迫って語った言葉は世界文学上からいっても珍しくて、これに比べれば、ゾラの「酒屋」なんていうのは統計学者の報告に過ぎない。酒はすべて世の中で不幸なことのもと、その証拠にこの私を御覧なさいと、鼻を赤くして訴えるその有様は孤舟の嫠婦《りふ》を泣かせ、何とかの蛟龍《こうりゅう》をどうとかして、綿々嫋々《めんめんじょうじょう》、恨むが如くであるのは実は恋い慕っているのであり、現物がない余りに憎さ百倍して、という訳で我々はただ、よく解ると頷《うなず》くばかりである。

梶原はこれを真二つにして、刀身を眺めて一言、見事というのはもっとあとのことで、石切り梶原をやっている十五代目ともあろうものが、酒の気が切れて、飲みたい一心で酒がないのを恨《うら》んでいる哀れな人間に情の一刀をくれた際にそんなことをいうだろうか。この可哀そうな飲み助を切ってその下のもう一人を切らずにいるのは（それとも、これは逆だっただろうか。とにかく、二つに重ねて一人しか切らないのである）、平家方の役人どもに名刀の切れ味を隠すためで、役人どもがいなくなってから、何とかいう娘がいる前でその辺にあった石の御手洗を真二つにし、そこで十五代目は一言、見事という。酒は飲みたいし、あの声は忘れられない。それで、その先を幾ら考えても、どういう積りでこんな話をここで取り上げたのかはっきりしないが、あの飲み助の悪ものが酒はいけませんと、喉からお猪口《ちょこ》が出そうな声でいうことだけは確かである。あの場面からあすこだけ抜いて禁酒同盟の連中は未成年に見せたらいいだろう。検察庁が「チャタレイ夫人」は猥褻だと断じた時の手口である。

また、出直さなければならない。幸い、二日酔いというものがある。そもそも、我々日本人には罪の意識がなくて（これは事実である）、それはお恥しいことであることになっている。そのことにあの何とかいうアメリカの女の学者はいみじくも着目して、日本人というのは無闇《むやみ》やたらに恥しがってばかりいる民族だと喝破した。しかしもし逆に、我々に罪の意識がないことに即して我々こそ東洋のギリシャ民族なのだと自負したら、今度は日本人の島国根性は救えないということになるに違いない。全く救えない話であるが、ここから二日酔いの問題に入って行けるので、そんなに罪の意識が欲しいならば、ひどい二日酔いで死にたくなっている時にそのことを思い出すといい。我々にゲヘナの火の実感を体得することはむずかしくても、ひどい二日酔いの時に我々が経験するあの何ともいえない状態は、要するに、罪の意識を肉体的に翻訳したもので、病める肉体に宿るのが病める精神であるならば、我々はその際、精神的にも罪の意識から程遠くない所にいる。

地上にありとあらゆる罪を犯して、その罪を告白する相手もいないし、告白した所でその罪が許される訳でもなくて、来世の地獄がどんな所だろうと、既に犯した罪の一つ一つを現に犯していた時の妄執《もうしゆう》がそれからも晴らされずに今に群をなして自分に襲いかかり、という具合な気持でいるのが二日酔いというものであって、これを、恐らく相当な飲み助だったに違いないある西洋の哲人はこういうふうにいい表している。

「この頭にはすべて『末世《すえのよ》に遇える』重みがかかり、その瞼はいささか疲れている。そしてこの美しさは肉体の内部から異様な思想や、妖しい幻想や、洗練された情熱が細胞を一つ一つ重ねるようにして堆積された結果であり、この女をギリシャの女神や古代の美人達の傍に立たせたならば、その女神や美人達は魂がその疾患のすべてとともに移って来ているこういう美しさに、何という不安を感じることだろうか。そこには、世界のすべての思想や経験が事物の外形を整えて、これに意味を与える力がある限り、それを造型し、彫琢《ちようたく》しているのが認められて、ギリシャの動物崇拝も、ローマの淫欲も、霊的な野心や精神的な恋愛を伴った中世紀の神秘主義も、また、異教への復帰も、ボルジヤ家の人々の罪悪も、すべてその跡を残している。この女は自分が腰かけている岩よりも古くて、また、吸血鬼と同じく幾度か死に、冥土の秘密を授けられ、深海で海士をした経験があって、海の底の明りがまだその周囲に漂い、小アジアの商人達と奇異な織物の取引をし、レダとしてはトロヤのヘレナの母となり、聖徒アンナとなってマリヤを生み、それにも拘らず、そういうことはこの女にとって、単に笛や竪琴の音のようなものに過ぎなかったのであり、その常に変化する表情を形成する線や、瞼や手の微妙な色の原因になっただけなのである。……」

モナ・リザについてのこの有名な説明が実は二日酔いの描写だったという指摘を、拙文以外にはまだどこでも見たことがないが、ここに出て来る「この女」だとか、「こういう美しさ」だとかいうのを皆、二日酔いに悩まされている自分のことだと思えば、何とこの文章の一言一句がそういう状態にある自分にぴったりと当て嵌《はま》ることだろうか。この頭にはすべて何とかの重みがかかり、は全くその通りであって、その瞼《まぶた》はいささか疲れているに至っては、二日酔いの辛さも忘れて立ち上って手が叩きたくなる位である。魂がその疾患のすべてとともに移って来ているこういう自分、……ギリシャの動物崇拝も、ローマの淫欲も、何とかのかんとかもすべてその跡を残し、……吸血鬼とともに幾度か死に、……深海で苦しくて息が止りそうになった経験があって、……と読んで行くうちに、そういう躍動する即物主義に比べれば、自然主義なんてちゃちなものだと思う他なくなって、それでも頭はまだ重いし、瞼はいささか疲れているのだから、やり切れない。

しかし気が付いてみると、二日酔いで罪の意識を持つことになるのだから、もしそれを持たないのがお恥しいことならば、二日酔いはいいものであることになり、したがってまた、飲むのもいいことになって、またしてもこれを書き始めた時の趣旨に添わなくなる。それに、二日酔いをいやがって飲まずにいることはないので、漢の武帝はそこを実にさらりと、歓楽極リテ哀情多シということで片付けている。あれだけ楽しんだのだから、頭が少し痛い位のことは当り前ではないか。罪の意識もないもので、ではまた話がとんちんかんになる。面倒臭いから飲んじまったらどうだろう。

二日酔い

何でもいいから書いてくれといわれると、きまって食べもののことが書きたくなるのは不思議である。それでいて、食べもののことについて何か書けといって寄越されると、馬鹿馬鹿しいと思う気持も手伝って胸も腹も一杯になり、そういう訳で食べものについての原稿は、ここのところもうどの位になるか解らないが、断り続けている。

しかし初めに戻って、何でもいいからという場合は、食べもののことが書きたくなる。これは、ものを書くというのが一種の重労働であって、それをこれからやるのだと思うだけで腹が空いて来るからではないだろうか。初めから食べものについてという条件付きならば、そんな陸《ろく》でもないことをという反省もするが、それがなければただもう腹が空いて来る。

現にこれを書きながら、二日酔いということもあって鰻《うなぎ》の蒲《かば》焼きが食べたくて仕方がなくなっている。それも、どこの店をどうしたのというような上品な話ではなくて、鰻の蒲焼きでありさえすれば、どんなのでもいいという訳には行かないが、とにかく、鰻の蒲焼きらしい味がするものならば何でもいい。注文を付けるならば、あの昔の赤や青の模様がある大きな丼に入った鰻丼だったらばと思うと、どことなく夢心地に誘われる。

世界広しといえども、あんなにこってりして体の隅々まで満足させてくれるものはその後、まだ出来ていない。と思うのも、空腹のせいだろうか。食べものについて書くなどというのはつまらないことであるが、空腹である状態には何か切実なものがある。二日酔いの時にはそれがどういうものか、殊にひどくて、食べもののことばかり頭に浮んで来るから、それならばいっそのこと、食べもののことについて書いてやれという気になるものらしい。

二日酔いと食べものについてもう一つ不思議なのは、前の日に食べればよかったのに食べずにいたものを思い出して、惜しくてならなくなることである。例えば、昨日は雛さんの店で（銀座にそういう店がある）、立ち飲みに立ち食いの会があり、飲む方についていて何もいうことはなかったことの証拠が今日の二日酔いであるが、大きな皿に盛って並べられていた色々なものにどうしてもっと手を出さなかったのか解らない。

鮭を半分位、燻製《くんせい》にしたのを氷の上に載せたのがあって、今ならばあれをパンにバタをしこたま塗ったのに重ねて幾らでも食べられる。鴨《かも》のロースも並べてあって、それから鱧《はも》か何かを胡瓜《きゅうり》で巻いたのがあり、いずれも大変、結構だったのに、一口ずつ食べただけだった。それから、今は何か虹色の靄《もや》に包まれたようになっていて、はっきり見えない料理が山海の珍味の標本も同様に、その時はすぐ眼の前にあった。

こういう際にそれを食べずにいるのは、確かに飲むのに忙しいからである。酒は百薬の長であるだけでなくて、また、大掃除に便利な玉箒《たまばはき》であることに止らなくて、滋養分でもあり、理論的にいえば、酒さえ飲んでいれば食べる必要はない。

しかしながら、それ故に私はこれで沢山でと塩か何かを舐《な》めながら酒を飲む人間というのも恐しくいや味なもので、第一、その酒の肴を作った人間に対してそんなことをするのは失礼である。そしてそれでも一晩に鴨ロース一切れに鱧か何かを胡瓜で巻いたもの一つですましたりするのは、やはり酒の魔力によるとでも考える他ない。

もっとも、それと人の話がある。うまい酒を飲んでいて、あるいは、どんな酒でもうまくなる程酔っ払って(雛さんの所の酒はうまい)、傍で人が何か面白い話をしているのを聞いていれば、もう何も食べることはないのである。ついでに、眺めるのに洒落た洋服だの、綺麗な顔だのがあれば、なおさらである。

西洋人の宴会というのは殊に、その眺めて飲んで話す条件に主人側が気を配るから、食べる方がどこかへ行ってしまう。ところが、食べるのにうまいものを出すことにも注意を払うから、翌日になって二日酔いの頭で料理のことを思い出すと、一層ひどいことになる。雉《きじ》の丸焼きにじゃが芋の揚げたのをあしらったのが天井の隅に棚引《たなび》いたり、どこからともなく茸《きのこ》が入ったソースの匂いが漂って来たりする。鶫《つぐみ》を頭を付けて丁度いい加減に焦げる位に焼いたのが、前の晩と同じようにすぐそこにあると錯覚したり、猪の頭がどうだ、どうだとこっちを向いて笑ったりする。同じく西洋の神話に、何だかそんなのがあった気がするが、今は思い出せない。とにかく、二日酔いの朝は食べものの夢に悩まされるのである。

仕事をする気持

毎年、暮から正月にかけて、天気がよくて遠くが煙って見える日が続くのは有難《ありがた》いことである。こういう時節に年末の街を歩いていると一年中、原稿を書き続けたのだから、十五日だの、二十五日だの、その他いろいろと締切が迫っていても、これ以上書けば気が違うだろうし、気が違って雑誌や出版社の編集者が喜ぶはずはないとすれば、何も書かずにいて締切を延ばす方が編集者に対して親切であるという考えで頭が一杯になり、万事、ゆったりして来る。ハルクオンとかいう鳥がギリシャ神話にあって、これが海に巣を作って卵を孵《かえ》す間は海が静かなのだそうだが、毎年、正月が近づくとこの話を思い出す。

要するに、一年が終ったからどうというのでなくて、ただ疲れが出て来るに過ぎない。一つは、借金取りや税金取りに対するいい訳の慌《あわただ》しさを緩和するために、こういうぐったりした気持に自然になるのだろうか。昔は、付けが利《き》く飲み屋を歴訪して、一軒ずつたまった金を払ったり、一部だけ入れたり、全部謝ったりして、最後の一軒に来て謝るのをすませると、やっとこれで一年を無事に過ごせた感じがして来て、また付けで飲んだものだった。この頃はもうそれがない訳ではないが、どの店もよそから取り立てた方が早いことが解ったらしくて、払いに行かなくても取りに来ないから助かるというものである。

お正月は何といっても、飲んで食べて過すのに限る。年末も勿論であるが、例えば、年が改れば、酒屋もまた気を入れ換えて貸してくれるという特典がある。年末年始にかけては、食べることになっているものもいろいろあり、これは全部食べるとして、その他にも個人的に趣向を凝《こ》らさなければならない。今住んでいる家の近くの通りに鰻屋《うなぎや》があり、その少し先の向う側が酒屋で、酒屋からちょっと先が中華料理屋、その向う側が蕎麦《そば》屋、また反対側に渡って少し歩くと鮨屋がある。西洋料理屋だけがないのが残念であるが、中華料理屋に頼むと豚カツにメンチボール位は作ってくれる。

それで、大晦日は一年中にたまった書評用の本を全部売り払い、ただの蕎麦を食べてもつまらないから、天麩羅蕎麦にカレー南蛮と行く。正月は、朝はきまっているから仕方がないが、お屠蘇《とそ》は屠蘇散をジンに入れて飲むのが利《き》き目があっていい。雑煮でも何でも、正月の朝出て来るものは皆一応、考えられていて楽しみなものなのに、どことなくもの足りないのは、お屠蘇が味醂《みりん》だったり、日本酒だったりして、料理に負けない飲みものがないからである。そこへ行くと、ジンは屠蘇散とよく合って、そして強いから、昆布巻や蒲鉾《かまぼこ》を突っつきながらちびちびやっていると、どうせ早くは起きないから、食事がすむのは二時か三時頃になる。

正月は一年の始まりであるが、体の方は前の年の疲れがまだ一杯残っているから、食事がすんだら昼寝をして、目を覚してもすぐには起きず、寝床の中で遅い昼飯はチャシューワンタンとシューマイにしようか、それとも鮨《すし》を三人前とろうか、それともまた、鰻丼にきも吸いはどうだろうかなどと思いめぐらすのも、愉快なことである。そういうものと一緒にまた、屠蘇入りのジンを飲んでいれば、日が暮れるから、晩飯には口直しに再びお雑煮を食べることにして、それだけでは勿論足りないから、鮨でも、鰻でも、チャシューメンでも、昼間とらなかったものを届けさせて、今度はそれにコップで日本酒を飲み、そのうちに眠気がさして来て、また寝ることにする。

こういうことを三日か四日続けていれば、頭もいい加減どうかなり、それに酒屋、鰻屋その他の付けもだいぶ嵩《かさ》んで、それで漸《ようや》くまた一年中、仕事をし続けるのに適した気持になれる。というような意味で、お正月は確かに楽しいものである。

小休止

食べものというのは、評判の店に行ってそこの名物の御馳走を食べて、それで満足するというものでは必ずしもない。これから御馳走にありつけるのだという期待があり過ぎるからかも知れなくて、それならばこの期待は別な方向にそらせた方が効果がある。つまり、例えば虎ノ門の支那料理屋に呼ばれていて、その集りが五時からあるとすると、三時頃に家を出て一時間ばかり前に南佐久間町まで行き、そこの横丁を入った所にある洋食屋に寄る。御馳走を食べに行くという考えが胃を刺戟するのがだいぶ前から始っていて、そして会までにはまだ暇があるから、それでゆっくりした気持で何やかやと註文して楽しめるのである。

その洋食屋というのは、仮に呼ばれた支那料理が晩翠軒であるとすれば、もう一つ新橋寄りの、煙草屋とパチンコ屋の間を入って行く横丁の左側にあって、余り小さいので名前もまだついていない。そこの主人の話では、今考えているところなのだそうである。どこかへ行く時の腰掛けにちょうどいい店だから、「逃避中の休憩」というのはどうかといったら、そういうのは俗受けがしないから駄目だと断られた。勿論《もちろん》、ここに聖家族らしい三人連れが入って来るのを見たこともない。

この店の名物は、澄《す》ましのスープにソーダ・クラッカーを浮せたものである。実際は名物なのかどうか知らないが、勝手にそうきめて、いつもこれを頼むことにしている。胡椒《こしょう》をふんだんに振りかけて、——食べるのだか飲むのだか、するとうまい。その昔、郵船会社の船で欧州に行くと、朝の十時にはボーイが必ずこの澄ましのスープにソーダ・クラッカーを配って廻ったものだった。晴れていて海が静かならば、誰も船室に閉じ籠《こも》ってはいないから、このお十時は甲板で受けとることになり、風がなくて煙が真直ぐに空に向って昇っている船がまた一艘、遠くを通るのを眺めたりしながらソーダ・クラッカーを齧《かじ》るのは、まだ一日は長いことを感じさせてなかなかよかった。

そんな積りで、この名なしの店でスープに胡椒を振りかけるのも、決して悪くはない。時間もこれを書くために三時と五時の間という、こういうことにはもって来いの時期を選んだことになって、大体、朝起きた時から仕事をしていた日の昼飯前というようなのは、空腹が度を越えていて、食べものにしがみつきたい状態になっているから、ものを食べるのを楽しむのに適していない。やはり、かなり重い昼飯のあとで、それがまだ消化しきれず、しかし胃は既に晩飯のために腹を空かせる準備にとりかかっている三時半か四時頃が、ものを楽しんで食べるのに一番いいようである。そして五時に御馳走の予定があれば、刺戟は平日よりも強い訳であるから、名なしの店での間食はいっそううまいことになる。

しかし間食でも、スープとソーダ・クラッカーで満足出来る訳はない。そのあとで何を頼むかは勿論、日によって違う訳であるが、ここの店はマカロニとか、ひらめのフライとか、そういう簡単なものがうまい。あるいは、行く時間がいいからうまいように思うのかも知れないにしても、とにかく、決してまずくはない。妙なもので、食事の時間でない時に食事をするのがまた一つの魅力になり、それには、デザート・コースに入ったりする本式の食事は大袈裟《おおげさ》過ぎるから、客が余り来ない時間に目の前で魚を揚げたり、マカロニをいためたりしてくれる店は有難い。そういえば、この店がいわゆる、キッチン式の、台所と食堂が一緒になった構造であることを書くのを忘れていた。

手軽に出来る料理を目の前でやって見せて貰《もら》うのは、妙に食欲をそそるものである。牛の腎臓をただいためたのを、揚げたパンの切れ端に載せて出す料理があって、この店でも時々頼むことがあるが、これなども、腎臓がフライパンの中で見ているうちに焦《こ》げ茶色になり、もっと黒い色に変って膨《ふく》れ上り、はち切れそうになって、表面がうまそうな潤《うるお》いを帯びて艶々して来るのは、何か心を豊かにしてくれる。それを口に入れる時期が次第に近づいて来るのが、はっきり解るからだろうか。何もなかったところにフライパンと牛の内臓が現れて、瞬《また》く間に、といっても、そう気忙しくはない間隔をおいてキッドネー・オン・トーストが出来る（この店では、その料理をそう呼んでいる）。実りの観念がそこで摑《つか》めるのだと思う。実りと、祈りは語源が違うのだろうか。

何を書いているのか、もう少しで忘れるところだったが、要するに、南佐久間町の名なしの店で、虎ノ門の晩翠軒で御馳走になる時間が来るのを待ちながら、スープやマカロニを店の主人に作らせるという場面である。それで思うのだが、仮に食事の時間ではない時にものを食べるのでも、お菓子やアイスクリーム、あるいは焼き芋やお汁粉に手を出すのは、ものを食べるという人間の本能からすれば、邪道ではないかという気がする。邪道まで行かなくても、菓子だの、焼き芋だのというのは、本当に空腹で栄養分が必要な場合には、大して足しにならない。これは食事がすんで、それでもまだ何だか口が寂しい時にそれを慰《なぐさ》めるためのものであり、だからそういうものを欲しがるというのは、少くとも贅沢《ぜいたく》である。やはり肉だの、うどん粉だの、なくてはならないものを、必ずしもその時期に当っていなくても食べたがるのが本当だということになる。とにかく、どこかに行って、餅菓子を二つ菓子皿に載せて出された時の侘《わび》しさといったらない。

どこか詭弁《きべん》のような気もするが、はっきりどこが詭弁なのか、今のところまだ気がつかないから、ここではこのままにしておく。第一、どうでもいいことで、それよりも、例えば虎ノ門にいるべき時に南佐久間町で道草を食うというふうに、何かしなければならないのに、それをやらずに、僅かな間でもほかのことをするのは楽しいものである。その僅かな時間が、シンガポールからコロンボまでの航海のような気がする。原稿を書いているはずの時の読書程《ほど》、その昔読み耽った本の味を思い出させてくれるものはない。

だから、出席しなければならない会をすっぽかして、全然一晩をよそで過ごすことにきめたら、どんなに解放された気分になるだろうと、一応は考えてみることがある。しかしまだそれを実行するだけの勇気がない。

食べる話に飲む話

大阪から、「あまカラ」という雑誌を毎号送って来てくれて、来るごとに楽しんでいる。題が示す通り、酒を飲むものも、お菓子が好きな人間も、どっちも読者に狙《ねら》ったもので、それに、酒は飲んでも、うまそうな菓子の話には少しも関心がもてないという人間も少いだろうから、結局、誰でも食いしんぼうならば通読することが出来る訳《わけ》である。何か、京大阪で有名な料理屋、菓子屋、鮨屋、酒屋などが一緒になって作った会が出している雑誌らしくて、まさか人に恥を掻《か》かせるのが目的でもないだろうし、読んでいて通ぶる必要もない。

通人仲間では恥を掻くに違いない読み方を披露すると、例えばこの雑誌を見るまで、大阪に鶴屋八幡という有名な菓子屋があることを知らなかった。その菓子屋さんが「あまカラ」に、月々の釜日御案内なるものを出していて、二月の釜日の御案内には、「廿二日山里青きんとん、白上用あん付」などと書いてある。釜日というのは、要するに、お茶を飲ませる会のことらしくて、山里云々はその日に出す菓子だと見当をつけたが、青きんとん、白上用あん付、などという菓子は、二日酔いの朝にでも食べたらさぞうまいだろうと思う。本当はそう思わないから一箱註文しないのではなくて、何だか、ひどく高くつきそうなのを心配するに過ぎない。それよりもおかしいのは、この菓子屋さんが何かの名簿を繰《く》ってか、家にも釜日の招待状を寄越してくださることである。鎌倉から大阪まで、青きんとん、白上用あん付だの、玉子あん入、上用あん皮（これは、「春の野」という菓子）だのを食べに出かけて行けると思っているのだろうか。しかし考えてみれば、奥床《おくゆか》しいような気もする。

これが菊正本鋪から、二月二十二日は弊店の樽日につき、というような招待状だったとしたら、奥床しいのを飛び越して殺生な話になるが、酒の方で行くと、同じ「あまカラ」の第六号には、飯島幡司氏が結解について書いている。結解は「ケッケ」と読んで、奈良の東大寺で出す物凄《すご》い御馳走のことだという説明はどうでもいいとしても、その結解の見本に出ている献立表は一読の価値があるので、部分的に引用する。

（前略）

飯櫃　素麵　御酒

御坪　吸物　煎餅麩針生姜　御酒

御重　御肴　薩摩芋揚物　御酒

（中略）

御酒　三ッ目椀　吸物　椎茸

御酒　棒の物にて　御重　御肴　酢蓮根

煎餅麩と針生姜が入っているお汁なんてのもうまそうだが、この御酒、御酒、御酒と連続して出て来るところに何ともいえない風情がある。「結構な御酒で。」「いや、もう、この頃の白鷹はとんと飲めたものではございませぬ。」「何を馬鹿なことを。とてものことに、御酒をもっと所望でござる、」というふうな雅《みや》びた調子の会話が耳に聞えて来るようではないか。もっとも、この趣旨に徹すれば、財布の具合と睨《にら》み合せて、我々並の結解料理の献立が出来ないこともない。

御皿　干鱈　御麦酒
御皿　小型豚腸詰　御麦酒
御丼　吸物　豚挽肉煎餅巻葱　御酒
御皿　豚挽肉煎餅巻揚　御酒
御皿　焼小鳥　大根卸　御酒
同　同　同　同
（中略）
御酒　御酒　御酒　御酒
（以下略）

一見して解る通り、これは我々が東京に出て来て、若干の金を握り、先ずビヤホールに飛び込んだところを示す。干鱈《ひだら》は南京豆《なんきんまめ》と書いた方が妥当かも知れないが、この妙な代物は筆者がよく行くビヤホールで必ず出されるものなので、記念のために干鱈と書いておく。それはともかくとして、生ビールがうまいので時々行くのである。しかしそんなものではもの足りないから、ウィンナ・ソセージを註文して（これも干鱈と同じで大してうまくはない）、ついでにビールのお代りを頼む。そしていい加減に切り上げて、外に出ると、まだ晩飯を食ってないので何となく空腹を覚えて、最寄りの支那料理屋に入って註文したのが、吸物、豚挽肉煎餅巻葱、別名ワンタン、それから酒。ワンタンを食い終ってもまだ何となく腹加減が心許《こころもと》ないので頼んだのが、豚挽肉煎餅巻揚、俗に言うシューマイで、ついでに酒ももっともって来させる。しかし支那料理屋などという所にねばっていても仕方がないから、ここを出て、暫《しばら》く歩いていると目についたのが焼鳥屋。ワンタン、シューマイではどこか支那っぽくて、腹に力が入らない。それで、その焼鳥屋に入ったことは、

御皿　焼小鳥　大根卸　御酒

によって明かである。次行に「同」の字が四つばかり並んでいるのは、一皿では足りなくて、あるいは、その日の鶫《つぐみ》が殊《こと》のほかうまかったので、追加を註文した意味である。これには御酒の追加が伴う。その次に、中略と書いてあるのは、これは註釈する必要がある。

要するに、焼鳥屋でお代りを頼んだまではははっきりしているが、それが重なるうちに、あと

はどうしたかよく解らなくなったということなのである。そういうふうになるまでそこにいたのだから、かなり長時間その店を出ようとしなかったと僅かに推定されるので、そのあとにすぐに家に帰ったとも思えない。おそらく、また何軒か廻ったに違いないとすれば、御酒御酒、御酒、だけは確かである。その揚句《あげく》に、電車を乗り越さなかったとしたらさいわいであると、我ながらこの献立表を見て思わざるを得ない。これが東大寺での宴会だったならば、坊さんがこっちの足許《あしもと》を観察して、その晩は泊めてくれただろうし、その点、都心から二時間もかかる所に住んでいるものの結解料理は何といっても不便である。「あまカラ」を読まなくても、この頃は東京に帰りたくて仕方なくなっている。鎌倉にもビヤホールと支那料理屋と焼鳥屋位《くらい》はあるだろうというものがあるならば、それは鎌倉のような文化都市の性格を知らない人なのである。

饗宴《きようえん》

水もなるたけ飲まないように、などという病気にはなりたくないものである。なったら、腹が減ってたまらなくて、喉が渇き、煙草が欲しくても飲めず、映画の試写会の招待券が来ても出かけて行けなくて、どうにも情ない感じがするだろうと思う。それが何という病気かということはこの際、問題ではないので、それに、そういうことになる病気は色々あるらしい。腹が減っているのが感じられるところまで直って来たチフスがそうだそうで、それから、胃潰瘍という病気もやはりそうだという話を聞いた。先日、それに友人の一人がなって、間もなく病院から出て来たが、病気中の苦労の話を聞いていると実際気の毒で、自分がそんなことになったらどうすればいいかと、思わず各種の対策について空想してみたのが、どこもどうもないのにそういうことを考えるのだから、かえって無責任で楽しい夢の数々に耽《ふけ》ることになり、以下、そのことを少し書くことにする。

話は飛んで、その昔、シャックルトンが何回目かに南極探険に出かけた時に、一行四人か五人が、フォークランド群島のもっと先の離れ島に、どこからも助けが来る当てもなしに何日も岩穴の中で暮すことになった。その一行に加わっていた人のことを、あとで聞いたのであるが、餓《う》えのために気が変になったものもあった中に、その人は毎晩、もの凄い御馳走の夢を見続けて、そのお蔭でどうもならずにすんだということだった。要するに、だから、想像力を働かせて辛い思いをしているのを紛らせるのが、胃潰瘍だの、チフスだのの場合でも有効だということになる。

それでなのだが、一日の食糧が牛乳五勺に麦湯一杯などというのが十日も続いて、いても立っても、じっと寝てさえもいられなくなったら、日ごろは当り前のことに思って行ったり、行かなかったりしている飲み食いの場所を、次々に半日かそこらで一廻りするところを想像してみることにする。それも、日頃は入ったこともない店のことを思う方が、かえって刺戟になっていいかも知れない。例えば、日本橋の交叉点を紙屋の榛原《はいばら》の方に行って、まだ榛原まで行き着かない所に、何というのか、一種の豪勢な汁粉屋があり、汁粉とは余り縁がないのでまだ入ったことがないが、その窓には田舎ぜんざいといって、いかにもこってりした感じの汁粉だの、また甘いものでなくても、おこわを重箱に詰めた隅に煮染《にし》めが添えてあるのや、松茸や鳥の肉がはいっている雑煮などが並べてある。それでまずぜんざいを頼み、口の中がすっかり甘ったるくなったのを雑煮で直し、それからおこわで、少しは何か食べたような気持になる。

しかし実際は何も食べていない時にその位のことをした積りで満足する訳はないので、余り知らない店のことばかり考えていても想像力が鈍る恐れがあるから、今度は、端から端まで行って中間の所を一軒ずつ片付けてゆく意味も含めて、新橋まで円タクを飛ばして駅前の小川軒に入る、という方に頭を働かせる。ここでは何を頼もうか。考えただけでもぞくぞくして来るが、十日間、何も食べていないのに待ってなどいられないから、まず余り手間がかからないところでオムレツを一つ注文し、それを食べている間に、チキンカツ二人前にオックス・テールのソースをかけたのを作らせ、それを食べ終った頃にマカロニとトマト・ソースで牛の肝《きも》を煮たのが出来上るようにするとか、あるいはまた、日本橋でぜんざいと雑煮とおこわを食べたことを勘定に入れて、すこしは腹の虫が納まっていると仮定するならば、もっとゆっくりした献立を考える。

小川軒という所は、いつも何か会があるのに時間を間違えて、一時間早く街に出かけて空腹で目が廻りそうになっている時とか、用事で朝から駈け廻っていて、いつにない運動でやはり空腹で気絶しかけている時に、ギネスの黒ビールにオックス・テール・シチューで露命をつなごうと思って駈け込んだりばかりしているものだから、まだゆっくりした献立で食事をしたことが一度もなくて今日に至っている。そういえば、飲みものの話が出たのはここではギネスが始めてだが、その胃潰瘍をやった友人が語ったところによると、葛湯《くずゆ》一勺に水は水薬と、散薬を飲む水だけなどという生活を一週間以上していると、不思議なもので、頭に浮ぶのは食べることばかりで余り酒は欲しくならないということだったから、彼が得た貴重な体験にもとづいて、同じ境遇に置かれた自分というものを想像してみているのである。それ故に飲みものは割愛して考え続ける。

もう一つ、飲みものが出て来ない理由は、これもその哀れな友人から聞いたのであるが、その友人がまだ飲むことは禁じられて出歩き始めた頃、飲むのと食べるのとの経済的な負担の上での相違に驚いたというのである。なんでも、三度の食事は病院でして、きまった時間に看護婦さんが熱を計《はか》りに来る合間には外出してもよろしいということになり、アイスクリーム位ならという許可も出たそうで、それでその第一日に銀座の喫茶店でチョコレートのソフト・アイスクリームを五つ食べたあとに、カステラは前から許されていたのを思い出し、カステラの一種であるバウムクーヘンとかいう菓子を注文して、それで千円札で五百円札つきのお釣りが来たということだった。確かに、これなら店によっては、ビール二本の値段にもならない。それで、主に食べるのが目的の空想に耽る時は、飲む方は無駄なのである。

小川軒でゆっくりした食事をすることから大分遠ざかったが、その食事ではやはりオードブルなどというものは省くことにする。仮定では、午前十一時頃に日本橋に行って、これから昼飯になるのであり、空腹はまだ相当なものであるはずだから、幾らゆっくりでも、茹で卵の半分をくり抜いた中にキャビアを入れたりしたのを突っついていては間に合わない。濃厚なポタージュに、もう一度その濃厚なポタージュのお代りをする。ポタージュの理想は、一匙《さじ》口に入れるごとに、何かこう太陽が喉から食道を伝って胃に流れ込むようでなければならない。小川軒のはそれ程でもないが、けっしてまずくはなくて、お代りするのは、初めから二人前作らせておいて、二杯目のを終ったときに次の料理が出来上って、待たずにすむのが狙いである。次の料理は、これもすぐに作れる牡蠣《かき》のフライか何かにしておく。その次のが大変で、時間がかかるから、そうでもしないと待たされることになるのである。

その料理というのは、コットレット・ダニヨー・オーゾマール・トリュッフェ・マロン・シャンティーという。これは略称で、本当はもっと長い名前なのであるが、これだけで解らないこともない。高級なフランス料理というものは、大概は内容と余り関係がない名前が付いていて、その点では、この何とかいうのは比較的に解りやすい方である。まず、コットレット・ダニヨーであるが、これは羊の肉のカツレツという、それだけで一種の珍味で、羊のカツなんてのは誰も聞いたことがないから、うまいにきまっている。しかしそれからまだ先があって、羊肉のカツレツが出来上ったらこれに胡桃《くるみ》と南京豆を混ぜて摺《す》り潰し、大体、カツを四人前位このようにしてから上等のオリーブ油でもう一度練り直して、雲丹《うに》の焼いたのとカレー粉を加え、大きなお皿の上に品川のお台場の形にこてこてと盛り上げる。

それから次のオーゾマール・トリュッフェという一区切りは、もっと正確にはその下に更にオーズイトル・フリトと付く。西洋で日本の伊勢海老に相当するのは、日本の田圃《たんぼ》などによくいるあの蝦蟹《えびがに》という奴を伊勢海老大にしたようなもので、これも茹でるとやはり赤くなる。西洋の子供の絵本に、白い仕事着に白い帽子を被った向うの太ったコックさんが鍋を持って立っていて、蓋を取った鍋からこの蝦蟹の化けものが大きな鋏《はさみ》をだらりとさせている絵が出ていたりするが、この西洋の伊勢海老を八匹ばかり、よく茹でて殻を取り、内臓といっしょに塩と胡椒《こしょう》と酢とサラダ油を混ぜたのに二、三日漬けておいたのを、これも前にダニヨーと同じく念入りに摺りおろして白っぽい味噌状のものにして、既に出来上っているはずのダニヨーのお台場に、品川の本ものお台場が雪に埋っている具合に被せ、それからフランスの、豚に樫《かし》の木の根元から鼻で掘り出させる蕈《きのこ》を、生を正式に料理するのは面倒だから缶詰で間に合せて、雪の上に姿よくあしらう。

しかしそれでもまだおしまいにはならなくて、今度は牡蠣を何十も、普通に牡蠣フライを作る要領で揚げるのだが、この料理では、衣だけでなしに、中身の何もかもがあの金色のぼろぼろしたものになるまでフライパンから出さず、揚げている間中レモンの汁を加えて、そのぼろぼろを口に含むと、牡蠣フライの衣と中身の味の他にレモンの匂いも口のなかに拡るようにする。これを俗に牡蠣そぼろといって、作るのに大変な技術を要するものだと聞いた。それが漸く出来上ったところを、まだ熱いうちにお台場の雪と蕈の上に振りかける。

マロン・シャンティーという最後の一区切りは、これはどこの西洋料理でも出す、あの栗の摺ったのにクリームをかけたもので、それをどうしてこう呼ぶのか解らない。しかしとにかく、これを雪の中から蕈が頭を出した上に、金色の牡蠣そぼろの雨が降った台場の廻りに、雪と泥で白と茶色になった波の恰好に盛り付ける。

これで、コットレット・ダニヨー・オーゾマール・トリュッフェ・オーズイトル・フリト・マロン・シャンティーが出来上がるのである。仔豚を丸焼きにしたのが乗る位の銀の皿で出すのが普通だから、なかなかの壮観で、それを台場といわず、波といわず、匙一本でがむしゃらに突き崩し、突き混ぜて食べる快味は、全く何と説明したらいいか解らない。辛いと思えば甘くて、歯で揚げたパン粉をこりこり嚙めば、蕈の滑かな肌が舌に媚《こ》び、羊と海老と牡蠣と栗と、その他この料理に入れた何もかもの味が一緒になって、一口ごとに夢の国に誘われるようである。こういうもののあとでお茶漬けを食べたらさぞうまいだろうと思う。

それで次は当然、この小川軒からすこし銀座寄りの、なんという名前か解らない橋を渡る前の左側にある、吉野屋という店の新橋茶漬けを食べに入る（念のために書いておくが、前のオーゾマール云々という料理は小川軒では今のところ、材料の関係で作るのを止めているから、注文しても無駄である。これが、非常に空腹になっている人間の必死の妄想を並べたもので、今食べられる料理とそうでないのをごっちゃにしていることを忘れてはならない。しかし吉野屋の新橋茶漬けは現存している）。

吉野屋は、そのころ住んでいた場所の関係で渋谷から西銀座にかけて飲み歩いていた時代にはどうかすると毎日行ったものだが、引っ越して牛込から西銀座にかけて廻っている現在では、終点として都合が悪いので、随分行かない。しかしここの新橋茶漬けは今でも覚えているし、そして前にもいった通り、今でも作っている。要するに、丼にご飯を入れた上に鮪《まぐろ》と海苔を載せて胡麻を散らし、醬油と山葵《わさび》にお茶をかけたもので、それが終点でこれから家に帰ろうという時位になっていると、またとない食べものに思われる。喉が渇いているのに辛いものが欲しくて、お腹も空いているという、一晩飲み廻ったあとの体の状態から起る要求を全部満してくれる代物《しろもの》で、料理に専売特許があるかどうか知らないが、これは出願するだけの資格は充分に備えている。もっとも、主人の春さんにいわせれば、問題はその作り方にあるから真似が出来るものではないということになって、特許局までわざわざ出かけて行く必要はないのかも知れない。

ある晩、吉野屋に定刻の夜遅く行って、この新橋茶漬けを頼んだら、その前から店の隅に陣取って、空の丼の数から察するに、この茶漬けを三杯ばかり平げていたお客さんが、またお代りを注文した。そして我々の方が先だったので、そっちのお代りが出来るまでに少し手間取ったのが待ち切れなくなったと見え、「新橋茶漬けはこっちが先なのに、……新橋茶漬けは、……新橋茶漬けを、……」と選挙のときのように連呼して催促し始めた。「ケナファ・ヤ・ケナファ」と一緒だった河上さんが呟《つぶや》かれた。「千夜一夜」にそういう言葉でケナファという菓子のうまさを讃えた詩が出て来て、まったくそのお客さんの管《くだ》を巻きながらの催促は、吉野屋の新橋茶漬けへの讃歌だった。胃潰瘍、あるいはチフスの快癒期、あるいはその他で気が遠くなりかけていたら、お客さんの気持は一層よく解ることだろう。それで吉野屋に入り、新橋茶漬けを三杯、終ると次というふうに持って来るように注文する。

そういう病人は、一日に牛乳五勺の栄養ではまず寝たっ切りだろうと思うから、退屈と餓え凌ぎの空想はまだまだ尽きない。三杯食べたことにしても、実際は何も食べてはいないので、ついでにまた三杯頼む。茶に浮いた海苔の匂い、茶で茹だって白くなりかけた鮪の味、ブルブルブルと体が震えて来て、病室の窓一杯の青空を白い雲が流れて行くのが、漸く少しは正気付いて眺められる。

吉野屋を出たあとは、道順からいって久し振りにモロゾフのロシア菓子を思い出してもいいだろう。ハルビンで作られていたロシアのキャンデーに子供の頃は憧れたものだったが、そののち、日本にもモロゾフがあることを発見した。それも、家の近所にあった駄菓子屋でも売っていたモロゾフの大量生産のロシア・ビスケットで、それでもこってりした味でうまかった。

ハート型のビスケットの窪《くぼ》みに赤や青のジャムが落としてあるのが紙に包んであって、そのジャムがただのジャムではなくて油で炒《いた》めたような、変ったものだった。駄菓子屋に出す大量生産品でもそんなだから、銀座裏の並木通りか、どこかその辺にあるモロゾフの店に行けば、もっとこってりして、何ともいえない味の菓子がありはしないだろうか。バタを少量のうどん粉で固めたものに飴をかけて硬《こわ》ばらせた皿状の台に苺《いちご》のジャムを注ぎこみ、胡桃《くるみ》を砕いたのをその上にまぶした菓子などというのがありそうな気がする。

それでモロゾフに入って、なるべく見たこともないような菓子を三つか四つ、それも出来るだけ大振りなのを注文し、その他にコーヒーを頼む。コーヒーは胃潰瘍に一番いけないということだから、バタと砂糖と香料が乱舞している感じの菓子と、禁断のコーヒーの匂いを想像すれば、それでまた三十分位は空腹の辛さが紛れるはずである。そこに看護婦さんが入って来て、熱を計るという。チフスはどうか知らないが、胃潰瘍は熱が出る病気ではないそうで、更に何日も絶食して血になる材料が不足していれば、体温は死人のゼロに近くなっていても不思議ではない。ところが、ぜんざいに何とかオーゾマール云々にモロゾフの菓子と熱を上げているものだから、暫くして看護婦さんがまた入って来て体温器を見て、三十九度八分、大変大変などと騒ぎ出したら、これも一興ではないかと思う。

しかし熱が出た位のことで、空想に耽るのが止められるものではない。腹が減っているのはそれまでと同じなのだから、必死の空想もそれまでと同じく続ける他ない。

モロゾフを出る頃から、選択がだんだんむずかしくなる。豚肉が一杯詰った大きなワンタンが呼びものになっている維新號という支那料理屋に行ってもいいし、グリーン・カウとかいう、何とも妙な料理ばかり作っている店もある。しかし現実に妙な料理は実際に食べた方がいいので、空腹で貧血している頭で想像してみても仕方がない。この辺は鮨屋も少くないが、そういえば、昔の新富鮨のような大きな江戸風の鮨こそ、病気で絶食している時でも、難船して太平洋の離れ島で海の中を泳いでいる魚と睨めっこをしている時でも、思い出して暫時《ざんじ》の慰めを味わわせてくれるものがある。一口や二口では食べ切れない大きさで、鮪の赤い所と烏賊《いか》しかなかった。一口で口に入ってしまうから、何だかんだと、味がこってりしたものだとか、乙なものだとかが欲しくなるので、かぶり付ける程の大きさで口の中がその味で一杯になるなら、鮨は鮪の赤い所と烏賊だけで沢山である。その切り身がまた厚くて、烏賊が甘いものだということが新富鮨の烏賊を嚙み締めているうちに初めて解った。

しかし新富鮨に限らず、鮨屋さんはみなこのごろは関西風とか称して、一口分をその上にまた二つに切ったりして出すようになったから、そんなものを幾つ食べるところを想像してみても腹の足しにはならない。それよりも、維新號で胡麻餡入りの支那饅頭を一つ食べて口の中を変てこにしておいてから、肉饅頭二つで口直しをして、ワンタン二杯で辛いものの方が甘いものよりもうまいという自信を一層強めたあとに、資生堂の化粧品部の裏通りにある蕎麦屋のよし田に行く。本当に腹が減って死にそうになっているときは、信州何々郡何々村で取れた、これ以上のものはないという蕎麦《そば》を、岩清水を主な原料にして作った仙人用の汁で食べるのなどは少しも有難くない。確か久保田万太郎氏のお話によれば、よし田がコロッケ蕎麦というものを最初にこしらえたということで、これは天麩羅蕎麦の代りにコロッケを使った、別にどうということはないものであるらしい。それで、このコロッケ蕎麦に若干の改良を加えてみる。コロッケというのは小さいのが相場となっているが、それではつまらないから、ハンバーグ・ステーキ二つ分位の雞《とり》の叩きを牛乳とバタで料理したコロッケを二つか三つ、カレー南蛮式の蕎麦の上に載せて、生卵を落としたのを作って貰う。丼の大きなのがなくては困るが、なければ鍋焼き饂飩《うどん》の鍋を代りに使えばいい。食べている途中で味に変化を与えるために、鰻屋で出すような茄子《なす》の芥子《からし》漬けとなるべくじゅくじゅくした奈良漬を別に小皿に盛って出して貰う。この特製のコロッケ蕎麦を、コロッケの端をちぎっては上の生卵と、下のカレー南蛮と混ぜこぜにして食べて、茄子の芥子漬けで口直しをするところを丹念に胸に描いていれば、かなりの間気を紛らせていることが出来るはずである。そのうちに一丼平げてしまったら、お代りを注文する。ハンバーグ・ステーキ二つ分の大きさのコロッケが幾つも幾つも、というのは、丼の中に二つずつ幾つでも出て来ることを思えば、そのために胃液の分泌が烈《はげ》しくなって空腹は増しても、それだけ胃は消化がよくなって快方に向うことになり、腹が減って来れば来るほど、必死になって頭の中で丼の数を重ねるという趣向である。

それには、こういう割合に簡単な食べものの方が、想像するのに手間がかからなくて便利な訳であるが、それだけにまた倦《あ》きて来て、刺戟が弱くなることも考えなければならない。だからいい加減で切り上げて、今度はメルヒオールという店に行く。これは西銀座のどの辺にあったのか、あるいは場所を間違えているのかも知れないが、なければないで、あったことにしておけばいい。一種の何でも屋で、そこの料理の概念を得るのには、その昔、新宿の中村屋で出していたある種の食事を思い出すのが早道である。中村屋にはその頃、名代のカレーライスの他に、広東風《カントン》の焼飯と、パステーチェンという肉を詰めたパイと、ボルシチとザクースカがあって、Aコースとかなんとかいうのを頼むと、まずザクースカが出て、その次にボルシチ、その次にパステーチェン、その次にカレーライス、最後に広東風の焼飯を持って来るというふうな仕組みになっていた。食後に、月餅《げっぺい》も出たかも知れない。

メルヒオールの料理もそれに似ていて、ただ品数がもう少し多いだけである。坐りで、座敷に通されると、お茶の代りにいきなり餃子《ギョウザ》と鮒鮨《ふなずし》を持って来る。これは、十日も半月も絶食していれば、お茶なんか飲んでいられないからである。餃子と鮒鮨の取り合せは妙に思われるかも知れないが、けっしてそんなことはない。餃子というのは、ワンタンを汁に入れずに一つ一つにしたようなもので、無造作に摘んで食べるのにこれ程、通人の講釈を抜きにしてうまいものはない。ワンタンの上等なのと同じく袋の腹の所に襞《ひだ》があって、それを通して中の肉が見えているところなどは、空腹な人間にじつに親切に出来ている。しかし少し大味なのが難といえば難だから、そう思ったら今度は鮒鮨を摘んで、その滋味に堪能する。

それを代るがわるやっているうちに、食欲がいやが上にも募《つの》ったところを見計って、ハヤシライスが出る。人間が腹が減っている時に、一番食べたいものは米と肉だから、飛び切り上等の米に、これもこれ以上はないという肉で作ったハヤシライスがあれば、あとはただそれを食べるだけである。その間は無言でただもう食べて、もっという合図に手を挙げると、女中さんがすぐにお櫃《ひつ》と、肉を入れた鍋の蓋を取って、また一皿作ってくれる。そうすると、もう少し何か水っぽいものが欲しくなって、ハヤシライスの鍋だの何だのが下げられ、鶉《うずら》の卵とパンをフライにしたのを浮したコンソメが運ばれる。鶉の卵とフライにしたパンは、ハヤシライスからただのスープになって、情なくなるのを食い止めるためであるが、メルヒオールのコンソメは全くうまい。スープのゼリーの濃厚な味と、それをゼリーにする前のさらりとしたのが溶け合っている感じで、これを口に含んでいる間だけは月が湖に影を落しているところを思って見たりする。

しかし客にいつまでもそんな気持でいられては、商売にならないから、店の方でも心得ていて、次にはあの何というのか、鴨《かも》の皮ばかりのような所を青い葱《ねぎ》といっしょに饂飩粉の皮に挟んで、味噌で食べる北京料理を持って来る。これはあっさりしているだけではなくて、何ともうまいから、幾らでも食べられる。その点、河豚《ふぐ》の刺身に似ていて、それでも肉だから、もっと食欲が満たされる感じがするという特典がある。大皿に盛って来たのを二皿か三皿片付けて、それから今度は大阪から航空便で取り寄せた小鯛《こだい》の雀鮨《すずめずし》と鯖鮨《さばずし》を、やはり大皿に盛ったのが出る。小鯛の方を一切れ食べて、次に鯖鮨の方を一切れ、というふうに思い続ければ、それでまた時間はたって行くだろう。小鯛の上に添えた木の芽の緑が、その味のように眼に染みる。

それで、このことのためにメルヒオールの所在地が幾分怪しくなるのだが、次に庭に案内されて、それがアルゼンチンのどこかの庭なのである。そこに、牛を一頭丸焼きにしたのが四つ足で吊してあり、用意されたビニールの防水服を着てその中に潜り込む。つまり、こんがり焼き上った内臓の上に寝転んで、ヒレでも、ロースでも、好きなところを少しずつ捥《も》ぎ取って食べるのである。それに、肝も、腎臓も、牛ならばどの部分でも手近であって、捥いで食べればいいのである。空想もここまで来たら、どんなに腹が減った快癒期の病人でも、すやすやと眠りにつくことが出来るのではないだろうか。

海坊主

ある雨が降る晩、これは文士の身分で、銀座の松屋裏にある「岡田」という料理屋で飲んでいた。料理屋といっても、これもおよそ何でもない、酒が飲みたい人間に酒を飲ませ、料理が食べたいものに料理を出すだけの店である。だから、酒は樽で灘から取って、自分で庖丁を振う主人は、流儀は江戸前料理でありながら、関西にも行って修業して来た。

前にもいった通り、その晩は雨が振っていて、飲むのには誂え向きだった。雨の音が店を静寂で包み、他に客は誰もいなくて、おかみさんを相手にお伊勢参りの話などをしているのがもう大分長く続いていた。伊勢の大神宮から川を下って行けば、いずれは熊野灘に出る。そして熊野灘の海水が蒸発して、東京に雨になって降ることもあるだろうとか、何故そんなことをいっていたのか、今となっては解らない。

その時戸が開いて、お客が一人入って来た。背が高い男で、骨組もがっしりしているのが、酒など幾らでも飲めそうに見えた。おかみさんの顔付きから、この店には始めての客であることが解った。しかしそれだからといって、応対にそれを見せるようなおかみさんではない。こっちも今から何十年か前、最初に「岡田」に入って行った時と少しも変らない実がある物腰でこの新来の客におかみさんは席を勧め、献立が書いてある板を持って行って、そのうちに客は飲み出した。

大きな手の中に盃がすっかり隠れて、それを顔の辺りで肘を廻して口に持って行き、乾してちょっと天井を仰ぐようにして盃を置く。それからまた注いで、という具合に、別に忙しい感じがする程ではなしに、しかしある一定の間をけっして外さずに続けて、その間が切れそうになるまでは無表情な顔を前の方に向けていた。まだ先代が「岡田」をやっていた頃は、空けた徳利は下げずに新たに徳利を持って来ることになっていて、自分が何本飲んだか、前に置いてある徳利を数えれば解った。

それも、誰でも幾らでも飲める訳ではなくて、主人の一種の勘で誰は何本が適量と定め、それ以上頼むと、「貴方はもうそれ位でいいでしょう、」といわれて、けりだった。中には、幾らでも飲ませて貰える別製のもいたそうであるが、直接にそんなのを見たことはない。三本組、五本組などとあって、戦前の「岡田」の酒が五本飲めれば相当なものだった。戦前と比べれば、このごろの酒はどこのも大分弱くなっている。しかしここで書いている晩、始めて店に入って来た大男の飲みっ振りを見たならば、「岡田」の先代も何本でも許しただろうと思う。それ程、どっしりしたものだった。

「おかみさん、お銚子、」という声が、そのような体格をした男にしては妙にかすれていて、しかしそれが不愉快な感じを与えずに、かえって愛嬌があった。

その無表情な顔と愛嬌があるしゃがれ声で相手がこっちの方を向いて、「一杯如何ですか、」

と徳利を上げた時は、何も断る理由はなかった。雨の晩に一人で飲んでいるのもいいものであるが、二人で飲むのも結構楽しい。そして飲んでいる時に誰か知らない客に声をかけられるのは、それだけで嬉しくなるものである。やはり、何かまだ修業している気分が残っていて、知らない客は皆酒飲みの先輩に見えるのだろうか。それに相手の男は、確かにこっちよりも年上だった。

席をこっちから相手の卓子に移して二人で飲み出して、相手の間がいいのに改めて感心した。差しつ差されつ、というが、本当にその通りに正確にやるのは、普通は面倒なものである。間が悪いからかも知れなくて、その晩、「岡田」で相手の大男がこっちの盃に注いでくれるのに調子を合せて相手にも注いでやっていると、酒に対する執着が節度に変って、とろりとした心地がして来た。広々した感じといってもよくて、精気を身中に蓄えて発せざる形である。大男が余り口を利かないのも、それを手伝った。

もう一つは、この男がどこか、自然を卓子の向うに置いて一人で飲んでいる、というふうな感じにさせてくれる人間だったことである。信用出来る馬に乗って一人で遠乗りに出かけると、丁度そんな具合になる。乗っているのは生きもので、それはこっちの膝の動かし方一つに対する反応でも解るが、それに対してこっちがまた何かする必要はない。馬はこっちの乗り方に間違いがなければ、それで満足しているので、馬が満足した様子で駈けていることが、こっちの乗り方に間違いがないことの保証になる。あとは、馬は馬、こっちはこっちで勝手なことを考えていて、そういう自由な気分でいるという点で人間とその馬は一つなのである。

その晩の男と飲んでいるのが、それだった。外は雨が降っていて、自分の前には大自然があった。そしてそれは時々、酒を注いでくれる親切な大自然だった。泳ぎが上手で、静かに海に一人で入ったならば、やはりこういう気持がするのだろうと思う。海は馬や人間よりも正確な存在だから、うまくいかなければこれは絶対にこっちが悪いので、その代りに泳ぎの心得があれば、これ以上に安心出来る相手はない。そしてそれは海と自分の間に愛情がないことには少しもならなくて、こういうことすべてを一括していえば、親船に乗った心地というのが丁度当て嵌るのである。

「どこかよそへ行きましょうか、」とそのうちに親船がいった。アンデルセンのお伽噺に、ヤルマーという少年が夜、外を見ると、雨で街中が水郷になり、窓のすぐ下までゴンドラが迎えに来ていた、というのがある。街が川に変っていなくても、雨の夜の銀座は綺麗なはずで、親船の男と一緒に「岡田」を出た。

銀座の道路は案の定、雨に濡れて街燈の明りで薄く光っていた。相手の男が、馬に乗り馴れた人間が少しがに股になった恰好で、右足を踏み出す時には右の肩を突き出し、左足を踏み出す時は左の肩を突き出して、両手をすこし外側に反《そ》らせて歩いて行く様子も、なかなか風格があった。どこの人間なのか解らず、始めて東京に来て偶然に「岡田」を見付けたのか、それとも「岡田」にだけそれまで来なかったのか、その辺のことを確める意味で、これからどこに行くことにするか聞くと、相手はそのどっちとも判断し兼ねる声色で、どこでもいいと答えた。

それで、「エスポアール」に行くことを思い付いた。「岡田」が何でもない料理屋ならば、

「エスポアール」も別にどうということはないバーで、客が押し合いへし合いして満員電車のようになっていることがあるのは、こういうごく普通にただ時々行きたくなるバーが東京では少くなって来たからである。難点をいえば、どこにあるのかはっきりしないことで、どうしても解らない場合は花売り娘の花を買って案内して貰うのだが、その晩は無事に交詢社の西側の道を少し新橋の方へ行った左側に、「エスポアール」の所在地を示す立札を見付けた。

連れの男は場所が解ると、先に行って戸を開けて、両手を鰭《ひれ》の恰好に左右に拡げて入り口で混雑している客や女の子を押し分け、奥の空いている席まで行って腰を降した。ナミ子さんに、スミ子さんに、カミ子さんなどという、顔馴染みの女の子達が寄って来て、こっちを素通りして連れの方に非常に惹かれたようだった。ここでも、飲み方が水際立っていたからである。ウィスキーなどというものは、舌の上で転がして味わってみたところで仕方がなくて、一息に飲み乾して喉の所を通る時に漸く何だかうまいと感じる。その代りに、一息に幾らとつくわけで、大男がそれをやっているので勘定については覚悟をきめた。「岡田」の勘定はどういう次第だったのか、相手が払ったからである。

男は、廻りに女の子が集ると能弁になった。その特徴がある優しい声でおかしなことをいって、顔には相変らず表情がないのが道化役には絶好だった。友達をバーに連れて行って厄介なのは、第三者が間に割り込むのでお互に話が出来ないことである。しかしこの相手がする話はこっちが聞いていても他意なくおかしくて、一緒になって大笑いするのに少しも引け目を感じなかった。笑った勢でこっちも何かいうと、相手はもっとおかしなことをいって答える。そしてその間に、ウィスキーのがぶ飲みを続けた。

相手はそのうちに、「岡田」にいた時と同じ調子で場所を変えることを提案して、こっちが勘定をすませる間、鷹揚に待っていてから、また先に立ってまだ雨が降っている中に出て行った。

それから暫くの間のことは、実ははっきり覚えていない。男はこっちの予想に反して銀座をよく知っているようで、「エスポアール」を出たあとで何軒か廻ったのは皆、先方の案内だった。男がよく食べることを、その時になって発見した。焼鳥屋では、串に刺したのを一本まるごと口の中へ入れて、串を引くと串だけになって出て来た。それも、手に持っているものを口の方に運ぶのではなくて、手に摘んだ焼鳥の串刺しに向って一口にかぶり付くのが、眼がその時だけは凄じく光るのと一緒になって精悍な感じがした。

ビフテキ屋では、大きなのを二度か三度に器用に切り分けて、もう平げていた。そしてそれが別に不作法には見えなくて、例えば非常に大きな獣、あるいは海の怪物が鶏を一羽とか、海豚を一頭、苦もなく片付ける清潔なやり口に似ていた。ビフテキをすませて、こっちの方を向いた時の眼付きが、ついでにこいつもと思っているようなふうが見えたので、

「間違えて貰っちゃ困るよ」と慌てていったところが、

「人間は食べないよ」と始めてにやりと愛想よく笑った。そしてボーイを呼んで、このビフテキのお代りをした。

何でも、それからやはり男の案内で車に乗って行ったのは、どこか隅田川の川っ縁だった。

中洲か、柳橋か、大体その辺だったと思う。前から打ち合せがしてあったのかどうか知らないが、男が車を降りてその店に入って行くと、おかみさんらしいのが先頭に立っての出迎え振りが、ここでも相当な顔であることを思わせた。男は、どの部屋に通されるのかも知っている足取りで階段を登って行った。

川っ縁で飲むのもいいものである。雨は止んで、月まで出ていた。隅田川の水はその光を受けて、川のようでもあり、海の感じもして、潮が上げて来ているのが水面を一層広くして見せた。男は、ここでは「岡田」の時と違って、盃を置いてからまた飲むまでの時間が長くなり、飲んでは川を眺め、その合間に、いつ頃行ったのか、南洋の話をしたりなどした。月の光は川一面を白く輝かせて、向う岸の煙突も、建物も眼に入らなくなった。南洋の、環礁に囲まれて海が静かな部分も、月が出ている晩はそんなふうなのに違いない。環礁を廻らした珊瑚島には椰子が何本か生えているばかりで、そこでも眼を惹くのは光っている水面である。

男が立ち上って、明け放した障子の外の欄干を跨いで地面に降りた。飛び降りたのではないから、足が土を踏むまでに背がそれだけ伸びたのである。大男は庭を横切って、その端から川に入った。これも、一気にではなくて、亀が池に戻る時の、むしろぎこちない恰好で水に滑り込んだのである。そして月光を散らして中流まで行った時は、既に頭が四斗樽位はあると思われる大亀になっていて、亀はその頭を川下の方に向けて泳ぎ去った。

酒宴

この間、銀座裏の「よし田」で、あすこの入り口に近く畳を敷いた所で飲んでいる時、机の向うに腰掛けていた円い中年男と何かと話を始めた。円いというのは、相手が円いという他ない感じの人だったからである。灘の大きな酒造会社の技師で、酒の鑑定の大家なので全国の酒の等級をきめる審査員を頼まれて東京に出て来ているということだった。一日に八百何十種類かの酒を、ちょっと口に入れただけでまた吐き出し、この酒はこくがないから二級酒、というふうにきめて行く甚《はなは》だつまらない酒の味《あじわ》い方で、それでこの円い男が「よし田」の酒をいかにもうまそうに飲んでいる訳が解った。八百何十回かお預けを食ったあとで飲む酒だから、「よし田」の菊正でなくともうまいはずである。審査のことから始って、話は杜氏とか、仕込みとか、酒を作る話に移って行った。

この頃は昔のように杉の大樽ではなくて、琺瑯《ほうろう》引きの鉄のタンクで酒を作る。出来上るのが二月で、幾ら秘術を尽しても、酒は出来上るまでいい酒になるか、悪い酒になるか解らないから、その頃になると夜も安眠出来ないそうである。懐石料理の辻留の辻嘉一氏によると、このごろはものの味が一万分の二までが科学的に測定される世の中だから、残りの一万分の一で勝負をしなければならないということで、科学が発達すると酒でも何でも、ことが面倒になるばかりだと思いながら（そしてまた、こういう文句を入れるのはちょっと横光さんの小説に似ている所があると得意になってこれを書きながら）、その円い技師と酒を飲んでいるうちに、大分酔って来てそのままでは別れ難くなった。

本当をいうと、酒飲みというのはいつまでも酒が飲んでいたいものなので、終電の時間だから止めるとか、原稿を書かなければならないから止めるなどというのはけっして本心ではない。理想は、朝から飲み始めて翌朝まで飲み続けることなのだ、というのが常識で、自分の生活の営みを含めた世界の動きはその間どうなるかと心配するものがあるならば、世界の動きだの生活の営みはその間止っていればいいのである。庭の石が朝日を浴びているのを眺めて飲み、それが真昼の太陽に変って少し縁側から中に入って暑さを避け、やがて日がかげって庭が夕方の色の中に沈み、月が出て、再び縁側に戻って月に照らされた庭に向って飲み、そうこうしているうちに、盃を上げた拍子に空が白みかかっているのに気付き、また庭の石が朝日を浴びる時が来て、「夜になったり、朝になったり、忙しいもんだね、」と相手にいうのが、酒を飲むということであるのを酒飲みは皆忘れかねている。

それでその晩も、「よし田」のおかみさんが眠そうな顔をし始めたので、もう一軒どこかに行こうということになって技師と二人で店を出た。銀座のように飲む場所が多い所は世界にもそうないと思うのだが、その時も経験した通り、だから飲むのに不自由しないということにはならない。銀座で飲む場所の非常に多くはバーであって、バーというのは飲まない人間が考えている程入りやすい所ではないのである。第一、我々銘々に体が一つしかなくて、財布が、千円札を一枚出すとまた一枚が自然に湧いて来て空いた場所に納るという仕掛けになっていない以上、その多くのバーは大部分、前に行ったことがなくて、そういうのに入ると、このごろはバーの経営者達がそれ程裕福な夢に耽っている訳ではないから、新しい客を常連に変えたい一心でマダムを始め寄ってたかってちやほやする。あるいは、一段と高級な方面から攻めてかかろうとして、「どう、このシックなデコールは、」などと面倒なことをいうものだから、酒を飲むのが目的なのか、それとも高級にちやほやされに来たのか解らなくなる。

それなら、馴染みのバーに行けばよさそうなものであるが、それならそれで色々と障碍《しようがい》がある。借金が大分溜っているということもあるし（例えば、去年のクリスマスに空けたシャンパン三本の代金）、それから馴染みのバーには馴染みの女の子がいるのが普通で、これも酒をゆっくり楽しむのに妨《さまた》げになる。実際、考えて見ると銀座式の、あるいは日本式のバーの仕組みというのは矛盾しているので、女の子が主ならばその女の子が近寄り難く出来過ぎているし、酒が主ならば女の子がいてチップを上げなければならないというのは意味をなさない。もっとも、飛行機にも顔を見て声が聞けるだけのエアガールというものがあるのだから、我々がバーに行くのも何となくそういう気持になるために違いなくて、要するに、酒を飲むのは二の次なのである。

しかしまだあるので、バーに置いてあるのは洋酒であり、日本酒も大概はあるが、バーで日本酒を飲むの程寒々とした感じがするものはない。何か日本酒というものは、畳だとか、縁側だとか、月の光だとか虫の音とかと結び付くものを含んでいるのではないだろうか。ガス・ストーブをつけた部屋で皮張りの椅子に腰を降し、花売りに、いらない、いらない、などといっている時に日本酒を飲むと、急に胸が悪くなって来ることがある。大体、日本酒というのは洋酒と比べてけっして飲みいいものではなくて、それが畳の上に坐って虫の音が聞えて来たりすると体質に変化が起り、かえってウィスキー辺りのものが口の中に火を入れたように感じられるらしいのである。そしていずれにしても、折角《せっかく》体の調子が日本酒に合っている時に途中から洋酒に切り換えて、いい気持になっている体を慌てさせる手はない。ところが、その日本酒を飲ませる専門の飲み屋が、銀座には実に少いのである。

しかしこれは銀座で飲む場所を主題にした軽評論ではないので、酒の審査で東京には度々《たびたび》来ている灘の技師とそういう話をしながら、その晩、無数のバーの前を通り過ぎて行った。「よし田」から松屋の裏の「岡田」に行こうかとも思ったのだが、その時間にはもう締っているはずだった。電車通りを向う側に渡って、その昔、河が流れていた所まで行けば、「はせ川」があった。しかしその時我々は、尾張町の交叉点の所にいて、「はせ川」まで円タクで行くのには近過ぎたし、歩いて行くのには遠過ぎた。それに、「はせ川」にしても午前一時までやっているかどうか、疑問だった。

ああでもない、こうでもないとやっているうちに、円い技師が、それでは自分の知っている所に案内しようといって、我々は円タクに乗った。酒の用で東京に時々出て来ていれば、自然と飲み屋に詳しくなっても不思議ではないが、その晩、この技師に連れて行かれた所は大体の方角が解っただけで、それ切りになっている。何度その辺まで行っても見当らず、廻りの景色はその晩の通りなので、なおさらじれったいのだが、探してもないのだから仕方がない。車は東京駅の八重洲口の前に出来上った大丸の近くで止ったようだった。それから先は車は入らないというので、降りて技師に案内されて歩いて行くと、場所は確かに八重洲口と電車通りの間で、誂え向きに月が泥や木の切れ端を照らしていた。大丸の地下室に降りて行ったとも考えられるが、そんな時間にどこかの入り口が開いているはずはなくて、確かなのはどこかの地下室に降りて行ったということだけである。

木の椅子に卓子で、何の変哲もない、それに余り大きくもない部屋だった。その方がいいので、酒以外のことに趣向が凝《こら》してあるだけ酒を飲む時には無駄である。もっとも、昔の「はせ川」は窓の外が河で、日が暮れる頃に行くと夕日が向う岸に並んでいるトタン板の壁の倉庫に差して奇妙な色に光り、出雲橋を新橋の方に行く人力が何台も通って、そういう景色を眺めているのが酒の肴になった。しかし「はせ川」の主人はそんなことまで勘定に入れてあすこに店を出した訳ではないだろうと思う。「はせ川」から出雲橋とは逆の方にどこまでも歩いて行くと、昔の文藝春秋社があった大阪ビルの脇に出るようになっていたが、これも偶然にそういうことになったのに違いない。尾張町の千疋屋の裏にあった頃の昔の「岡田」も、入るとすぐ左が料理場で、右に長い卓子が一つ置いてあるのに、もし席が空いていればいいし、なければぱつまり満員なのだった。その代り、左側から立ち昇る湯気と、右側の卓子に並んだお客さん達のお銚子の威容で、入るなり酔った気分になったものだった。この趣向にしても、わざとそうした訳ではなくて、場所が狭いのでそういうふうにする他なかったのである。

技師が連れて行ってくれた飲み屋は、つまりそういうふうに、自然にそうなった感じがする店だった。そのもう一つの例を思い出したからついでに書いておくと、これは飲み屋ではなくてバーであるが、銀座の「エスポアール」という店があれだけ感じがいいのも、昔のバーそのままに、ただ必要に応じて椅子や卓子を置いただけなのが、いかにもどこか空き家になっている洋館の応接間に忍び込んだら、そこにウィスキーにグラスまで付けて出してあったという具合に寛《くつろ》げるからなのである。シックなデコールや文化的な雰囲気などというものを追い始めると碌《ろく》なことはない。ごく当り前なことがこの地上から、あるいは少くとも日本から去りつつあって、そこで幸福になった人間がいたらお目にかかりたいものである。

それで、技師に案内されたのは「よし田」と「岡田」と「はせ川」と「エスポアール」を突き混ぜたような、それだけに何の飾り気もない店だったが、酒は極上のものばかりだった。酒の種類が途中で何度か変ったようで、それがいい酒ばかりだったのである。何と何が出たか断言は出来なくても、その時の記憶から思い付いたまま書いてみると、菊正という酒はどこか開き直った、さよう、然《しか》らば風のところがあって寝転んでなどは飲めないが、こっちもその積りで正坐して付き合っていれば味は柾目《まさめ》が通っていて、酔い心地もかえって頭を冴《さ》えさせるのに近いものだから、まずは見事な酒である。これに比べると、酒田の初孫という酒はもっと軟かに出来ていて、味も淡々として君子の交りに似たものがあり、それでいて飲んでいるうちに何だかお風呂に入っているような気持になって来る。自分の廻りにあるものはお膳でも、火鉢でも、手を突き出せば向うまで通りそうに思われて、その自分までが空気と同じく四方に拡る感じになり、それが酔い潰れたのではなしに、春風が吹いて来るのと一つになった酔い心地なのである。

酒田から少し離れた新潟の今代司という酒は、これはもっときついものがあって、講演旅行に出かけて四日目位になり、種も尽きて、今日はどうも話をするのは御免蒙《こうむ》りたいというような時にこれを飲むと、不思議に心が引き締まり、講演会の肝入りをやっている人に、二十分話せといわれれば二十分話し、三十分といわれれば三十分話す。そして講演を終ってまたこれを飲めば、温く迎えていい気持に酔わせてくれるのだから、どこか老舗《しにせ》の、何もかも心得た家付きの古女房の風情がある。やはりこの方面をもうすこし北に行った所では爛漫という酒を作っていて、これは口に入れると淡雪が溶けたような味がする。技師と飲んだ晩、この爛漫も出たかどうか解らないが、口の中に入れると淡雪のように溶けて行く酒は確かにあった。

広島の千福という酒は、極上のものは何よりも誰か恰幅《かっぷく》がいい男が黒羽二重の紋服を着て、主人の席に納った所を思わせる。その感じがゆったりしているからこっちもゆったりし、酒のうまさが重さとなって舌に来て、全身が落ち着いてじっくり酒と取り組む気持になる。もう一つ、地下室の店でその晩出た酒で思い出したのがあって、それは佐渡ヶ島の何とかいう村で作っている勇駒というのだったが、これは考えただけで武者振いするような名品で、その晩もそれらしいものがあった時には涙で眼の前がぼっと霞《かす》んだのを確かに覚えている。

「私達は全国から来ていますから、」と技師がいった。酒の審査には全国からその道の専門家が集って来るという意味だったのだと思う。

この辺で、その晩の肴にも触れておかなければならない。酒の肴というのは、味がどうとかいうようなことは二の次で、手間をかけずに口に入れられるというのが第一条件である。だから塩でも、味噌でも肴になるし、その晩、鰻の佃煮というのを初めて食べたが、これなどはうまいし、都合がいい。蒲焼は味の点では肴になっても、ちぎったり何かしなければならないから、酒の方が進むうちについ億劫《おっくう》になり、やがて忘れてしまって、気が付いた時には冷えている。このわたも、なかなか手際よく切れないからこれも駄目。刺身などは簡単でよさそうであるが、これも一切れとってからまた醬油に一度漬けて、それから口に持って行くのがしまいに面倒になり、刺身の錠剤が出来ていたらさぞいいだろうと思ったりする。しかし河豚《ふぐ》だけは何ともうまいから別で、その晩もそういう飾らない作りの店にしては珍しく立派な大皿に、河豚の刺身が小波も同様に一面に拡っていたのを、技師と二人で造作もなく平げた。

それから鰯《いわし》をどういうふうに料理したのか、最初に焼いて、辛味に煮たらしいのがあり、これは指で摘んでも口に入れられるからいい肴だった。鮒《ふな》鮨もあった。これも時々齧って置くと体力が増して、一升飲んだ酒が五合位に減った感じがするから快適である。これはこの店で初めてお目にかかったのではないので、ある外国人に食べさせたらチーズのようだといったが、確かに上等なチーズの味がする。また何度か、色々な汁椀が運ばれて来たことも書いておかなければならない。汁は酒と同じでただ飲めばいいのだから、これ以上に簡単なものはなくて、酒を飲んでいると何となく水っぽいものが欲しくなるのに丁度合っている。白味噌に蕪《かぶ》を煮たのを浮かせて辛子を落したのがあって、特に記憶に残っている。それから鰆《さわら》を焼いたのが出て、これは箸で触ると一口分に割れる芽出たい出来映えだった。

そういう料理の合間にお銚子のお代りが絶えず運ばれて、それが菊正の味だったり、爛漫の味だったりした。不思議に給仕する人達がどんな恰好をしていたかを覚えていない。ヴィクトリア時代の英国の家庭では、子供は見えていても聞えないというのが躾《しつ》けがいい子供の特色に考えられていたが、酒の給仕をするものは、見えていても見えないのが理想である。技師と二人で、月夜に花の下で飲んでいるのも同じことだった。

まだこの技師が、灘《なだ》の何という酒を作っている所の技師か書かなかったが、これはこの際、どうでもいいことのように思われる。既にその技師に案内された店には、何の酒にも味が変るらしい酒が備えてあって、それを飲んでいれば菊正でもあり、白鹿でもあり、会津の花春でもあり、何でもあったから、菊正も白鹿もあったものではなかった。すこしも眠くはなかった。いい酒というのは、そういうものである。疲れは酒で直るから、眠る必要はないということになるらしい。ただ残念だったのは店が地下室なので、久し振りに窓が白むのが見えなかったことである。飲んだり、食べたりしたことばかりで、技師とどんな話をしたか書かないのは片手落ちかも知れないが、その逆の、話ばかり出て来てその話をした人間が何を食べて、それがどんなだったかを省略した小説の方が多い現在、そのことを不満に思う読者もかなりいるに違いない。そういう読者は、これを読んで堪能して戴きたい。まだまだ続くのである。

要するに、技師との話の結論だけをいうと、酒の審査も前日で終って(これはもうその翌朝になっていた)、これから灘に帰るから、ついでに一緒に行って会社の工場を見学しないかということなので、そうすることにきめた。随分のんきな話のようであるが、その日は技師と別れたらまた飲む積りでいたから、灘まで行って飲めればその方がよかったのである。「つばめ」に揺られての半日は面倒だから略す。それに、幾ら酒が上等でも、十二時間を越して飲むのを止めると酔いが出て来て、大阪に着くまで眠りに眠った。そして技師が体中を廻って、悪い所を直してくれている夢を見た。大阪で降りると、技師はそこの重役位に偉い人間なので車が迎えに来ていて、それが灘に向った(灘のどこということも、ここで書く必要はなさそうである)。

重役位に偉い技師が会社に戻って来れば、他の重役、部長、課長というようなのがずらっと出迎えて、「御苦労さん、」とか何とかいう意味の関西弁で挨拶し、技師が客に連れて来た人間も重役のお客さん並に扱って貰える。大きな応接間に通されて、酒を作る色んな苦心談を聞かされた。西ノ宮という所には前史時代に出来た貝殻の厚い層があって、それを潜って湧き出た井戸の水が昔から、酒を作るのに一番いいとされているから、現在でもそこの井戸から毎日トラックで水を運んでくるということだった(そうすると、この工場は灘でも、西ノ宮にはないことが解り、そんなことから実相がばれるだろうか。しかしこれはばれっこがない話なのである)。その水の話を聞いて、恐らくそれは、水としても清涼な味がするのだろうと思った。ハイボールに入れる水は西ノ宮のに限るといって、わざわざ客車便で取り寄せたらどうだろう。そんなことからそろそろまた飲みたくなって来て、それでは御案内しましょう、ということになって喜んで立ち上った。

現代の酒を作る工場は恐しく衛生的で、科学的なものであり、匂いさえしなければ、初めは何を作っている所なのか解らない。前に書いた通り、琺瑯引きのタンクが風通しがいい倉庫のような所にずらりと並んでいて、それが七石入り位なのから四十石入り、七十石入りなどという大柄のまであったと記憶している。これに上からコール・タールを入れると下から染料が出て来るのです、といわれても、そうかと思うような厳《いか》めしさだったが、匂いはごまかせなかった。実にいい匂いだった。その日は晴れていて、漲《みなぎ》る酒気を通して眺める青空は一層青く輝き、その空がガラス張りの天井から眺められた。麴《こうじ》をどうとかする部屋だとか、米を蒸す桁外れに大きな釜だとか、西ノ宮の水が落ちて来るパイプだとかがあったが、工場の焦点は何といっても、ずらりと並んだタンクにあった。利き酒というのをさせられて、紺の線が入った大きな茶碗が、タンクと比べて料理屋の盃位にしか見えなかった。タンクが一つ歩いて来て、自分の中から一杯注いでくれた所を想像すればいい。

見学が終って、自動車に乗せられた。どこか宿屋にでも連れて行ってくれるのだろうと思っているうちに、何だか前に来たことがあるような町に来て、聞いてみるとそれが神戸だった。湊川神社に参拝して、その時に廻りでごっぽんごっぽん音がするのが聞えた気がしたのは境内に積み上げられている酒樽の山からの連想だったに違いない。毎年、年の暮か何かに本当に酒が入った酒樽をそうして積み上げて、中身を氏子その他に分けてから空の樽をもとのまま積んで置くのだそうである。トラックのように大きな自動車がまた動き出して、今度は料理屋らしい構えの家の前で止った。「よし田」だの、「岡田」だのと、本名ばかり並べて来たのだから、ここでも本当の名前をいうことにして、それは「しる一」という料理屋だった。階下に水族館があって、鯛や海老や、その他色々な魚が泳ぎ廻っているのを、あの意地悪そうな顔をした河豚を料理してくれと名指しで頼むと、それがちりになったり何かして出て来るという趣向である。

　それから二階で宴会が始った。見学させてくれたあとで御馳走するというのは至れり尽せりで、これはその筋の役人だとか、大口の得意とか、そういうのが来た時の接待の方式なのだそうだが、余り毎日それがあるので、今度もついでにそれでやってしまえということになったものらしい。それで、毎日そのような宴会で一升、二升といやでも飲まされている灘切っての猛者連に囲まれて坐った。「しる一」は一流の料理屋だから、立派な料理が入れ代り立ち代り卓子の上に並べられたが、遠く関東の故郷を離れてテルモピレーの天険を孤守する身になってみれば、料理の味などにはもう構っていられなかった。こうなれば意地だという考えも、このような場合には通用しない。意地になって飲めば、所定の時間よりも二時間も三時間も早く酔い潰れてしまうだけだからである。そう思うと、変に頭が冴え返って来て、せめて合理的な限度まで飲んで潰れれば面目が立つだろうという考えが浮んだ。

　こういう宴会では献酬ということをやる。我々が友達同士で飲む時はそういう手間がかかることはしなくて、思い出しては相手の盃にこっちのお銚子から注ぐ位なものであるが、献酬は自分の盃を相手のところに持って行って注いで貰って飲んで、空になったところをこっちから注いで返すのである。この時の献酬は壮烈なものだった。注いで返したと思うとまた空になって戻って来て、また注がれたのをまた乾さなければならない。どうかすると、自分の前に一杯になった盃が五つも六つも並んで、一つ片付ければまた一つ殖えた。寄せては返す波に洗われているようなもので、そして波の方はいずれも愉快そうに雑談しながら、盃が並ぶ間もあらせず献酬し、こっちに向ってまた献酬して来るのだった。毎日、一升や二升は平げている連中なのだから当り前で、それを通り越して何か、今見て来たばかりの工場の四十石入りや七十石入りのタンクが盃のやり取りをしているところを思わせるものがあった。事実、廻りで酒を飲んでいるのはその四十石入りや七十石入りのタンクなのだった。

普通に考えれば錯覚でなければならないことが眼の前で起るというのは、いかにも奇妙な気持がするものである。しかし理性にとっての最後の拠点は感覚であって、理性と感覚が一致しない場合は我々が我々の感覚に従うことは、夢を見ている時の我々の心理状態からも解る。場所は確かに神戸の「しる一」の二階で、まだ空に残っている太陽の光が差しているそこの座敷に青や緑のペンキで塗った大きなタンクが集り、互いに注いだり注がれたりするのが一通りすむと、にゅっと盃をこっちの方にも突き出して、注ぐのを催促した。子供の頃の絵本に、猿蟹合戦の話で臼が手や足を生やして猿をのしている絵があったものだが、その要領で十ばかりのタンクが胡坐《あぐら》をかいたり、お銚子を取り上げたりしていた。そのタンクに取り巻かれている自分の右側にいるのが四十石さん、左側が七十石さんだった。向うに、膝の上に手を置いて行儀よく坐っている七石さんは、胴のまん中辺の膨《ふくら》み方から女であることが解った。

七石さんは座を取り持つのが上手で、途中で下から三味線を持って来て小唄を幾つか歌った。それから別な七石さんに三味線を弾かせて舞った。何という踊りか解らなかったが、二日酔いで頭痛がするところで額をこつこつ叩いて見せるところなど、あとでその隣に行って坐りたくなる程色気があった。七石さんのそういう芸に刺戟されて、今度は四十石さんが立ち上って杜《とう》氏《じ》の歌を聞かせてくれた。これは米の歌であり、酒の歌であって、四十石さんが発散する酒気が歌になって部屋中に拡り、他の七十石さんや五十石さん達がこれと声を合せて歌うと、天井から塵が落ちて来て舞った。酒が酒の歌を歌う程豪壮なものはない。

タンクの群の飲み振りは、中身を何百という四斗樽にあけて、空になって飲みに来たとしか思えなかった。それがどれも、料理屋の小さな盃で飲んでいるのは、楽しみを長持ちさせるためなのか、人間の酒飲みに対する礼節なのか、何か神妙で、なかなかよかった。しかしそれにしても相手の正体が解った上は、その酒量のことを思っただけで気が遠くなりそうだった。小柄な七石さんでも、充分という所まで行くのに七石は飲んで、四十石さん、七十石さんになれば、その晩のうちに少しは酔うということなど考えられなかった。

「お強いですな、」と歌い終って席に戻った四十石さんが、酌《しゃく》をしながらいってくれて、酒を飲む苦しさが胸にこみ上げて来た。しかしそんなのは気分の問題に過ぎないということをこういう時はよく頭に入れて、けっして負けてはならない。喉まで戻って来た酒が、潮が引くようにもとの場所に納って、それからは事情が違って来た。盃も前よりは大きくて、両手で捧げて丁度いい位になり、お銚子は昔、二リットル入りとかのビール壜というものがあったが、その位の大きさだった。こうなると、酒はもう飲むというものではなくて、酒の海の中を泳ぎ廻っている感じである。海は広くても、それが飲み乾《ほ》せるし、また飲み乾したいと思う所に、普通の海と酒の海の違いがあるのだろうか。海はどこまでも拡っていて、減った分だけまた自然に湧いて来るから、飲み乾したくて飲む喜びは無限に続き、タンクが幾つあっても足りることではない。四十石さんだって、酒に溺《おぼ》れてぶかぶか浮くことがある訳である。

しかしまだ誰もそんな所まで来ているとは見えなかった。ドラム缶を数倍大きくした四十石さんや七十石さんの図体《ずうたい》に酒が流し込まれて、盆位《くらい》の大きさの盃に二リットル壜大のお銚子からまた酒が注がれた。四十石さん達の口から入った酒は中の空洞に響いて落ちて行き、こっちが飲む酒は体のどこともなく吸い込まれて行った。何十石というタンクに落ちる酒の音を聞いていると、ますます飲みたくなるばかりで、もうテルモピレーのレオニダスではなくて蒙古の平原を大軍を率《ひき》いて疾駆するジンギスカンだった。左翼は満洲を蹂躙し、右翼はインドに侵入して、その中央を黒馬に金襴《きんらん》の鞍《くら》を置いて進んで行った。北京は間近で、それよりも、こう飲んでいて酒が続くかどうかが心配だった。右側の四十石さんと、左側の七十石さんに流れ込む酒の音が前よりも鈍って来たようで、それならば自分の分位《くらい》はどうにかあるだろうと、さもしいことを考えた。

酒もその段階まで来ると、味と香りにどこまでも浸りたくて、どんちゃん騒ぎなどもうやらなくなるものである。話もぽつりぽつりになる。酒に浮かれて踊りでも何でもないものを踊っている男など見ると、アルコール・ランプに火をつけた玩具の機関車が訳もなしに走り廻っているというふうな、どこか味気ない感じがするものであるが、その夜、我々は粛然《しゅくぜん》と卓子を取り巻いて、ただ飲みに飲んだ。皆、体が大きいので、一種の壮観だった。酒がてっぺんの方まで来たのか、落ちる音が余りしなくなって、それでこっちも四十石さん達と対等になった感じがした。一杯になった七石さんが漸《ようや》く酔って来たらしくて、また三味線を取り上げて爪弾きで何か低い声で歌っているのが、とにかく、七石さんだけは征服することが出来たことを思わせた。そのうちに、右側の四十石さんが横になって、微《かす》かな鼾《いびき》を立て始めた。

七十石さんも横になった。七石さんと、それからまだ起きていた三十石入りと五十石入りが寄って来てお酌をしてくれた。もう七石さんが、「お強いのね、」といっても、胸が悪くなったりなどしなくて、七石さんを空にすればまだ七石飲めるのにと思う余裕さえ出来ていた。しかしそれにしても、どんなに大きな料理屋の座敷だろうと、何十尺もの高さがあるものが方々に横倒しになっては、居る所がなくなるはずだということに気が付いて、我々がいつの間にか場所を変えて山の上の草原に出ていることが解った。大きなタンクが立ったり、倒れかかって岩に支えられたりしていて、自分はそれを取り巻いて神戸からそのあとの連山まで伸びている途方もなく大きな蛇になっていた。その尾は神戸の港に浸り、頭は御影からまた戻って来て顎《あご》をタンクの群の傍に置いて、眼はまだ半ば開けていた。その晩も月が出ていて、ガス・タンク程もある胴体の銀鱗が月の光を反射して所々に大きな水溜りのような斑点を作っていた。そして神戸の町では消防自動車や救急車がサイレンを鳴らして行き来し、自衛隊の戦車を先頭に立てて松明《たいまつ》をかざした一隊が、麓の方からこっちに登って来るのが見えた。

この最後の所は、歌舞伎で多勢の役者が派手な衣裳を着けて、天狗が捕手を踏み付けたり、お姫様が懐剣を抜いたりして見得《みえ》を切っている前を、幕を引いて行くようなもので、その次には「直侍」だとか、「寺小屋」だとか、何か全然別なものをやるから、天狗やお姫様がそれからどうなったかは一向に解らないが、そのことで誰も文句をいうものはいない。この作品もそういうことにしておいて貰いたいものである。

解説

坂崎《さかざき》重盛《しげもり》
（随文家）

この文庫の解説をする私が言うのは、身内褒《みうちぼめ》のようだが、『酒肴酒《さけさかなさけ》』の刊行は、じつにありがたい。

吉田健一の随筆のファンは昔からいて、しかもそのほとんどはマニアの様相を呈するのだが、現在、書店へ行って、自分の読みたい吉田健一関連の著作をすぐに買い求められるかというと、そう簡単にはいかない。

だから吉田健一の随筆を読みたいとなると、図書館へ行くか、古書を買い求めるしかないということになる。というわけで、吉田健一本のコレクターが誕生する。

吉田健一本のコレクターではない読書人（私もその一人）でも、たとえば、古書店の文庫本の棚や均一台に、中公文庫の『瓦礫の中』や『書架記』、あるいは『東京の昔』、『私の食物誌』、また、ちくま文庫の『私の古生物誌』といった姿を見つけると、条件反射的に手が伸びる。

その結果、同じ本が家の本棚に、二冊、ときには三冊背を並べて立つことになるのだが、それがまた、ちょっとしたゼイタクな気分がして嬉しい、という妙な心理となる。

とくに吉田健一の、飲食に関わる随筆は、しぶとい人気がある。この光文社文庫からも二十年ほど前『酒肴酒』『続・酒肴酒』が出たが在庫切れになっていて入手しにくい。それがこうして、四百ページ以上のボリュームで一巻として再編集されて書店に並ぶというのだから、ありがたいなあ、となにか得をした気分になるのである。

たしかに、飲み食いの随筆家――としての吉田健一の経歴は、ご存知のように、圧倒的な説得力をもつものである。

当時イタリア大使館の書記官吉田茂（もちろん後の総理大臣）の長男として生まれ、幼少期を、父の赴任にともない、中国、フランス、イギリスといった国ですごし、また、十八歳のときにケンブリッジ大学に入学している。

つまりは、われわれ庶民からすれば、仰ぎ見るような、超エリートなのである。その日々の生活は、私などには、ちょっと想像がつかない。幼少のころから、一級の中国料理やフランス料理を食べ、イギリスでは午後の紅茶を楽しんで育ったような人間の書く食の随筆となれば、いやでも説得力がある。

しかし、と思う。吉田健一のような選良の幼少期を送った人間の文章が皆、吉田健一のようなものになるかというと、当然のことながら、そんなことはありえない。

経歴といえば、彼はまた、戦後の一時期、相当な貧乏生活を経験している。彼が本当に「モク拾い」などするはずがないが、戦後の一時期の苦労から、「三文紳士」に収録されているような、「本当のような話」とでも言いたくなる「創作的」随筆が生まれている。

この貧困生活は、幼少のころの貴族的生活とあいまって、さらに食の随筆の説得力をもつようでもある。しかし境遇はあくまで境遇、われわれは、そんなことはあまり意識せずに、ただただ吉田健一という文士の文章を楽しみたい。また、それが、この作家への礼儀ではないかと考えている。

もっとも、吉田健一の貧乏話は、やはり一つの芸域に達していて、たとえば賞金三十万が欲しくて「ビール飲みコンテスト」に出て急性胃潰瘍になる話など(『吉田健一対談集成』小澤書店刊)呆然とするしかない。

それはともかく、貴族が身を落としたくらいで吉田健一のような文章が書けるのなら苦労はない。しばらく前になるが、「ゆっくり走る自転車競走」なるゲームを見たことがあるが、吉田健一の文体に接していると、この競技を思い出す。もちろん、子供のころの学校の帰りの気ままな道草も、連想として浮かぶ。

吉田健一の文章を、難解、という人がいる。また、それが一つの定説にもなっているようだが、どこが難解なのだろう。難解ではなく、ただ、読む方が、慣れてないのではないか、と思う。あのようなリズムをもった文体や、それを生む思考のありように。

文楽を初めて聴くと何を言っているのか、さっぱりわからない。しかし、あれも難解なのではなく、ただ耳が、あのリズム、抑揚、発声に慣れてないだけで、少し聴き慣れると、言葉が聴きとれるようになる。

ああでもない、こうでもないと文句をつけるのが食通だということについては前から疑問をもっているが、もしそれが確かに食通ならば、そういうものになりたいかどうかについては前から考えがきまっているので、そんなものになるよりは何も食べない方がいい、とは言えないから困る。あるいはそこに食通とそうでない人間の違いがあるのかも知れない。食通は気に入らないものしかなければ伯夷《はくい》叔斉《しゅくせい》にでもなった積りで飢え死にするのではないかと思うが、我々にはそんな真似《まね》は出来ない。

この本の巻頭の一節。たしかに、クネクネとミミズがのたうつような、あるいは葛がからまったような、文体なのだが、この文章にしても、少しも難解ではない。ただ文中の「伯夷叔斉」という言葉の意味がわからないということはあるかもしれないが、この言葉を飛ばして読んでも意味はわかる。文章から「伯夷叔斉」が、多分、食べることを拒んで死んだ人物かな、と察せられるからだ。

吉田健一にハマる人は、まず、この独特の文体にいかれてしまうのではないだろうか。急がず、さわがず、おっとり、駘蕩《たいとう》として、また瞬時にして移りかわる思考や気分をそのまま辿《たど》ってゆくような文体。そして、そこにただよう、なんともいえないユーモアと品、そして批評性。

たとえば、食通気どりというものの存在について語る流れの中で、唐突のように、

文学の世界に深入りして、子供の時に読んだアンデルセンのお伽噺《とぎばなし》に興味を失ったものは文学について語る資格がない。

という物言いの仕方。あるいは、

カクテル・パーティーに出た時のこつは、カクテルというものを飲まないことに尽きる

ようである。

という、格言に近いようなニクイ言説。

　こんな出だしの文章もある。

　何でもいいから書いてくれといわれると、きまって食べもののことが書きたくなるのは不思議である。それでいて、食べもののことについて何か書けといって寄越されると、馬鹿馬鹿しいと思う気持も手伝って胸も腹も一杯になり、そういう訳で食べものについての原稿は、ここのところもうどの位になるか解らないが、断り続けている。

と、書いたすぐあとの一行が、

　しかし初めに戻って、何でもいいからという場合は、食べもののことが書きたくなる。

という始末だから、読者としてはニンマリするしかない。子供が駄々をこねているみたいじゃないですか。

　かと思うと、こんな一節。

　本当をいうと、酒飲みというのはいつまでも酒が飲んでいたいものなので、終電の時間だから止めるとか、原稿を書かなければならないから止めるなどというのはけっして本心ではない。理想は、朝から飲み始めて翌朝まで飲み続けることなのだ、というのが常識で、自分の生活の営みを含めた世界の動きはその間どうなるかと心配するものがあるならば、世界の動きだの生活の営みはその間止っていればいいのである。（傍点・坂崎）

というのだから、この「常識」はスゴイ。そして、このあとに続く文、これにまいらぬ人がいたとしたら、その人は文章をいくら読んでも仕方がない人かもしれない。

庭の石が朝日を浴びているのを眺めて飲み、それが真昼の太陽に変って少し縁側から中に入って暑さを避け、やがて日がかげって庭が夕方の色の中に沈み、月が出て、再び縁側に戻って月に照らされた庭に向って飲み、そうこうしているうちに、盃を上げた拍子に空が白みかかっているのに気付き、また庭の石が朝日を浴びる時が来て、「夜になったり、朝になったり、忙しいもんだね」と相手にいうのが、酒を飲むということであるのを酒飲みは皆忘れかねている。

吉田健一の文章は、せわしない気分や空気の中で読むのは、あまりにもったいない。またリズムも合わないにちがいない。私の理想は、あたたかい部屋で、しかも明かるい陽の高いうち、ふとんの中で、上半身は背もたれに寄りかかり、ゆったりとした気分で、つまり最高に快く、自堕落な気分で、この文体を迎え入れたい。

数ページ読んで、ボーッとして、そのまま睡ってしまえば、それはそれで上々である。と、こんな吉田健一読み、をしていると、この本にも収録されている「海坊主」と題する作品と出会う。実話なのか小説なのか、そんなことはどうでもいい。この一篇が読めるだけでも、この文庫本は、お買得だ。

「海坊主」の最終舞台は隅田川。吉田健一は隅田川での酒の喜びを謳っている。だれだ、彼が隅田川の景色を褒《ほ》めたら「どぶ水も同然」などと、愚にもつかぬ訳《わ》け知りの、半可通ぶりを披露した「江戸っ子の文学者」は。

　私には、隅田川に対して可愛さあまって憎さ百倍の、その江戸通文学者の名が想像つくが、まあ、そんなことはどうでもいい、その「どぶ水も同然」の川を舞台に、夢幻の世界を綴ってしまう、吉田健一の駘蕩たる豊かさ、美を感じる力こそが宝だと思うのだ。

　この文庫一冊には、選りどり見どりの宝石がザックザック入っている。

●本書は、一九七四年に番町書房から刊行された書籍を一九八五年に小社より文庫化した『酒肴酒』（五月刊）、『続・酒肴酒』（六月刊）の二冊を底本とし、再編集して一冊にまとめたものです。
●作品内に登場するお店やメニュー、金額などは、執筆当時のものであり、現状とは異なる場合があります。
●本文中、今日の観点から見て、考慮すべき表現、用語が含まれていますが、著者がすでに故人であること、作品が書かれた時代的背景などを鑑み、おおむねそのままとしました。

光文社文庫

酒《さけ》　肴《さかな》　酒《さけ》

著　者　吉《よし》　田《だ》　健《けん》　一《いち》

2006年2月20日　初版1刷発行
2025年3月30日　　　8刷発行

発行者　三　宅　貴　久
印　刷　大　日　本　印　刷
製　本　大　日　本　印　刷

発行所　株式会社　光　文　社
〒112-8011　東京都文京区音羽1-16-6
電話（03）5395-8149　編　集　部
8116　書籍販売部
8125　制　作　部

落丁本・乱丁本は制作部にご連絡くだされば、お取替えいたします。

ISBN978-4-334-74027-6　Printed in Japan